Rose Snow

3 Lilien

Das zweite Buch des Blutadels

© by Christine

Hinter dem Pseudonym Rose Snow stecken Ulrike Mayrhofer und Carmen Schmit. Zusammen sind sie um die 77 Jahre alt, haben zwei Männer, sechs Kinder und drei Katzen. Schon während ihrer Schulzeit begannen sie, gemeinsam Geschichten zu entwerfen. Inzwischen haben sie bereits über vierzig Bücher veröffentlicht und schreiben trotz der Distanz Hamburg – Wien miteinander. Bedeutet: Unzählige Stunden via Skype, schallendes Gelächter und das Teilen tiefster Geheimnisse, auch wenn sie noch so peinlich sind. Mehr über die Autorinnen gibt es unter www.rosesnow.de

Erfahrt alle Neuigkeiten rund um Rose Snow und ihre Bücher als Erste:

Homepage: *www.rosesnow.de*
Instagram: *www.instagram.com/rosesnow.de*
Facebook: *www.facebook.com/rosesnow.de*

ROSE SNOW

3 Lilien

Das zweite Buch des Blutadels

Ravensburger

FSC
www.fsc.org
MIX
Papier aus verantwortungsvollen Quellen
FSC® C111262

1 3 5 4 2

Dieses Buch wurde vermittelt durch
die Michael Meller Literary Agency GmbH, München.

Umschlaggestaltung: Rose Snow unter Verwendung von Bildern von
Shutterstock: nikiteev konstantin, Mary Ro und Vladimir Sviracevic

Printed in Germany

ISBN 978-3-473-58566-3

www.ravensburger.de

Auf Erlass der Fürstenpaare

Maria & Frederik von Peruzzi sowie Thalea & Theodor von Kaltenburg werden mit sofortiger Wirkung Lorelai von Rabenau und Vitus von Wittgenstein in die Obhut ihrer Blutsfamilien gegeben.

Diese Regelung tritt ab sofort in Kraft und ist an die unten stehenden Bedingungen geknüpft.

1. Die vertauschten Kinder werden innerhalb der nächsten drei Monate ausschließlich Kontakt mit ihrer eigenen Blutlinie halten – nicht mit der vom Gegenblut. Begegnungen mit ihren Ziehfamilien sind strengstens verboten.

2. Die vertauschten Kinder begeben sich in den Gewahrsam ihrer genetischen Familien und werden dort die nächsten drei Monate mit ihren genetischen Geschwistern und Eltern zusammenleben. Dabei unterwerfen sie sich den Regeln ihrer Blutfamilie.

3. Die vertauschten Kinder werden die drei Monate nutzen, um ihre Blutgabe weiterzuentwickeln. Die genetischen Eltern verpflichten sich, die Integration der vertauschten Kinder in ihre Blutlinie zu gewährleisten.

KAPITEL 1

3 Monate.
92 Tage.
2208 Stunden.
132480 Minuten.
7948800 Sekunden.

Die Zahlen zogen durch meinen Kopf und fühlten sich nach Unendlichkeit an.

»Es wird schon«, versuchte Sophie mich aufzumuntern, als sie ihren Polo in die Straße der von Rabenaus lenkte. Von Romy und meinen Eltern hatte ich mich bereits zu Hause verabschiedet – und sogar Dominik war vorbeigekommen, um mir Lebewohl zu sagen. Es war nicht einfach gewesen, meine kleine Schwester loszulassen, doch Dominik hatte sie abgelenkt, um ihr den Abschied zu erleichtern. Dabei hatte es mir das Herz gebrochen, nicht nur Romy und meine Mutter, sondern auch meinen Vater weinen zu sehen. Er hatte so getan, als hätte

er was im Auge gehabt, und einfach weggesehen, doch ich wusste, was mit ihm los war. Er versuchte, stark zu wirken und mir das Gefühl zu geben, dass alles wieder in Ordnung kommen würde – aber das würde es nicht.

»Ich will das nicht«, flüsterte ich und ließ mich resigniert auf dem ledernen Autositz zurückfallen, während meine Augen die Häuser der Straße scannten, die nichts mit meinem Zuhause zu tun hatten.

Sophie parkte den Wagen und drehte sich dann zu mir um. »Ich weiß, es ist schwer, und zwar unglaublich schwer«, begann sie und griff nach meiner Hand. »Aber ich will, dass du weißt, dass ich immer deine Schwester sein werde.«

Ihre Augen schimmerten verdächtig und ich schluckte, denn Sophie war normalerweise zurückhaltend, wenn es um ihre Gefühle ging.

»Immer, hörst du?«, setzte sie hinzu und ich konnte nur nicken, da mir der Kloß im Hals meine Kehle zuschnürte. »Die von Rabenaus werden dich gut behandeln, Lorelai.«

»Sie sind aber nicht meine Familie.«

Sophie warf mir einen kurzen Blick zu und ihre blonden Haare glänzten im Licht der Sonne, das durch das Autofenster fiel. »Du hast eine Familie. Eine Familie, die dich heute liebt und auch in drei Monaten noch genauso lieben wird wie jetzt.«

Ich schlang die Arme um mich. »Aber was, wenn das Hohe Herrscherhaus seinen Erlass irgendwann auf zeitlich unbefristet setzt? Wenn es für immer so sein soll? Das halte ich nicht durch, Sophie.«

»Das wirst du auch nicht müssen. In drei Monaten werden sie euch noch einmal anhören, und wenn du bis dahin zeigst, dass du dich mit den Dunklen arrangieren kannst, werden sie sicher bereit sein, einer flexibleren Lösung zuzustimmen.«

Ich wünschte, dass sie recht hatte, und genauso wünschte ich mir, dass ich die nächsten 92 Tage nicht bei den von Rabenaus wohnen musste. Sie waren nicht meine Familie, sie gehörten zu Vitus und ich konnte mir nicht vorstellen, mit ihnen am Frühstückstisch zu sitzen oder abends gemeinsam fernzusehen. Wobei die von Rabenaus wahrscheinlich sowieso keinen Fernseher besaßen und zum Lachen in den Keller gingen.

»Komm, es wird Zeit«, meinte Sophie und wir stiegen aus dem Polo aus. Mit einem dumpfen Knall fiel die Autotür ins Schloss und ich ließ meinen Blick voller Widerwillen über das Haus der von Rabenaus schweifen, das perfekt zu der distanzierten Familie passte. Beim Anblick des Anwesens presste ich die Lippen zusammen, denn das riesige Gebäude vor mir war das genaue Gegenteil von dem, was ich gewohnt war.

Ein asphaltierter Weg führte zu dem schmucklosen Kubus, dessen moderne Fassade von schmalen Fensternischen durchbrochen wurde. Nirgends konnte ich irgendetwas Buntes oder Lebendiges entdecken, kein Fleckchen Gras oder eine wild wachsende Blume war vorzufinden – nicht einmal eine Fliege schien sich auf das Grundstück zu verirren.

»Es ist … speziell«, bemerkte Sophie und warf mir einen mitleidigen Seitenblick zu.

»Es ist hässlich.« Ich hievte meine Reisetasche aus dem Kofferraum des Polos, bevor ich nach dem kleinen Blumenstock griff, den Mama heute Morgen noch mal für mich zum Blühen gebracht hatte. »Es ist kühl, distanziert und herzlos. Es ist die Verkörperung der von Rabenaus, wenn du es so willst.«

Sophie presste die Lippen aufeinander und widersprach mir nicht,

weil sie wusste, dass ich recht hatte. »Es sind nur drei Monate. Du bekommst das hin.« Sie strich mir sanft über den Oberarm.

»Ich weiß nicht.« Ich fühlte, wie die Angst schwer auf mir lastete. Alles in mir wehrte sich dagegen, eine Dunkle zu sein – und auch wenn mein Kopf verstand, dass es so war, spürte ich es noch nicht. Ich war eine Helle, ich wollte Leben spenden und geben, ich wollte nicht den Tod über andere bringen.

Sophie umarmte mich. »Pass auf dich auf«, flüsterte sie mir tränenerstickt ins Ohr, bevor sie mich losließ und mit dem Auto davonfuhr.

Ich starrte auf das graue Haus, dessen Vorgarten mit schwarzen Steinbeeten ausgelegt war. Vielleicht stand ich noch immer unter Schock und das war der Grund, warum sich meine Beine nicht weiterbewegen wollten, aber ich konnte es einfach nicht tun.

»Das ist keine gute Entscheidung«, sagte jemand hinter mir und ich drehte mich mit dem Blumenstock im Arm langsam um. Von der Straße kam ein hochgewachsener junger Mann auf mich zu, der sich auf der Roten Audienz in der Nähe von Vitus aufgehalten hatte. Er hatte pechschwarze Haare, eine schmale Nase und den durchdringenden, dunklen Blick seines Vaters, mit dem er mich musterte.

»Es war nicht meine Entscheidung«, erklärte ich Vitus' Bruder Vincent reserviert, auch wenn ich ihm zustimmte, dass das Hohe Herrscherhaus den falschen Erlass getätigt hatte.

Er streifte die Pflanze in meiner Hand mit einem kühlen Blick. »Dass du hier draußen stehen bleibst, anstatt reinzugehen, ist definitiv deine Entscheidung. Das Hohe Herrscherhaus wird dies jedoch nicht gelten lassen. Ihr Beschluss sieht vor, dass du bei uns wohnst.«

»Keine Sorge, ich habe auch nicht vor, die nächsten drei Monate in

eurem Vorgarten zu verbringen.« Ich griff nach meiner Reisetasche, doch Vincent kam mir zuvor.

»Darum kümmere ich mich schon«, sagte er ruppig.

»Ich kann meine Tasche auch allein tragen«, erwiderte ich und fühlte mich irgendwie beobachtet. Schnell sah ich zu den schmalen Fenstern des oberen Stockwerks hoch und bemerkte einen Schatten, der sich in dem Moment zurückzog.

»Wenn du meinst.« Vincent ließ die Reisetasche auf den Asphalt donnern, bevor er mit einem freudlosen Lächeln seinen Arm ausstreckte. »Nach dir, Lorelai.«

Es war seltsam, wie er meinen Namen aussprach, weil es nach unangemessener Vertrautheit klang. Einer Vertrautheit, die unter Geschwistern absolut natürlich war, für uns aber einfach nicht passte. Wir waren keine Geschwister. Wir waren höchstens Mitbewohner für die nächsten Monate, mehr nicht.

Mit wenigen Schritten stand ich an der Haustür und klingelte. Dabei fühlte es sich gar nicht gut an, Vincent hinter mir zu wissen.

»Lorelai, wir hatten dich erwartet«, begrüßte mich Frau von Rabenau, als sie die Tür öffnete. Ihr Tonfall trug keine herzliche Note in sich und harmonierte mit ihrem dunkelgrauen Hosenanzug, der auch gut zu einer Mitarbeiterin eines Bestattungsinstituts gepasst hätte.

»Ich weiß«, erwiderte ich nur und betrat vor Vincent den Eingangsbereich, der mit dezenten Einbauschränken ausgestattet war und über eine breite Glastreppe verfügte, die in die erste Etage führte.

»Vincent, ihr habt euch schon bekannt gemacht?«, fragte Frau von Rabenau und legte den Kopf leicht schief. Wie beim letzten Mal waren ihre Haare zu einem schwarzen Bob frisiert, der in einer geraden Linie mit ihrem Kinn abschloss.

Vincent schlüpfte aus seinen schwarzen Sneakers und zog sich seine graue Jeansjacke aus, um alles in einem der Schränke zu verstauen. »Wir hatten das Vergnügen bereits.«

»Gut.« Frau von Rabenau richtete ihre Aufmerksamkeit auf mich. »Aleksander ist noch bei einem seiner diplomatischen Termine und wird erst am Abend zu uns stoßen. Ich werde dir jetzt Vitus'«, sie stockte und schüttelte den Kopf, als könnte sie sich damit selbst korrigieren, »dein Zimmer zeigen. Dein Gepäck kann das Hausmädchen später mit hinaufnehmen.«

»Das kann ich auch selbst machen«, sagte ich nun schon zum zweiten Mal und fragte mich, ob die von Rabenaus vielleicht einfach meine Sachen durchsuchen wollten – um sicherzugehen, dass ich nichts Gefährliches bei mir trug und keinen Anschlag auf sie plante.

Frau von Rabenau betrachtete kurz meinen Blumenstock und sog tief die Luft ein. »Wie du meinst.« Sie war anscheinend keine Frau, die Widerrede von ihren Kindern gewohnt war. Trotzdem zwang sie sich zu einem Lächeln, aber es erreichte ihre grünen Augen nicht.

»Ist Patric da?«, wollte Vincent wissen.

Seine Mutter nickte. »Er ist oben«, sagte sie, bevor sie mir bedeutete, ihr über die Treppe in den ersten Stock zu folgen.

Als ich hinter ihr die Glasstufen nach oben ging, atmete ich den Duft ihres Parfums ein. Es roch sehr teuer und hatte eine erdige, bittere Note, die zum Haus passte. Überall an den Wänden hingen riesige abstrakte Gemälde. Wahrscheinlich handelte es sich dabei um Kunst, auch wenn ich nicht unbedingt welche darin sah. Bei mir hinterließen die Bilder ein beklemmendes Gefühl, denn ihre tiefen, dunklen Pinselstriche wirkten beinahe bedrohlich.

»Dein Zimmer ist im ersten Stock. Genauso wie die Zimmer von

Vincent, Patric, Aleksander und mir. Harriet bewohnt die zweite Etage, es ist ihr Privatbereich und für dich nur zugänglich, wenn sie es dir erlaubt.«

»Wer ist Harriet?«, fragte ich, als wir den Korridor Richtung Straßenseite folgten.

»Harriet ist Vitus' –«, sie presste kurz die Lippen aufeinander, »– deine Großmutter. Sie ist Aleksanders Mutter und hat oben ihr Atelier.«

Automatisch fragte ich mich, ob damit die ältere Frau mit dem zufriedenen Grinsen gemeint sein könnte, die ich auf der Roten Audienz gesehen hatte – und ob diese Frau auch die Künstlerin war, die für die schrecklichen Gemälde in diesem Haus verantwortlich war.

»Hier ist es.«

Wir blieben bei einer weißen Metalltür stehen.

»Möchtest du zuerst hineingehen?«, fragte sie höflich. »Immerhin ist es jetzt dein Zimmer.«

Ich schüttelte den Kopf und erwähnte nicht, dass ich am liebsten gar nicht hineingehen wollte. »Nein, Sie können den Raum ruhig zuerst betreten.«

Frau von Rabenau wirkte für einen Moment irritiert. »Du musst mich nicht siezen. Das ist in unserer Situation auch nicht angebracht.«

Es kam mir falsch vor, Frau von Rabenau zu duzen, auch wenn sie meine genetische Mutter war. Denn sie war das absolute Gegenstück zu meiner echten Mutter.

»Ich bin Annegret.« Es fehlte nur noch, dass mir Frau von Rabenau ihre langen Finger entgegenstreckte, damit wir uns die Hände schütteln konnten. »Du kannst mich gern bei meinem Vornamen nennen.«

»Okay«, sagte ich nur, froh darüber, sie nicht mit *Mutter* ansprechen zu müssen.

Annegret nickte mir zu und öffnete die Tür zu einem Schlafzimmer, das genauso modern und nüchtern eingerichtet war wie der Rest des Hauses. Ein breites Metallbett mit dunklen Bezügen stand an der gegenüberliegenden Wand, darüber hing eines der grässlichen Bilder. Auf der anderen Seite entdeckte ich einen großen Schreibtisch aus Glas, auf dem ein Familienfoto der von Rabenaus zu finden war. Es zeigte Vitus mit seinen Brüdern und seinen Eltern auf einer Foto-Safari mit einem Wahnsinns-Panorama hinter sich. Alle fünf wirkten gelöst und glücklich.

Als Annegret sah, worauf mein Blick gefallen war, ging sie rasch zu dem Schreibtisch und drückte das Bild an ihre Brust. Dann räusperte sie sich. »Wir hätten auch noch andere Räumlichkeiten zur Verfügung gehabt, aber das Hohe Herrscherhaus hat darauf bestanden, dass ihr, also Vitus und du, die Zimmer des anderen Kindes bezieht.« Sie straffte die Schultern und marschierte zu einer Milchglastür, die sich unweit der schmalen Fenster befand. »Das hier ist das Badezimmer«, erklärte sie knapp und ich stellte meinen Blumenstock auf dem Glastisch ab, bevor ich einen Blick in das elegante Bad warf, in dem sich ein großer Spiegel, ein Waschbecken und eine bodentiefe Dusche befanden.

Ein kurzes Lächeln umspielte meinen Mund, denn Vitus würde in seinem neuen Schlafzimmer kein eigenes Bad vorfinden, sondern sich morgens das Waschbecken mit Romy und ihrer Schildkröte teilen müssen.

»Gefällt es dir?«, fragte Annegret und ich nickte nur. »Das ist gut.« Sie hielt das Familienfoto noch immer mit einer Hand fest und strich sich mit der anderen eine abtrünnige Haarsträhne aus ihrer Stirn.

»Wir essen um Punkt sieben. Bis dahin hast du Zeit, dich hier etwas einzugewöhnen. Falls du irgendwelche Fragen hast, findest du mich unten in meinem Arbeitszimmer.«

»Und wo ist Ihr Arbeitszimmer?«, fragte ich und erntete einen tadelnden Blick. Ich atmete tief ein. »Und wo ist dein Arbeitszimmer?«

»Es befindet sich zwischen dem Wohnzimmer und Aleksanders Arbeitsbereich«, erklärte sie. »Das Wohnzimmer ist nicht zu übersehen.«

Mit diesen Worten verließ sie den Raum und ich glaubte, dass sie ebenso erleichtert war wie ich, als sie die Tür hinter sich schloss.

Langsam ließ ich meine Reisetasche auf den Boden sinken und drehte mich einmal im Kreis. Dieser Raum war derart lieblos eingerichtet, dass ich mir sicher war, dass ich mich hier keinesfalls wohlfühlen würde. Das einzig Gute war mein eigenes Badezimmer, aber ich hätte alles dafür gegeben, mich wieder morgens mit Romy um das Waschbecken zu streiten.

Langsam ging ich zu dem in der Wand eingelassenen Schrank, den ich beinahe übersehen hätte, und öffnete ihn, indem ich auf die Front drückte. Mit einem Klick sprang er auf und ich begann, meine Klamotten einzuordnen. Ich hatte nicht viel mitgenommen – vielleicht in der Hoffnung, dass ich doch nicht die ganzen drei Monate hier abzusitzen hatte.

Den Rest meiner Kleidung hatte ich mit meiner Mutter im Keller verstaut. Nach dem Treffen im Palast hatte uns das Hohe Herrscherhaus drei Tage gegeben, um unsere Angelegenheiten zu ordnen, das Wichtigste zu packen und unser Zimmer für das vertauschte Kind frei zu machen.

Bei dem Gedanken, dass Vitus nun meinen Platz einnahm, dass er mit meinen Eltern beim Abendessen saß, schnürte es mir die Kehle zu. Blut schoss mir in die Wangen und ich atmete mehrmals tief in den Bauch, um mich zu beruhigen. Als sich mein Puls wieder normalisiert hatte, zog ich mein Handy aus meiner Jeanstasche und schrieb Josephine eine WhatsApp-Nachricht, auch wenn es nicht erlaubt war. Das Hohe Herrscherhaus hatte erlassen, dass ich ausschließlich Kontakt mit der dunklen Blutlinie zu halten hatte, aber es war mir in dem Moment egal. Seit meinem Besuch im Palast hatte ich Josephine nicht mehr gesprochen und ich hoffte inständig, dass es nichts damit zu tun hatte, dass ich nun eine Dunkle war.

Der Gedanke fühlte sich viel zu hässlich an und ich schob ihn schnell beiseite. Dann ging ich ins Bad und spritzte mir etwas Wasser ins Gesicht, um meine Wangen zu kühlen. Dabei blieb mein Blick an meinem Spiegelbild haften und ich verteufelte jede Ähnlichkeit, die ich mit Annegret hatte. Die grünen Augen, die dunklen Haaren – sie gehörten plötzlich mehr zu ihr als zu mir.

Den Rest des Nachmittags verbrachte ich damit, im Bett zu liegen, Musik zu hören und mir völlig fremd vorzukommen. Ich fühlte mich wie mein kleiner Blumenstock, der einfach nicht in dieses Haus gehörte. Wie sollte ich die nächsten Tage, die nächsten Wochen hier bloß überleben?

Als ich mir gerade eine Strategie zurechtlegte, wie ich den Kontakt mit den von Rabenaus so gering wie möglich halten konnte, klopfte es an der Tür. Noch bevor ich etwas sagen konnte, wurde die glänzende Tür auch schon geöffnet und eine kleine Frau mit kurzen schwarzen Haaren schlüpfte geduckt herein.

»Es hat mich niemand gesehen«, sagte sie und strich sich mit dem

Handrücken über die Stirn. »Den Todesgöttern und dunklen Hexen sei Dank.«

Ich rückte auf meinem Bett ein Stück zurück, bis ich mit dem Rücken an der Wand saß.

Die alte Frau zwinkerte mir zufrieden zu. »Das war nur ein Scherz. Ich glaube doch nicht an Hexen«, sagte sie trocken und machte ein paar Schritte durch den Raum. Trotz ihres hohen Alters wirkte sie total beweglich und setzte sich schwungvoll zu mir aufs Bett. Dann senkte sie ihre Stimme. »Lorelai, ich muss dich warnen.«

»Wovor müssen Sie mich warnen?«, fragte ich irritiert.

Sie beugte sich ein Stück vor. »Vor der Pilzsuppe meiner Schwiegertochter«, wisperte sie. »Die ist immer versalzen.«

Die alte Frau grinste mich verschwörerisch an und ich musste lächeln.

»Jaja, jetzt lächelst du noch, aber wenn du sie erst mal gekostet hast, Schätzchen, lachst du nicht mehr. Damit könnte man glatt einen Mord begehen.« Sie hob belustigt die Augenbrauen.

Obwohl es nur ein Scherz gewesen war, musste ich automatisch an Marvin denken, der vor meinen Augen in den Seerosenteich gestürzt und nach dem Einsatz von Vitus' Blutgabe noch ein zweites Mal gestorben war. Bei der Erinnerung daran verging mir das Lächeln tatsächlich.

»Ach herrje. Morde sind im Moment vermutlich ein ziemlich heikles Thema, oder?«, fragte die alte Frau.

Ich zuckte mit den Schultern. »Als Dunkle sollte ich mich wahrscheinlich daran gewöhnen.«

Die alte Dame nickte bestätigend. »Natürlich. Als Dunkle sprechen wir nur zu gern über unser nächstes Opfer und unsere Blutmessen.

Ich habe da zum Beispiel eine Cousine, die ich furchtbar gern opfern würde.« Bei meinem irritierten Blick begann sie zu kichern. »Entspann dich, das war nur ein Scherz. Ich kann die alte Schnepfe zwar wirklich nicht leiden, aber ich würde sie niemals umbringen. Schon eher würde ich ihr Annegret mit einem Teller ihrer Pilzsuppe vorbeischicken. Meine Schwiegertochter mag ein oder zwei Talente haben, aber das Kochen sollte sie wirklich anderen überlassen. Leider hat sie es sich heute nicht nehmen lassen.«

»Solange die Suppe nicht vergiftet ist«, sagte ich schneller, als ich wollte. Doch anstatt mich überrascht anzustarren, schlich sich ein Schmunzeln in das faltige Gesicht der alten Dame.

»Ich dachte mir tatsächlich schon einige Male, dass mich Annegret mit ihrer Suppe um die Ecke bringen will. Aber sieh her«, sie deutete auf sich, »ich lebe noch. Und du wirst den heutigen Abend auch überleben, selbst wenn du dir das jetzt vielleicht noch nicht vorstellen kannst.« Sie grinste breit und stand dann wieder auf. »Wann essen wir noch einmal?«, fragte sie.

»Um sieben.«

»Gut, dann komme ich fünf Minuten zu spät – das mag sie gar nicht«, bemerkte die Frau und ging zur Tür. »Übrigens, Schätzchen, ich bin Harriet, falls du dir das noch nicht selbst gedacht hast.« Mit diesen Worten verschwand sie so schnell, wie sie aufgetaucht war.

Es war tatsächlich nicht schwer, sich im unteren Stockwerk zurechtzufinden, zumal es fast nur aus einem großen Wohn-Ess-Bereich bestand, der von einer riesigen Fensterfront begrenzt wurde. Von hier aus hatte man einen guten Blick in den Steingarten der von Rabenaus und ich konnte nicht nachvollziehen, wie man so etwas Karges aus

seinem Garten machen konnte. Deswegen wandte ich meine Aufmerksamkeit lieber auf den Innenbereich, in dem sich eine weitläufige graue Sitzlandschaft neben dem gedeckten Esstisch aus Glas befand, an dessen Stirnseite bereits Herr von Rabenau Platz genommen hatte.

»Lorelai«, begrüßte mich Aleksander. Wie bei unserer letzten Begegnung trug er einen schwarzen Rollkragenpullover sowie eine dunkle Stoffhose. Sein Blick war so stechend, dass ich mich schlagartig noch unwohler fühlte.

»Aleksander«, erwiderte ich seine Begrüßung ebenso kühl. Nachdem Annegret auf das Duzen bestanden hatte, war ich so frei, dies bei Herrn von Rabenau gleich von Beginn an zu tun.

»Nimm doch bitte Platz.« Er wies mir den Stuhl gegenüber von ihm zu, wahrscheinlich, um maximalen Abstand zwischen uns zu bringen.

»Okay«, sagte ich nur und setzte mich hin, da ich diesem Abendessen sowieso nicht ausweichen konnte.

»Wie gefällt dir dein Zimmer?«

»Es ist sauber.«

»Alles andere wäre nachlässig«, meinte er und ich konnte nicht glauben, dass dieser Mann mein genetischer Vater war. Alles an ihm wirkte so glatt und unnahbar. Er blickte auf die Uhr.

»Es ist drei Minuten vor sieben«, erklang Vincents Stimme, der gerade die Treppe hinuntergeschlendert kam.

Aleksander verschränkte die Finger ineinander. »Und wo ist dann dein Bruder?«

»Er hat noch drei Minuten. Aber er wird nicht kommen.«

»Und wieso?«

Vincent setzte sich neben seinen Vater. »Er hatte noch einen Termin. Und er hat sich bei Mutter entschuldigt.«

»Das hat er«, pflichtete Annegret bei, die aus dem Korridor neben der Fensterfront auf uns zusteuerte, um sich auf der anderen Seite neben ihrem Mann niederzulassen. Dabei blickte sie kurz auf die zwei freien Plätze neben mir. »Wo ist Harriet?«, fragte sie scharf.

Ein sanftes Lächeln tauchte in Aleksanders Gesicht auf. »Du kennst doch meine Mutter. Sie verspätet sich immer.«

»Aber heute ist kein besonders guter Zeitpunkt dafür. Wir werden auf sie warten.« Annegret wandte mir ihre Aufmerksamkeit zu. »Wir werden nach dem Essen noch einen Digestif in meinem Arbeitszimmer einnehmen und möchten, dass du uns dabei Gesellschaft leistest, Lorelai. Wir haben einige Dinge zu besprechen.«

»Was für Dinge?«, fragte ich.

»Das werden wir dann besprechen«, wiederholte sie und blickte auf ihre goldene Uhr. In dem Moment war mir Harriet sehr sympathisch, weil sie absichtlich zu spät zum Essen kam.

Aleksander von Rabenau lehnte sich auf seinem Stuhl zurück und ließ mich dabei nicht aus den Augen. »Du hast etwas Ähnlichkeit mit meiner Urgroßmutter, Lorelai.«

»Die konntest du doch nie leiden«, sagte Vincent und ich fühlte mich an diesem großen Tisch vollkommen verloren. Ich sollte nicht hier sitzen, sondern in dem bunten Esszimmer meiner Eltern, wo jeder Stuhl anders aussah.

»Das stimmt nicht«, widersprach ihm sein Vater. »Mittlerweile mag ich sie. Zumindest seit sie tot ist.«

Ich schluckte. »Das ist ja nett.«

»Aleksander hat einen besonders schwarzen Humor«, hörte ich Harriet sagen, die gerade die Treppe herunterkam. Sie trug ein schwarzes Kleid und dicke rote Ketten, die ihr schwer um den Hals

hingen. »Den hat er von seinem Vater, der schon lange unter der Erde ist.« Sie richtete ihren Blick auf mich und streckte dann den Finger aus. »Aber ich war es nicht, die ihn unter die Erde gebracht hat, wenn du das jetzt vermutest, Lorelai.«

Ich schüttelte nur den Kopf und kam nicht umhin, den bösen Blick zu bemerken, den Annegret ihrer Schwiegermutter zuwarf.

»Kann ich Laura nun bitten, das Essen zu servieren?«

»Ach, ich dachte, ihr seid mit der Suppe schon durch«, meinte Harriet etwas enttäuscht.

»Nein, wir haben auf dich gewartet«, sagte Annegret kühl. »Selbstverständlich warten wir auf dich.«

Harriet setzte sich neben mich. »Na dann kann es jetzt losgehen.«

Annegret betätigte eine kleine schwarze Glocke, die auf dem Esstisch stand. Dann wandte sie sich mir zu. »Gemeinsame Rituale sind in unserer Familie sehr wichtig. Wir versuchen, so oft wie möglich miteinander zu essen. Am Wochenende frühstücken wir auch zusammen und machen mindestens einmal pro Monat einen Familienausflug, sofern es unsere Zeit erlaubt.« Sie machte eine kurze Pause, in der ich an das Foto aus Vitus' Zimmer denken musste. »Und zukünftig werden wir uns natürlich die Zeit nehmen, damit wir uns alle besser kennenlernen.«

Ich senkte den Blick auf die Tischplatte und erwiderte nichts. Am liebsten hätte ich widersprochen, am liebsten wäre ich aufgestanden und nach Hause gefahren, aber meine Angst vor den Konsequenzen hielt mich zurück. Das Hohe Herrscherhaus würde nicht nur mich bestrafen, es würde auch nicht davor zurückschrecken, meine Eltern zur Verantwortung zu ziehen. Deswegen sagte ich nichts.

»Lorelai sieht aus, als könne sie es gar nicht erwarten, mit uns allen

einen Ausflug zu unternehmen«, bemerkte Vincent und schenkte sich mit der Karaffe ein Glas Wasser ein. »Es ist dir eine *helle* Freude, nicht wahr, Schwesterchen?«

KAPITEL 2

»Vincent!«, zischte Annegret und funkelte ihren Sohn an. »Hör auf damit.«

In diesem Moment betrat eine schlanke junge Frau den Raum und servierte die Pilzsuppe. Mit ihren hochgesteckten blonden Haaren und der weißen Schürze über dem schwarzen Kleid entsprach sie dem typischen Bild eines Hausmädchens.

»Womit genau soll er aufhören?«, hakte ich nach und setzte mich etwas gerader hin. »Das Wort *hell* zu benutzen?«

Vincent entfaltete seine dunkelgraue Serviette. »Wir mögen die Hellen nicht besonders, wusstest du das nicht?«

Ich hob eine Augenbraue. »Interessant. Dann magst du deinen Bruder Vitus nun auch nicht mehr? Schließlich ist er ein Heller.« Dabei fixierte ich ihn und versuchte, nicht daran zu denken, was das im Umkehrschluss bedeutete. Dass ich eine genetische Dunkle war.

»Lasst uns das Thema wechseln«, sagte Annegret bestimmt.

»Bei allen Todesgöttern, jetzt wird es doch gerade erst interessant«,

widersprach Harriet und grinste breit. Das Grinsen verging ihr allerdings wieder, als Laura einen Teller mit dampfender Pilzsuppe vor ihr abstellte.

»Natürlich mag ich Vitus noch«, antwortete sein ältester Bruder auf meine Frage. »Allerdings ist er kein Heller. Im Herzen ist er, was wir sind – dunkel.« In seine Stimme hatte sich ein drohender Unterton geschlichen.

»Interessant«, erwiderte ich. »Dann ist für dich nicht die Blutlinie ausschlaggebend, sondern die innere Einstellung?«

»Natürlich ist die Blutlinie ausschlaggebend«, sagte Aleksander kühl. »Vitus stellt einen Ausnahmefall dar.«

»Ich dachte ja, Annegret stellt auch einen Ausnahmefall dar«, flüsterte mir Harriet leise zu, »aber dann ist sie doch geblieben.«

Meine genetische Mutter kniff die Augen zusammen und tauchte ihren glänzenden Silberlöffel in die Suppe. »Wir sollten jetzt essen.« Ihre Stimme klang beherrscht.

Vitus' Oma seufzte und kostete von der Pilzsuppe, bevor sie mit einem großen Schluck Wasser nachspülte. »Zu wenig Wein«, murrte sie.

»In die Suppe gehört nur ein kleiner Schuss Weißwein«, sagte Annegret gepresst.

»Ich spreche vom Wein auf dem Tisch.«

»Du sollst doch nicht so viel Wein trinken, Mutter«, mischte sich Aleksander kühl ein.

»Wieso nicht? Ich bin alt, ich kann tun, was ich will. Außerdem wird mich ein Gläschen Wein schon nicht umbringen.«

»Marvin von Kaltenburg hat es umgebracht«, entgegnete Vincent trocken.

Harriet winkte ab. »Marvin konnte ja auch keiner leiden, am wenigsten sein Bruder Marcus.«

»Wieso das?«, fragte ich, da ich zum ersten Mal davon hörte.

Die alte Dame schmunzelte schelmisch. »Nun, es heißt, dass sich die geheimnisvolle Drittgeborene aus dem Ausland, die sich Marcus angelacht hat, um mit ihr garantiert den dunklen Thron zu besteigen, mehr für seinen Bruder Marvin interessiert haben soll.«

Aleksander nahm einen Schluck Wein. »Dieses Interesse hat sich nun mit Sicherheit erledigt.«

»Das sind doch nur Gerüchte«, sagte Annegret steif. »Außerdem ist es absurd, dass Marcus deswegen seinen Bruder ermordet haben soll.«

Harriet schürzte die Lippen. »Vielleicht war es auch dieser Arthur. Mir kann er nichts vormachen, der konnte Marvin doch auch nicht leiden.«

»Dann müsste Arthur aber die komplette Fürstenfamilie auslöschen«, erwiderte Aleksander und aß einen Löffel Pilzsuppe. »Schließlich war es Marvins Vater, der seinem Vater den Thron vor der Nase weggeschnappt hat.«

»Vielleicht bringt er nur alle um, die ihm im Weg stehen? Um selbst den Thron zu besteigen, müsste er jetzt nur noch Marcus um die Ecke bringen. Schließlich ist Arthur der dritte in der Rangfolge«, meinte Harriet vielsagend.

»Genug jetzt«, sagte Annegret bestimmt. »Ich möchte nicht länger über diese Morde sprechen. Und auch nicht wieder über dein Ableben, das möglicherweise von ein paar Gläschen Wein begünstigt wird«, fügte sie in Richtung ihrer Schwiegermutter hinzu.

»Ach, ich bin sicher, wenn es so weit ist, werdet ihr es verkraften.« Harriet zwinkerte mir zu.

»Vater verkraftet es sicher leichter, wenn du nicht wieder den Inhalt deines Testaments änderst«, warf Vincent ein und Harriet begann, glucksend zu lachen.

»Stimmt. Wobei ja nun einige Anpassungen vorzunehmen sind.« Dabei betrachtete sie mich auf ganz eigentümliche Weise und einen Moment lang herrschte Schweigen.

»Schmeckt dir die Suppe?«, fragte Annegret dann und ich zwang mich, einen Löffel zu essen, obwohl ich absolut keinen Hunger hatte.

Wie Harriet gesagt hatte, war die Suppe versalzen. Da Annegret auf eine Antwort zu warten schien, nickte ich einfach nur und wischte mir den Mund mit einer Serviette ab.

Aleksander betrachtete mich kurz und wandte sich dann an seinen ältesten Sohn. »Wie war dein Tag?«

»Mühsam«, antwortete Vincent unumwunden. »Ständig wollte jemand wissen, ob es wahr ist, dass nun eine … weibliche Drittgeborene in unserer Familie existiert.«

Ich presste die Lippen aufeinander und starrte auf den modernen Tisch. Obwohl es mir vom Verstand her klar war, dass ich nun denselben Status wie Romy hatte, fühlte sich diese Tatsache noch immer wie ein Fehler an – genau wie die ganze Situation.

»Nun, daran werden wir uns wohl alle gewöhnen müssen«, sagte Aleksander ohne erkennbare Reaktion.

Schweigend wartete ich ab, bis Laura die Suppe wieder abservierte und den Hauptgang brachte. Dabei handelte es sich um ein Fleischgericht mit schwarzen Morcheln und einer dunklen Soße. Schon der Anblick war gewöhnungsbedürftig und ich dachte mit Wehmut an Mamas Lasagne.

Annegret bemerkte mein Zögern. »Isst du kein Fleisch?«

»Nein, ich bin Vegetarierin.«

»Typisch hell«, sagte Vincent abfällig.

»Es gibt auch dunkle Vegetarier«, bemerkte Harriet. »Deine Urgroßtante Leonora hat kein Fleisch gegessen.«

»Du meinst die mit der bipolaren Störung?«, konterte Vincent. »Ich dachte, das hat ihr der Arzt als Teil ihrer Therapie empfohlen, damit sie weniger Anfälle bekommt.«

»Vielleicht solltest du das dann auch mal probieren«, rutschte es mir heraus.

Vincent wirkte für einen Moment überrumpelt und Annegret kniff die grünen Augen zusammen.

»Keine Beleidigungen am Tisch. Das ist eine unserer Regeln, Lorelai.«

Ich lehnte mich auf meinem Stuhl zurück. »Das heißt, sobald wir mit dem Essen fertig sind, sind Beleidigungen wieder okay?«

Aleksander atmete tief ein. »Ich weiß nicht, wie das in deiner Familie gehandhabt wurde, aber bei uns haben die Kinder den Eltern Respekt entgegenzubringen.«

Harriet zog die Augenbrauen hoch, als ob sie davon zum ersten Mal hören würde, sagte aber nichts.

Ich sagte auch nichts und dachte an meine Familie. Irgendwie konnte ich mir nicht vorstellen, dass mein Vater Vitus am ersten Abend einen Vortrag über Respekt halten würde, und dass Vitus sein Essen sicher mehr genoss, war für mich keine Frage. Mama war eine fantastische Köchin.

»Wie weit bist du eigentlich mit deiner Blutgabe?«, unterbrach Annegret meine Gedanken.

Überrumpelt hielt ich inne. »Wie meinst du das?«

»Mutter will wissen, ob du sie nach deinem Willen in Sekundenschnelle hervorrufen kannst«, erläuterte Vincent. »Sag bloß, das ist bei den Hellen kein Thema.«

Ich legte mein Besteck zur Seite und sah ihn an. »Als Vitus im Museum einen Tiger zum Leben erweckt hat, hat es problemlos geklappt.«

»Das zählt nicht«, gab er unbeeindruckt zurück. »In einer Stresssituation funktioniert es so gut wie immer. Die wahre Kunst besteht darin, auch in entspanntem Zustand jederzeit auf die dunkle Gabe zugreifen zu können.«

»Trainier das, wenn du dich bisher noch nicht damit auseinandergesetzt hast«, sagte Annegret sachlich. »Wir haben einen eigenen Raum mit Übungsobjekten, den du dafür nutzen kannst. Vincent soll ihn dir bei Gelegenheit zeigen.«

Vincent wirkte nicht allzu erfreut, mir diesen Raum zeigen zu dürfen, und ich hoffte inständig, dass es sich bei den *Übungsobjekten* um keine lebenden Tiere handelte – denn daran würde ich meine Blutgabe sicherlich nicht trainieren. Da ich aber keine Lust hatte, schon am ersten Abend einen Streit vom Zaun zu brechen, sagte ich nichts dazu und beschloss, erst einmal abzuwarten.

Die restlichen siebzehn Minuten saß ich schweigend am Tisch und hörte dem Ticken der großen Standuhr zu. Dabei betrachtete ich den Druck von Munch, der über der grauen Sitzlandschaft hing und von dem mir Vitus bei unserem ersten Date erzählt hatte. Im Nachhinein kam es mir absurd vor, dass er mir zu dem Zeitpunkt so attraktiv erschienen war.

»Bist du fertig?«, fragte Aleksander, nachdem er und seine Frau ihr Essen beendet hatten.

Ich nickte abermals und hoffte, dass das, was sie mit mir zu besprechen hatten, schnell vorübergehen würde.

Er stand auf. »Gut. Dann komm mit.«

Harriet warf mir einen aufmunternden Blick zu und ich bemühte mich, sie anzulächeln, aber meine Mundwinkel hoben sich einfach nicht, egal wie sehr ich es auch versuchte.

»Bringen Sie mir einen Brandy«, sagte Aleksander im Vorbeigehen zu Laura und steuerte das Arbeitszimmer seiner Frau an, die ihm in einem Meter Abstand folgte. Ich trottete ihnen nach und betrachtete die schlanken Gestalten meiner biologischen Eltern. Noch immer war es für mich unvorstellbar, dass wir genetisch zusammengehörten.

»Nimm Platz«, sagte Annegret, nachdem wir den modernen Raum betreten hatten. Sie deutete auf eine schwarze Ledercouch vor einer dunkelroten Wand, vor der ein eigenwillig geformter Glastisch stand. Nach kurzem Zögern ließ ich mich auf der Kante des Sofas nieder.

Aleksander setzte sich auf einen schwarzen Lederfauteuil mir gegenüber und Annegret blieb vor ihrem eckigen Kunststoffschreibtisch stehen und stützte sich mit den Händen an der Kante ab.

»Wir wollten mit dir reden, um dich auf dein … Leben hier vorzubereiten«, eröffnete sie das Gespräch und sah kurz zu ihrem Mann.

»So ist es«, sagte Aleksander nach einer Pause.

Ich wusste nicht genau, worauf sie hinauswollten, und verschränkte die Finger ineinander. Drei Monate in dieser nüchternen Umgebung mit versalzenem Essen und Kontaktverbot zu allen Hellen erschien mir schon schlimm genug. Was war es also, worauf sie mich noch zusätzlich vorbereiten wollten?

»Sagt es doch einfach«, forderte ich sie schließlich auf, als das

Schweigen anhielt und die beklemmende Atmosphäre immer drückender wurde.

»Wie du ja schon weißt, hast du durch dein Geschlecht einen besonderen Status in unserer Familie erhalten.«

Annegret strich sich eine schwarze Haarsträhne hinter ihr Ohr. Es war eine Geste, die ich auch an mir selbst schon bei Videoaufnahmen gesehen hatte, und ich blickte rasch zu Boden, da ich nicht wollte, dass es etwas gab, das uns miteinander verband.

»Und?«, fragte ich tonlos.

»Diese Tatsache führt dazu, dass unsere Situation noch komplizierter wird, als sie ohnehin schon ist«, sagte Aleksander und stand kurz auf, als es an der Tür klopfte und Laura mit seinem Brandy erschien.

»Wie genau meinen Sie ... Wie genau meinst du das?«, korrigierte ich mich und wünschte, sie würden einfach alles auf den Tisch knallen, ohne so lange Pausen dazwischen zu machen.

Annegret verschränkte die Arme vor der Brust. »Du benötigst Unterricht, um dich in deiner neuen Rolle als Dunkle besser zurechtzufinden. Aleksander und ich haben lange darüber gesprochen und wir sind der Meinung, dass es das Beste ist, dich für die nächsten Monate aus der Schule zu nehmen.«

»Was?!«, rief ich und blickte fassungslos zwischen den beiden hin und her. »Ist das euer Ernst?«

»Zähme deine Emotionen, Lorelai.« Aleksander sah mich streng an. Bei dem Gesichtsausdruck, den er machte, erinnerte er mich wieder stark an einen Raben, der es gewohnt war, zu bekommen, was er wollte.

»Wieso darf ich nicht mehr in die Schule gehen?«, sprach ich so beherrscht wie möglich weiter. »Das ist doch absurd.«

»Mit dem Direktor deiner jetzigen Schule ist bereits alles geklärt. Wie du wahrscheinlich weißt, ist er ein Dunkler, und er hat vollstes Verständnis für unsere Situation«, sagte Aleksander.

»Er hat uns einen ausgezeichneten Privatlehrer empfohlen, der dir alle Schulinhalte vermitteln kann«, fuhr Annegret fort. »Und noch mehr.«

»Ich will aber keinen Privatlehrer. Reicht es denn nicht, dass ich bei euch wohnen muss? Wollt ihr mich jetzt komplett einsperren und gar nicht mehr rauslassen?«

Aleksander nippte an seinem Brandy. »Bitte werde nicht melodramatisch, Lorelai. Keiner will dich einsperren. Wir sorgen nur dafür, dass du auf deine neue Rolle adäquat vorbereitet wirst.«

»Und was genau ist meine neue Rolle?«, fuhr ich ihn an. »Wollt ihr mich als Zuchtstute an das Hohe Herrscherhaus verhökern und dafür sorgen, dass ich alle Benimmregeln der Dunklen vorher auswendig lerne?«

Annegret kniff die Augen zusammen. »Ich verbitte mir diesen Ton. Keiner von uns hat sich diese Situation gewünscht. Wir sind erst seit Kurzem aus Südafrika zurück und hätten auch lieber …« Sie unterbrach sich.

Aleksander räusperte sich. »Dieses Gespräch dient grundsätzlich nur zu deiner Information. Es geht nicht darum, deine Zustimmung einzuholen. Als deine biologischen Eltern und gesetzlichen Vertreter ist es unsere Entscheidung, welche Ausbildung du genießt. Und da du eine von Rabenau bist, wirst du die beste Ausbildung genießen.«

»Ich bin vielleicht hier, weil das Hohe Herrscherhaus es befohlen hat«, presste ich hervor, »aber das bedeutet noch lange nicht, dass ich eine von Rabenau bin.«

Annegret atmete tief ein und wechselte einen kurzen Blick mit ihrem Mann. »Wir wissen, dass die Situation für dich nicht einfach ist«, setzte sie an. »Für keinen von uns. Wir sollten erst mal versuchen, uns in Ruhe besser kennenzulernen, und danach ...«

»Ihr wollt mich besser kennenlernen?«, unterbrach ich sie ungläubig. »Und dafür nehmt ihr mich im ersten Schritt aus meiner Schule und stellt mich vor vollendete Tatsachen?«

Daraufhin herrschte dröhnendes Schweigen im Raum, das mir die Luft abschnürte.

»Kann ich jetzt gehen?«, fragte ich mit dem letzten Rest an Beherrschung, der mir geblieben war.

Aleksander und Annegret nickten und ich stand auf. Ohne ein Wort der Verabschiedung stakste ich aus dem Zimmer. Dabei versuchte ich krampfhaft, die Fassung zu bewahren.

»Finde dich morgen um 8.00 Uhr im Wohnzimmer ein«, sagte mein biologischer Vater noch, als ich schon fast zur Tür hinaus war. »Dein Privatlehrer erwartet dich nach dem Frühstück und er legt großen Wert auf Pünktlichkeit.«

Im Nachhinein wusste ich nicht, wie ich den Weg in mein Zimmer geschafft hatte, ohne zu weinen. Erst als ich die Zimmertür hinter mir zugeworfen und abgeschlossen hatte, erlaubte ich mir, meinen Gefühlen freien Lauf zu lassen   und mit ihnen meinen Tränen, die mir hemmungslos über die Wangen kullerten.

Ich hasste es hier. Dieses Haus war wie ein Beerdigungsinstitut: kalt und dunkel und voller Verluste. Noch immer konnte ich es nicht fassen, dass sie mir nun auch noch die Schule wegnehmen wollten – den letzten Ort, der noch *normal* war, quasi meine letzte Zuflucht.

Mit zitternden Händen holte ich mein Handy aus der Tasche und scrollte zu den WhatsApp-Nachrichten von Lucy. Sie waren so beschwingt und sorglos, dass ich leise schluchzte. Ich konnte nicht meine ganze Familie und auch noch meine Freundin verlieren.

Wieder tippte ich Josephines Namen an und spürte einen Stich, als ich auf die kleinen Häkchen neben meinen Nachrichten blickte. Sie waren noch immer grau, was bedeutete, dass sie sie noch nicht gelesen hatte.

Verzweifelt ließ ich das Telefon sinken. Was bedeutete das? Hatte Josephine im Moment einfach so viel um die Ohren oder mied sie mich tatsächlich absichtlich, seit sie wusste, dass ich eine Dunkle war?

Am liebsten hätte ich bei dem Gedanken irgendetwas gegen das hässliche Gemälde über dem Bett gedonnert. Ich wollte keine von ihnen sein, doch das änderte nichts.

Das änderte absolut nichts.

Am nächsten Morgen klingelte mein Wecker um sieben Uhr, aber ich lag schon eine halbe Stunde wach im Bett. Zu dieser Zeit war ich zu Hause immer aufgestanden und hatte gemeinsam mit Romy in unserer hellen und freundlichen Küche gefrühstückt. Hier war es so kalt, dass nicht mal die Sonne zu uns durchkam. Der Regen prasselte an die hohen Scheiben und das Geräusch weckte in mir den Wunsch, mir einfach die Bettdecke über den Kopf zu ziehen und nicht aufzustehen.

Allerdings hatte ich auch keine Lust, mich dem Spott von Vitus' ältestem Bruder auszusetzen – wobei mir einfiel, dass ich den mittleren Bruder ja noch gar nicht kennengelernt hatte. Offenbar hatte Patric genauso wenig Interesse an mir wie ich an der neuen Situation, was

ich durchaus verstehen konnte. Da ich allerdings nicht ewig im Bett bleiben konnte, atmete ich tief durch und schlug die Decke zurück, um die nächsten Stunden einfach hinter mich zu bringen.

»Guten Morgen, mein Name ist Hieronymus von Hetz«, begrüßte mich der Privatlehrer, als ich mich um Punkt acht Uhr im unteren Wohnbereich einfand. Er stand von der grauen Sitzlandschaft auf und bedeutete mir, zu dem gläsernen Esstisch zu gehen, der bereits abgeräumt war und leicht nach Glasreiniger roch. Das gemeinsame Frühstück hatte ich ausgelassen, und obwohl ich mir denken konnte, dass Annegret darüber nicht übermäßig erfreut war, war es mir egal. Schließlich hatten sie mir schon alles genommen, was mir irgendetwas bedeutete – schlimmer konnte es also kaum werden.

»Guten Morgen.« Ich streckte ihm die Hand hin, als er vor mir stehen blieb. »Lorelai von Wittgen-« Ich unterbrach mich. »Lorelai«, presste ich dann hervor.

Er nickte und betrachtete mich aus zusammengekniffenen Augen von oben bis unten. Es kam mir ein wenig seltsam vor und ich wusste nicht, ob es nur daran lag, dass ich die drittgeborene Tochter oder das vertauschte Kind war. Vermutlich beides.

»Dann lassen Sie uns so schnell wie möglich anfangen«, sagte der Lehrer, der schätzungsweise um die vierzig war und eine sehr schlanke Statur hatte. Wie so viele Dunkle besaß auch er eine Hakennase, allerdings war er bei Weitem nicht so attraktiv wie Vincent oder Aleksander, da er über winzige Augen verfügte, die er die meiste Zeit misstrauisch zusammenkniff. »Ihre Eltern haben mich gebeten, mit dem Unterricht der Dunklen zu beginnen und erst dann zum normalen Schulstoff überzugehen.« Während er sprach, zog er sein schwarzes Jackett aus und hängte es über eine Stuhllehne. »Wie ich hörte, ha-

ben Sie ja noch gar keine Ausbildung in dieser Hinsicht genossen, was für eine Dunkle Ihres Standes gelinde gesagt eine Katastrophe ist.«

Ich setzte mich an den kalten Glastisch. »Ehrlich gesagt mache ich mir weniger Sorgen um meinen Ruf als um die Tatsache, dass ich von einem Tag auf den anderen aller sozialen Kontakte beraubt wurde.« Ich wusste nicht genau, warum ich es sagte, ich hatte einfach das Bedürfnis, ihn zu provozieren – und irgendwie war er der Einzige, an dem ich meine Frustration auslassen konnte.

»Nun, das ist sicherlich bedauerlich, aber kein Teil unseres Unterrichtsplanes«, erwiderte der Privatlehrer und nahm ebenfalls Platz. »Beginnen wir mit den Grundlagen«, sagte er dann und betrachtete mich aus zusammengekniffenen Augen. »Wie viel Wert wurde in Ihrer Erziehung auf die Bildung gelegt?«

»Sehr wenig«, sagte ich, einfach um ihn zu erschrecken. »Wir Hellen haben die meiste Zeit im Garten verbracht und Pflanzen zum Blühen gebracht.«

Er stockte einen Augenblick und öffnete dann seine dunkle Ledertasche, um ein paar dicke Bücher auf den Tisch zu legen. »Ich kann Ihnen jetzt schon sagen, dass unsere Zusammenarbeit nur funktionieren wird, wenn Sie sich im Ton mäßigen, Fräulein *von Rabenau*«, erklärte er kühl und lehnte sich auf seinem Stuhl zurück. »Mir ist bewusst, dass das für Sie eine schwierige Situation ist, aber meine Geduld ist nicht grenzenlos.«

»Ich habe kein Problem damit, den Unterricht in meiner Schule fortzusetzen«, erwiderte ich und verschränkte die Arme vor der Brust. Es war nicht meine Absicht gewesen, mich derart unkooperativ zu zeigen, doch irgendwie sah ich in diesem Verhalten plötzlich auch eine Chance.

Wenn Herr von Hetz sich weigerte, mir Privatunterricht zu geben, würde den von Rabenaus gar nichts anderes übrig bleiben, als mich zurück in die Schule zu schicken.

»Sie haben vielleicht kein Problem damit, Ihre Eltern aber schon«, sagte der Lehrer und fuhr sich durch sein schütteres Haar. »Normalerweise würde ich bei den Anfängen unserer Geschichte beginnen, aber bei Ihnen liegt der Fall ein wenig anders. Sie sind in einem Haus der Hellen aufgewachsen, was bedeutet, Sie haben wahrscheinlich von klein auf auch die Lügengeschichten der Hellen verinnerlicht.«

Ich schnappte nach Luft. »Lügengeschichten? Die Hellen sind keine Lügner.«

Er atmete tief ein und nickte. »Natürlich nicht. Aber sagen Sie mir, Fräulein von Rabenau, haben Sie schon mal gehört, dass die Dunklen alle Lügner wären?«

Ich schluckte und wusste im ersten Moment nicht, was ich sagen sollte, da das tatsächlich stimmte. Mein Großvater hatte die Dunklen sogar in seinen Aufzeichnungen als Lügner bezeichnet, und obwohl ich es gern verleugnet hätte, konnte ich das nicht.

Mein neuer Privatlehrer schlug eines der dicken gebundenen Bücher auf. »Der Tod ist etwas, das den Menschen grundsätzlich Angst macht. Deshalb wird er auch oft als etwas Schlechtes gesehen. Doch Tatsache ist, dass nicht nur die Hellen Gutes tun. Auch die Dunklen tun es.«

Schnaubend schüttelte ich den Kopf. »Die Dunklen tun Gutes? Wie denn? Indem sie arme Menschen von ihrem Leid erlösen?«

Der Lehrer sah mich ruhig an. »Ja, das haben wir getan, und wir machen es auch heute noch – unter gewissen Voraussetzungen. Unsere

Gabe ist sehr mächtig und umso wichtiger war es, dass nur die verantwortungsvollsten Menschen mit dieser Kraft gesegnet wurden.«

Seine Worte ließen eine wilde, heiße Wut in mir hochsteigen, aber ich ließ mir nichts davon anmerken. »Wollen Sie damit sagen, dass die Dunklen verantwortungsvollere Menschen sind, weil sie mit der Kraft ausgestattet wurden, jedem Lebewesen zu jeder Zeit den Tod zu bringen?«

»Ich hätte es nicht so drastisch ausgedrückt, aber es trifft den Kern meiner Aussage«, erwiderte der Privatlehrer nickend. »Die Dunklen sind keine strahlenden Helden wie die Hellen, aber es sind auch Helden, Fräulein von Rabenau. Kasimir von Leoben beispielsweise hat im Zweiten Weltkrieg vielen Verwundeten auf dem Schlachtfeld die Erlösung gebracht. Verstümmelte Männer und Frauen, für die es keine Rettung mehr gab und die sich schreiend vor Schmerzen in ihren eigenen Exkrementen gewälzt haben …«

»Genug«, sagte ich und schluckte, da vor meinem inneren Auge Bilder hochkamen, die ich nicht sehen wollte.

Der Lehrer lächelte. »Ja, man möchte gar nicht hinschauen, so überwältigend ist der Schmerz, der auf der Welt existiert. Aber es hat keinen Sinn, den Kopf in den Sand zu stecken.«

»Und was ist mit den anderen Geschichten?«, hielt ich dagegen und richtete mich auf meinem Sessel auf. »Was ist mit den Dunklen, die vor den Roten Gerichtshof gekommen sind, weil sie Leute getötet haben, um sich selbst zu bereichern? Haben diese Dunklen ihre Gabe etwa verdient? Hatten sie die große Verantwortung, von der Sie gesprochen haben?«

Mein Lehrer presste die Lippen aufeinander und schüttelte den Kopf. »Es gibt überall schwarze Schafe, Lorelai.«

»Das ist wahr. Aber es gefällt mir nicht, wenn sie ausgeklammert werden. Wenn nur die angeblich heroischen Taten hervorgekehrt werden, während alles andere ignoriert wird.«

In diesem Moment klingelte es an der Tür und mein Lehrer wandte sich um. Das Hausmädchen Laura lief zum Eingangsbereich und kam wenig später mit einem riesigen verdorrten Blumenstrauß zurück.

»Für Lorelai von Rabenau«, las sie vor. »Von einem gewissen Konrad von Galen.«

Ungläubig blickte ich auf die toten Blumen, die so aussahen, als ob sie in der Zeit erstarrt wären. Obwohl ihnen eine gewisse Eleganz innewohnte, fiel es mir schwer, zu akzeptieren, dass jemand mit verdorrten Dahlien, Clematis und Hagebutte tatsächlich seine Aufwartung machte.

»Es fängt schon an«, sagte mein Lehrer, der meinen Blick bemerkt hatte. »Glauben Sie mir, Sie werden in Zukunft noch viel mehr solcher Geschenke von dunklen Familien erhalten. Schließlich sind Sie nun eine begehrte Heiratskandidatin.«

Bei seinen Worten zog sich alles in mir zusammen. Und ich schüttelte unwillkürlich den Kopf.

Er atmete tief durch. »Und deswegen werde ich Sie nun auf Ihre neue Rolle vorbereiten, ob es Ihnen gefällt oder nicht.«

Die nächsten fünf Stunden verbrachte ich mit meinem neuen Privatlehrer im Essbereich. Als der Unterricht endlich zu Ende war, zog ich mich in mein Zimmer zurück. Zur Mittagszeit klopfte Laura vorsichtig an meine Tür, aber ich weigerte mich, hinunterzukommen. Es war vielleicht trotzig und kindisch, aber nach allem, was mir in den letzten Tagen widerfahren war, hatte ich das Gefühl, dass ich es verdient hatte, auch mal trotzig und kindisch zu sein. Im Endeffekt war

in den Hungerstreik zu gehen die einzige Kontrolle, die mir noch geblieben war.

Als es Abend wurde und die Sonne langsam unterging, trat ich an mein Fenster und ließ frische Luft in mein Zimmer. Dabei schweifte mein Blick über den Garten und ich wusste nicht, wie ich einen weiteren Tag in diesem Haus und mit diesen Menschen schaffen sollte. Mein Heimweh war so groß, dass ich am liebsten weggelaufen wäre, einfach nur fort.

Missmutig ließ ich meinen Blick über den kargen Vorgarten schweifen und entdeckte dabei eine einsame Gestalt auf der Straße. Sie stand völlig ruhig unter einem Kastanienbaum und blickte eindeutig in Richtung des Hauses. Der Statur nach musste es sich um einen Mann handeln und ich spürte, wie mein Herz einen Satz machte und umso schneller weiterschlug, als er plötzlich einen Schritt nach vorn machte und ins Licht trat.

**In dunkle Seelen blicken:
Sind Mörder immer die anderen?**

Auch wenn Sie vielleicht schon einmal Mordfantasien gehegt haben, so liegt doch ein himmelweiter Unterschied zwischen daran denken und es wirklich tun. Die Angst, erwischt zu werden, ist der Grund, der uns hindert, unsere Gelüste in die Tat umzusetzen. Es ist nicht unser Mitgefühl, es ist nicht unser moralischer Kompass, der uns zu vermeintlich besseren Menschen macht. Nein, es sind die Konsequenzen, die wir fürchten!

Kränkung, Habgier und Rache sollen die häufigsten Mordmotive sein und ich bin mir sicher, dass jeder von uns zum Mörder werden kann. Die einen müssen nur den richtigen Umständen ausgesetzt sein, die anderen empfinden einfach Freude daran, das Leben aus jemandem weichen zu sehen! Und mit der dunklen Blutgabe ist es so denkbar einfach – eine kurze Berührung und die Konzentration der eigenen Gedankenkraft reichen aus, um das Leben zu nehmen. Welch Wunderwerk!

Weh mir, wenn die Rote Garde mir meine Fähigkeit mit diesem vermaledeiten Extrakt stehlen möchte. Das lasse ich nicht zu! Denn die dunkle Gabe ist ein Geschenk, das mir gemacht wurde, und ich habe verstanden, es zu nutzen! Ich bedauere die Hellen, die nicht über diese fantastische Fähigkeit verfügen, die noch zu schmutzigeren Methoden greifen müssen – Messer, Schere, Gift –, um sich einer Person zu entledigen. Ihr habt mein vollstes Mitgefühl!

Aus: Geständnisse eines Mörders,
Mitschriftensammlung der Roten Garde

KAPITEL 3

Schnell schlüpfte ich in meine schwarze Laufhose und das graue Sportshirt, band mir die Haare zu einem Knoten zusammen und schnappte mir meinen iPod. Dann verließ ich Vitus' Zimmer und rauschte die Treppe hinunter. Dabei stieß ich beinahe gegen Vincent, der gerade die Stufen nach oben kam.

»Woah. Wo willst du denn hin?«, fragte er und ich war froh, dass ich noch rechtzeitig bremsen konnte, um ihm nicht direkt in die Arme zu laufen.

»Sieht man das nicht?«, fragte ich. »Ich gehe joggen.«

Vincent hob eine Augenbraue und blickte mich aus seinen stechenden Augen an. Mit seinem schmalen Gesicht und den pechschwarzen Haaren wirkte er wie eine jüngere Version seines Vaters. »Und damit fängst du direkt auf der Treppe an?«

Ich schnaubte. »Natürlich. Das machen wir Hellen so. Außerdem reichen wir uns abends alle die Hände und tanzen zu Blumenmusik.«

»Das hatte ich mir schon fast gedacht«, bemerkte Vincent trocken

und ich machte schnell einen Schritt zur Seite, um an ihm vorbeizukommen. Im nächsten Moment streckte er beiläufig die Hand aus und hielt mich am Arm fest.

»Du hast mich noch gar nicht darum gebeten, dir den Raum mit den Übungsobjekten für deine Blutgabe zu zeigen.« Seine Stimme klang gefährlich leise.

Herausfordernd hob ich das Kinn. »So wie ich es verstanden habe, sollst du mir den Raum zeigen und nicht ich dich darum bitten.« Er zog die Augenbrauen zusammen. Mit Nachdruck machte ich mich von ihm los. »Und jetzt lass mich vorbei.«

»Ist es fürs Joggen nicht etwas spät? Immerhin ist es schon dunkel.«

Ich mochte den Klang seiner Stimme nicht und drehte mich im Gehen noch einmal zu ihm um. »Ich habe keine Angst vor der Dunkelheit.« Mit einer heftigen Bewegung öffnete ich die Haustür, ohne mich noch einmal nach ihm umzusehen.

Mein Herz klopfte kräftig, als ich ein Stück die Straße entlangging und hoffte, dass *er* meinen Hinweis verstehen und mir folgen würde. Nachdem ich Vincent gerade erst über den Weg gelaufen war, konnten wir es uns nicht erlauben, von ihm erwischt zu werden.

Atemlos bog ich um die Ecke und blieb vor einem roten Backsteingebäude stehen. Es war mutig von ihm gewesen, hierherzukommen und sich nicht von dem Erlass des Hohen Herrscherhauses einschüchtern zu lassen, aber was hätte er gemacht, wenn ich nicht aus dem Fenster gesehen hätte?

Als er mir tatsächlich nachkam und mich angrinste, hatte ich das Gefühl, die Sonne in der Nacht aufgehen zu sehen.

»Dominik«, hauchte ich und fiel ihm in die Arme.

»Hey, das ist aber mal eine Begrüßung«, flüsterte er in mein Ohr.

»Wenn ich das gewusst hätte, wäre ich schon heute Morgen hier aufgetaucht.«

Ich drückte mich fest an ihn. Es tat so unglaublich gut, seinen vertrauten Duft einzuatmen.

»Was machst du hier?«, fragte ich, als ich mich irgendwann wieder von ihm löste und meinen Blick über seinen athletischen Körper schweifen ließ. Die blaue Jeans und der graue Kapuzenpullover standen ihm ausgezeichnet und ich freute mich, dass er den Hoodie trug, den ich ihm zu seinem letzten Geburtstag geschenkt hatte.

»Ich musste dich sehen. Kurz habe ich überlegt, ob ich dich anrufe oder dir eine Nachricht schreibe, aber ich wollte das Risiko nicht eingehen, dass die von Rabenaus etwas mitbekommen.« Er fuhr sich durch seine kurzen Haare. »Ich musste mich einfach vergewissern, dass es dir gut geht.«

Ich lächelte. »Das ist lieb von dir.«

»Und? Geht es dir gut?«, fragte er.

»Es geht mir den Umständen entsprechend. Die von Rabenaus … sie sind ganz anders als meine Familie. Sie sind so distanziert … und dunkel.« Ich schluckte bei dem Gedanken an die freudlosen Gespräche, die ich mit ihnen geführt hatte. Sanft nahm Dominik meine Hand.

»Lorelai. Es tut mir so leid.«

Ein alter Mann mit Vollbart kam gerade an uns vorbei. Er führte seinen Dalmatiner Gassi und irgendwie fühlte ich mich wie dieser Hund, nur dass ich an der Leine des Hohen Herrscherhauses hing.

»Mir tut es auch leid«, sagte ich erstickt.

Dominik strich mir eine Haarsträhne hinters Ohr. Seine Berührung fühlte sich gut an und ich vermisste es, Kontakt mit lieben Menschen

zu haben. »Als meine Eltern mir erzählt haben, was passiert ist, wollte ich es einfach nicht glauben«, bemerkte er.

Ich nickte. »Ich denke immer noch, dass ich irgendwann aus diesem Albtraum erwache. Aber das tue ich nicht. Dieser Albtraum ist jetzt mein Leben.«

Dominik betrachtete mich mit seinen blauen Augen, die beinahe zu leuchten anfingen. »Komm, lass uns abhauen.«

»Jetzt? Sofort?«

»Klar. Hast du Hunger?«

Wie zur Bestätigung brummte mein Magen, der heute fast noch nichts zu essen bekommen hatte. »Ein wenig«, sagte ich.

»Das hört sich aber nicht nach wenig an.«

»Okay, vielleicht auch viel.«

Er kniff die Augen zusammen und ich merkte, wie sich sein Körper verkrampfte. »Sag bloß, die Dunklen geben dir nichts zu essen?«

Seine Frage brachte mich zum Lachen. »Doch, sie füttern mich schon, keine Sorge. Vielleicht wollen sie mich auch mästen, um mich später selbst zu essen?«

»Das würde mich bei den Dunklen nicht wundern. Aber bei deinem Körper wäre es die pure Verschwendung.«

Ich gab ihm einen Klaps auf die Schulter. »Lass das.«

»Wieso? Weil du jetzt eine Dunkle bist, darf ich dich nicht mehr heiß finden?«

Ich schnaubte. »Dich schreckt sogar das nicht ab, oder?«

»Ein wenig schon, aber ich bin einfach zu tolerant, was dich betrifft.« Sein Lächeln wirkte nicht ganz so unbefangen wie sonst und ich fragte mich, was er wirklich für mich empfand, jetzt, wo er wusste, dass ich eine Dunkle war.

»Da bin ich aber froh, dass du so ein toleranter Kerl bist.«

»Kannst du auch sein«, erwiderte er trocken und schob sich seine Hände in die Hosentaschen. »Denn ich bin sogar so tolerant, dass ich eine vom Gegenblut zum Pizza-Essen einlade.«

»Wenn sie uns erwischen, bekommen wir mächtig Ärger«, antwortete ich zögernd.

Dominik grinste rebellisch und ich mochte die Grübchen, die sich auf seinen Wangen bildeten. »Dann dürfen sie uns eben nicht erwischen.«

»Und? Wie fühlt sich das hier an?«, fragte Dominik, als wir eine halbe Stunde später in der kleinen Pizzeria in einer Nische mit rot-weiß karierter Tischdecke saßen. Dominik hatte uns mit seinem Golf hierhergefahren und ich war mir dabei ein wenig wie auf der Flucht vorgekommen.

»Wie es sich anfühlt? Nach Freiheit«, beantwortete ich seine Frage, da es mir tatsächlich so vorkam. Dennoch huschte mein Blick unruhig durch das kleine Lokal, das nur über ein paar Tische und eine kleine Theke verfügte.

»Mach dir keine Sorgen, hier kommt nie jemand her. Du kannst dich entspannen.« Er spielte mit der Gabel, die auf dem Tisch lag, und lächelte mich sexy an. »Wir sind zwei ganz normale, gut aussehende Leute, die einfach nur eine Pizza essen.«

»Eine Pizza?« Ich hob eine Augenbraue und schaffte es, dass Dominik herzhaft lachte.

»Nein, ich meinte natürlich *zwei* Pizzen. Für jeden eine eigene – selbstverständlich.« Er grinste breit und es tat mir unglaublich gut, hier mit ihm zu sitzen.

»Dann bin ich ja beruhigt.« Sicherheitshalber ließ ich meinen Blick aber trotzdem noch einmal durch das Lokal schweifen. Außer uns waren ein paar ältere Gäste anwesend, aber niemand, den ich kannte.

»Lorelai, das Hohe Herrscherhaus wird sicher nicht jeden deiner Schritte überwachen. Die sind doch gerade mit anderen Dingen beschäftigt.« Dominiks Gesicht wirkte ernst.

»Du meinst den Mord an Marvin?«

Er nickte. »Die Rote Garde hat gerade viel zu tun – das Dunkle Fürstenpaar will den Mörder ihres Sohnes lieber heute als morgen zu fassen bekommen.«

Ich dachte an das Abendessen mit den von Rabenaus und senkte die Stimme. »Glaubst du, dass Arthur von Kaltenburg dahinterstecken könnte? Sollte seinem Cousin Marcus auch noch etwas zustoßen, wäre Arthur der Nächste in der Thronfolge.«

»Leider hat Arthur ein Alibi und kommt als Täter nicht infrage.«

»Wie meinst du das?«

Dominik betrachtete mich eindringlich. »Die Rote Garde konnte das Zeitfenster eingrenzen, in dem das Gift in Marvins Glas geschüttet worden sein musste. Und in dem Zeitraum war Arthur leider mit mir zusammen.«

In diesem Moment kam eine schlanke Kellnerin mit kurzen blonden Haaren auf uns zu und fragte nach unseren Wünschen. Ich bestellte rasch ein Glas Apfelsaft und eine Pizza Margherita. Sobald sie weg war, beugte ich mich nach vorn.

»Du warst bei Arthur?«

Dominik nickte. »Er ist doch mein Notfallkontakt, Lorelai. Glaub mir, ich hätte dem Idioten lieber kein Alibi gegeben – und kurz habe ich auch überlegt, die Rote Garde einfach anzulügen.«

Ich grinste. »Hast du nicht.«

»Doch. Und eigentlich war es kein kurzer, sondern ein längerer Moment.« Sein Mundwinkel zuckte nach oben. »Aber damit hätte ich verhindert, dass sie den wahren Mörder schnappen können. Und das fand ich dann doch nicht so cool.«

»Du bist einfach zu gut für diese Welt.«

Er nickte. »Danke, dass du es endlich laut aussprichst.«

Ich lächelte kurz, aber dann kehrten meine Gedanken wieder zur Mordserie zurück. »Wenn Arthur jetzt nicht mehr verdächtig ist, wer soll dann hinter den Giftanschlägen stecken?«

Dominik lehnte sich auf der Bank zurück. »Keine Ahnung. Ich tippe auf Marcus von Kaltenburg.«

»Aber warum sollte der seinen Bruder umbringen?«

Er zuckte mit den Schultern. »So gut kenne ich ihn nicht, aber mir war der Typ schon immer unsympathisch. Selbst für einen Dunklen.«

Ich schluckte. »Ich dachte, du bist Dunklen gegenüber so tolerant.«

Ein seltsamer Ausdruck machte sich in Dominiks Gesicht breit und ich war mir nicht sicher, ob es mit meiner Veränderung zu tun hatte. »Sagen wir so: Ich mag momentan nur eine Dunkle.«

Bei seinen Worten senkte ich automatisch den Blick auf die kleine rote Vase mit der Sonnenblume, die auf unserem Tisch stand. Wieder einmal wurde mir bewusst, wie schmerzlich ich unseren wilden Garten und seine Lebendigkeit vermisste – und wofür ich jetzt stand.

Dominiks Blick wurde sanft. »Sorry, Lorelai. Ich wollte dich nicht traurig machen. Ich weiß doch auch, dass du nicht gern eine Dunkle bist.«

»Aber ich werde mich damit abfinden müssen.« Ich strich mit den

Fingern über die Tischdecke. »Hast du mit meiner Familie gesprochen?«

Er nickte. »Deine Mutter war heute mit Romy kurz bei uns.«

»Wie geht es ihnen?«

»Es geht ihnen gut, Lorelai. Sie machen sich nur Sorgen um dich, aber das ist verständlich.« Er lächelte mich an. »Von Romy soll ich dir ausrichten, dass du dir um Quasimodo und Napoleon keine Sorgen machen musst. Sie wollte unbedingt, dass ich dir sage, dass sie noch leben und Romy alles tun wird, damit Vitus sie nicht tötet. Dafür wird sie mit ihrem Leben kämpfen und sie hat auch schon einen Plan ausgeheckt, um Vitus das Leben zur Hölle zu machen.«

Gegen meinen Willen musste ich lächeln. Romy war sicher keine einfache Gegnerin.

»Romy hofft auch immer noch, dass ein Versehen vorliegt und du bald als Helle zurückkommst.« In Dominiks Stimme schwang ebenfalls eine gewisse Sehnsucht mit.

Ich zögerte kurz. »Und wie kommen sie mit Vitus zurecht?«

Auch wenn Romy Vitus gegenüber anfangs sicher widerborstig auftreten würde, schnitt mir die Vorstellung, dass er sich in unserem Haus schnell zurechtfand und bei meinen Eltern vielleicht sogar wohlfühlte, tief ins Herz.

»Er scheint nicht besonders gesprächig zu sein. Soll sich nur in deinem Zimmer verschanzen und kaum den Mund aufmachen.« Dominik unterbrach sich kurz, als die Bedienung unsere Getränke brachte. Sobald die Kellnerin wieder weg war, fuhr er fort: »Ich hab dir schon bei der letzten Roten Audienz gesagt, was ich von ihm halte. Und auch wenn er jetzt kein dunkler Arsch mehr ist, bleibt er doch ein Arsch.«

Ich wollte nicht allzu viel über Vitus nachdenken. »Wie hast du mich eigentlich gefunden?«, fragte ich, als Dominik einen Schluck von seiner Cola nahm.

»Sophie.« Er legte seine Unterarme zwischen uns auf dem Tisch ab. »Sie hat mir die Adresse gegeben. Mit dem Hinweis, dass ich verdammt vorsichtig sein soll.«

Ich nippte an meinem Apfelsaft. »Wie lange hast du vor dem Haus der von Rabenaus gestanden?«

»Ungefähr zwei Stunden. Vielleicht waren es auch drei.«

Ich verschluckte mich beinahe. »So lange hast du gewartet?«

»Klar.«

»Und wenn ich nicht aus dem Fenster geguckt und dich zufällig gesehen hätte? Wenn ich nicht nach draußen gekommen wäre?«, fragte ich und hielt kurz inne. »Hättest du dann geklingelt?«

»Natürlich nicht. Wo denkst du hin? Ich stürme doch nicht in ein Haus voller Dunkler.« Er grinste. »Ich wäre einfach morgen nach dem Eishockeytraining wieder vor dem Betonblock aufgekreuzt. Und wenn ich dich dann nicht gesehen hätte, hätte ich am nächsten Tag einfach wieder vor deiner Tür gestanden – also mit dem notwendigen Abstand.«

Ich war total gerührt und konnte es gar nicht fassen, wie lieb Dominik war. »Du bist großartig.«

»Hey, um das zu erkennen, musstest du erst zu einer Dunklen werden?« Seine Stimme klang amüsiert und ich boxte ihn über den Tisch gegen den Oberarm.

»Das wusste ich schon vorher.«

Ein tiefes Lächeln zeichnete sich in seinem Gesicht ab. »Dann ist es ja gut.«

Ich nahm noch einen Schluck von meinem Apfelsaft und genoss es, mit Dominik Zeit zu verbringen. »Wie läuft es bei dir im Studium?«

»Ganz gut, ich bin momentan an einem Forschungsprojekt beteiligt und oft im Labor. Aber mit den Einzelheiten würde ich dich wahrscheinlich nur langweilen.« Er hob die Augenbrauen.

Ich biss mir auf die Lippe. »Fordere mich heraus.«

»Genug geflirtet«, hörte ich in dem Moment eine tiefe Stimme sagen und erschrak, als plötzlich Vincent vor uns stand. Er stützte seine Hände auf unserem Tisch ab und lehnte sich gefährlich nah zu mir. »Sieht so dein Joggen aus? Was glaubst du eigentlich, was du hier tust, Lorelai?«

Sein schwarzes Haar schimmerte im Licht der schummrigen Restaurantbeleuchtung und jeder Muskel seines Gesichts war zum Zerreißen gespannt, während seine dunklen Augen gefährlich blitzten.

»Lass sie in Ruhe«, stieß Dominik hervor und fixierte Vincent, der sich wieder aufrichtete und seinen Blick eisig erwiderte.

»Diesen Rat solltest wohl eher du befolgen«, zischte er.

Mit einer schnellen Bewegung war Dominik auf den Beinen. »Oder was? Willst du mich sonst töten?«

»Nein, so weit wird es nicht kommen. Aber ich könnte dir sehr, sehr wehtun.«

»Darauf lege ich es gern an.« Dominik spannte seinen ganzen Körper an und fixierte Vincent herausfordernd.

»Überleg dir das lieber noch einmal.« Vincents Stimme klang gefährlich und Dominik ballte die Hand zu einer Faust, während sich die beiden unversöhnlich anstarrten. Ich wusste, dass nicht mehr viel fehlte, bevor sie richtig aufeinander losgingen.

»Nicht«, sagte ich schnell und legte meine Fingerspitzen beruhi-

gend auf Dominiks Unterarm. Ein Kampf zwischen den beiden war das Letzte, was wir jetzt noch gebrauchen konnten.

Vincents Blick wanderte zu mir. Hasserfüllt starrte er mich an. »Was bildest du dir eigentlich ein, Lorelai? Du kennst den Erlass und seine Bedingungen. Wir gehen jetzt. Und zwar sofort.«

»Du kannst ihr gar nichts befehlen«, erklärte Dominik hart, woraufhin Vincent nur den Kopf schüttelte.

»Doch, das kann ich«, meinte er und seine Stimme troff vor Abscheu, als er mir wieder den Kopf zuwandte. »Schließlich bin ich doch ihr großer Bruder, nicht wahr?«

Während der Autofahrt zum Haus der von Rabenaus sprachen Vincent und ich kein Wort miteinander. Erst als er seinen silbernen Mercedes vor dem Haus geparkt hatte, drehte er sich auf der Straße zu mir um. »Das passiert nicht noch einmal, Lorelai.«

»Und wie willst du das verhindern?«, fragte ich trotzig, weil ich mir von ihm nichts vorschreiben lassen wollte. Natürlich wusste ich, dass er nicht unrecht hatte und mein Treffen mit Dominik uns einigen Ärger hätte einhandeln können, aber ich wollte mich nicht von ihm herumkommandieren lassen. »Wirst du mich jetzt immer verfolgen?«

Vincent baute sich vor mir auf. »Wenn es sein muss. Ich werde alles tun, um meine Familie zu beschützen. Wenn du dich noch einmal mit einem Hellen triffst, werde ich dich persönlich in unserem Haus einsperren.«

»Das kannst du nicht tun.«

Vincent steuerte auf die Haustür zu. »Reiz mich nicht.«

Seine Worte waren von einer Kälte durchtränkt, dass ich schlagartig eine Gänsehaut am ganzen Körper bekam.

Während er aufschloss und die Tür aufstieß, ließ Vincent seinen Blick nicht von mir. Widerwillig ging ich ins Haus und stieg die Treppe hinauf. Vincent folgte mir.

»Was?«, herrschte ich ihn leise an, als ich den Korridor in Richtung Vitus' Zimmer entlangging. »Willst du mir jetzt wirklich auf Schritt und Tritt folgen?«

»Ich gehe nur sicher, dass du dein Zimmer auch erreichst und dich nicht wieder mit diesem *Hellen* triffst.«

Ich atmete tief ein und hatte keine Lust, dieses Thema in dem Haus der von Rabenaus zu diskutieren. Der Gedanke, meinen kleinen Ausbruch mit Annegret und Aleksander zu besprechen, bereitete mir kein wohliges Gefühl.

Schnell ging ich zu Vitus' Zimmertür und öffnete sie, bevor ich mitten in der Bewegung erstarrte.

»Was machst du hier?«, zischte ich Vitus an, der gerade irgendein Buch unter dem Bett hervorgezogen hatte und es schnell wieder zurückschob.

Vincent drückte mich ins Zimmer und schloss die Tür schnell hinter uns. »Vitus«, sagte er und ging auf seinen Bruder zu. Dabei wurden seine sonst so starren Gesichtszüge plötzlich ganz sanft und er schloss Vitus in eine kurze, aber kräftige Umarmung. »Mann, geht es dir gut?«

»Den Umständen entsprechend.« Vitus schob seine Hände in die Hosentaschen. Mit seiner schwarzen Jacke und der dunklen Jeans hatte er zwar kleidungstechnisch viel Ähnlichkeit mit seinem Bruder, aber seine dunkelblonden Haare und sein kantiges Gesicht unterschieden sich deutlich vom Rest der von Rabenaus. Dann schüttelte er den Kopf. »Nein, um ehrlich zu sein – es ist die Hölle. Überall Pflanzen und Tiere, und erst diese Gerüche.«

Vincent nickte verständnisvoll. »Es sind drei Monate, du musst diese drei Monate durchhalten.«

»Das ist alles, was du zu ihm sagst?«, unterbrach ich die selige Bruderzusammenkunft und machte einen Schritt auf die beiden zu. »Das Hohe Herrscherhaus hat, wie du mir gerade eben noch verdeutlicht hast, ein Kontaktverbot erlassen – ein Kontaktverbot, an das sich dein Bruder nicht hält.«

Vitus funkelte mich böse an. »Willst du mich jetzt etwa verpfeifen?«

Ich strich mir eine Haarsträhne aus dem Gesicht und hasste es, dass ich diesen Typen geküsst hatte. »Dein Bruder hat mir gerade einen Anschiss verpasst, dass ich mich nicht mit der anderen Blutlinie treffen darf – und was soll das jetzt?«

Ich sah, wie sich Vitus bei meiner Frage verkrampfte, denn sie machte deutlich, dass Vincent und ich vom selben Blut waren, er aber nicht. Natürlich mochte ich die Frage selbst nicht, aber ich mochte es noch weniger, dass mir Vincent das Treffen mit Dominik versaut hatte.

»Das hier geht dich nichts an«, herrschte Vincent mich an.

»Wissen deine Eltern, dass du hier bist?«, fragte ich Vitus, ohne auf Vincents Kommentar einzugehen. Es ärgerte mich, dass für ihn andere Regeln gelten sollten als für mich.

Vitus schnaubte. »Welche Eltern meinst du denn?«

Ich schluckte und es tat weh, dass er damit die Misere voll auf den Punkt brachte. In dem Moment hörte ich Annegret von unten nach Vincent rufen, der seinem Bruder kurz zunickte.

»Ich gehe nach unten und lenke sie ab, damit du durch Patrics Zimmer abhauen kannst. Okay?«

»Okay. Danke, Mann.«

Dann verabschiedeten sich die beiden per Handschlag und Vincent tat so, als gäbe es mich gar nicht, als er das Zimmer verließ.

Ich verschränkte die Arme vor der Brust. »Und was ist mit dir? Willst du jetzt nicht auch gleich verschwinden?«

»Sofort«, sagte Vitus und bückte sich, um das Buch hervorzuziehen, das er vorher wieder unter das Bett gestoßen hatte. Es schien ein altes Buch zu sein, denn sein schwarzer Ledereinband war schon recht abgenutzt.

»Besser wäre *jetzt*«, sagte ich.

Vitus stand wieder auf und verstaute das Buch in seiner Jacke. Dabei betrachtete er mich eindringlich und seine Stimme wurde einen Tick sanfter. »Du kannst es gar nicht mehr erwarten, mich loszuwerden, oder, Lorelai?« Er machte zwei Schritte auf mich zu, bis wir nur nach eine Handbreit voneinander entfernt standen.

»Da hast du recht«, sagte ich und hielt seinem intensiven dunklen Blick stand, auch wenn er mein Herz schneller klopfen ließ. Vitus' Blick rutschte zu meinen Lippen und ich versuchte, mich davon nicht irritieren zu lassen. »Was ist das für ein Buch?«

Er rieb sich kurz über die Narbe oberhalb seiner Augenbraue. »Nur ein Buch.«

»Und was steht drin?«

»Das geht dich nichts an.«

Ich schnaubte verächtlich. »Immerhin befindet es sich in *meinem* Zimmer, also geht es mich sehr wohl etwas an.«

Vitus' Miene versteinerte sich. »Du weißt, dass ich dieses Spiel auch spielen kann, oder? Deine Sachen, meine Sachen. Deine Eltern, meine Eltern.« Er hielt kurz inne. »Ich verstehe gar nicht, wie du es bei ihnen überhaupt ausgehalten hast.«

»Meine Eltern sind super, die haben wenigstens ein Herz«, schoss ich zurück.

Er beugte sich zu mir. »Und meine haben keines?«, flüsterte er mir ins Ohr. Sein kühler Duft nach Kiefernnadeln traf mich.

»Ihres ist kalt«, gab ich zurück. »Genauso wie das ganze Haus. Selbst eure Gemälde sind herzlos.«

»Sag nicht, dass du etwas gegen unsere Einrichtung hast, Lorelai.« Er war mir so nah, dass ich seinen Atem an meinem Hals spüren konnte. Tatsächlich war er mir viel zu nah, aber ich wollte ihm nicht die Genugtuung geben, vor ihm zurückzuweichen. Gerade weil das hier sein Zimmer war und er in diesem Haus aufgewachsen war, war mein Stolz das Einzige, was ich ihm entgegenzusetzen hatte.

Deshalb blieb ich so gelassen wie möglich und seufzte nur. »Wie kann man sich in einem Haus wie diesem nur wohlfühlen? Sag, hast du deine Geburtstage hier gefeiert oder direkt im Bestattungsinstitut?«

»Mal dort, mal da«, gab mir Vitus zur Antwort und ich konnte das kühle Lächeln aus seiner Stimme heraushören. »Und wie war das bei dir? Musstet ihr überhaupt in den Zoo gehen oder seid ihr einfach zu Hause geblieben?«

Bei der Frage strich sein warmer Atem über meine Haut und ein Prickeln fuhr mir direkt in den Magen. Ein Prickeln, das mich wieder an den Abend denken ließ, als Vitus durch das Fenster in mein Zimmer eingestiegen war und mich geküsst hatte, wie ich es noch nie zuvor erlebt hatte.

»Wolltest du nicht schon längst gehen?«, fragte ich und versuchte, besonders gelangweilt zu klingen. Ich wollte Vitus nicht länger um mich haben, denn meine Gefühle spielten in seiner Nähe vollkommen verrückt.

Vitus löste sich von meinem Ohr und sah mir tief in die Augen. »Natürlich«, sagte er. »Ich kann es auch kaum erwarten, wieder nach Hause zu kommen.«

Ich lächelte ihn an. »Es liegt an den Pflanzen, Tieren und Gerüchen, dass man sich dort so wohlfühlt.«

Er erwiderte mein Lächeln kühl. »Du hast deine kleine Schwester vergessen. Entzückend ist die.«

»Es freut mich, dass dir das aufgefallen ist.«

Er nickte. »Besonders entzückend war es, als plötzlich mein neues Schlafzimmer abgeschlossen und der Schlüssel nicht mehr aufzufinden war.«

Ich unterdrückte ein Schmunzeln. »Oje, hattest du ihn verlegt?«

Vitus betrachte mich amüsiert. »Es war eigenartig, denn als ich anbot, in Zukunft einfach bei Romy zu schlafen, tauchte der Schlüssel ganz plötzlich wieder auf.«

Ich grinste in mich hinein und konnte mir vorstellen, wie schrecklich Romy schon allein den Gedanken fand, mit Vitus in einem Zimmer schlafen zu müssen.

»Aber nicht nur Schlüssel verschwinden«, machte Vitus weiter und kniff die Augen zusammen. »Sondern auch meine Schulsachen. Seltsam, nicht wahr?«

»Du gehst zur Schule?«, fragte ich schneller, als ich denken konnte. Natürlich ging Vitus noch zur Schule – er war ja schließlich bei meinen Eltern gelandet, die ihm sicher keinen Privatlehrer verpasst hatten.

»Klar. Du nicht?«

»Hast du mich denn in der Schule gesehen?«

Er zuckte mit den Schultern. »Ich achte nicht darauf, ob du da bist

oder nicht.« Seine Stimme klang gleichgültig, doch irgendwie kaufte ich ihm seine Gleichgültigkeit nicht ab.

»Nun, deine Eltern bestehen auf einem Privatlehrer«, informierte ich ihn kühl.

»So sind meine Eltern eben. Sie kümmern sich.«

Ich schüttelte den Kopf. »Sie zwingen mich, hierzubleiben.«

Vitus schnaubte und steuerte auf die Tür zu. »Sie helfen dir mit einem Privatlehrer, dich in unserer Welt zurechtzufinden. Ist das denn so schlecht?«

»Ja, weil ich es nicht möchte. Ich möchte nicht alles auf einmal verlieren. Meine Familie, Lucy …«

Er drehte sich zu mir um. »Aber so ist es vielleicht einfacher. Schon mal daran gedacht, Lorelai? Oder wie willst du Lucy das alles erklären?«

Ich öffnete den Mund, aber noch bevor ich ihm eine Antwort geben konnte, öffnete Vitus die Tür und war kurz darauf verschwunden.

Die Regentschaft von Thalea & Theodor von Kaltenburg fing so vielversprechend an. Theodor von Kaltenburg, der Zweitgeborene von Rudolf von Kaltenburg, schaffte es, das Herz von Thalea von Nebenau – einer hübschen Drittgeborenen – zu gewinnen und somit den Thron vor seinem Bruder Titus zu besteigen. Obwohl das Dunkle Fürstenpaar von Paragraph 3 Gebrauch gemacht hatte und Thalea gezwungen war, sich für einen der beiden Fürstensöhne zu entscheiden, schwang doch bereits von Beginn an das Gefühl von Liebe mit.

Nach der Geburt von Sohn Marcus folgte bald die Geburt von Sohn Marvin und so wurden noch viele weitere Kinder erwartet. Fürstin Theresia brachte ihrerseits sechzehn Kinder zur Welt und ihre Drittgeborene gebar ihrem Mann wiederum elf Kinder! Man darf sich nicht wundern, dass ähnliche Hoffnungen in Thaleas Fruchtbarkeit gesetzt wurden und die dunklen Herzen jubelten, als die Dunkle Fürstin erneut schwanger wurde!

Doch als das dritte Kind tot zur Welt kam, senkte sich tiefe Dunkelheit über das Schicksal des Fürstenpaares und seine Fruchtbarkeit. Fortan war es Thalea nicht mehr möglich, ihrer Blutlinie weitere Hoffnungsträger zu gebären.

Die Regentschaft des Dunklen Fürstenpaares war von nun an überschattet, und dieser Schatten weitete sich, als ihnen nicht nur die Fruchtbarkeit, sondern auch ihr Zweitgeborener genommen wurde. Marvin von Kaltenburg wurde heimtückisch ermordet! Der schmerzhafte Verlust von zwei Kindern ist kaum vorstellbar. Das Leben von Thalea von Kaltenburg gleicht einer Tragödie und wir hoffen, dass sie nicht noch weitere Schicksalsschläge zu verkraften hat. Es dürfte niemanden verwundern, wenn das Dunkle Fürstenpaar entscheidet, das Zepter an ihren Sohn Marcus weiterzureichen.
Möge er uns in bessere dunkle Zeiten führen.

Quelle: Die Schattenseiten der Fürsten, 1. Auflage

KAPITEL 4

Kaum hatte Vitus die Tür hinter sich geschlossen, tigerte ich in dem Zimmer auf und ab. Mein Herz klopfte viel zu schnell und ich war so durcheinander, dass ich keinen klaren Gedanken fassen konnte. Mit Lucy hatte Vitus einen wunden Punkt getroffen, denn ich wusste tatsächlich nicht, wie ich ihr das alles erklären sollte. Da ich heute nicht zur Schule gegangen war, hatte ich ihr geschrieben, dass ich krank wäre und sie nicht vorbeikommen sollte, da es mir wirklich schlecht ging. Lucy hatte mir das zwar abgekauft, aber mir war klar, dass ich damit nicht ewig durchkommen würde. Wenn Annegret und Aleksander ernst machten, würde ich den Kontakt zu ihr komplett abbrechen müssen – und schon allein die Vorstellung war so furchtbar, dass ich am liebsten irgendwo dagegen geschlagen hätte.

Eine tödliche Kälte baute sich in meinen Fingerspitzen auf und ich keuchte erschrocken, als sich das Kribbeln über meinen ganzen Arm ausbreitete und mich ein Schüttelfrost erfasste. Dabei streifte ich unabsichtlich ein Blatt meines Blumenstocks auf dem Tisch neben mir

und prallte zurück, als sich das schwarz glitzernde Gittergeflecht über die ganze Pflanze ausbreitete und sie vor meinen Augen tötete. Nacheinander verdorrten die Blätter und auch die Blüte selbst vertrocknete innerhalb weniger Sekunden.

Verzweifelt schlang ich die Arme um meinen Körper und presste die Lippen aufeinander. Ich wollte so nicht sein. Es fühlte sich so falsch an.

Zitternd ging ich ins Bad und vermied den Blick in den großen Spiegel. Stattdessen zog ich mir die Sportklamotten aus und stellte mich unter die Dusche. Die Kälte schien jeden Winkel meines Körpers auszufüllen und ich drehte das Wasser so heiß auf, dass ich mir fast die Haut verbrühte.

Keuchend stand ich unter dem Duschstrahl, bis sich mein Atem endlich beruhigte und auch die Kälteschübe nachließen.

Durch eine dichte Dampfwolke trat ich aus der Dusche und schlang ein anthrazitfarbenes flauschiges Badetuch um meinen Körper. Es roch nach einem kühlen Wintertag im Wald und ich wünschte mir sehnlichst die sonnig-warmen Blumendüfte der Handtücher zu Hause zurück. Dann putzte ich mir die Zähne und legte mich ins Bett. Dabei vermied ich jeden Blick zu der vertrockneten Pflanze – dem einzigen Ding in diesem Haus, das gelebt hatte und durch meine Schuld nun tot war. Obwohl meine Haut krebsrot war, lief ein weiterer Kälteschauer durch meinen Körper und ich hoffte, dass es kein Vorzeichen eines tödlichen Anfalls war.

Mein letzter Gedanke vor dem Einschlafen galt jedoch Vitus – und der Frage, welches Buch so wichtig sein konnte, dass er seinetwegen das Kontaktverbot des Hohen Herrscherhauses ignorierte.

»Guten Morgen, Lorelai«, begrüßte mich Aleksander von Rabenau am nächsten Morgen kühl.

Ich murmelte ebenfalls ein »Guten Morgen« und setzte mich an den Frühstückstisch. Meiner Stimmung entsprechend hatte ich heute ein schwarzes Top zu einer schwarzen Jeans gewählt und fühlte mich damit mehr denn je wie eine von Rabenau.

Aleksander nahm einen Schluck von seinem schwarzen Kaffee. »Ich hoffe, du hast Hunger. Paul ist wohl davon ausgegangen, dass die ganze Familie zum Essen erscheinen würde.«

»Wer ist Paul?«, fragte ich und schaufelte mir etwas von dem Rührei auf meinen Teller, gemeinsam mit einer großen Portion gegrilltem Gemüse und einem frisch aufgebackenen Brötchen.

»Paul ist unser Koch. Also, wenn Annegret ihn lässt. Wie du am Tag deiner Ankunft gesehen hast, lässt sie es sich manchmal nicht nehmen, selbst ein Mahl für uns zuzubereiten.« Er sah mich über den Rand seiner Kaffeetasse hinweg an und ich glaubte, in seinen dunklen Augen ein leises Bedauern wahrzunehmen, obwohl seine Stimme ganz neutral klang.

»Wo ist Annegret?« Es wunderte mich, dass sie nicht anwesend war, wenn ihr die gemeinsamen Essen mit der Familie doch so wichtig waren.

»Sie musste zu einem Termin bei Gericht.« Aleksanders Blick glitt für einen Moment an mir vorbei zum Vorraum und der Treppe. »Vincent ist bereits in der Universität, er macht seinen Abschluss in Jura, und meine Mutter schläft vermutlich noch. Hattest du schon Zeit, deine dunkle Gabe zu trainieren?«

Ich schüttelte den Kopf und steckte rasch den ersten Bissen Rührei in den Mund. Es schmeckte so himmlisch, dass ich mich gerade noch

beherrschen konnte, vor Entzücken nicht die Augen zu schließen. Da Vincent mich gestern aus dem Pizzalokal geschleift hatte, bevor ich auch nur einen Bissen hatte machen können, hatte ich so einen Hunger, dass mir vermutlich auch ein rohes Ei geschmeckt hätte.

»Ah, der verlorene Sohn zeigt sich wieder einmal bei Tisch«, sagte Aleksander in diesem Moment und ich drehte mich halb um. Patric war in einer schwarzen Jeans und einem schwarzen T-Shirt die Treppe heruntergekommen. Sein dunkles Haar hing ihm verstrubbelt ins Gesicht und er hatte die Hände in den Hosentaschen vergraben. Als er mich sah, setzte er eine betont desinteressierte Miene auf und wandte den Blick ab. Dann zog er sich einen Stuhl zurück, der möglichst weit weg von mir stand, und begann, sich einen ebenso großen Berg Essen auf den Teller zu häufen wie ich.

»Wenn man euch so sieht, hätten wir uns den genetischen Test tatsächlich sparen können«, sagte Aleksander trocken und tupfte sich den Mund mit einer Serviette ab, bevor er aufstand.

Irritiert blickte ich zu ihm hoch und sah, wie Patric seine Gabel wortlos auf den Teller schmiss.

»Ich muss zur Uni«, knurrte er und stand auf. Dann verließ er mit großen Schritten den Raum. Kurz darauf hörte ich die Eingangstür hinter ihm ins Schloss knallen.

Kopfschüttelnd sah ich Aleksander an. »Warum haben Sie – Warum hast du das gesagt?«

Er zog eine Augenbraue hoch. »Weil es wahr ist. Ihr habt euch nicht nur für denselben Kleidungsstil entschieden, sondern legt auch beide dasselbe trotzige Verhalten an den Tag – ich habe euch nur einen Spiegel vorgehalten.« Dann griff er nach seinem Jackett und hielt kurz inne. »Und Lorelai, in Zukunft erscheinst du bei jedem Essen

zu Tisch, damit dich des Abends nicht der Hunger überkommt.« Mit diesen Worten wandte er sich ab und ließ mich allein an dem riesigen Esstisch sitzen.

Die nächste Woche verbrachte ich jeden Vormittag mit meinem neuen Privatlehrer und hatte dabei das Gefühl, dass die Stimmung kontinuierlich angespannter wurde. Am Donnerstag war ich unkonzentriert und schlecht gelaunt, weil meine Gedanken immer wieder zu meiner Familie, Lucy und Vitus wanderten. Dabei versuchte ich, mir einzureden, dass es nur an dem geheimnisvollen Buch lag, dass ich so oft über Vitus nachdachte.

»Also. Wenn ein Dunkler, der in der Thronfolge über Ihnen steht, Sie bei einer Roten Audienz zum Tanz auffordert, wie reagieren Sie?«, fragte Herr von Hetz und legte die Fingerspitzen aneinander.

»Ich freue mich über die unglaubliche Ehre, die mir zuteilwird, und mache einen Knicks«, erwiderte ich sarkastisch. »Dabei neige ich den Kopf nach unten, um ihm symbolisch meinen Nacken anzubieten, und hoffe, dass er nicht von seiner Gabe Gebrauch macht, um mich noch vor dem Tanz zu töten.«

»*Unserer* Gabe, nicht seiner Gabe«, korrigierte mich der Privatlehrer und atmete tief durch. Dann schüttelte er den Kopf. »Ich denke, das reicht für heute mit den Gepflogenheiten der Dunklen. Gehen wir zur Geografie über.«

Ich unterdrückte ein Stöhnen und schielte auf die Wanduhr. Es war erst kurz nach 11, was bedeutete, dass ich noch mindestens zwei Stunden Unterricht vor mir hatte.

»Wir können auch den Sprachunterricht vorziehen, wenn Ihnen das lieber ist«, sagte Herr von Hetz und sah mich kühl an.

»Nein danke. Geografie ist toll«, sagte ich, als es zum dritten Mal an diesem Vormittag an der Tür klingelte. Aus dem Arbeitszimmer meines genetischen Vaters hörte ich Aleksander von Rabenau auf Französisch telefonieren und bemerkte, wie er die Tür schloss, als Laura in den Eingangsbereich lief, um den Besucher zu empfangen. Sie kam mit einem schwarz eingewickelten Päckchen mit dunkelroter Schleife zurück.

»Für Lorelai von Rabenau«, las sie den Geschenkanhänger vor und legte das Paket vor mir auf den Tisch.

Ich griff nach der Karte und drehte sie rasch um.

»Würdest du mir die Ehre erweisen, dich auf der Totenfeier in diesem Kleid anzutreffen? Ich bin gespannt, wie mutig du bist«, stand dort. »Unterzeichnet: Arthur von Kaltenburg.«

Mein Herz rutschte eine Etage tiefer, als ich das las, und ich starrte die Karte ungläubig an. Arthur von Kaltenburg machte mir ein Geschenk? Innerlich schnaubte ich und hasste die Vorstellung, dass ich jetzt als Drittgeborene von ihm umschmeichelt wurde.

»Ihre Dienstbeflissenheit in allen Ehren«, setzte Herr von Hetz an, »aber wäre es vielleicht möglich, die Übergabe der Geschenke auf die Zeit *nach* dem Unterricht zu verlegen?«

Laura wurde rot und biss sich auf die Lippen. »Natürlich«, stotterte sie und trat mit dem schwarzen Päckchen in der Hand den Rückzug an.

»Was für eine Totenfeier?«, fragte ich, als sie den Raum verlassen hatte und Herr von Hetz den großen Atlas aus seiner Tasche zog.

Er zog die Brauen zusammen. »Die Totenfeier zu Ehren des Thronfolgers Marvin von Kaltenburg. Bitte sagen Sie jetzt nicht, dass Sie zum ersten Mal davon hören.«

»Ich höre zum ersten Mal davon«, gab ich zurück und registrierte, wie er mitten in der Bewegung innehielt und den Atlas wieder zuklappte.

»Dann sollten wir die Geografie heute sein lassen und unser Augenmerk stattdessen auf die Etikette dieser Veranstaltung legen«, bemerkte er gepresst. »Trotz des tragischen Anlasses werden Sie als neues Mitglied der Familie von Rabenau viel Aufmerksamkeit erregen. Noch dazu als Drittgeborene.«

Ich warf einen Blick in die Richtung, in die Laura mit Arthurs Päckchen verschwunden war. »Das habe ich schon bemerkt.« Noch immer fühlte es sich seltsam an, dass ein Dunkler wie Arthur nun Interesse an mir hatte. »Was können Sie mir eigentlich über die Beziehungen der von Kaltenburgs erzählen?«, wandte ich mich dann an Herrn von Hetz. Immerhin konnte es nicht schaden, ein wenig mehr über die dunkle Fürstenfamilie zu wissen.

Er hielt kurz inne und sah mich fragend an. »Wie meinen Sie das?«

»Ich habe gehört, dass nicht auszuschließen ist, dass Arthur seinen Cousin ermordet hat. Offenbar hat er für die Zeit ein Alibi, aber dennoch hätte er ein Motiv gehabt.«

Mein Privatlehrer legte die Fingerkuppen aneinander und nickte langsam. »Nun, zum einen ist Arthur durch den Tod seines Cousins in der Rangfolge auf den zweiten Platz gerutscht. Allerdings hat er sich meines Wissens nach noch nie für Politik interessiert.«

»Und was ist mit seinem Vater? Ich habe gehört, der jetzige Dunkle Fürst hätte Arthurs Vater den Thron weggeschnappt?«

»Das ist eine sehr überspitzte Formulierung«, entgegnete Herr von Hetz. »Es ist allerdings wahr, dass Theodor von Kaltenburg nicht der Erste, sondern der Zweite in der Rangfolge war und den dunklen Thron nur deshalb besteigen konnte, weil er mit Thalea eine Drittgeborene geehelicht hatte.« Er holte tief Luft. »Aber nun genug der alten Geschichten. Wir sollten uns eher auf die Zukunft konzentrieren und Sie für die Totenfeier fit machen.«

Ich kniff die Augen zusammen. »Wann findet diese Feier denn statt?« Plötzlich witterte ich die Chance, ein wenig Selbstbestimmung zurückzugewinnen.

Herr von Hetz verstaute den Atlas in seiner Tasche. »Samstag in einer Woche.«

»Danke«, sagte ich und stand auf, weil ich mir die Möglichkeit, die sich bot, nicht entgehen lassen wollte.

Völlig verwirrt blickte mich mein Privatlehrer an. »Wo wollen Sie denn jetzt hin?«

»Ich beende den Unterricht für heute«, antwortete ich freundlich. »Auf Wiedersehen, Herr von Hetz.«

KAPITEL 5

Aleksander von Rabenau starrte mich ungläubig an. Für einen Moment genoss ich den Triumph, ihn fassungslos zu erleben. »Wie meinst du das, du hast den Unterricht beendet?«

Ich zwang mich, den Augenkontakt zu halten, obwohl sein Blick von Sekunde zu Sekunde unfreundlicher wurde. »Ich habe erfahren, dass nächsten Samstag eine Totenfeier zu Ehren Marvin von Kaltenburgs stattfindet. Ich nehme an, du willst, dass ich dorthin mitkomme.«

»Natürlich kommst du mit«, erwiderte Aleksander und nahm den Hörer ab, als sein Telefon klingelte. Dann schnappte er irgendetwas in einer fremden Sprache und legte wieder auf.

Ich ergriff als Erste das Wort. »Es wäre ein gesellschaftliches Desaster, nicht zu dieser Totenfeier zu kommen, oder?« Ich verschränkte die Arme vor der Brust und Aleksander starrte mich auf eine Art an, dass seine Augen nur noch zwei Schlitze waren. Er straffte die Schultern.

»Sag einfach, was du willst, Lorelai.«

»Ich will wieder zur Schule gehen. Und nicht nur bis zu dieser

Totenfeier, auch danach. Im Gegenzug«, sagte ich schnell, da ich bemerkte, dass er widersprechen wollte, »erkläre ich mich bereit, eine halbe Stunde pro Tag Unterricht bei Herrn von Hetz zu nehmen, damit er mich auf die Gepflogenheiten der Dunklen vorbereitet.«

Aleksander atmete tief ein und legte den Kopf schief. »Nein«, sagte er dann.

»Dann komme ich nicht mit zur Totenfeier.«

»Jeder Dunkle wird dort hingehen.«

»Außer mir«, erwiderte ich. »Und ihr könnt mich ja schlecht zwingen. Oder wollt ihr mir eine Kette um den Hals legen?«

Für einen langen Moment starrten wir einander an und ich dachte schon, dass er nicht darauf eingehen würde, als er schließlich den Kopf schüttelte. »*Eine* Stunde Unterricht bei Herrn von Hetz täglich«, verlangte er.

»Und ich darf wieder in die Schule gehen«, warf ich ein.

»Und du darfst wieder zur Schule gehen«, bestätigte er nach einem Moment emotionslos. »Dafür lernst du alles über die Etikette und versprichst, dich so zu verhalten, dass du einer Dunklen würdig bist. Und du trainierst deine Blutgabe, bis du problemlos darauf zugreifen kannst.«

»Das werde ich.«

Aleksander betrachtete mich eingehend. »Du hast doch mehr von uns, als ich dachte.«

Ich lächelte in mich hinein und freute mich über diesen kleinen Sieg. Als ich mich umdrehte, um zu gehen, sprach Aleksander mich noch einmal an.

»Lorelai, ich lege dir nahe, dich auch wirklich an die Vereinbarung zu halten, sonst ist der Deal geplatzt.«

»Und hier befindet sich nun das Zimmer mit deinen Übungsobjekten.« Vincent öffnete eine schlichte schwarze Tür, die sich im ersten Stock neben Patrics Zimmer befand, und bedeutete mir mit einer knappen Geste, einzutreten. Der Raum, in den ich gehen sollte, war ziemlich düster und ich zögerte auf der Schwelle. Vincent seufzte. »Jetzt mach schon. Hast du vergessen, dass *du* diejenige bist, die töten kann?«

»Egal wie, ich werde keine Tiere töten.« Ich machte einen großen Schritt in den kühlen Raum hinein. Bei meinem Eintreten sprang sofort eine automatische Deckenbeleuchtung an und erhellte drei lange schwarze Tischreihen, auf denen sich über hundert graue Keramiktöpfe drängten. Und in all diesen Töpfen befanden sich …

»Kakteen?«, stieß ich ungläubig hervor.

Vincent hob eine dunkle Augenbraue. »Was hast du gedacht? Dass wir dich flauschige Katzenbabys töten lassen?«

»Nein, ich – ich wusste nicht, was mich erwartet.«

»Du hast ja auch nicht gefragt.«

Ich kniff die Augen zusammen. »Du hättest es mir auch einfach sagen können.«

Vincent verschränkte die muskulösen Arme vor der Brust. »Du meinst, als Belohnung dafür, dass du abgehauen bist, um dich mit diesem Hellen zu treffen?« Seine Stimme triefte vor Sarkasmus und ich schluckte, da mir darauf keine schlagfertige Antwort einfiel.

»Warum Kakteen?«, wechselte ich das Thema und ging zu einem der Tische mit den stacheligen Pflanzen. Sie wurden offenbar gut gepflegt, denn sie sahen sehr gesund aus.

»Weil es Konzentration erfordert, ihnen den tödlichen Schlag zu versetzen, ohne sich selbst in den Finger zu stechen. Konzentration und … Fingerspitzengefühl.«

Ich hob eine Augenbraue. »Bist du jetzt stolz auf dein Wortspiel?«

Vincent verzog keine Miene. »Komm einmal täglich her, um deine Blutgabe zu trainieren. Und vergiss dabei nicht, dass es ein Teil deiner Abmachung mit Vater ist, um wieder in die Schule gehen zu dürfen.«

Ich schüttelte leicht den Kopf. »Das vergesse ich ganz sicher nicht.« Auch ohne Vincents Warnung hätte ich nicht vorgehabt, gegen die Vereinbarung zu verstoßen – denn dazu war mir der Deal zu wichtig.

Daran dachte ich auch, als ich mich am nächsten Montag lächelnd in den Strom der anderen Schüler einreihte und beschwingt meine Klasse betrat.

Wie besprochen hatte ich täglich meine Blutgabe trainiert und auch den Unterricht mit Herrn von Hetz wahrgenommen, um meinen Teil der Abmachung zu erfüllen. Noch vor zwei Wochen hätte ich es nicht für möglich gehalten, dass mich ein Besuch in der Schule so glücklich machen könnte, aber die letzten Tage hatten alles durcheinandergewürfelt.

»Lucy!«, begrüßte ich meine Freundin strahlend und musste mich beherrschen, ihr nicht um den Hals zu fallen. Lucy trug ihre dunkelbraunen Haare heute offen, hatte sich aber eine Strähne mit bunten Bändern umwickelt und trug dazu ein kurzes grünes Kleid mit Blumenapplikationen, das mich schmerzlich an unseren Garten erinnerte.

»Dem Himmel sei Dank!«, erwiderte sie, als sie mich sah. »Ich wäre fast an Langeweile gestorben, als du nicht da warst. Muss ja echt schrecklich gewesen sein, wenn ich nicht einmal vorbeikommen durfte. Geht's dir schon besser?«

»Ja, alles wieder okay.« Ich stellte meinen Rucksack auf den Boden.

Lucy kniff die Augen zusammen. »Also, was hattest du, dass du mir gar nix darüber schreiben wolltest? Ich hoffe, nichts Ansteckendes.«

»Verdacht auf Blutvergiftung«, murmelte ich, ohne sie anzusehen. »Ich wollte dich nicht beunruhigen. Aber jetzt ist alles wieder okay.« Dabei glitt mein Blick zu den vorderen Reihen, wo Vitus normalerweise saß. Heute war sein Platz allerdings leer.

»Der kommt noch«, sagte Lucy, die meinen Blick bemerkt hatte. »Wahrscheinlich verspätet er sich nur. Er ist schon vorige Woche immer auf den letzten Drücker gekommen und hat dabei ein Gesicht wie sieben Tage Regenwetter gemacht. Keine Ahnung, was mit dem Arsch los ist.«

Ich wusste es schon, hielt aber den Mund. Denn obwohl ich Lucy liebend gern von dem schrecklichen Fehler im Kinderwunschzentrum und den unaussprechlichen Konsequenzen erzählt hätte, wollte ich nicht das Risiko eingehen, dass sie über diese Sache irgendwie mit dem Thema Blutadel in Berührung kam.

Ich packte meine Unterlagen auf den Tisch und versuchte, ganz normal auf sie zu wirken. »Habe ich in den letzten Tagen viel versäumt?«

»Nicht so viel, ich hab dir alles abfotografiert.« Sie machte eine kurze Pause. »Ehrlich, Lorelai, ich dachte schon, du bist tot, weil du so abgetaucht bist. Oder auf einer gefährlichen Mission, von der du mir nichts erzählen darfst. Oder du bist mit dem Sänger von NEBEN durchgebrannt …« Lucys Augen glänzten und es war ihr anzusehen, dass sie ewig so hätte weitermachen können.

»Ich war einfach nur total fertig«, sagte ich schnell, als Vitus das Klassenzimmer betrat. Obwohl er jetzt offiziell ein Heller war, wirkte er dunkler als je zuvor.

Sein Kiefer war angespannt und er sah aus, als ob er sich seit ein paar Tagen nicht rasiert hätte, was ihm jedoch leider ausgezeichnet stand. Selbst die Schatten unter seinen Augen taten seiner Attraktivität keinen Abbruch, was mich insgeheim ärgerte. Als er vorbeiging, traf mich sein kühler Geruch nach Wald und Kiefern, mit dieser persönlichen Note, die meinen Magen dazu brachte, völlig unangemessen zu flattern.

Genervt von der lästigen Reaktion meines Körpers, schnaubte ich leise und Vitus' Augen weiteten sich für einen Moment, als sich unsere Blicke trafen. Im nächsten Augenblick wandte er sich ab und tat so, als würde ich nicht existieren. Noch bevor Vitus seinen Platz erreichte, wurde er von Kim angelächelt, die anscheinend nur auf ihn gewartet hatte.

»Die macht sich schon seit Tagen an ihn ran«, flüsterte Lucy mir zu, als Kim sich lasziv durch ihre langen glatten Haare fuhr und Vitus dabei unter halb geschlossenen Augen beobachtete. »Ich weiß, du hattest gesagt, zwischen euch läuft nichts mehr, aber ich kann mich um sie kümmern, wenn du willst.«

»Wie willst du dich denn um sie kümmern?«, wisperte ich zurück und musste gegen meinen Willen schmunzeln.

Lucy zuckte mit den Schultern. »Du weißt schon: Juckpulver in die Klamotten, Haarentferner ins Shampoo ... Es gibt Möglichkeiten.«

»Das ist lieb von dir, aber absolut nicht nötig. Das zwischen Vitus und mir ist vorbei.«

»Sicher?«, hakte Lucy flüsternd nach, da ich die beiden noch immer anstarrte.

»Ganz sicher. Und glaub mir, daran wird sich auch nichts ändern.«

Die nächsten vier Stunden hatten wir normalen Unterricht, und obwohl es jetzt nicht das Tollste auf der Welt war, in Mathe eine Aufgabe an der Tafel zu lösen, war es mir doch tausendmal lieber, als mit Herrn von Hetz in dem kühlen Wohnzimmer der von Rabenaus zu sitzen und Privatunterricht zu erhalten.

»Noch eine Stunde Marketing und dann ist endlich Mittagspause«, stöhnte Lucy, als die vierte Stunde um war und wir unsere Taschen zusammenpackten, um den Klassenraum zu wechseln.

»Hey, was ist los mit dir?«, fragte sie erneut, als wir durch den Korridor in Richtung der Projekträume gingen, in denen auch die Übungsfirmen geführt wurden. »Du wirkst irgendwie verändert, Lorelai. Jetzt mal ehrlich. Du warst doch auf irgendeiner abgedrehten Mission, oder? Mir kannst du es doch sagen, ich bin die Verschwiegenheit in Person.« Sie tat so, als würde sie ihren Mund mit einem Schlüssel zusperren und den dann wegschmeißen.

Ich atmete tief durch und zwang mich zu einem Lächeln. »Keine Mission, nichts Aufregendes, Lucy. Mir war die letzten Tage einfach nur schlecht.«

»Okay. Mir war übrigens die letzten Tage auch schlecht, weil es in der Kantine jeden Tag nur Karotten gab. In jeder Form.«

Wir betraten den Projektraum. Direkt vor uns gingen Vitus und Kim. Sie schenkte ihm von der Seite ein verruchtes Lächeln, während sie ihre langen Haare zu einem Pferdeschwanz zusammenfasste. Dabei war sie so knapp vor mir, dass mir ihr süßliches Parfüm in die Nase stieg und ich direkt auf ihren freien Nacken schauen konnte. Für einen winzigen Augenblick gab ich mich der Vorstellung hin, was passieren würde, wenn ich jetzt einfach die Hand ausstreckte, um sie dort zu berühren, als unsere blonde Marketinglehrerin in den Raum hineinschneite.

»Willkommen«, begrüßte sie uns gut gelaunt und schritt an den Computern vorbei nach vorn zum Whiteboard, wo sie den Blick über unsere Gruppe schweifen ließ. In Marketing wurde die Klasse immer in zwei Hälften geteilt und ich wünschte mir, dass ich in der anderen gelandet wäre – in der ohne Vitus.

»Heute ist ein spannender Tag, denn heute nehmen wir die Einteilung für eure Projektarbeiten vor. Wie ihr wisst, wird das Abi-Projekt zu einem großen Teil eure Note bestimmen, weshalb ich nur motivierte Gesichter sehen möchte.«

Ein paar aus unserer Klasse nickten pflichtschuldig und ich merkte, wie Vitus mich mit einem abfälligen Blick streifte, bevor er wieder zur Seite sah und sich durch seine dunkelblonden Haare strich.

»Gut, dann fangen wir gleich an«, sagte die Lehrerin und holte eine Liste hervor. »Da sich in den letzten Jahren gezeigt hat, dass unterschiedliche Charaktere zu den besten Ergebnissen geführt haben, habe ich mich bei der Einteilung der Teams diesmal von dem Ansatz des Design Thinking inspirieren lassen.«

Ein ungutes Gefühl flackerte in meiner Magengrube auf und ich schaute nervös zu Vitus hinüber, mit dem ich auf gar keinen Fall in einem Team sein wollte.

»Die erste Gruppe besteht aus Hendrik, Cynthia, Anton und Liv«, sagte die Lehrerin. »Die zweite Gruppe besteht aus Kim, Lucy, Lorelai und ...«

Bitte nicht Vitus, bitte nicht Vitus, betete ich.

»Und Vitus«, las die Lehrerin vor.

Ich zuckte bei den Worten zusammen und sah, wie auch Vitus für einen Moment so wirkte, als ob er der Lehrerin offen widersprechen wollte.

»In Gruppe drei befinden sich Kai, Uwe, Sandra und Melissa«, fuhr sie fort. »Die Projekte sind alle im Non-Profit-Bereich angesiedelt. Ihr könnt euch eure Umschläge mit den Organisationen direkt bei mir abholen. Überlegt gemeinsam, wie ihr das Unternehmen am besten unterstützen könnt, und dann besprechen wir eure Vorschläge.«

Lucy blickte von mir zu Kim und Vitus, die beide genauso dreinsahen, wie ich mich fühlte, und lächelte gezwungen. »Yeah! Gruppenpower!«, rief sie gespielt fröhlich.

Kim straffte die Schultern. »Ich hole den Umschlag«, sagte sie dann und stolzierte davon.

Lucy kniff die Augen zusammen. »Die blöde Kuh will sich jetzt schon bei der Lehrerin einschleimen«, raunte sie mir zwischen zusammengebissenen Zähnen zu. »Ich komme mit«, rief sie Kim nach und drängte sich an Vitus und mir vorbei.

Vitus wartete genau so lange, bis die beiden außer Hörweite waren, bevor er sich mir zuwandte. »Was soll das?«, knurrte er so leise, dass nur ich ihn verstehen konnte.

»Wie genau meinst du das?«, fragte ich im gleichen Tonfall zurück.

»Das hier geht nicht. Du musst aus der Gruppe verschwinden.«

Seine Arroganz verschlug mir für einen Moment die Sprache. »Sicher nicht. Verschwinde du doch aus der Gruppe.«

Er machte einen Schritt auf mich zu und beugte sich zu mir hinunter. »Du weißt, dass das Hohe Herrscherhaus Kontaktverbot zwischen unseren Blutlinien erlassen hat. Dass wir in derselben Klasse bleiben dürfen, ist die einzige Ausnahme. Aber so ein zusätzliches gemeinsames Projekt wird ihnen dennoch nicht besonders gefallen.«

Ich straffte die Schultern. »Ich habe gegen das Kontaktverbot auch

nicht verstoßen, indem ich in der Nacht in mein altes Zimmer eingebrochen bin.«

»Nein, dafür hast du dich mit einem Hellen getroffen«, konterte Vitus und funkelte mich wütend an. »Ein Date mit einem Hellen, sag mal, geht es dir noch gut? Noch dazu mit diesem Dominik?«

Hätte ich es nicht besser gewusst, hätte ich geglaubt, dass er tatsächlich eifersüchtig war.

»Es geht dich überhaupt nichts an, was ich in meiner Freizeit mache«, zischte ich.

Er atmete tief ein und ich merkte, wie sich sein Kiefer anspannte. »Du hast recht, es interessiert mich auch einen Scheiß. Und jetzt verschwinde einfach aus meiner Gruppe.«

»Aus *deiner* Gruppe?«, wiederholte ich ungläubig. »Geh du doch – denn ich werde es mit Sicherheit nicht tun.«

In dem Moment kamen Lucy und Kim zurück. Kim hielt einen weißen Umschlag in der Hand und blickte misstrauisch zwischen Vitus und mir hin und her.

»Was ist denn hier los?«

»Bist du die spanische Inquisition? Jetzt öffne endlich den Brief«, sagte Lucy ungeduldig und kramte in ihrer Tasche nach einem Kaugummi.

Kim verdrehte die Augen und riss den Umschlag auf. »Wir sollen dabei helfen, den Umbau der Onkologie im Allgemeinen Krankenhaus zu finanzieren.«

»Wow, die Krebsstation. Das passt ja zur Bombenstimmung, die ich hier wahrnehme«, bemerkte Lucy und steckte sich den Kaugummi in den Mund. »Willst du auch einen?«, fragte sie mich dann kauend.

Ich schüttelte den Kopf.

»Okay«, sagte Kim an Vitus gewandt. »Wenn wir Sponsoren für dieses Projekt finden wollen, müssen wir uns erst mit der Zielgruppe beschäftigen.« Sie holte ihren Laptop aus der Tasche und öffnete das Schreibprogramm, ohne Lucy und mich anzusehen. »Irgendwelche Ideen?«, fragte sie dann in den Raum.

»Klar, jede Menge«, sagte Lucy sofort, während Vitus und ich uns ignorierten. Ich schwor mir, nicht klein beizugeben, während die restliche Stunde quälend langsam an uns vorüberstrich.

»Wow«, sagte Lucy, als es zur Mittagspause läutete und Kim mit säuerlichem Gesicht die mageren Ergebnisse unseres Brainstormings abspeicherte. »Ungefähr so stelle ich mir die Eiszeit vor, die die Dinosaurier hinweggerafft hat.«

Ich presste die Lippen zusammen und sagte kein Wort, während ich mich mit ihr aus der Klasse drängte. Die letzten Minuten waren schier unerträglich gewesen und ich war froh, nicht mehr live mit ansehen zu müssen, wie Kim sich an Vitus ranmachte, der mich die ganze Stunde nur abfällig betrachtet hatte.

Lucy warf einen kurzen Blick auf ihr Smartphone. »Eigentlich dachte ich, das schlimmste Erlebnis des heutigen Tages ist der Termin bei meinem Zahnarzt, den ich in zwanzig Minuten habe. Aber jetzt kann ich ganz beruhigt sein. Das schlimmste Erlebnis des heutigen Tages habe ich nach der Stunde mit den beiden definitiv hinter mir.« Sie lächelte mich breit an.

»Tut mir leid«, sagte ich, da ich mich für die schlechte Stimmung irgendwie verantwortlich fühlte.

Lucy schüttelte den Kopf. »Das braucht dir doch nicht leidzutun. Jetzt habe ich zumindest keine Angst mehr vor dem Bohren beim

Zahnarzt.« Sie zwinkerte mir zu und drückte mir einen Kuss auf die Wange. »Sehen wir uns später bei dir zu Hause?«

»Äh, nein, das geht heute leider nicht«, stammelte ich schnell und hoffte, dass Lucy nicht misstrauisch wurde. »Ich hab meiner Mutter versprochen, am Nachmittag im Blumenladen zu helfen. Es sei denn, du willst auch kommen und dich mit den schwerhörigen Kunden rumschlagen?«

»Nein danke. Ich komme lieber, wenn du keine Arbeit für mich hast.« Sie knuffte mich in den Oberarm. »Tschüss!«

»Tschüss, Lucy.« Ich blickte ihr nach, wie sie noch kurz winkte und die Treppe hinunterlief. Dann atmete ich tief durch. Ich musste mir für die Zukunft wirklich ein paar bessere Ausreden überlegen. Und ich musste aufpassen, dass ich in Lucys Nähe immer den Weg zu meiner alten Bushaltestelle einschlug – auch wenn ich jetzt ganz woanders wohnte.

Gedankenversunken wandte ich mich nach links, um die Bücher, die ich nicht mehr brauchte, in meinem Spind zu verstauen. Dabei stieß ich mit einem muskulösen Körper zusammen und sog erschrocken die Luft ein, als mich der Geruch von Tannennadeln umfing.

Vitus wirkte für einen Moment genauso überrascht wie ich und zögerte kurz, als er mich sah. Der Ausdruck in seinen Augen schwankte dabei zwischen Widerwillen und noch etwas anderem, das ich nicht sofort zuordnen konnte. Schließlich wandte er sich ruckartig ab und fuhr sich durch seine dunkelblonden Haare. »Kannst du nicht aufpassen? Reicht es dir nicht, dass wir zusammen in einer Gruppe sind?«

Fassungslos starrte ich ihn an. »Du glaubst, ich laufe mit Absicht in

dich hinein? Die Gruppenarbeit hat mir genauso wenig Spaß gemacht wie dir.«

Er hob eine Augenbraue. »Es steht dir frei, die Gruppe jederzeit zu verlassen.«

»Das werde ich nicht tun«, entgegnete ich kühl. »Ich werde Lucy nicht allein lassen.«

Er schnaubte leise. »Also liegt es an ihr?«

»An wem denkst du denn, liegt es sonst?«, fragte ich perplex und brauchte einen Augenblick, um zu kapieren, wovon er sprach. »Moment«, stieß ich hervor. »Glaubst du etwa, es liegt an *dir*?«

Er räusperte sich. »Denkst du, ich habe nicht bemerkt, wie du Kim angesehen hast?«

Ich keuchte ungläubig. »Ich wusste, dass du arrogant bist, aber das hier übertrifft ja alles.«

»Dann willst du es also leugnen?« Seine dunklen Augen fixierten mich. Nur am Rande registrierte ich, dass immer weniger Schüler in dem Gang waren, weil die meisten zur Mittagspause in die Mensa oder direkt nach Hause gegangen waren.

»Was leugnen? Dass ich Kim nicht leiden kann? Das ist kein großes Geheimnis.« Ich machte einen Schritt auf ihn zu, bis uns nur noch ein paar Zentimeter trennten. »Aber glaube ja nicht, dass es was mit dir zu tun hat, Vitus.« Mein Blick bohrte sich in seinen und ich legte all meine Abneigung für ihn hinein.

»Und wieso schlägt dein Herz dann schneller, Lorelai?«, fragte er und griff nach meinem Handgelenk. Innerhalb eines Augenblicks hatte er einen Finger auf meinen Puls gelegt und ich konnte nichts dagegen tun, dass mein Herz einen Satz machte.

»Vor Abscheu«, zischte ich und wünschte, ich hätte es genauso

empfinden können. Stattdessen jagten jede Menge unterschiedlicher Empfindungen durch meinen Körper, aber ich wollte ihm nicht die Genugtuung geben, meine Hand zurückzuziehen.

»Abscheu, natürlich.« Seine Lippen verzogen sich zu einem spöttischen Lächeln. »Ich schätze, dann ist es auch deine Abscheu, die dafür sorgt, dass dein Atem schneller wird, sobald ich dich berühre.« Er verstärkte den Druck auf meiner Haut und ich hielt die Luft an, während in mir der Wunsch erwachte, ihm direkt in sein attraktives Gesicht zu schlagen.

»Fass mich nicht an«, schnappte ich und zog die Hand nun doch zurück.

»Dann geh mir in Zukunft einfach aus dem Weg, Lorelai.«

Seine Stimme klang eiskalt und erinnerte mich an Aleksander von Rabenau. Unwillkürlich lief mir ein eisiger Schauer über die Haut.

»Du hältst es einfach nicht aus, wenn du mal nicht die Kontrolle über etwas hast, richtig?«, sagte ich und blickte mich kurz um, obwohl ohnehin kein Mensch mehr in dem Korridor war und ich nur noch aus der Ferne ein paar Schüler lachen hörte. »Du fühlst dich noch immer wie ein Dunkler, aber das bist du nicht, Vitus. Du bist ein Heller, du kannst dir nicht einfach nehmen, was du willst, ab sofort gehörst du zu denen, die *geben*.« Meine Stimme wurde lauter und ich spürte, wie es in meinen Fingerspitzen prickelte und ein Kälteschauer nach dem anderen durch meinen Körper raste. »Es ist an der Zeit, das anzuerkennen, es ist an der Zeit, anzuerkennen, dass du jetzt anders bist.«

»Ich soll mich daran gewöhnen, zu geben?«, knurrte er wütend. *»Ich hab dir schon genug gegeben, Lorelai.«*

»Ach ja? Was denn?«, schrie ich ihn an.

»Meine verdammte Familie!«, schrie er zurück. »Mein ganzes Leben!«

»Und du denkst, du bist der Einzige?«, brüllte ich, als er sich abwandte und an mir vorbei in Richtung Treppe strebte. »Glaubst du, es geht mir anders? Ich fühle mich, als hättest du mir alles gestohlen, was mir je etwas bedeutet hat!«

Wieder jagte eine Welle von Kälte durch meinen Körper und diesmal fühlte es sich an, als würde das Blut in meinen Adern zu flüssigem Eis werden. Keuchend schnappte ich nach Luft und merkte, wie Vitus kurz innehielt und mir einen Blick über die Schulter zuwarf. Im nächsten Moment weiteten sich seine Augen und ich hörte ihn unterdrückt fluchen, während die Kälte wie ein wildes Tier in meinem Inneren tobte. Zitternd starrte ich auf meine heftig bebenden Hände und schluckte trocken, als ich die glitzernden schwarzen Adern sah, die sich unter meiner Haut ausdehnten.

»Lorelai, verdammt«, stöhnte Vitus und sah sich rasch um, als meine Zähne zu klappern anfingen und ich noch einen Schritt auf ihn zu machte, bevor meine Knie unter mir nachgaben und ich einfach zusammenbrach.

Die Kälte kam in Wellen. Es fühlte sich an, als würde sie meinen Körper vom Kopf bis zu den Zehenspitzen mit flüssigem Stickstoff füllen, und ich spürte die kalte Magie der Dunklen durch meine Synapsen rasen.

»Mir ist so … kalt«, flüsterte ich und keuchte, als eine neue eisige Welle kam. Bisher war ich nur einmal bei Josephines Anfall dabei gewesen und hatte gesehen, wie es sie innerlich verbrannte – doch in diesem Moment konnte ich mir nicht vorstellen, dass das schlimmer war.

Jedes Mal, wenn die Adern unter meiner Haut dunkel zu schimmern begannen, fühlte es sich an, als würde meine Haut aufbrechen und das nackte Fleisch darunter freilegen.

»Du musst wach bleiben«, hörte ich Vitus' Stimme und blinzelte, als sein Gesicht vor meinem auftauchte. Er sah so besorgt aus, dass es ein Traum sein musste, und ich spürte, wie ich wegdriftete, als sich starke Arme unter meine Kniekehlen schoben und ich in die Höhe gehoben wurde. Mein Kopf sackte gegen eine harte Brust, die unfassbar gut nach einem tiefen, schattigen Wald roch, und ich wünschte mir nichts sehnlicher, als meine Nase in dem Stoff des T-Shirts zu vergraben und die Schmerzen zu vergessen, die mich wie ein Rudel hungriger Wölfe attackierten. Obwohl mir alles wehtat, schaffte ich es, die Hand zu heben und mich in seiner Schulter festzukrallen, während sein Herz schnell und kräftig unter meinem Ohr pochte.

»Wir sind gleich da«, presste er hervor und drückte mit dem Ellbogen die Klinke einer Tür hinunter. Kurz darauf waren wir in einem kühlen, dunklen Raum, in dem es nach Kreide roch. »Wach bleiben«, befahl Vitus und legte mich sanft auf den Boden.

Ich krümmte mich vor Schmerzen zusammen und wünschte, es würde endlich aufhören. Dabei erinnerte ich mich wieder an den ernsten Gesichtsausdruck meines Vaters, als er mir eingetrichtert hatte, immer mein Handy dabeizuhaben, um ihn oder Mama anzurufen, wenn so etwas passierte. Nur dass mir meine Eltern jetzt nicht helfen konnten.

»Hallo? Ich bin's«, hörte ich Vitus in dem Moment sagen und sah, wie er sein Telefon ans Ohr presste. »Sie hat einen Anfall. In der Schule. Du musst sofort kommen.«

Dann erklärte er noch, wo genau wir uns befanden, und warf mir dabei einen besorgten Blick zu.

Die nächsten Minuten fühlten sich wie Stunden an – beziehungsweise wie ein einziger langer Augenblick des Schmerzes, der einfach nicht aufhörte, sondern nur auf und ab ebbte, wie das Meer.

Vitus hatte sich neben mich auf den Boden gesetzt und sprach mit beruhigender Stimme auf mich ein, während ich mich zusammenkrümmte und das Gefühl hatte, als müsste ich sterben. Ein schwarzes Netz aus funkelnden Adern hatte sich über meine ganze Haut ausgebreitet, während die Magie in mir wütete. Nun verstand ich endlich, warum sie tödliche Anfälle genannt wurden, selbst wenn die meisten Mitglieder des Blutadels nicht daran starben. Es fühlte sich genauso an, wie ich mir den Tod vorstellte – eiskalt, qualvoll und absolut einsam.

»Endlich«, murmelte Vitus, als die Tür zu dem diesigen Raum aufgerissen wurde und eine schwarz gekleidete Gestalt im Rahmen erschien. Ich blinzelte an den zusammengerollten Karten und Unterrichtsmaterialien vorbei und erkannte Annegrets schlanke Silhouette.

»Wie lange ist sie schon in dem Zustand?«, hörte ich sie fragen und Vitus schaltete das Display seines Handys ein, bevor er antwortete.

»21 Minuten«, gab er zurück und rutschte zur Seite, als Annegret sich neben mich auf den Boden kniete. Der teure Geruch ihres Parfüms mit der leicht bitteren Note umhüllte mich und ich wollte etwas sagen, aber die Schmerzen waren so schlimm, dass ich nur wimmern konnte.

»Beruhige dich, ich bin da.«

Ich fühlte, wie sie ihre schlanken Finger auf meinen Nacken und meine Stirn presste. Eine knisternde Welle von Magie jagte durch den

Raum und mein ganzer Körper krampfte, als ich damit in Berührung kam.

Der Kontakt mit Annegrets dunkler Energie war im ersten Moment wie ein Schock, doch dann ebbte der Schmerz ab und wurde erträglich. Die schreckliche Kälte verwandelte sich in ein kühles Rauschen, das durch meine Adern floss und mich sanft tröstete. Innerhalb weniger Herzschläge verschwanden die Schmerzen und hinterließen nichts als eine erfrischende Kühle, die mich innerlich erfüllte und mit neuer Energie versorgte. Ungläubig richtete ich mich auf dem harten Boden auf und starrte Annegret an. Sie zog sich vor mir zurück und sah mir direkt in die Augen. Ein paar Sekunden sagte keiner von uns ein Wort und ich versuchte, das Chaos an Gefühlen zu verstehen, das mich durcheinanderbrachte.

Da war Dankbarkeit, dass sie mir den Schmerz genommen hatte, Erleichterung, dass Vitus in der Nähe gewesen war, Scham, weil ich ihre Hilfe gebraucht hatte, und Widerwille, weil sich die Energie einer Dunklen so gut angefühlt hatte.

»Danke«, presste ich hervor und musste gegen die Tränen in meinen Augen ankämpfen, als mir bewusst wurde, dass nun genau das wahr wurde, was ich zu Vitus vorhin gesagt hatte.

Ich musste akzeptieren, dass ich nun anders war.

Ich musste akzeptieren, dass ich zu den Dunklen gehörte.

Einladung
zur
Totenfeier

Schweren Herzens geben
Thalea & Theodor von Kaltenburg
den Tod ihres Sohnes Marvin bekannt.

Und meine Seele breitet ihre dunklen Flügel aus,
um ein letztes Mal über die Welt zu gleiten und
sie für immer zu verlassen.

Die Zeremonie findet am Samstag, den 21. Oktober
diesen Jahres, in der schwarzen Kirche statt.
Geladene Gäste werden um 21 Uhr abgeholt.

KAPITEL 6

»Sie sind unaufmerksam«, bemerkte Herr von Hetz und klopfte mit den Fingern auf den Esstisch. »Auch wenn es heute zu einem tödlichen Anfall gekommen ist, darf Ihre Aufmerksamkeit nicht darunter leiden.«

»Sehr einfühlsam.« Ich richtete meinen Blick wieder auf die Bücher, die er mir mitgebracht hatte. Dabei versuchte ich, die Angst und die Schmerzen zu vergessen, die ich heute durchlitten hatte.

Mein Privatlehrer sah mich unbewegt an. »Empathie ist in diesem Fall nicht angebracht, Lorelai. Die tödlichen Anfälle sind eine Tatsache, die sich weder verleugnen noch vermeiden lässt. Es nutzt also niemandem, wenn Sie Ihre Gedanken und Ihre Energie in etwas stecken, das Sie sowieso nicht beeinflussen können.«

Anstatt etwas zu erwidern, schnaubte ich innerlich und versuchte, nicht daran zu denken, dass mir Annegret heute wahrscheinlich das Leben gerettet hatte – genau wie Vitus. Wenn die beiden nicht gewesen wären, würde ich jetzt wahrscheinlich nicht mehr hier sitzen.

»Der Scharlachrote Krieg fand wann statt?«, schob sich mein Privatlehrer in meine Gedanken.

»Im 18. Jahrhundert«, antwortete ich und blickte durch die Fensterfront hinaus in den Steingarten, dessen Zweck ich noch immer nicht begriffen hatte.

»Geht es noch etwas konkreter? Immerhin zählt dieser Krieg zu den prägendsten Ereignissen in unserer Geschichte, welcher unzähligen Hellen und Dunklen das Leben gekostet und zur strikteren Trennung der Blutlinien beigetragen hat«, sagte Herr von Hetz und fuhr sich durch sein schütteres Haar. »Lorelai, haben Ihre Eltern denn keinen Wert auf Ihren Geschichtsunterricht gelegt?«

Ich rieb mir über die Augen und blickte ihn dann ungerührt an. »1740 bis 1748 – zufrieden?«

Herr von Hetz schüttelte kaum merklich den Kopf und schloss mit einem dumpfen Laut die Bücher, die vor ihm lagen. »Zufrieden wäre ich, wenn Sie mehr Motivation an den Tag legen würden, die versäumten Inhalte aufzunehmen. Für heute machen wir Schluss. Und morgen erwarte ich Sie in einem leistungsfähigeren Zustand.«

Er stand auf, packte die Bücher in seine Ledertasche und nickte mir noch einmal kühl zu, bevor er verschwand. Als er die Haustür hinter sich schloss, beneidete ich ihn darum, einfach gehen zu können, wann immer er wollte.

Wie gern wäre ich jetzt einfach nach Hause gegangen, zu unserem verwunschenen Anwesen, und hätte Quasimodo über sein weiches Fell gestreichelt, hätte Romy zugehört, wie sie über ihre Theaterprobe lästerte, und hätte Stunden im Gewächshaus oder im Blumenladen verbracht und mich an den bunten Farben und den herrlichen Düften erfreut. Aber stattdessen saß ich in diesem kalten Wohnzimmer mit

den düsteren Gemälden und der modernen Einrichtung, die nicht den Hauch von Freundlichkeit ausstrahlte.

Am schlimmsten war beinahe die *Stille*. In unserem Haus hatte es immer Geräusche gegeben. Ob es nun das Knarren der Diele oder der Wind war, der die Blätter im Garten zum Rascheln brachte – oder das Ächzen irgendwelcher alten Rohre, durch die Wasser gluckerte –, es war niemals still gewesen. Aber hier, in diesem hässlichen Betonklotz, schlug einem die Stille überall entgegen und drückte auf einen nieder, bis man selbst keinen Laut mehr von sich gab.

Doch auch wenn ich wusste, dass es nicht an der Stille, sondern an meiner Situation an sich lag, fühlte ich mich in diesem Moment unendlich einsam. Annegret und Aleksander waren auf irgendeinem Termin außer Haus, wobei ich mir nicht sicher war, ob Annegret mir nach dem Vorfall in der Schule einfach aus dem Weg ging. Wo Vincent war, wusste ich nicht – und von Patric wusste ich sowieso überhaupt nichts. Was mir nur recht war. Und die Angestellten des Hauses bewegten sich derart leise, dass ich oft gar nicht wusste, ob sie überhaupt da waren.

Ich stand auf und beschloss, in mein Zimmer zu gehen und dort etwas Musik zu hören, während ich meine *normalen* Hausaufgaben machte. An die Projektarbeit in der Schule wollte ich noch keinen Gedanken verschwenden, denn bei der Vorstellung, in den nächsten Wochen regelmäßige Besprechungen mit Vitus und Kim führen zu müssen, drehte sich mir schon von allein der Magen um.

Langsam ging ich zur Treppe, als die Haustür aufgestoßen wurde und Patric gemeinsam mit einem Freund den Vorraum betrat. Dabei traf sich unser Blick und Patric fixierte mich abfällig mit seinen dunklen Augen, als wäre ich Satan höchstpersönlich.

»Was ist?«, fuhr ich ihn an, da ich seine offene Feindseligkeit gerade nur zu gern erwiderte.

Er legte den Kopf schief. »Ich wusste bisher nicht, wie eloquent die Hellen sind«, bemerkte er und schloss die Tür hinter sich und seinem dunkelhäutigen Freund, der mich interessiert musterte. Die beiden hatten ihre Umhängetaschen dabei und wirkten, als ob sie gerade von der Uni kämen.

»Ich wusste bisher nicht, dass du überhaupt reden kannst«, schoss ich zurück.

Patric, der Vincent beinahe wie aus dem Gesicht geschnitten und nur ein Stück kleiner war, zog seine Jeansjacke aus. »Ich entscheide, mit wem ich mich unterhalten möchte – und mit wem nicht.« Seine Stimme klang genauso kalt und überheblich wie die seiner Brüder.

»Dann scheint es ja eine Ehre zu sein, dass du dich gerade mit mir unterhältst – aber warum empfinde ich es nicht so?«

Er schnaubte. »Weil du vielleicht zu dumm dafür bist?«

Sein Freund schmunzelte und ich beschloss, Patric von nun an zu hassen.

»Mmh«, machte ich und warf meinem genetischen Bruder einen bezeichnenden Blick zu. »Die Dummheit scheint anscheinend in der Familie zu liegen.«

Er wirkte für einen Moment getroffen, fing sich aber schnell wieder. »Ich glaube, bei dir handelt es sich um eine *anerzogene* Dummheit. Wie ich hörte, klappt es mit deinem Privatunterricht nicht besonders.« Übertrieben ließ er seine Schultern fallen und sog tief die Luft ein. »Anscheinend haben dir deine Leute nichts beigebracht. Wie war das noch mal? Ihr reicht euch die Hände und tanzt zur Blumenmusik?«

Ich verabscheute Vincent dafür, dass er unser Gespräch weitererzählt und sich dabei wahrscheinlich wahnsinnig lustig über mich gemacht hatte – auch wenn ich es im Gegenzug mit Sophie vielleicht nicht anders gemacht hätte.

»Ja, und weißt du was? Ich fände es schön, wenn wir diesen Brauch auch hier einführen würden. *Unsere Eltern*«, es kostete mich einige Überwindung, das so auszusprechen, aber noch größer war der Drang, Patric eins reinzuwürgen, »finden gemeinsame Aktivitäten doch wunderbar. Wir könnten draußen im Garten tanzen und singen und uns dabei Steine zuwerfen. Vielleicht treffe ich ja auch mal deinen Kopf.«

Patrics Freund lachte kurz. »Mann, ich wusste gar nicht, dass deine Schwester den trockenen Humor von euch geerbt hat.«

Seine Worte verletzten mich, auch wenn er es offensichtlich gar nicht beabsichtigt hatte. Es war die eine Sache, wenn *ich* solche Dinge aussprach, um mich gegen Patric, Vincent und Vitus zu behaupten – aber eine ganz andere, wenn jemand glaubte, tatsächlich Ähnlichkeiten zwischen mir und den von Rabenaus festzustellen. Ich wollte keine Ähnlichkeit mit ihnen haben.

»Sie hat gar nichts von uns geerbt«, stieß Patric wütend hervor. Augenscheinlich kostete es ihn einige Mühe, sich unter Kontrolle zu halten. Im Gegensatz zu Vitus und Vincent war er viel impulsiver. »Egal, was die Ärzte sagen, sie ist und bleibt eine Helle.«

»Dann sind wir zumindest in diesem Punkt einer Meinung«, sagte ich und spürte, wie Patrics Freund mich noch immer betrachtete.

»Hast du denn schon einen Begleiter für die nächste Rote Audienz?«, fragte er im nächsten Moment.

Überrascht sah ich ihn an und auch Patric schien von dieser Frage nicht besonders angetan zu sein.

»Sag mal, spinnst du jetzt?«, fragte Patric seinen Freund entgeistert.

»Mann, sie ist eine Drittgeborene. Eine dunkle Drittgeborene – das ist wie ein Sechser im Lotto.« Patrics Freund lächelte mich charmant an. »Ich bin übrigens Tyren, falls du den Namen deines Begleiters für die Rote Audienz wissen willst. Schön, dich kennenzulernen, Lorelai.«

Patric starrte Tyren angewidert an. »Ich kotz gleich. Du hast sie doch nicht alle.«

Tyren zuckte mit den Schultern. »Ich muss meine Chance ergreifen. Ich will nicht wissen, wie viele Geschenke und trockene Blumen sie schon von den anderen Familien bekommen hat.«

Patric schüttelte nur den Kopf und wandte sich dann an mich. Dabei war sein Blick noch immer so finster wie zuvor, jedoch hatte sich ein boshaftes Funkeln darin eingenistet. »Und, Lorelai? Was sagst du? Kannst du dem charmanten Angebot meines Freundes widerstehen? Er ist ein von Kerlichen und seine Familie würde sich unendlich freuen, wenn du mit ihm zur Roten Audienz gehst und er dich danach gleich schwängern kann.«

»Mann, Patric!«, stieß Tyren hervor und schlug seinem Freund auf die Schulter.

»Ich wollte das Ganze doch bloß für euch abkürzen«, sagte Patric gelassen, der mein Unbehagen sichtlich genoss. »Aber Moment mal, da war doch noch was. Stimmt«, fuhr er mit einem spöttischen Lächeln fort. »Du musst dich leider hinten anstellen, Tyren. Denn das Hohe Herrscherhaus hat ja zuerst Anspruch auf unsere gute Lorelai. Erst wenn sie nicht zugreifen, kannst du es bei ihr versuchen.«

»Den Gerüchten zufolge soll Marcus von Kaltenburg eine Drittgeborene aus dem Ausland im Auge haben«, erwiderte Tyren lächelnd.

»Angeblich war sie auf seinen Bruder Marvin scharf, aber da der jetzt unter der Erde ist, könnte es vielleicht doch noch was mit den beiden werden. Und dann stehen meine Chancen bei Lorelai vielleicht gar nicht so schlecht.«

Patric schüttelte schnaubend den Kopf. »Ist das dein Ernst? Du baggerst Lorelai tatsächlich an? Gerade sie?«

Ich fühlte, wie die Wut in mir aufstieg. »Ich dachte wirklich, dass ich die unsympathischsten Familienmitglieder der von Rabenaus schon kennengelernt habe. Aber nein, habe ich doch nicht. Du übertriffst sie alle noch einmal«, zischte ich Patric an.

Er verbeugte sich vor mir. »Das mache ich doch gern«, sagte er süffisant und richtete sich wieder auf. »Denk daran, die drei Monate haben gerade erst begonnen. Bislang wurdest du noch nicht in *unsere* Familienrituale eingeführt. Meine Eltern halten sich da im Moment noch zurück, um dir den Übergang so leicht wie möglich zu machen.« Er rieb sich über seine schmale Nase. »Hast du eigentlich schon mal Tierblut getrunken?«

Plötzlich erklang ein schriller Schrei aus dem Obergeschoss und ich zuckte zusammen. Auch Tyren wirkte kurz irritiert, nur Patric blieb die Ruhe selbst.

»Okay, manchmal verwenden wir auch Menschenblut«, erklärte er leichthin und zuckte mit den Schultern. »Laura war jetzt auch schon zu lange bei uns, da ist es Zeit, für Abwechslung zu sorgen.«

Ich glaubte ihm kein Wort, stürmte aber trotzdem nach oben, um nachzusehen, woher der Schrei gekommen war. Meine Beine flogen über die Stufen und ich war froh, Patric und Tyren hinter mir zu lassen, auch wenn ich nicht wusste, was mich im dritten Stockwerk erwarten würde. Annegret hatte mir gesagt, dass die Etage Harriet gehörte und

ich ihr Atelier nur betreten durfte, wenn sie es mir erlaubte – aber das war mir in dem Moment egal, da es sich für mich angehört hatte, als ob sie Hilfe bräuchte.

Mein Atem ging stoßweise, während ich mit trommelndem Herzen in die dritte Etage hetzte. Patric und Tyren machten keine Anstalten, mir zu folgen, und ich hörte nur ihr Lachen, das von unten nach oben drang.

Als ich den letzten Treppenabsatz erreicht hatte, blieb ich vor einer schweren schwarzen Eisentür stehen. Plötzlich kam mir mein Verhalten blöd vor, immerhin gehörte ich nicht in dieses Haus und wusste nichts von den dunklen Gepflogenheiten. Vielleicht war es hier üblich, ab und an zu schreien, um die Stille zu zerreißen – aber nun konnte ich auch nicht mehr zurück.

Entschlossen drückte ich die graue Klinke hinunter und zuckte einen Moment später zusammen, als mir ein säuerlicher Geruch entgegenschlug. Er hatte etwas von verwesendem Fleisch – aber das war gar nicht das Schlimmste. Das Schlimmste waren die unzähligen ausgestopften Tiere, die mir entgegenstarrten.

Eichhörnchen, Katzen, Vögel und Hunde aller Größen drängten sich in dem Raum mit den schmalen Fenstern aneinander. Sie befanden sich in Regalen aus Metall oder standen einfach auf dem dunklen Boden. Einige von den Tieren hatten ihre Lider geschlossen, aber der Großteil von ihnen schien mich mit seinen glänzenden Glasaugen anzusehen und nichts Gutes zu wollen.

Die gegenüberliegende Tür öffnete sich.

»Oh, Lorelai«, sagte Harriet, die gerade einen kleinen Fuchs in den Raum trug, der die Lefzen hochgezogen hatte. »Du hast dich zu mir verirrt, wie schön.« Mit einer Selbstverständlichkeit, als würde sie ge-

rade umdekorieren, stellte sie den Fuchs neben eine Katze, die aussah, als würde sie mich gleich anspringen.

»Hast du geschrien?«, fragte ich und Harriet nickte, während sie dem Fuchs sanft über sein Fell strich.

»Ja, das war ich, Schätzchen. Mir ist der kleine orange Kerl hier auf den Fuß gefallen«, erklärte sie und blickte mich an. »Auch wenn sie tot sind, können sie noch Ärger machen.«

Automatisch wich ich einen Schritt zurück. Es war furchtbar für mich, all die toten Tiere um mich zu haben.

Harriet winkte mich zu sich. »Willst du den Rest auch noch sehen?«

Ich schüttelte den Kopf. »Nein danke, ich glaube, das wird nicht notwendig sein«, sagte ich schnell. »Ich muss auch noch Hausaufgaben machen.«

»Nix da. Wenn du schon mal hier bist, kannst du dir auch mein Atelier ansehen, obwohl es darin momentan recht chaotisch zugeht. Du musst wissen, dass ich gerade umräume und für die Hamster noch keinen Platz gefunden habe.«

Ich schluckte und merkte, wie mir von dem Geruch langsam schlecht wurde.

»Na komm schon.« Harriet griff nach meiner Hand. »Drüben ist die Luft besser, hier hatte ich kurz die Innereien gelagert.«

Ich wollte gar nicht wissen, wo sich die ganzen Inhalte der Tiere befanden, und wäre am liebsten einfach nach unten gerannt. Aber Harriet lächelte mich mit ihrem faltigen Gesicht derart freundlich an, dass ich es nichts übers Herz brachte, ihr die Führung abzuschlagen.

»Was … was machst du hier eigentlich?«, fragte ich, nachdem wir den Raum verlassen hatten und durch einen breiten Korridor gingen, in dem die Luft schon viel besser war.

»Ich arbeite hier.« Sie bog nach links in einen Gang ab. Mit ihrem schwarzen Kostüm und den roten Perlenohrringen wirkte sie nicht wie jemand, der sich mit toten Tieren beschäftigte. »Aleksander hätte es gern, dass ich mich zur Ruhe setze, aber wenn man etwas wirklich gern macht, will man einfach nicht damit aufhören.« Sie machte eine kurze Pause. »Und Ruhe werde ich noch genug haben, wenn ich früher oder später unter der Erde liege.«

Sie öffnete grinsend die Tür zu einem hellen Arbeitsraum, der fast so chaotisch war wie mein richtiges Zuhause. Überall standen kleine Fläschchen und Döschen mit Cremes oder Drähten herum und Holzwolle, Holzbretter und Mehlsäcke stapelten sich neben ausgestopften Katzen und Wellensittichen, die sich im toten Zustand nebeneinander sehr gut zu vertragen schienen.

»Wenn es nach Annegret ginge, wäre es wohl eher früher als später, dass ich unter der Erde liege«, bemerkte die alte Dame mit den kurzen schwarzen Haaren schmunzelnd und machte eine umfassende Handbewegung, die den ganzen Raum umschloss. »Das ist es – mein Arbeitsreich.« Sie strich über einen großen, zerfurchten Holztisch, der in der Mitte des Raumes stand, und sah mich mit großen Augen an. »Wie gefällt es dir?«

»Es ist anders als der Rest des Hauses.«

»Diplomatische Antwort, Lorelai«, sagte sie anerkennend, während mein Blick an einer Bulldogge hängen blieb, die auf dem Arbeitstisch stand. Sie hatte dunkelbraunes Fell und einen schwarzen Ring um ihr rechtes Auge. Orangefarbene Plastikstifte, die mich an Akupunkturnadeln erinnerten, ragten rund um die Schnauze aus dem Fell.

»Die Nadeln halten die Gesichtsfalten, bis die Haut ausgetrocknet und fest ist. Schätzchen, du kannst es ruhig sagen, wenn du mich un-

heimlich findest.« Sie schraubte beiläufig eine Dose mit irgendeiner weißen Flüssigkeit zu. »Wahrscheinlich hat dir meine Schwiegertochter auch verboten, hier raufzugehen, nicht wahr?« Bei der Frage senkte sie die Stimme, als könnte uns Annegret irgendwie hören.

Ich nickte. »Sie meinte, ich bräuchte deine Erlaubnis.«

»Das sagt sie nur, weil es ihr unangenehm ist, dass ich noch immer meinem Beruf nachgehe. Am liebsten sähe sie mich den ganzen Tag in einem Sessel sitzen. Ein Sessel, der sich im Altersheim befindet.« Sie grinste mich breit an. »Aber darauf kann sie lange warten, schließlich habe ich meine Jungs gerade erst wieder zurückbekommen.«

Ich musste an das Familienfoto aus Vitus' ehemaligem Zimmer denken, das wahrscheinlich in Südafrika entstanden war. »Du meinst, weil sie so lange im Ausland waren?«

Harriet nickte. »Ich gebe es ja nicht gern zu, aber ich habe sie ganz schön vermisst. Deswegen bin ich auch aus meiner Wohnung ausgezogen und habe die obere Etage des Hauses für mich in Anspruch genommen. Schließlich will ich ja noch etwas von meinen Enkeln haben.« Sie beugte sich in meine Richtung. »Meine Wohnung habe ich für den Notfall natürlich behalten. Bei Annegret weiß man ja nie – und sie habe ich schließlich nicht vermisst, nur den Rest der Familie.«

Ich sagte nichts. Nach meinem Erlebnis mit Patric eben fiel es mir verdammt schwer, zu glauben, dass ihn jemand ernsthaft vermissen konnte.

»Ich weiß, was du denkst, Schätzchen«, sagte Harriet nach einem Moment. »Und es ist in Ordnung. Die von-Rabenau-Männer sind allesamt schwer zu knacken. Vor allem Patric ist momentan ziemlich an-

gespannt, weil Annegret ihn mit einer Dunklen verkuppeln will. Aber wenn man einmal zu ihrem weichen Kern vorgedrungen ist …« Sie lächelte vielsagend.

»Wieso wohnen Patric und Vincent eigentlich noch hier?«, fragte ich und blickte mich in dem gruseligen Atelier um. »Sie sind doch beide schon erwachsen.«

Harriet nickte. »Natürlich sind sie das, aber ich habe ihnen einen kleinen finanziellen Anreiz geboten, sich in der Nähe ihrer Großmutter aufzuhalten. Immerhin weiß ich nicht, wie lange ich noch auf dieser Welt bin – und die möchte ich so schön wie möglich verbringen. Deshalb habe ich mich auch noch nicht zur Ruhe gesetzt.«

Ungläubig sah ich sie an. »Das heißt, du stopfst gern tote Tiere aus?«

»Aber natürlich«, antwortete sie vergnügt und strahlte mich an. »Aber jetzt komm, lass uns nach drüben in meinen Wohnbereich gehen und eine Tasse Scotch trinken.«

»Eine Tasse Scotch?«

Sie nickte. »Klar, aus einem Glas kann doch schließlich jeder trinken.«

Für einen Moment wusste ich nicht, ob Harriet total verrückt oder einfach nur total *anders* war, aber ich folgte ihr in ein gemütliches Wohnzimmer, das mit allerhand Teppichen ausgelegt war und überhaupt nicht zum Rest des Hauses passte. Überall standen kleine schwarze Figürchen herum, die wie Todesengel aussahen, und an den Wänden hingen düstere Landschaftsmalereien.

Angespannt setzte ich mich auf die dunkelgrüne Couch. Dabei blieb mein Blick an einem Strauß weißer Lilien hängen, die in einer Vase auf dem kleinen Glastisch standen.

»Hier.« Harriet drückte mir eine schwarze Tasse in die Hand. »Ich

hab dir einen Tee gemacht, da du beim Scotch so erschrocken dreingesehen hast.«

»Tee ist wunderbar, danke.« Ich stellte die Tasse auf dem kleinen Glastisch ab. Dabei musste ich automatisch an meine erste Begegnung mit Vitus im Blumenladen zurückdenken, als er einen Strauß Lilien für Harriet gekauft hatte. Damals war er noch ganz anders gewesen und ich merkte, wie sehr ich den unbeschwerten Vitus aus dieser Zeit vermisste.

»Sie sind wunderschön, nicht wahr?«, sagte Harriet in diesem Moment und deutete auf die Blumen. »Sie erinnern mich an deinen Großvater, er hat sie immer für mich zum Verwelken gebracht.« Dabei seufzte sie, als ob das eine total schöne Erinnerung wäre.

»Wie kann man so etwas nur schön finden?«, entgegnete ich zu schnell. »Entschuldige, ich wollte nicht unhöflich sein.«

»Ach, da musst du dir bei mir keine Sorgen machen. Ein bisschen Unhöflichkeit bringt doch erst etwas Würze ins Leben.« Harriet nippte an ihrer schwarzen Tasse, in der sich mit hoher Wahrscheinlichkeit tatsächlich Scotch befand, und sah mich dann an. »Ich habe in den letzten Tagen viel über dich nachgedacht, Lorelai. Wir müssen auf dich ziemlich befremdlich wirken, nicht wahr?« Schmunzelnd beugte sie sich etwas vor. »Natürlich ganz besonders Annegret, aber das liegt ja in ihrer Person.«

»Es war tatsächlich eine Umstellung«, gab ich zu, weil ich den Eindruck hatte, mit Harriet offen sprechen zu können.

Sie nickte. »Wir Dunklen wirken für die Hellen natürlich seltsam, schließlich sind wir irgendwie das Gegenstück zu ihnen. Wobei wir die Hellen auch sehr schätzen, schon allein dafür, dass sie uns mit ihrer Blutgabe unterstützen, falls mit unserer mal was schiefgeht.« Harriet

nahm noch einen Schluck von ihrem Scotch. »Hast du schon einen hellen Notfallkontakt zugewiesen bekommen, Lorelai?«

Ich nickte und griff automatisch nach meinem Handy, auf dem ich ihn eingespeichert hatte. »Er heißt Nicolas von Heyden«, sagte ich leise und dachte daran, dass Josephine ihn gut gefunden hatte. »Annegret hat mir seine Nummer gegeben.«

Harriet nickte zufrieden. »Es ist wichtig, dass du dein Handy immer griffbereit hast. Schließlich hast du jetzt eine mächtige Gabe, die auch mal danebengehen kann. Und es ist nicht schön, wenn man jemanden versehentlich tötet.«

Ich rutschte unbehaglich auf dem Sofa zurück. »Kommt das denn oft vor?«

Die alte Dame seufzte. »Als ich noch ein junges Mädchen war, kannte ich eine Dunkle, der das mal passiert ist. Damals gab es noch keine Handys, was es natürlich viel schwieriger machte, seinen Notfallkontakt rechtzeitig zu informieren.« Sie machte eine kurze Pause. »Für den Mann, den sie versehentlich tötete, kam leider jede Hilfe zu spät. Sie hat das nicht gewollt und sich ihr Leben lang nicht mehr davon erholt.«

Ich schwieg betroffen und Harriet wedelte mit der Hand in der Luft herum.

»Genug jetzt, ich wollte die Stimmung nicht mit meinen alten Geschichten drücken. Der Tod kann natürlich schrecklich sein, aber er gehört auch zum Leben. Schließlich hätte die Zeit, die wir hier verbringen, ohne ihn überhaupt keine Bedeutung.« Sie lehnte sich wieder ein Stück nach hinten. »Stell dir eine Welt vor, in der nichts verwelkt – in dieser Welt kann doch auch nichts Neues aufblühen, oder?«

»Nein, natürlich nicht.« Ich nahm einen Schluck von meinem Tee,

der recht bitter schmeckte. »Aber wie kann man Gefallen am Tod finden? Es ist ja nicht so, dass er immer nur eintritt, wenn die Zeit reif ist.«

Harriet nickte. »Und genau deswegen müssen wir ihn akzeptieren. Er ist unkontrollierbar, wie das Leben selbst. Nimm mich und meine Arbeit. Ich präpariere viele Haustiere, weil die Leute sich an ihre Weggenossen erinnern möchten, weil es ihre Art ist, mit dem Tod umzugehen. Und ich finde es schön, ihnen dabei zu helfen. Es ist wie eine Kunst, wenn ich die Tiere öffne, ihr Innenleben entsorge und ihre leblose Hülle reinige.«

Unwillkürlich verzog ich das Gesicht und brachte Harriet damit zum Lachen.

»Diesen Teil mag ich am meisten, wenn ich jemandem von meinem Job erzähle«, wisperte sie mir zu. »Die meisten Menschen reagieren so wie du.« Sie kratzte sich mit ihren schwarz lackierten Fingernägeln am Kinn und wechselte unvermittelt das Thema. »Als du dem Tiger im Museum das Leben genommen hast, wie war das?«

Ich stockte kurz, da ich mit dieser Frage nicht gerechnet hatte. »Es war gruselig. Und total überraschend.«

Harriet nickte. »War eigentlich auch eine blöde Frage. Immerhin hattest du ja gedacht, etwas anderes zu sein. Früher, also schon sehr viel früher, gab es Spiele zwischen Dunklen und Hellen, die nichts anderes gemacht haben, als tote Lebewesen zu wecken, um sie dann wieder sterben zu lassen. Ein grausames Spiel.« Sie atmete geräuschvoll aus. »Das auch verboten wurde. Dein Großvater hat das übrigens auch öfter gemacht.«

»Dieses Spiel gespielt?«, fragte ich entsetzt.

»Nein, das nicht – also nicht als Spiel. Er hat Sterbehilfe bei Tieren

geleistet, das war eine sehr friedvolle Aufgabe.« Sie richtete sich in ihrem Ohrensessel auf. »Es ist auch eine friedvolle Aufgabe, die Tiere zu präparieren, weißt du? Allerdings gibt es dabei auch einiges zu beachten. Manche Besitzer können es zum Beispiel gar nicht ausstehen, wenn sie ihrem Tier in die Augen sehen. Das hat etwas Bedrohliches für sie – ich finde aber, dass man eigentlich allem ins Auge sehen kann.«

»Selbst Annegret?«, fragte ich und brachte Harriet damit zum Lachen.

Sie nickte. »Ja, selbst Annegret.«

Auszug aus der Liste der hellen Notfallkontakte, aktualisierte Fassung

Dunkel		**Hell**
Arthur von Kaltenburg	–	Dominik von Morgenstern
Vincent von Rabenau	–	Ole von Zunden
Patric von Rabenau	–	Franziska von Lindau
Lorelai von Rabenau	–	Nicolas von Heyden
Klara von Gemmersburg	–	Vitus von Wittgenstein
Maximilian von Sperl	–	Sebastian von Kernich
Amelie von Fernstein	–	Josephine von Sonnenberg
Claire von Galen	–	Silke von Jung
Zander von Perl	–	Tamara von Vrede

… des Weiteren verpflichten sich die hellen Notfallkontakte:

1.) ihren Notfallkontakt unverzüglich über einen geplanten Wohnungswechsel zu informieren. Sollten sie sich dadurch außerhalb des definierten Notfallradius befinden, wird dem Dunklen ein neuer Kontakt zugewiesen.

2.) Urlaube, Wochenendausflüge etc. mit einem Vorlauf von drei Wochen bekannt zu geben. Bei Nichteinhaltung dieser Frist kann im Fall einer versehentlichen Tötung durch den Nackengriff die Mitschuld des Notfallkontaktes bestimmt werden. Ausgenommen von dieser Frist sind von dem Hohen Herrscherhaus vorgegebene Termine.

3.) eine Erreichbarkeit innerhalb von drei Stunden zu gewährleisten.

... beide Parteien verpflichten sich:

1.) sich mit gegenseitigem Respekt zu begegnen und nicht absichtlich Vorfälle zu inszenieren, um den Notfallkontakt zur Ausübung seiner Blutgabe in der Öffentlichkeit anzustiften.

2.) der Zuteilung der Notfallkontakte zu entsprechen, die dem Hohen Herrscherhaus obliegt.

KAPITEL 7

Als ich nach der Unterhaltung mit Harriet wieder nach unten ging, war ich total hin- und hergerissen. Irgendwie mochte ich die alte Dame, fand sie aber gleichzeitig auch ein wenig gruselig – was bei Dunklen wahrscheinlich ganz normal war.

Ich schnaubte, als ich mein Zimmer betrat und die schwarzen und grauen Geschenkkartons sah, die sich neben dem Bett stapelten. Die meisten von ihnen waren mit blutroten Schleifen versehen und ich hasste den Gedanken, dass mich diese Geschenke umwerben sollten, weil ich die Drittgeborene war.

Erschöpft ließ ich mich auf das Bett fallen und starrte auf ein Bouquet vertrockneter dunkelroter Rosen, das auf dem Glastisch neben der Tür stand. Wie sollte ich die nächsten Wochen in diesem Haus bloß überleben? Und wie würde es erst werden, wenn ich zur nächsten Roten Audienz ging? Die Helle Fürstin hatte Ende des Monats Geburtstag und ich wollte mir nicht vorstellen, wie es im Palast des Hohen Herrscherhauses für mich werden würde. Ich mochte die

ganze Aufmerksamkeit nicht und mochte es noch weniger, dass Patric mit seinen geschmacklosen Worten doch einen hässlichen Punkt getroffen hatte.

Das Hohe Herrscherhaus hatte Anspruch auf mich – und die von Rabenaus waren garantiert die Letzten, die sich dem Dunklen Fürstenpaar entgegensetzen würden. Was konkret hieß, dass ich wahrscheinlich in eine beschissene Zwangsehe geschickt wurde, wenn Marcus sich nicht für diese andere Drittgeborene aus dem Ausland entschied. Bei dem Gedanken an die von Kaltenburgs begannen meine Fingerspitzen automatisch zu kribbeln. Selbst wenn ich ausschloss, dass der Fürst Anspruch auf mich für sich selbst erhob, wollte ich mir nicht vorstellen, mit Marcus oder seinem sadistischen Cousin Arthur verheiratet zu werden – sollte Marcus auch noch etwas zustoßen.

Vor meinem geistigen Auge tauchte Arthurs boshaftes Lächeln auf und ich spürte, wie die Kälte meinen Arm hochkroch. Aus Angst, schon wieder einen tödlichen Anfall zu erleiden, stand ich auf und tigerte im Zimmer auf und ab. Nach einiger Zeit hörte das hässliche Gefühl wieder auf und ich blieb vor dem toten Rosenbouquet stehen, hinter dem sich ein kleiner lebendiger Kaktus verbarg.

An meinem ersten Abend hier hatte Annegret mich gefragt, wie weit ich mit meiner dunklen Blutgabe wäre, und seit mir Vincent den Raum mit den Kakteen gezeigt hatte, hatte ich mir täglich einen mit auf mein Zimmer genommen. Konzentriert näherte ich mich mit dem Zeigefinger einem spitzen Stachel und versuchte, die Kälte willentlich hervorzurufen. Kaum hatte ich daran gedacht, fühlte es sich an, als hätte ich meine Hand in flüssiges Eis getaucht. Meine Fingerspitzen wurden so kalt, dass es wehtat, und ich gab die tödliche Magie mit einem Schlag an den Kaktus ab.

»Tut mir leid«, flüsterte ich dann, als das dunkel glitzernde Gitternetz meiner Blutgabe über die unschuldige Pflanze glitt. Zu töten war so leicht und es war das Gegenteil von dem, was ich sein wollte. Mit Gewalt versuchte ich, meine schwarze Magie wieder aus dem Kaktus herauszuzerren, und legte meine ganze Kraft in den Gedanken, es zurückzunehmen. Eine knisternde Welle magischer Energie baute sich rund um meinen Körper auf und dann fühlte es sich so an, als würde ein Teil der Kälte wirklich in mich zurückfließen. Die funkelnden schwarzen Linien hörten auf, sich auszubreiten, und ich starrte erstaunt auf den Kaktus, der nur zur Hälfte vertrocknet war, als es an der Tür klopfte.

Fahrig machte ich einen Schritt zurück und räusperte mich. »Herein«, sagte ich dann, obwohl ich am liebsten niemanden gesehen hätte. Heute hatte ich meine Portion der von Rabenaus schon abbekommen.

Es war Annegret, die die Tür öffnete und ihren Blick durch das Zimmer schweifen ließ. Inständig hoffte ich, dass sie den heutigen Vorfall in der Schule nicht thematisierte und nicht versuchte, hier jetzt irgendwie unsere Bindung zu stärken.

»Wie ich sehe, hast du deine Geschenke noch nicht ausgepackt«, bemerkte sie ruhig und meine Sorge, dass Annegret plötzlich irgendwie persönlich wurde, löste sich sofort in Luft auf.

»Ich möchte sie nicht auspacken.« Ich ging zum Bett zurück.

»Dennoch musst du Dankeskarten schreiben, denn das gehört sich«, sagte sie steif und zog einen Stapel dunkelroter Karten hinter ihrem Rücken hervor, die sie mir auf den Schreibtisch legte. Auch heute trug sie wieder einen dunklen Hosenanzug und hohe Schuhe, die sie noch distanzierter wirken ließen.

»Können wir die Sachen nicht einfach zurückschicken?«

Annegret sah mich an, als hätte ich sie gerade gefragt, ob ich gleich jetzt einen Hellen heiraten durfte. »Das wäre mehr als unhöflich, Lorelai. Die Familien schicken dir teure Geschenke – in den Päckchen befinden sich wahrscheinlich wertvolle Kleidung und Schmuck –, es wäre eine Beleidigung, diese zurückzuweisen.«

»Aber ich möchte sie nicht.«

»Du bist eine Drittgeborene«, erwiderte Annegret, als würde das jedes Argument von mir entkräften. »Hier geht es um die Etikette und deine Verpflichtung, die du als Dunkle hast, Lorelai.«

Ich erwiderte nichts, weil ich wusste, dass diese Diskussion nirgends hinführen würde.

»Gib es sonst noch etwas?«, fragte ich kühl und blickte bezeichnend auf die Tür, die Annegret hoffentlich gleich wieder benutzen würde.

»Die Trauerfeier ist der erste Anlass, bei dem du in die Gesellschaft der Dunklen eingeführt wirst. Herr von Hetz hat mir zugesagt, dich in die Gebräuche dieser Zeremonie einzuweisen, und ich hoffe, dass ihr bereits gute Fortschritte erzielt habt.«

Sie machte eine kurze Pause und blickte auf die grauen und schwarzen Päckchen neben dem Bett. Dabei streifte ihr Blick auch kurz das Rosenbouquet mit den verdorrten Blüten, die auch im Tod noch eine gewisse dunkle Anmut versprühten.

»Solltest du deine Meinung ändern und doch eines deiner Geschenke bei der Trauerfeier tragen, dann sei dir bewusst, dass dies von den Familien als positives Signal gewertet wird. Sie werden sich in der Hoffnung bestärkt sehen, dass du dich ihrem Sprössling zugeneigt fühlst.«

»Ich kenne doch fast keinen von denen«, murmelte ich, da ich es auf

den Roten Audienzen bislang immer gemieden hatte, den Dunklen zu begegnen. Von den wenigsten wusste ich überhaupt ihre Namen.

»Du wirst also nichts davon tragen?«

»Ich werde nichts davon *öffnen*.«

»Doch, das wirst du«, entgegnete sie bestimmt. »Denn wie willst du dich sonst bei ihnen für das besonders persönliche Geschenk bedanken?«

»Bitte schön.« Wahllos griff ich nach einem der Päckchen, das ich, ohne hinzusehen, aufriss. »Zufrieden?«

Aber Annegret war anscheinend noch nicht zufrieden, denn sie machte keine Anstalten, das Zimmer zu verlassen. »Ich habe dir für die Totenfeier ein Kleid und den passenden Schmuck ausgesucht«, sagte sie eine Spur weicher. »Laura wird dir die Sachen nachher nach oben bringen.«

»Okay.« Kurz überlegte ich, ob ich mich bedanken sollte, fand es aber falsch, mich für etwas zu bedanken, das ich gar nicht haben wollte. Die Trauerfeier der Dunklen war wirklich die letzte Veranstaltung, zu der ich gehen wollte.

Annegret nickte mir nur zu und schloss dann die Tür hinter sich. Kurz hatte ich ein schlechtes Gewissen, weil ich doch ziemlich unhöflich gewesen war, schob das Gefühl aber dann entschieden zur Seite. Stattdessen senkte ich den Blick auf das geöffnete Paket in meiner Hand und spürte, wie mein Puls in die Höhe schoss. In dem Päckchen war ein Schokoladenkuchen, wie ihn meine Mutter immer für mich gebacken hatte, und daneben lag ein verschlossenes Kuvert. Aufgeregt griff ich nach dem Umschlag und riss ihn auf. Darin war ein Brief von Dominik und mir stiegen die Tränen in die Augen, als ich ihn entfaltete. Er schrieb, dass er so gut wie täglich bei meiner Familie vor-

beischaute und es ihnen den Umständen entsprechend gut ging. Romy genoss es nach wie vor, Vitus das Leben zur Hölle zu machen, selbst wenn sie mich natürlich vermisste.

Ich weiß, die drei Monate haben erst angefangen, aber sie werden nicht ewig dauern. Mach dir keine Sorgen, ich halte hier die Stellung. Der Kuchen ist übrigens von deiner Mutter und es hat mich einige Überwindung gekostet, ihn dir in einem Stück zu schicken. Genieß jeden Bissen davon. Wir warten hier auf dich – Dominik

Gerührt ließ ich den Brief sinken und blinzelte eine Träne fort. Dominik hatte recht – es waren nur drei Monate, nicht mein ganzes Leben. Ich musste einfach nur ein bisschen Geduld haben.

»Bist du endlich fertig?!«, hörte ich Vincents Stimme am nächsten Samstag ungeduldig durch die Tür donnern. Ich warf gerade einen letzten Blick in den Spiegel und hasste es, dass ich mit meinem schwarzen Kleid, den schwarz geschminkten Augen, den langen schwarzen Samthandschuhen und den offenen dunklen Haaren wie eine Bilderbuch-Dunkle aussah.

Annegret hatte darauf bestanden, dass ich eine schwarze Rubinkette zu meinem schulterfreien Kleid trug, dessen Rock sich sanft um meine Beine schlang. Und auch wenn ich nicht gern wie eine Dunkle aussah, musste ich es Annegret doch zugestehen, dass sie Kleidung und Accessoires perfekt miteinander kombiniert hatte.

»Der Wagen ist da«, herrschte mich Vincent von draußen an. »Wenn du nicht sofort rauskommst, hole ich dich, Lorelai.«

Da mir bewusst war, dass er seine Drohung auch in die Tat umsetzen würde, öffnete ich schnell die Tür. Dabei erwartete ich, dass er mir gleich einen Vortrag über die Regeln seiner Familie halten würde, aber stattdessen starrte er mich für einen Moment unbewegt an. Kurz glaubte ich, so etwas wie Anerkennung in seinen Augen aufblitzen zu sehen, als er wieder die Fassung erlangte.

»Na endlich«, murrte er und fuhr sich durch die schwarzen Haare. »Komm mit, das Dunkle Fürstenpaar duldet keine Unpünktlichkeit.«

Ich erwiderte nichts und folgte ihm über die Treppe nach unten zur Auffahrt des Hauses, wo eine riesige, schwarz glänzende Stretch-Limousine auf uns wartete.

»Steig ein.« Vincent öffnete die Autotür. Auch seine Hände steckten in schwarzen Handschuhen.

Ich war noch nie mit so einem Luxuswagen gefahren und raffte mein seidenes Kleid ein wenig, bevor ich einstieg.

Der Rest der von Rabenaus hatte bereits auf der dunklen Ledersitzbank Platz genommen. Patric und Aleksander trugen wie Vincent einen schwarzen Anzug mit schwarzem Hemd und einem dunkelroten Einstecktuch. Annegret hatte sich für ein hochgeschlossenes schwarzes Kleid mit einer schwarzen Stola entschieden und ein zartes Lächeln tauchte in ihrem Gesicht auf, als sie mich sah.

»Wo ist Harriet?«, fragte ich, als Vincent nach mir in den Wagen stieg und die Tür schloss.

»Sie ist entschuldigt«, erklärte Annegret knapp.

Vincent klopfte an die Trennscheibe zur Fahrerkabine und gab dem Chauffeur somit das Zeichen, loszufahren.

Die Limousine setzte sich in Bewegung und ich war froh, dass in

dem Sitzbereich so viel Platz herrschte, dass ich mich nicht neben Patric und Vincent quetschen musste. Ich saß bequem in etwas Entfernung zu Annegret, die neben ihrem Mann Platz genommen hatte. Die Scheiben der Limousine waren von beiden Seiten verdunkelt, damit wir nicht sehen konnten, wohin uns der Wagen brachte. Von Herrn von Hetz wusste ich, dass dies eine Vorsichtsmaßnahme des Hohen Herrscherhauses war, die darauf bestanden, den Standort der Schwarzen Kirche geheim zu halten.

»Das Kleid steht dir gut«, bemerkte Annegret mit einem Anflug von Anerkennung.

»Danke«, sagte ich und sah, wie auch Aleksander mich musterte. Hätte ich es nicht besser gewusst, hätte ich gedacht, einen Hauch von Stolz in seinem Blick festmachen zu können.

»Perfekt für eine Totenfeier«, meldete sich Patric zu Wort und rieb sich über das Kinn. »Deine Verehrer werden Schlange stehen. Ein Kleid mit einem tieferen Ausschnitt war nicht drin?«

»Patric«, tadelte Aleksander ihn.

Mein genetischer Bruder lehnte sich auf der Sitzbank zurück. »Was ist? Sollen die Bewerber nicht mehr von dem sehen, was sie eventuell bekommen?«

»Halt die Klappe«, fuhr ich Patric an und hasste es, dass er meine wunden Punkte genau zu kennen schien. Er hatte schnell verstanden, dass ich nicht gewillt war, die Zuchtstute des Herrscherhauses zu werden.

»Wieso? Ich dachte, ihr Hellen plädiert immer für Offenheit und Transparenz.«

»Sie ist nun keine Helle mehr«, konterte Annegret und strich sich betont kontrolliert eine Haarsträhne aus dem Gesicht. »Sie ist eine

Dunkle. Und du benimmst dich gerade nicht wie ein vorzeigbarer Dunkler, Patric. Denk an deine Manieren.«

»Ich spreche nur aus, was wir alle denken.«

»Nein, Patric, das tust du nicht«, sagte Aleksander und mir fiel auf, dass sich Vincent bei dem Gespräch vollkommen zurückhielt, als wäre er mit den Gedanken ganz woanders.

Aleksander öffnete den ersten Knopf seines schwarzen Hemdes. »Wir sind auf dem Weg zu einer Totenfeier. Marvin wurde ermordet und es gebührt sich, seinen Eltern, dem Dunklen Fürstenpaar, unseren Respekt zu erweisen. Auch wenn unsere aktuelle Situation sehr gewöhnungsbedürftig ist, möchte ich nicht, dass unsere familiären Differenzen in der Öffentlichkeit diskutiert oder auch nur gesehen werden. Nicht bei so einem Anlass – und auch sonst nicht.«

Aleksanders Stimme klang entschieden und ich hatte das Gefühl, dass die Temperatur im Inneren des Wagens augenblicklich um ein paar Grad sank. Keiner erwiderte etwas auf seine Worte und auch Annegret richtete ihren Blick auf die verdunkelten Scheiben, in der nur unsere Spiegelbilder zu sehen waren.

Den Rest der Fahrt verbrachten wir schweigend und ich war froh, dass ich mich nicht mit den von Rabenaus unterhalten musste. Auch bei den gemeinsamen Essen war ich die letzten Male gut mit der Strategie gefahren, mich nicht in ihre Gespräche zu involvieren – sofern das ging und mir Aleksander oder Annegret keine neuen Anweisungen gaben.

Der Wagen ruckelte eine Straße hinauf, die anscheinend in einigen Serpentinen verlief. Die Schwarze Kirche musste sich also auf einer Art Anhöhe befinden und ich fragte mich, wie sie wohl aussehen würde.

Von Herrn von Hetz wusste ich, dass die Kirche nur für Bestattungen und Eheschließungen der Dunklen Fürstenfamilie zugelassen war – alle anderen Totenfeiern wurden an anderen Orten abgehalten. Der Grund dafür lag anscheinend in einem Attentat, das bei der Beerdigung von Siegried von Herbenstein passiert war und dem nächsten Dunklen Fürsten schon kurze Zeit nach seiner Ernennung das Leben gekostet hatte. Seitdem wussten nur die höchsten Sicherheitsleute der Roten Garde über den Standort der Schwarzen Kirche Bescheid.

Nach etwa zwanzig Minuten kam die Limousine zum Stehen.

Annegret streckte den Rücken durch. »Wir sind da. Und denkt daran: Wir sind die Familie von Rabenau und ich erwarte von euch, dass ihr euch entsprechend eurem Stand benehmt.« Ihr Blick verweilte dabei vorrangig auf mir und Patric. »Außerdem sind wir, wie euer Vater schon gesagt hat, hier, um den von Kaltenburgs unseren Respekt zu erweisen. Das werden wir auch tun, und zwar so, wie es sich gebührt.«

In dem Moment öffnete der Chauffeur die Autotür und wir stiegen nacheinander aus dem Wagen. Die Limousine hatte direkt vor der Schwarzen Kirche gehalten und mein Blick folgte dem roten Teppich, der uns bis zum Eingang führte. Dann legte ich den Kopf in den Nacken und betrachtete das prunkvolle Gebäude, das seitlich von zwei großen Scheinwerfern beleuchtet wurde und weit in den sternenklaren Nachthimmel ragte.

Die schwarze Basilika, deren dunkle Fassade mit rubinroten Edelsteinen geschmückt war, verfügte mittig über eine größere Kuppel, die von zwei kleineren Kuppeln flankiert wurde. Der Eingang der Schwarzen Kirche wurde von einem riesigen bogenförmigen Tor geformt, dessen Flügel weit offen standen. Über dem Spitzbogen thronte

das Zeichen der Florentinischen Lilie, das im Licht der Scheinwerfer dunkelrot schimmerte.

»Lasst uns reingehen«, wies uns Aleksander an, als unsere Limousine langsam davonrollte, um dem nachfolgenden Wagen Platz zu machen. Ich drehte mich um und sah erst jetzt, dass sich nach unserem Auto noch fünf weitere Limousinen den kleinen Berg hinaufschlängelten. Darin befanden sich Dunkle, die von dem Fürstenpaar eingeladen worden waren, um der Bestattung ihres Sohnes beizuwohnen. Kurz bekam ich Mitleid mit den von Kaltenburgs, die ihren eigenen Sohn beisetzen mussten, und dachte mit Wehmut an meine Eltern. Ich wollte sie nicht verlieren – und auch wenn sie am Leben waren, fühlte es sich so an, als würde ich mich jeden Tag ein Stück mehr von ihnen entfernen.

Die von Rabenaus setzten sich in Bewegung und es blieb mir nichts anderes übrig, als ihnen zu folgen. Ganz vorn schritten Aleksander und Annegret über den roten Teppich, dahinter gingen Vincent, Patric und ich. Bei derartigen Veranstaltungen geziemte es sich, die Familienreihenfolge einzuhalten und nacheinander aufzutreten.

Die Gespräche verebbten, als wir den gewölbten Eingangsbereich der Kirche betraten. Es war ein großer Vorraum, der durch das Kerzenlicht von schweren, dunklen Kandelabern erleuchtet wurde, die seitlich an den Wänden standen. Langsam ließ ich meinen Blick über die rund hundert anwesenden Gäste wandern, die alle Schwarz trugen und sich bei unserem Eintreten automatisch in unsere Richtung gedreht hatten. Ich wusste, wen sie anstarrten, und bekam am ganzen Körper eine Gänsehaut, die ich mir nicht anmerken lassen wollte.

Sie starrten alle mich an.

Sie musterten mich von oben bis unten, saugten jedes Detail von

mir auf, und das Absurde war, dass es ihnen nicht so sehr darum ging, dass ich das vertauschte Kind war, sondern vielmehr darum, dass es sich bei mir um eine Drittgeborene handelte, von der man sich eine hohe Nachkommenschaft erwartete. Ich war wie eine exotische Pflanze, die jeder in seinen Besitz bringen wollte.

Patric drehte sich zu mir und ein abscheuliches Grinsen schlich sich in sein Gesicht. »Sie überlegen sich sicher gerade, wie viele Schafe sie für dich bieten wollen.«

»Dabei brauchen wir doch kein Schaf mehr, wenn wir dich haben«, entgegnete ich kühl und empfand Genugtuung, als er für einen Moment nichts zu erwidern wusste. Außerdem war ich froh, als die Gäste ihre Gespräche wieder aufnahmen, auch wenn mich einige von ihnen im Blick behielten. Sie standen in Grüppchen versetzt im Raum, in ihren schicken Anzügen und teuren Kleidern, und unterhielten sich gedämpft.

»Und, hast du dir schon einen ausgesucht?«, fragte Patric, während seine Eltern auf eine Familie zusteuerten, die sie mit dezenten Luftküsschen begrüßten. »Ich würde dir den hier empfehlen.« Patric stellte sich neben mich. Mit dem Kinn deutete er auf einen hageren Typen, der erst Anfang zwanzig sein musste, aber dennoch schon schütteres Haar hatte. »Das ist Konrad von Galen. Ich bin mir sicher, dass er dir schon seine Aufwartung gemacht hat.«

Automatisch dachte ich an die Blumen, die ich während des Privatunterrichts erhalten hatte.

»Er studiert Informatik und ist nicht so langweilig, wie er aussieht. Er ist nämlich noch *viel* langweiliger.« Patric lehnte sich noch ein Stück weiter zu mir. »Wir waren mal in einer Klasse und ich sage dir, er trägt manchmal eine Woche lang dasselbe T-Shirt.«

»Du bist widerlich.«

»Ich versuche nur, dir bei deiner Partnerwahl zu helfen.« Er deutete mit dem Kinn auf einen gut aussehenden blonden Typen mit sportlicher Figur, der sich mit Tyren und zwei anderen Jungs in einer Ecke unterhielt. »Das ist übrigens Ken. Und ja, so heißt er wirklich. Ich denke, seine Eltern haben ihn tatsächlich nach der Puppe benannt. Über Ken solltest du wissen, dass Gerüchte kursieren, dass er schwul ist.«

»Ist er dann vielleicht was für dich?«, fragte ich provokant, weil ich nicht nur über mich sprechen wollte.

»Ich steh nicht so auf Männer.«

»Aber was ist denn mit deiner Partnerwahl, Patric?«, fragte ich und dachte daran, was Harriet in ihrem Wohnzimmer erzählt hatte – dass Patric angespannt war, weil Annegret ihn mit einer Dunklen verkuppeln wollte. »Gibt es denn schon eine Dunkle, die sich deine Eltern für dich ausgesucht haben?« Ich merkte, wie wenig ihm meine Anspielung gefiel, und genoss es, weiterzumachen. »Und, welche ist es, Patric? Hast du deine Schafe denn schon ins Rennen gebracht?«

Nur ein Blatt setz ich schachmatt,
es wär so fein und so rein,
doch kann ich nur, bei bestem Glauben,
der ganzen Pflanze das Leben rauben

Ach wie schade, ach wie schade!
Meine Gabe, meine Gabe!
Lässt sich nicht beschränken,
lässt sich auch nicht gut lenken

Durch die Finger fließt sie schnell
Schneidet durch wie ein Skalpell
Auf einen Schlag ist er dahin
Macht das Leben einen Sinn?

Quelle: Gedichtband 1, Gabriel von Rabenau

KAPITEL 8

»Seid still jetzt, alle beide«, hörte ich Annegret neben uns sagen, als ein dunkler Gong ertönte, der die gemurmelten Unterhaltungen verstummen ließ. Die Trauergesellschaft setzte sich in Bewegung, während die großen Türen zum Innenteil der Schwarzen Kirche von zwei Gardisten aufgezogen wurden. Mich überlief ein Schauder, als ich in ihre Gesichter sah, die heute von schwarzen statt von roten Masken bedeckt wurden.

Ein zweiter Gong ertönte und der dunkle Blutadel stellte auch das letzte Flüstern ein. Stattdessen reihten wir uns in den Strom der Menschen, die ihre Hände genau wie wir allesamt mit schwarzen Handschuhen bedeckt hatten – als Zeichen des Respekts vor dem Tod, wie mir mein Privatlehrer erklärt hatte.

Patric und Vincent schritten rechts und links von mir durch das hohe Kirchenschiff, das von einem zarten Nebel aus Weihrauch erfüllt war. An den Wänden standen riesige Heiligenstatuen aus dunklem Stein, die mahnend auf uns herunterblickten. Ihr Anblick verursachte mir

eine Gänsehaut und ich richtete meinen Blick rasch auf die gewölbten Buntglasfenster darüber, die diese Bezeichnung nicht wirklich verdienten. Einzig die Farben Rot, Weiß, Grau und Dunkelrot waren verwendet worden und zeigten Szenen aus der Geschichte des Blutadels. Ich war mir nicht sicher, ob sie einen religiösen Hintergrund hatten, da Herr von Hetz sich in seinem Unterricht auf den Ablauf des Trauerrituals konzentriert hatte.

Als ich durch das hohe Mittelschiff schritt, ertönte ein dritter Gong, der die ganze Kirche erfüllte und von allen Seiten gleichzeitig zu kommen schien. Er dröhnte laut durch die kühle Stille und übertönte das leise Rascheln der prunkvollen Gewänder sowie die Schritte der Gäste. Schaudernd blickte ich nach vorn und erkannte die Gestalt eines schlanken Mannes unter einem weißen Leichentuch. Der verstorbene Thronfolger lag auf einem schwarzen Altar aus Basalt und das weiße Tuch über seinem Gesicht vermittelte mir eine Endgültigkeit, die mir die Kehle zuschnürte.

Marvin war alles andere als ein Freund gewesen und ich hatte ihn zu Lebzeiten zutiefst unsympathisch gefunden – doch seinen Leichnam hier liegen zu sehen, machte etwas mit mir. Vielleicht lag es daran, dass ich in einem Haus der Hellen aufgewachsen war und einfach viel weniger Berührungspunkte mit dem Tod gehabt hatte als jeder andere hier.

Ein dreifaches Klopfen auf dem Marmorboden hallte durch die Kirche.

»Nehmen Sie Ihre Plätze ein«, erklang die zittrige Stimme eines alten Mannes. Annegret und Aleksander brachen nach links aus und ich folgte ihnen gemeinsam mit Vincent und Patric in die zweite Reihe vor dem Altar.

Als jeder Dunkle seinen Platz gefunden hatte und es völlig still geworden war, trat ein Priester in langen dunkelroten Gewändern vor den Altar. Auf seiner Brust war das Zeichen der Florentinischen Lilie aufgestickt und er hielt einen gebogenen Stab in der Hand, mit dem er vorher auf den Boden geklopft hatte. Ein Meer aus blutroten Kerzen flackerte zu beiden Seiten hinter ihm im Halbkreis und beleuchtete das Fürstenpaar, das völlig starr gemeinsam mit seinem Sohn Marcus hinter dem Altar stand. Genau wie die Gardisten trugen sie ebenfalls schwarze Masken, und obwohl ich ihre Gesichter nicht sehen konnte, schrien mir der Schmerz und Kummer aus ihrer steifen Haltung entgegen.

»Der Verlust eines Kindes ist das Schlimmste, was einem auf der Welt widerfahren kann«, setzte der alte Priester zu sprechen an. Seine zittrige Stimme hallte durch den hohen Raum und ich sah, wie sich Annegret neben mir versteifte und Aleksander mit zusammengepressten Lippen nach ihrer Hand griff.

»Besonders in unserer Gesellschaft, in der die Kinder unsere kostbarsten Geschenke sind, verursacht ein solcher Verlust unfassbaren Schmerz und Trauer.«

Bedrückte Stille begleitete seine Worte und ich atmete tief ein. Der Geruch von Weihrauch und weißen Lilien lag in der Luft und vermischte sich zu einer schweren Note.

»Nichtsdestotrotz wissen wir über die Kraft des Todes«, fuhr er fort, während seine wässrig trüben Augen langsam über die Reihen glitten. »Ohne den Tod hätte das Leben keine Bedeutung und ohne die Sterblichkeit keinen Wert.«

Totenstille herrschte in der Schwarzen Kirche, bei der sich eine Gänsehaut auf meinen Armen ausbreitete und mir eiskalt den Rücken hinunterlief.

»Das Leben dieses jungen Mannes, Marvin von Kaltenburg, wurde in einer feigen und verachtenswerten Tat in einem einzigen Augenblick zerstört«, fuhr der Priester fort. »Doch das Dunkle Fürstenpaar lässt den Täter wissen, dass seine Tat nicht ungesühnt bleiben und auch seinem Leben ein vorzeitiges Ende gesetzt werden wird.«

Ein Zucken durchlief die Schultern von Thalea von Kaltenburg, deren Gesicht hinter der glatten schwarzen Maske nicht zu erkennen war.

»Lasset uns beten.« Der Priester klopfte mit seinem Stock auf den Boden. »Pater noster, qui es in caelis, sanctificetur nomen tuum.«

Während er fortfuhr, das lateinische Gebet zu rezitieren, senkten die geladenen Dunklen ringsum die Köpfe. Ich blickte ebenfalls zu Boden und bekam nur aus den Augenwinkeln mit, wie Arthur von Kaltenburg einem leicht übergewichtigen Mann neben sich widerwillig ein Taschentuch reichte, mit dem dieser sich bewegt die Augen abtupfte. Wenn mich meine Erinnerung nicht täuschte, handelte es sich dabei um seinen Vater.

Als der alte Priester sein Gebet zu Ende gesprochen hatte, erklang wieder ein Gong, der durch das ganze Kirchenschiff wehte.

»Wir nehmen nun Abschied von Marvin von Kaltenburg, Zweitgeborener des Dunklen Fürstenpaares und Träger unserer dunklen Hoffnungen.« Er bekreuzigte sich vor dem Leichnam. »Möge seine Seele Frieden finden und seine Familie Trost in der Gewissheit, dass kein Abschied für immer ist.«

Wieder ertönte ein Gong und ich sah, wie Theodor und Thalea von Kaltenburg zum Leichnam ihres Sohnes traten. An ihren Mittelfingern schimmerten dunkle Siegelringe aus einem schwarzen Metall, die mit dem rot hervortretenden Wappen der Florentinischen Lilie

geschmückt waren. In absoluter Stille hob Theodor von Kaltenburg die Hände und stach sich mit der Spitze des Rings in den Finger der anderen Hand. Ein dunkelroter Blutstropfen löste sich und fiel auf das weiße Laken, mit dem der Leichnam seines Sohnes bedeckt war.

Ein leises Zischen ertönte, als das Blut sich auf dem Laken ausbreitete und es rot färbte, während Thalea von Kaltenburg vortrat und sich ebenfalls in den Finger stach. Auch ihr Blutstropfen fiel auf das Laken, wieder zischte es leise.

Als Dritter kam Marcus von Kaltenburg nach vorn und stach sich ebenfalls in den Finger. Als das Blut auf das Leichentuch seines Bruders tropfte, schwankte die Dunkle Fürstin und musste von ihrem Mann gestützt werden. Ein leiser Klagechor setzte ein und die Gesänge wehten von der Empore hinunter zu den Gästen, während sich das Laken langsam komplett rot färbte und dabei einen eigentümlich chemischen Geruch abgab. Herr von Hetz hatte mir erklärt, dass das Tuch mit einer besonderen Flüssigkeit vorbehandelt wurde, um diesen Effekt zu erzielen.

Nachdem sich das Laken blutrot gefärbt hatte, trat die Familie von Kaltenburg geschlossen zurück und der Priester betätigte einen versteckten Knopf auf dem steinernen Altar. Der sehnsuchtsvolle Gesang des dunklen Chors steigerte sich und erfüllte das ganze Kirchenschiff mit seinem düsteren und dennoch wunderschönen Klang.

Atemlos beobachtete ich, wie der Basaltblock, auf dem Marvin von Kaltenbach lag, langsam und lautlos hinabgesenkt wurde und im Boden verschwand. Herr von Hetz hatte erwähnt, dass die Mitglieder der Fürstenfamilie alle in den Katakomben der Schwarzen Kirche beigesetzt wurden, doch mir war nicht klar gewesen, dass er direkt dorthin hinunterfahren würde.

Auf seinem Weg abwärts zu seiner letzten Ruhestätte wurde der Gesang immer leiser, bis er kaum noch zu hören war. Schließlich verstummte er ganz und endete mit dem knirschenden Geräusch, als der Basaltblock auf dem Boden der Katakomben aufsetzte.

Auf den Moment der Stille folgte die absolute Finsternis, als alle roten Kerzen hinter dem Altar gleichzeitig mit einem heftigen Luftzug zum Erlöschen gebracht wurden. Unbewusst spannte ich meinen Körper an und zwang mich, ganz ruhig stehen zu bleiben, obwohl es so dunkel geworden war, dass ich nicht mal mehr die Hand vor den Augen sehen konnte.

Nach ein paar Augenblicken, in denen nur das leise Geräusch meines eigenen Atems zu hören war, entflammte das Licht einer einzigen Kerze und ich sah, wie der alte Priester durch den Mittelgang des Kirchenschiffs zurück zum Ausgang schritt. Von der Decke schwebten dunkelrote Blütenblätter zu Boden und das Dunkle Fürstenpaar folgte dem Priester über den Blütenteppich nach draußen. Nach und nach setzten sich auch die anderen Dunklen in Bewegung, wobei der Auszug derselben strengen Hierarchie folgte wie der Einzug.

Gemeinsam mit den anderen von Rabenaus wartete ich darauf, dass die Dunklen der ersten Reihe an uns vorbeischritten, bis wir uns auch auf den Weg aus der Kirche machten. Die zwanglosen Gespräche vorhin kamen mir jetzt seltsam trist und unwirklich vor, da ich meine ganze Aufmerksamkeit auf den Tod konzentriert hatte.

Auch wenn ich ihr Abschiedsritual bewegend fand, wünschte ich, nicht hier zu sein. Mit jeder Faser meines Körpers spürte ich, dass ich nicht hierhergehörte. Ich wollte keine Dunkle sein, die sich für den Tod anderer verantwortlich zeichnete, denn der Tod war trotz allem nur eins: hässlich.

Der Anfang der langsamen Prozession war nun an den schweren Eingangstoren der schwarzen Basilika angelangt, die von zwei Mitgliedern der Roten Garde respektvoll geöffnet wurde. Kurz darauf erreichten auch wir den Ausgang. Ich war froh, aus der bedrückenden Kirche hinauszukommen, und atmete tief die frische Nachtluft ein, als ich hinter Vincent und Patric ins Freie trat.

Geschlossen folgten wir einem gewundenen Pfad, der links an der Kirche vorbei zu einem palastähnlichen Gebäude aus schwarzem Stein führte. Es hatte bodentiefe Fenster, hinter denen unzählige Kerzen brannten, deren Schein in die Nacht hinausstrahlte. Da die Prozession in absolutem Schweigen abgehalten wurde, sagte auch ich kein Wort und betete nur, dass der Abend nicht mehr allzu lange dauern würde.

»Herr und Frau von Rabenau mit ihren Söhnen Vincent und Patric sowie ihrer drittgeborenen Tochter Lorelai«, erklang die Stimme des Dunklen einige Minuten später laut durch den Saal. Die blutroten Kerzen flackerten in einem leichten Luftzug, als ich hinter der Familie von Rabenau auf das Dunkle Fürstenpaar zutrat, das auf einem hohen schwarzen Thron saß. Marcus stand etwas versetzt schräg hinter ihnen und war unter seiner Maske nicht zu erkennen.

Ich atmete tief ein und blickte mich um. Eine Treppe mit zwei Stufen führte zu dem leicht erhöhten Platz, der mit Tausenden roten Rosen geschmückt war. Selbst im Blumenladen meiner Mutter hatte ich nie so viele Rosen auf einmal gesehen und ich sog überwältigt die Luft ein, als mich ihr satter und schwerer Duft umfing.

»Mein Blut erkaltet im Angesicht unser aller Verlustes«, sagte Aleksander von Rabenau und zog seine schwarzen Handschuhe aus, die er in eine große Feuerschale aus schwarzem Stein warf, die zu Füßen der

niedrigen Treppe stand. Die Flammen zerfraßen den dünnen Stoff mit einem lauten Knistern und mein genetischer Vater neigte den Kopf vor dem Dunklen Fürstenpaar, bevor er zu einer der Vasen ging und mit den Fingern kurz über eine Rose strich.

Innerhalb eines Atemzugs breitete sich ein Netzwerk funkelnder Schwärze auf den Blüten aus und die Blume erstarrte vor meinen Augen in ihrem eigenen Tod.

Thalea und Theodor von Kaltenburg hatten ihre schwarzen Masken noch nicht abgenommen und nickten Aleksander knapp zu, der sich mit gesenktem Kopf zurückzog.

»Mein Blut erkaltet im Angesicht unser aller Verlustes«, sagte Annegret mit belegter Stimme und versank in einen tiefen Knicks. Dann richtete sie sich wieder auf, verbrannte ihre Handschuhe und schritt zu der Vase, die auch Aleksander ausgewählt hatte. Sie streckte ihre langen Finger aus und strich über eine Blume, bevor sie sich abwandte und unter die Gäste mischte.

Als Nächstes war Vincent dran und nachdem er und Patric ebenfalls ihr Beileid ausgesprochen hatten, richteten sich die beiden schwarzen Masken des Dunklen Fürstenpaares auf mich.

Ich fühlte, wie mein Magen sich verknotete und mich eine Welle der Nervosität erfasste, als ich in meinem schwarzen Kleid vor das Hohe Herrscherhaus trat. Der Schmerz dieser Eltern war beinahe körperlich fühlbar und ich spürte die Blicke der gesamten Gesellschaft auf mir, als die Gespräche in dem kerzenerleuchteten Raum zu einem leisen Murmeln wurden.

»Mein Blut erkaltet im Angesicht unser aller Verlustes«, presste ich hervor und versuchte, nicht daran zu denken, dass Marvin zeit meines Lebens immer zur Seite des Gegenblutes gehört hatte. Und dass

Josephine seinen Tod aller Wahrscheinlichkeit nach mit Genugtuung hingenommen hatte, obwohl ich das nicht wissen konnte, da wir seit dem Anschlag im Palastgarten noch immer nicht miteinander gesprochen hatten.

Mit laut klopfendem Herzen griff ich nach meinem seidenen Rock und machte einen tiefen Knicks, bevor ich mich wieder aufrichtete, meine Handschuhe in die Feuerschale warf und zu der schwarzen Vase ging, die auch Aleksander und Annegret gewählt hatten. In ihr steckten etwa fünfzig wunderschöne dunkelrote Rosen und ich bemerkte mit einem Anflug von Panik, dass jeder es sehen würde, wenn meine dunkle Gabe nun versagte. Mit bebenden Händen strich ich über die Blütenblätter einer Rose und schloss die Augen, bis ich das vertraute Prickeln in meinen Fingerspitzen fühlte. Die tödliche Kälte sprang von meinem Körper auf die Blume über und ich spürte, wie sich die knisternde Magie auf ihr ausbreitete und sie zum Verdorren brachte. Erleichtert trat ich einen Schritt zurück. Es funktionierte noch nicht immer so schnell, weshalb ich meine Blutgabe nach wie vor jeden Tag trainierte.

Thalea und Theodor von Kaltenburg nickten mir nach einem Augenblick synchron zu und ich zog mich erleichtert von dem Doppelthron des Dunklen Fürstenpaares zurück. Dabei hatte ich das Gefühl, dass mich Marcus mit seinen Blicken verfolgte.

»Das ist geschafft, jetzt halte den Rücken gerade und entferne dich langsam«, flüsterte Vincent, der am Fuß der Treppe auf mich gewartet hatte. Er legte mir die Hand auf den Rücken, während er mich von dem Fürstenpaar wegführte, das bewegungslos die nächsten Kondolenzbekundungen entgegennahm und bald inmitten einer Fülle toter Blumen sitzen würde.

»Jetzt musst du nur noch lächeln, wenn du angesprochen wirst, und freundlich nicken, wenn dir einer der Typen hier seine Aufwartung macht«, sagte Vincent steif, als wir uns einige Schritte von dem Dunklen Fürstenpaar entfernt hatten. Dabei zog er seine Hand auf meinem Rücken schnell zurück, als ob er sich verbrannt hätte.

»Du hättest mich nicht von dort wegbringen müssen«, sagte ich gedämpft. »Ich hätte den Weg auch allein geschafft.«

Langsam ließ ich meinen Blick über die lange Schlange der Dunklen schweifen, die in der Rangfolge unter dem Haus von Rabenau standen und darauf warteten, den von Kaltenburgs ihr Beileid auszudrücken. Hinter ihnen erstreckte sich der schwarze Ballsaal, der von unzähligen Kerzen in matten Kandelabern erleuchtet wurde, deren Licht sich in den bodentiefen Fenstern brach. Ein langes Stehbuffet mit schwarzen Tischdecken war an einer Seite des Raumes angebracht worden, doch im ganzen Saal gab es keine einzige Sitzgelegenheit und auch keine Musik.

»Glaub mir, ich habe mich nicht darum gerissen«, sagte Vincent und lächelte einer jungen Dunklen zu, die mit zusammengekniffenen Augen zu uns herüberstarrte. Sie schlug rasch ihren Fächer auf und verbarg ihr Gesicht dahinter, doch mir entging das feindselige Funkeln in ihrem Blick nicht.

Und damit war sie nicht die Einzige. Der ganze Ballsaal war gefüllt mit Dunklen, die immer wieder die Köpfe zusammensteckten und leise tuschelnd in meine Richtung blickten. Ich atmete tief ein und straffte die Schultern. Dabei wollte ich lieber nicht wissen, in welcher Lautstärke sich die dunkle Gesellschaft über mich unterhalten hätte, wenn wir uns nicht auf einer Totenfeier befunden hätten.

»Vater und Mutter ist es sehr wichtig, dass du unserem Ruf heute Nacht keinen Schaden zufügst«, sagte Vincent leise und griff nach einem Glas mit dunkelrotem Wein, das ein Bediensteter gerade auf einem schwarz glänzenden Tablett vorbeitrug. »Deshalb haben sie mich beauftragt, ein Auge auf dich zu haben. Keine Aufgabe, um die ich gebeten habe.«

»Du kannst unbesorgt sein«, erwiderte ich in derselben Lautstärke. »Ich habe nicht vor, euren Ruf zu schädigen. Schließlich möchte ich in 78 Tagen zu meiner *echten* Familie zurückkehren und werde nichts tun, um das Hohe Herrscherhaus zu verärgern.«

Vincent lächelte abfällig und für einen Moment erinnerte er mich damit trotz des unterschiedlichen Aussehens so stark an Vitus, dass es mir einen Stich gab.

»Dein Versprechen in allen Ehren, Lorelai, aber nachdem ich dich mit deinem hellen Freund in dem Pizzalokal erwischt habe, gebe ich nichts mehr auf deine Worte.«

Ich schluckte trocken und zwang mich zu einer neutralen Miene, als ein hagerer Dunkler mit schütterem Haar auf uns zukam. Den Worten von Patric zufolge handelte es sich dabei um Konrad von Galen und ich bemerkte, wie ein paar junge Frauen in meinem Alter seine steife Verbeugung mit Argusaugen beobachteten.

»Lorelai von Rabenau, darf ich mich vorstellen – Konrad von Galen«, erklärte er mit nasaler Stimme und richtete sich wieder auf. Seine hellen Augen huschten über meinen Körper und blieben für meinen Geschmack etwas zu lange auf meinem Dekolleté hängen, bevor er sich räusperte. »Ich hoffe, du hast meinen Blumenstrauß erhalten?«

»Das habe ich, vielen Dank«, sagte ich und zwang meine Mund-

winkel in die Höhe, da Vincent neben mir stand und mich mit seinem Blick durchbohrte.

»Das freut mich.« Konrad von Galen zog ein dunkelrotes Stofftaschentuch aus seinem Anzug, mit dem er sich die Stirn abtupfte. »Ich habe ihn selbst für dich zum Verdorren gebracht. Das mache ich natürlich nicht für jede Frau.«

Danach kam das Gespräch zum Erliegen und ich fing quer durch den Raum Patrics Blick auf, der mich zufrieden anlächelte, bevor er sich eines der Häppchen von dem schwarzen Buffet vor den großen Fenstern in den Mund steckte.

»Bitte entschuldige mich«, sagte ich zu Konrad, der wirklich so sterbenslangweilig war, wie Patric behauptet hatte, und wandte mich zur Seite. Doch ich hatte noch keinen Schritt gemacht, als ein schmächtiger blasser Mann mit Halbglatze vor mir auftauchte.

»Harald von Kerlichen«, stellte er sich vor und deutete eine knappe Verbeugung an. »Ich freue mich, Ihre Bekanntschaft zu machen, Lorelai.«

Ich nickte und hörte, wie Vincent sich neben mir räusperte.

»Die Freude ist ganz meinerseits«, presste ich der Etikette folgend hervor.

»Mein Sohn hat mir schon einiges von Ihnen erzählt«, fuhr Herr von Kerlichen fort und blickte sich kurz in dem düsteren Ballsaal um, in dem die einzigen Geräusche von den leise gemurmelten Gesprächen stammten. »Ah, da drüben ist er ja.« Dabei nickte er in Richtung des Buffets, wo Tyren neben Patric aufgetaucht war.

»Tyren ist Ihr Sohn?«, fragte ich ungläubig, da der schmächtige ältere Herr vor mir optisch nichts mit dem sportlichen dunkelhäutigen jungen Mann gemeinsam hatte.

Harald von Kerlichen fuhr sich über seine Halbglatze. »Er ist adoptiert. Seine Eltern waren Dunkle und sind gestorben, bevor Tyren drei Jahre alt war. Seine Mutter an Krebs und sein Vater hatte einen Autounfall.«

»Das tut mir leid.«

Herr von Kerlichen seufzte. »Nun, immerhin bin ich so zu einem wunderbaren Sohn gekommen. Kinder sind in unserer Gesellschaft schließlich etwas Besonderes und Adoptionen nur sehr selten.«

»Das kann ich mir vorstellen«, erwiderte ich höflich.

»Wie Sie vielleicht wissen, hat selbst das Helle Fürstenpaar eine Zeit lang mit dem Gedanken einer Adoption gespielt, allerdings sei kein Kind gefunden worden. Durch die geringe Fruchtbarkeit gibt es kaum uneheliche Kinder, die von ihren Müttern zur Adoption freigegeben werden.«

Ich fand das Thema etwas befremdlich, ließ mir aber nichts anmerken. »Es muss schrecklich sein, sich in einer solchen Situation zu befinden.«

»Aber kaum schrecklicher, als eine Drittgeborene zu sein, die keine Kinder mehr zur Welt bringen kann«, mischte sich eine füllige Dunkle plötzlich in unser Gespräch ein. Offenbar hatte sie den letzten Teil mit angehört und beugte sich nun vertraulich näher. »Die arme Dunkle Fürstin. Zuerst führen Komplikationen bei der Totgeburt ihres dritten Sohnes dazu, dass sie keine Kinder mehr bekommen kann, und dann verliert sie auch noch ihren zweiten Sohn durch einen heimtückischen Giftanschlag.« Sie schüttelte den Kopf. »Der Druck auf die Rote Garde soll enorm sein, aber anscheinend fehlt vom Täter jede Spur. Selbst Titus von Kaltenburg soll sich an den Ermittlungen beteiligen – kein Wunder, schließlich scheint er die Fürstin nach wie vor zu

lieben«, seufzte die füllige Dunkle neben mir und nahm einen Schluck aus ihrem Weinglas. Offenbar hatte sie schon einiges getrunken, so gesprächig, wie sie war.

Ich runzelte die Stirn. »Sie meinen Arthurs Vater?«

Sie warf mir einen tadelnden Blick zu. »Natürlich meine ich Arthurs Vater, Schätzchen. Auch wenn du bis vor Kurzem noch eine Helle warst, musst du doch wissen, dass er Thalea schon immer vergöttert hat. Allerdings hat sie sich für seinen Bruder Theodor entschieden, wie wir alle wissen.«

Kaum hatte sie das gesagt, sah ich aus dem Augenwinkel einen schlanken Mann auf mich zukommen. Die gesprächige Dame hatte ihn offenbar ebenfalls gesehen, denn sie verabschiedete sich schnell und auch Herr von Kerlichen trat den Rückzug an. Skeptisch wandte ich mich nach links und blickte direkt in ein schmales Gesicht mit hohen Wangenknochen und funkelnden graugrünen Augen.

»Lorelai«, sagte der Typ mit einem leicht spöttischen Lächeln. »Wie ich sehe, warst du nicht so mutig, mein Kleid zu tragen.« Seine Stimme klang ein wenig freundlicher als sonst, aber ich versteifte mich dennoch, als ich Arthur von Kaltenburg ins Gesicht blickte.

»Bedauerlicherweise traf es nicht meinen Geschmack«, erwiderte ich kalt und dachte nicht daran, die Farce mit der erzwungenen Höflichkeit vor ihm aufrechtzuerhalten.

»Nun, über Geschmack lässt sich ja bekanntlich streiten.«

Er nahm einen Schluck von seinem Wein. Dann ließ er seine Augen über die dunkle Gesellschaft wandern, wobei einige junge Frauen unter seinem Blick erröteten, während andere mich giftig anfunkelten. Offenbar gefiel ihnen das Interesse der männlichen Dunklen an mir nicht.

»Die Nachricht über deinen neuen Status als Drittgeborene hat für ganz schönen Wirbel gesorgt«, fuhr Arthur im Plauderton fort. »Wie viele Bewerber haben sich schon bei dir gemeldet?«

Ich atmete tief ein und bemerkte, wie sein Blick kurz zu meinen Brüsten glitt, dort jedoch nicht verharrte. »Zu viele.«

Ich sah, dass Vincent von einer Dunklen in ein Gespräch verwickelt worden war und sich dafür ein paar Schritte entfernt hatte. Dennoch warf er immer wieder unfreundliche Blicke in Arthurs Richtung, den er offenbar auch nicht besonders gut leiden konnte.

»Dominik von Morgenstern ist sicherlich untröstlich, dass du nun zum anderen Lager gewechselt bist.« Arthurs Mundwinkel zuckte nach oben.

»Deine Sorge ist rührend«, presste ich hervor und wünschte, ich hätte ebenfalls ein Glas Wein gehabt, an dem ich mich festhalten konnte. Dabei fiel mir mein Gespräch mit Dominik in der Pizzeria wieder ein. »Wie ich hörte, musste man sich aber um dich Sorgen machen? Du sollst ja des Mordes an Marvin verdächtigt worden sein.«

Arthur stockte kurz, bevor ein feines Lächeln über sein Gesicht glitt. »Ich würde es eher so ausdrücken, dass die Rote Garde den Kreis ihrer Verdächtigen eingeengt hat.« Er blickte mich spöttisch an. »Tatsächlich hätte ich nie gedacht, dass mir mal ein Heller ein Alibi geben würde.«

Daraufhin lächelte er und strahlte dabei so eine Selbstsicherheit aus, dass ich mich an Vitus erinnert fühlte. Einen Moment lang starrten wir einander an und ich bemerkte nur aus den Augenwinkeln, dass sich schon wieder ein Dunkler auf den Weg zu mir machte, um mir seine Aufwartung zu machen.

»Wir unterhalten uns gerade«, sagte Arthur kühl, noch bevor uns

der Mann erreicht hatte, und ich bemerkte erleichtert, wie er, ohne ein Wort zu sagen, die Richtung wechselte. »Sag, wie fühlt es sich an, plötzlich eine von Rabenau zu sein?« Er nahm einem vorbeikommenden Dienstboten ein Glas Wein ab, das er mir in die Hand drückte. Dabei beugte er sich etwas näher zu mir und mir wurde bewusst, dass er ziemlich angenehm roch.

»Es ist fantastisch«, erwiderte ich mit einem freudlosen Lächeln und nippte an meinem Wein. Dabei streifte mein Blick für einen Moment das Dunkle Fürstenpaar. Die Schlange vor ihrem Doppelthron war schon deutlich kürzer geworden, dafür hatte sich die Anzahl der toten Blumen mit Sicherheit verdoppelt.

Arthur stieß sein Glas sanft klirrend gegen meines. »Irgendwie habe ich bei dir schon immer etwas Dunkles gespürt.«

Ich zog eine Augenbraue hoch. »Hast du deswegen meine Schildkröte umbringen lassen?«

Er grinste kurz. »Du bist noch immer nicht darüber hinweg?«

Die Art, wie er das Ganze herunterspielte, ärgerte mich und ich versuchte, ruhig zu bleiben, um nichts Unbedachtes zu sagen.

Arthurs Lächeln vertiefte sich. »Aber wenn es dir wirklich so viel bedeutet, gebe ich dir die Gelegenheit, dich nun an mir zu rächen.« Seine Stimme klang ungewohnt sanft und ich brachte automatisch etwas Abstand zwischen uns, weil er mir nicht ganz geheuer war.

»Wovon sprichst du?«

Er lächelte süffisant. »Ich spreche von Macht. Du könntest mich einfach töten und für deine Schildkröte Vergeltung üben. Ein einziger Griff in den Nacken«, seine Stimme wurden seidenweich, »und kein Heller weit und breit, der das rückgängig machen könnte.« Er sah mich amüsiert an. »Ich bezweifle, dass mein Notfallkontakt schnell

genug hier wäre, um mich wieder aufzuwecken, bevor ich für immer kalt bleibe.«

Sein Vorschlag war so absurd, dass ich einen Schritt zurückwich, obwohl ich plötzlich ein leichtes Prickeln in den Fingerspitzen spürte und wusste, dass es tatsächlich in meiner Macht stand, die Welt von Arthur von Kaltenburg für immer zu befreien.

»Spürst du die Macht?«, flüsterte Arthur und ich konnte seinen Atem auf meiner Haut fühlen. »Manchmal ist es einfach zu verlockend, damit zu experimentieren.«

Ich schüttelte den Kopf. »Marvin hat damals ein harmloses Tier getötet, das hat nichts mehr mit experimentieren zu tun.«

»Mal ehrlich, Lorelai, es war eine Schildkröte.« Arthur zog sich wieder ein Stück von mir zurück und mir fiel auf, dass wir von einem Großteil der Dunklen im Saal beobachtet wurden. »Und nun liegt er selbst unter der Erde. Das nennt man wohl Schicksal.« Er trank den Rest seines Weines.

»Es tut mir leid, euer Gespräch zu unterbrechen, aber es gibt auch noch andere Dunkle, die Lorelai kennenlernen wollen«, hörte ich Vincent plötzlich sagen und spürte seine Hand auf meinem Ellbogen.

Arthur lächelte kalt, als er die Geste bemerkte. »Der rechtschaffene Bruder. Gehst du in deiner Rolle auf?«, fragte er beiläufig.

Vincent funkelte Arthur an. Ich konnte die Spannung zwischen den beiden wie ein Kribbeln auf meiner Haut fühlen.

»Komm jetzt, Lorelai.« Vincent zog mich von Arthur fort.

Ich blickte noch einmal zurück und fing seinen amüsierten Blick auf, als Vincent mich geradewegs durch die Reihen der Dunklen zu einer geschützten Stelle zog.

»Lass mich endlich los.« Ich mochte es nicht, dass mich jeder hier in diesem Raum behandelte, als ob ich ein Stück Vieh wäre, um das man offen buhlen konnte.

»Ich musste dich von dort wegbringen, glaub mir«, presste Vincent hervor und wirkte seltsam angespannt.

»Und warum?«, fuhr ich ihn an. »Es ist ja nicht so, dass ich mich so wahnsinnig gern mit Arthur von Kaltenburg unterhalte, aber deine Art, mich hierhin oder dorthin zu zerren, ist auch nicht gerade angenehm.«

Vincent fuhr sich durch die schwarzen Haare und versteifte seinen Rücken. Für einen Moment wirkte er tatsächlich wie ein angepisster großer Bruder und ich hasste es, dass ich diesen Gedanken hatte.

»Glaub mir, mir macht das auch keinen Spaß«, zischte er mir zu. »Aber Marcus von Kaltenburg, der Erste in der Thronfolge, hat Interesse an dir bekundet. Es gehört sich nicht, dass du ihn warten lässt, um dich mit niedriger gestellten Dunklen zu unterhalten.«

»Er hat Interesse an mir bekundet?«, wiederholte ich tonlos und spürte, wie mein Puls in die Höhe schoss. Was würde passieren, wenn Marcus von Kaltenburgs Interesse an mir ernst war? Laut den Roten Gesetzen hatte der Dunkle Fürst völlig freie Hand, mich mit ihm oder seinen Nachkommen zu verheiraten.

»So ist es«, antwortete Vincent auf meine Frage. »Und du sollst ihn auch kennenlernen denn er hat eben um ein persönliches Treffen gebeten. Und zwar sofort.«

KAPITEL 9

Über einen dunklen Korridor brachten mich zwei Mitglieder der Garde zu einem der hinteren Räume des Palastes, an dessen Tür zwei Offiziere postiert waren. Sie nickten sich gegenseitig zu, bevor einer die Tür öffnete und mir bedeutete, einzutreten.

Der Raum empfing mich mit einer eigenartigen Wärme, die von einem prasselnden Kaminfeuer ausging, dessen Flammen zuckende Schatten an die Wände warfen. Das kreisrunde Zimmer war nicht besonders groß, wirkte mit seiner schwarz-goldenen Einrichtung aber dennoch herrschaftlich. Es verfügte über zwei dunkle Ohrensessel mit geschwungenen goldenen Stuhlbeinen, die unweit des schwarzen Kamins standen. Die dunklen Bücherregale, die sich über die Wände erstreckten, ließen nur zwei bodentiefe Fenster aus, ansonsten umhüllten sie den gesamten Raum und gaben ihm eine fast gemütliche Note.

»Du kannst dich ruhig zu mir setzen«, ertönte eine tiefe Stimme von einem der Ohrensessel und ich zögerte einen Moment, bevor sich meine Beine in Bewegung setzten. Alles in mir wehrte sich dagegen,

ein Gespräch mit Marcus von Kaltenburg zu führen, aber mir blieb keine andere Wahl. Ich hatte Aleksander versprochen, mich auf der Trauerfeier der Etikette entsprechend zu benehmen, und eine Verweigerung eines Treffens mit dem Thronfolger würde wohl eher nicht für meine guten Manieren sprechen.

Langsam setzte ich mich auf den schwarzen Ohrensessel und betrachtete Marcus von Kaltenburg, der mit übereinandergeschlagenen Beinen auf seinem Stuhl thronte, als würde er schon heute die Regentschaft der Dunklen übernehmen.

»Es freut mich, dass du meiner Einladung gefolgt bist«, sagte er mit einem knappen Lächeln. Ich schätzte, dass er etwas über zwanzig war. Wie sein jüngerer Bruder Marvin hatte er ein fein geschnittenes Gesicht und aschblondes Haar, das an den Seiten etwas kürzer war. Doch Marcus war größer und schlanker als sein toter Bruder und seine Züge waren von einer tief sitzenden Traurigkeit durchdrungen, auch wenn er seine schwarze Maske nun nicht mehr trug. Automatisch fragte ich mich, ob diese Traurigkeit echt oder nur gespielt war. Hatte Marcus sich tatsächlich seines Bruders entledigt, weil er Angst um den Thron gehabt hatte?

Ich strich über den Stoff meines schwarzen Kleides. »Hatte ich denn eine andere Wahl?«

»Natürlich nicht.« Marcus fixierte mich aus seinen grauen Augen. »Trotzdem bin ich erfreut, dass du da bist.«

Daraufhin schwieg ich und ließ es zu, dass sich eine kühle Stille zwischen uns senkte. Eine Stille, in der Marcus mich nachdenklich musterte und nur das Prasseln des Feuers zu hören war.

»Ist es denn so schlimm?«, wollte er nach einem Moment wissen.

»Was genau?«

»Dich hier mit mir zu unterhalten.«

Ich erwiderte seinen Blick. »Wenn es nur darum ginge.«

Marcus' Miene blieb so unbewegt, dass ich daraus nicht ablesen konnte, ob er mich als aufmüpfig oder einfach nur lästig empfand. »Stimmt. Es geht um mehr. Es geht um die Zukunft unserer Blutlinie.«

Ich schnaubte leise und erntete als Reaktion einen amüsierten Blick. »Es geht um die Zukunft der von Kaltenburgs«, protestierte ich. »Wenn es um die Blutlinie der Dunklen ginge, wäre es egal, mit wem ich mich vermähle.«

»Wie kommst du darauf, dass ich mich mit dir vermählen möchte?«, fragte Marcus mit kalter Stimme und lehnte sich in seinem Ohrensessel zurück.

»Geht es nicht darum?«

Marcus griff nach einem Glas, das auf einem kleinen Tischchen neben seinem Ohrensessel stand. »Vielleicht interessiert es mich, wie es ist, als Helle aufzuwachsen und dann zu erfahren, dass dunkles Blut durch die eigenen Adern fließt.«

Ich zog die Stirn kraus. »Und das wollt Ihr auf der Trauerfeier Eures Bruders von mir wissen?«

»Gefühlt bist du noch immer eine Helle, nicht wahr?« Er machte eine kurze Pause und nippte an seinem Glas, in dem eine goldbraune Flüssigkeit glitzerte. »Nur eine Helle kann eine solche Frage stellen. Der Tod ist für die Dunklen eine Selbstverständlichkeit und nichts, was *wir* letztendlich – so paradox es auch klingen mag – in der Hand haben. Er ist der letzte Schritt und sosehr ich den Tod meines Bruders auch bedauere, hilft es ihm nichts, wenn ich in eine dunkle Starre verfalle und mich der Lethargie hingebe. Viel mehr geht es darum, herauszufinden, wer ihn getötet hat und warum.«

»Und deswegen habt Ihr mich hierhergebeten? Um herauszufinden, wer für seinen Tod verantwortlich ist?«

Er schüttelte den Kopf. »Du und Vitus, ihr seid die Einzigen, die tief in Berührung mit beiden Welten gekommen sind. Hell und Dunkel – ich glaube, es wird für die Zukunft unserer Blutlinien entscheidend sein, sich gegenseitig besser zu verstehen.«

Ein gefährlicher Unterton schwang in seiner Stimme mit und ich war mir nicht sicher, ob Marcus von Kaltenburg wirklich die helle Blutlinie besser kennenlernen wollte oder sich mehr für ihre Schwachstellen interessierte.

»Es sind unruhige Zeiten, Lorelai«, fuhr er fort. »Unruhige Zeiten, in denen das Hohe Herrscherhaus vielleicht neue Wege einschlagen sollte.«

Ich setzte mich etwas aufrechter hin. »Und das bedeutet?«

Marcus spielte mit dem schwarzen Siegelring an seinem Finger, auf dem das rote Wappen der Florentinischen Lilie hervorragte. »Du weißt ganz genau, was das bedeutet.« Sein Blick glitt zu mir, bevor er von meinem Gesicht kurz über meinen Körper wanderte. »Ich werde dich zur Frau nehmen. Die Verhandlungen mit Aleksander von Rabenau lau fen bereits und ich sehe in unserer Vermählung mehrere Vorteile.«

Auch wenn ich mit nichts anderem gerechnet hatte, drückten seine Worte dennoch schwer auf meine Brust, während sich alles in mir verkrampfte.

»Ich dachte, es gibt noch eine Alternative? Eine Drittgeborene aus dem Ausland?«

Es war nicht mehr als eine kleine Hoffnung, die Marcus mit seinem entschlossenen Gesichtsausdruck sofort zunichtemachte.

»Diese Drittgeborene ist keine wirkliche Alternative, da sie hässlich

wie die Nacht ist, was ich von dir zum Glück nicht behaupten kann. Ich gebe dir den Vorzug.«

»Und wenn ich Euch nicht heiraten möchte?«, stieß ich hervor.

»Das ist nicht deine Entscheidung, Lorelai. Genauso wenig, wie es meine Entscheidung ist, der nächste Dunkle Fürst zu werden. Ich verstehe, dass diese Situation für dich neu ist, da du nicht als Drittgeborene aufgewachsen bist, aber arrangiere dich mit den Gegebenheiten.« Er spielte noch immer mit seinem Siegelring. »Jede andere würde töten, um deinen Platz einzunehmen. Es ist nicht nur eine leidige Pflicht, der du nachkommen wirst, es ist eine Chance. Als Dunkle Fürstin hast du die Möglichkeit, etwas zu verändern. Gerade du müsstest doch die Notwendigkeit hierfür sehen.«

Er stellte sein Glas auf dem Tischchen ab und ich wusste nicht, was ich sagen sollte. Bei der Vorstellung, mit jemandem verheiratet zu werden, nur weil Verhandlungen geführt worden waren, zog sich mein Magen zusammen.

Marcus' Mundwinkel zuckte nach oben. »Du bist die Drittgeborene und egal wie du es drehst und wendest, habe ich ein Anrecht auf dich und deinen Körper. Und ich nehme mir, was mir gehört«, erklärte er nachdrücklich. Ein kalter Schauer rann mir über den Rücken. »Du hast deine Vorzüge, Lorelai. Und du hast in der Hand, wie du deine Rolle leben willst. Willst du das verschreckte Mädchen sein, das sich innerlich gegen diese Vereinigung wehrt, oder wirst du das Zepter selbst in die Hand nehmen? Zusammen könnten wir einiges verändern.«

Ich schnaubte und betrachtete Marcus abfällig. »Es hört sich nicht so an, als würdet Ihr uns wirklich als gleichberechtigt ansehen. Oder wie soll ich es interpretieren, dass Ihr Euch einfach nehmt, was Ihr wollt?«

Er lächelte kalt und strich sich seine aschblonden Haare aus dem Gesicht, bevor er aufstand. »Das wirst du noch herausfinden. Gern bei unserem nächsten Treffen, Lorelai.«

»Wie kannst du nur schon Verhandlungen mit ihm führen?«, fuhr ich Aleksander an, als wir zwei Stunden später in seinem Büro standen. Ich war erleichtert gewesen, als uns die dunkle Limousine von der Schwarzen Kirche weggebracht hatte, aber dennoch fühlte ich die Schwere von Marcus' Worten an mir ziehen.

»Mäßige deine Stimme, Lorelai.« Aleksander setzte sich hinter seinen Schreibtisch. Annegret und die Jungs waren nach oben gegangen und ich hatte den Moment genutzt, um mit ihm allein zu sprechen. »Du bist die Drittgeborene – und auch wenn du erst seit Kurzem wissentlich eine Dunkle bist, müsstest du mit Paragraph 3 und den Roten Gesetzen des Blutadels durchaus vertraut sein.«

»Das bin ich«, presste ich hervor. »Aber ich bin anscheinend nicht damit vertraut, dass ein Vater seine Tochter hemmungslos, ohne den Ansatz eines schlechten Gewissens, verschachert.« Die Worte kamen bitter aus meinem Mund.

Für einen kurzen Moment hatte ich den Eindruck, den Anflug eines Schuldgefühls in Aleksanders markantem Gesicht zu sehen, das jedoch sofort wieder verschwand, als er den Rücken straffte. »Es ist unsere Verpflichtung, Paragraph 3 zu folgen. Gib dich nicht der Illusion hin, dass du eine andere Wahl hättest.« Bei seinen harten Worten beschleunigte sich mein Puls.

»Ich bin doch nicht einmal achtzehn! Paragraph 3 ist erst ab Vollendung des achtzehnten Lebensjahrs gültig!«

»Du wirst in ein paar Wochen achtzehn, Lorelai, und es ist nicht

unüblich, dass die Verhandlungen schon vor diesem Stichtermin starten.«

Ich schnaubte. »Und das war's? Was bietet dir das Hohe Herrscherhaus denn an? Geht es um Geld, einen besseren Posten oder um höheres Ansehen? Ich hoffe, dass dich der Preis zumindest für die Unannehmlichkeit meiner Anwesenheit entschädigt.«

Aleksander atmete tief ein und widmete sich den Papieren, die auf seinem Schreitisch lagen. »Dieses Gespräch ist jetzt beendet, Lorelai.«

Ich konnte es nicht fassen, dass er sich so einfach aus der Affäre zog. »Ist das dein Ernst? Du sagst, das Gespräch ist zu Ende, und ich muss nun die Klappe halten?«

Er blickte zu mir auf und seine dunklen Augen bohrten sich in meine. »Bedenke deine Wortwahl, Lorelai.«

Sein Ton war schärfer geworden, aber ich hatte nicht vor, mich wie ein kleines Kind herumkommandieren zu lassen.

»Oder was? Muss ich mich als Nächstes in die Ecke stellen?« Ich funkelte ihn wütend an. »Behandle mich nicht wie ein kleines Kind.«

Seine Gesichtszüge verhärteten sich noch weiter. »Dann benimm dich nicht wie ein kleines Kind.« Er fixierte mich, bevor er sich wieder seinen Unterlagen zuwandte. »Es gibt nichts weiter zu sagen. Bitte schließ die Tür hinter dir, wenn du gehst.«

Alles in mir wollte losschreien, wollte brüllen und irgendeine Emotion aus Aleksander hervorbringen, aber ich spürte, dass es sinnlos war. Aleksander von Rabenau war nichts anderes als ein Eisklotz, an dem ich mir die Zähne ausbeißen konnte. Verhasst starrte ich ihn an und war unendlich froh, dass ich nicht in dieser Familie aufgewachsen war, um genauso kalt und gefühllos zu werden wie er.

Kurz schwenkte mein Blick zu dem Bücherregal, das sich hinter

ihm befand und in dem ich eine Reihe alter Bücher erkannte, die mich an das meines Großvaters erinnerten. Ziemlich sicher waren diese Bücher hilfreicher, als es Aleksander jemals sein würde. Mit diesem Gedanken im Kopf fuhr ich herum und verließ sein Arbeitszimmer.

Dann lief ich schnell nach oben in Vitus' Zimmer, knallte die Tür hinter mir zu und schlüpfte aus dem schwarzen Abendkleid, das mir viel zu eng vorkam. Es war befreiend, diese Verkleidung endlich loszuwerden und mich ein Stück weniger als Dunkle zu fühlen. Nur in Unterwäsche bekleidet, schrieb ich Sophie eine WhatsApp-Nachricht, dass ich jetzt nach Hause kommen würde.

Denn alles in mir drängte nach Hause.

Ich wusste, dass es nicht klug war, aber ich vermisste meine Eltern, sehnte mich nach der Umarmung meiner Mutter, wollte mit meinem Vater sprechen und mich mit Romy um den Platz im Badezimmer streiten. Ich wollte wieder in mein altes Leben zurück, ich wollte das alles hier nicht.

Ich hielt es keine Sekunde länger hier aus.

Aufgebracht zog ich mir die Jeans und einen schwarzen Pullover über, als Sophies Antwort eintrudelte.

Du kannst nicht nach Hause kommen, schrieb sie. *Wenn dich die Rote Garde erwischt, bekommen wir alle Probleme, Lorelai.*

Ich schluckte.

Ich drehe hier noch durch! Aleksander verhandelt gerade mit Marcus von Kaltenburg, der mich und meinen Körper schon als seinen Besitz betrachtet.

Mein Herz klopfte wie wild, als Sophie zurückschrieb.

Ich bin gerade unterwegs, aber wir können uns morgen Nachmittag treffen.

Die Erinnerungen an unsere Wochenendausflüge in den Zoo kamen sofort wieder, als ich den Eintritt an der Kasse bezahlte, mein Ticket bei dem dünnen Kontrolleur mit der Schirmmütze löste und danach das riesige Areal betrat. Früher waren meine Eltern öfter mit uns hierhergekommen und ich hatte es immer geliebt, die Elefanten zu füttern oder den Kattas mit ihren schwarz-weißen Ringelschwänzen dabei zuzusehen, wie sie im Tropenhaus ihr Unwesen trieben, während sie von den Besuchern eifrig fotografiert wurden.

Rasch ließ ich meinen Blick über das weitläufige Gelände wandern, das sich über mehrere Hektar Land erstreckte. Verschlungenen Pfade führten zu Freigehegen mit Bären, Hirschen und majestätischen Löwen, aber ich hatte heute keine Zeit, mir diese Tiere anzusehen.

Mit schnellen Schritten trat ich zum Eingang des Tropenhauses und öffnete die schwere Holztür. Ein feuchter Schwall tropischer Hitze schlug mir entgegen und ich marschierte geradewegs zu dem Treffpunkt, den ich mit Sophie vereinbart hatte. Dabei kam ich an den riesigen Schlangenterrarien vorbei, ebenso wie an der erhöhten Holzterrasse, die den Besuchern einen guten Blick in die Wasserlandschaft der Krokodile erlaubte.

Unruhig sah ich nach hinten und hatte plötzlich das Gefühl, beobachtet zu werden. War mir jemand gefolgt? Oder bildete ich mir das nur ein, weil mir das Treffen mit Sophie verboten worden war? Ich ging weiter und warf immer wieder einen gezielten Blick über die Schulter, konnte jedoch niemanden erkennen, der mir folgte.

Umso erleichterter war ich, als ich Sophie ein paar Minuten später auf einer Bank vor dem Riesenaquarium sitzen sah. Sie hatte sich eine kleine, unscheinbare Nische für unser Treffen ausgesucht, die wir schon als Kinder gemocht hatten, weil man hier ungestört die Fische

beobachten konnte. Der ganze Raum strahlte eine angenehme Ruhe aus und die gigantische Panoramascheibe, hinter der sich bunte Fischschwärme tummelten und Rochen und Haie durchs Wasser glitten, tauchte den Bereich in ein blaues Licht, das mich an die Tiefen des Ozeans erinnerte.

»Sophie«, hauchte ich und berührte meine Schwester an der Schulter. Ihre blonden Haare fielen ihr sanft über den beigefarbenen Trenchcoat und sie zuckte kaum merklich zusammen, als sie mich spürte.

»Lorelai.« Sophie richtete sich auf und schloss mich in eine vorsichtige Umarmung, die unendlich guttat. Meine Schwester roch wie immer nach einer Mischung aus Rosen und Jasmin, und auch wenn ihr Herzlichkeiten in der Öffentlichkeit nicht lagen, war sie doch eindeutig froh, mich zu sehen.

Sophie löste sich von mir. »Wir haben nicht viel Zeit. Ich bin mit Romy und ihrer Freundin hier, Vitus ist auch dabei.«

Ich schluckte. »Vitus ist auch hier?«

Sie nickte. »Papa und Mama haben darauf bestanden, dass Romy und Vitus etwas gemeinsam unternehmen. Romy hat jedoch ihre Freundin eingeschleust und darauf bestanden, dass ich auch mitkomme – sie hat so lange gebettelt, bis ich schließlich Ja gesagt habe. Die drei sind schon weiter vorn und ich habe Vitus gebeten, mit den Mädels ein Eis essen zu gehen weil ich noch telefonieren muss. Er war nicht besonders erfreut.«

»Das kann ich mir vorstellen.«

Wir setzten uns nebeneinander auf die Bank.

»Wie geht es dir?«, fragte Sophie dann und strich mir sanft über die Schulter.

»Nicht besonders gut.« Ich sog tief die Luft ein und merkte, wie sich meine Augen mit Tränen füllten, auch wenn ich es gar nicht wollte. »Aleksander verhandelt bereits mit Marcus. Ich bin wie Vieh, das er verkauft. Er hält es nicht einmal für nötig, sich mit mir darüber zu unterhalten.«

Sophie presste die Lippen aufeinander. »Du bist die Drittgeborene, sie sehen es als deine Verpflichtung.«

»Aber ich will es nicht«, stieß ich hervor. »Ich will Marcus nicht heiraten, ich will überhaupt niemanden heiraten, nur weil es die Roten Gesetze verlangen.«

Sophie griff nach meiner Hand. »Wenn du es nicht tust, dann wird dir Schreckliches passieren, Lorelai.«

»Du meinst, weil sie mich verstoßen werden?«

Meine Schwester schüttelte den Kopf und senkte ihre Stimme. »Das wäre noch die schönere Variante. Ich habe nachgelesen, Lorelai. In Großvaters alten Büchern wird eine Frau erwähnt, die sich dem dritten Paragraphen widersetzt hat. Sie ist mit einem Gewöhnlichen geflohen und die Rote Garde hat nicht eher geruht, bis sie die zwei ausfindig gemacht haben. Es hat einige Zeit gedauert, aber sie haben sie gefunden.«

»Und dann?«

»Dann haben sie die Frau mitgenommen und den Mann getötet. Selbst ihre Eltern wurden hingerichtet, da sie nicht adäquat für ihre Erziehung gesorgt haben.«

Ein paar Touristen gingen an uns vorbei und ich fühlte, wie sich eine Gänsehaut auf meinem ganzen Körper ausbreitete.

»Sie haben an der gesamten Familie ein Exempel statuiert«, machte Sophie leise weiter und strich mir eine Haarsträhne aus dem Gesicht.

»Und sie werden nicht zögern, dies auch bei dir zu tun. Die Frau wurde von dem Dunklen Fürsten gefangen gehalten, damit er sie schwängern konnte. Offenbar hat sie unter dem Tod ihrer Familie jedoch so sehr gelitten, dass sie ihm kein Kind mehr schenken konnte. Also hat er sie aus Wut foltern lassen, bis sie irgendwann ihren Verletzungen erlegen ist.« Sie machte eine kurze Pause. »Ich will nicht, dass dir Ähnliches widerfährt, Lorelai.«

»Und was soll ich dann tun? Soll ich mich einfach fügen und mit Marcus Sex haben, nur weil es sich gehört?«, fragte ich und wurde dabei lauter, als ich es beabsichtigt hatte. Eine ältere Dame, die an der Aquariumsscheibe stand, drehte sich zu uns um, und ich senkte rasch die Stimme. »So ein Leben möchte ich nicht, Sophie.«

»Aber du hast keine Wahl – und ich will dich nicht verlieren.«

Ich schüttelte den Kopf. »Es muss einen Weg geben. Es muss eine Möglichkeit geben, sich den Gesetzen zu widersetzen.«

Sophie drückte meine Hand fester. »Ich würde dir so gern helfen, aber ich weiß nicht, wie.«

»Es hilft mir schon, dass du da bist«, erklärte ich. »Wie geht es Mama und Papa?«

Ein trauriges Lächeln schlich sich in Sophies Gesicht. »Sie versuchen, stark zu sein, aber sie leiden. Wir vermissen dich alle, vor allem Romy. Sie lässt nichts unversucht, um Vitus das Leben schwer zu machen.«

Ich grinste. »Vitus hat erzählt, dass sie seine Sachen versteckt. Was macht sie sonst noch so?«

»Alles Mögliche. Sie schüttet ihm Salz ins Müsli, setzt Käfer in seinem Bett aus oder verknotet die Schnürsenkel seiner Schuhe. Er hat es echt nicht leicht.«

Ich lachte leise. »Wie reagieren Mama und Papa darauf?«

»Romy ist sehr geschickt und weiß immer irgendeine Ausrede – außerdem lässt sie sich nicht direkt erwischen. Zwischen ihr und Vitus herrscht Krieg, weswegen Mama und Papa nun auf gemeinsame Zeit bestehen.«

Es war absurd, aber ich beneidete Vitus selbst um diesen Krieg.

In dem Moment nahm ich eine Bewegung neben uns wahr und stand abrupt auf, als plötzlich Vincent vor uns stand.

»Was glaubst du eigentlich, was du hier machst?«, zischte er und griff ruppig nach meinem Arm, um mich in die Höhe zu ziehen. »Habe ich mich letztes Mal nicht deutlich genug ausgedrückt?«

Sophie sprang sofort auf, ihre blonden Haare flossen seidig über ihren Rücken. »Lass sie los«, verlangte sie und überraschte mich mit ihrer Entschlossenheit.

Vincent schüttelte den Kopf. Unter dem blauen Licht des Aquariums wirkten seine Gesichtszüge noch härter als sonst. »Sicher nicht.«

Sophie ließ sich von ihm nicht einschüchtern. »Gut, dann werde ich jetzt laut losschreien. Ich bin schon gespannt, wie du den Leuten hier erklärst, warum du dich an einer jungen Frau vergreifst.«

Vincents Augen verengten sich, seine schwarzen Haare schimmerten beinahe bläulich. »Wage es nicht.«

Mühelos erwiderte Sophie seinen Blick. »Fordere mich nicht heraus.«

Eine unglaubliche Spannung legte sich über den Raum und die sanften Geräusche des Aquariums und der vorbeigehenden Leute rückten in den Hintergrund.

»Drei, zwei …«, begann sie, langsam rückwärts zu zählen, während Vincent und sie sich weiterhin anfunkelten. Für einen Moment war nicht klar, wie Vincent reagieren würde – bis er meinen Arm losließ.

»Geht doch«, sagte Sophie mit leichtem Triumph.

Vincent starrte sie an. Es dauerte einen Augenblick, bis er seinen Blick von Sophie losreißen konnte und sich mir zuwandte. »Und jetzt kommst du mit. Sofort.«

Es war keine Bitte, sondern ein Befehl.

»Wie hast du mich überhaupt ausfindig gemacht?«, wollte ich wissen. Denn auch wenn ich mir im Tropenhaus beobachtet vorgekommen war, war ich doch sehr vorsichtig gewesen, als ich das Haus der von Rabenaus verlassen hatte.

Vincent wurde ungeduldig. »Du hast jetzt Privatunterricht und Herr von Hetz fragt sich schon, wo du bleibst. Wenn er dem Hohen Herrscherhaus von deiner Abwesenheit berichtet, wird das Fragen aufwerfen, die zu unangenehmen Konsequenzen führen könnten.«

Den Privatunterricht hatte ich total vergessen, aber er war mir jetzt auch total egal.

»Du hast meine Frage nicht beantwortet. Was hast du gemacht? Mir eine Wanze untergeschoben, mir in der Nacht einen Ortungschip implantiert – oder lässt du mich einfach die ganze Zeit überwachen?«

»Das ist jetzt vollkommen irrelevant.«

»Ist es nicht«, mischte sich Sophie ein. »Ich denke nicht, dass das Hohe Herrscherhaus erfreut sein wird, wenn es erfährt, dass du eine Drittgeborene überwachen lässt. Zumal sie sich doch bald öfter mit Marcus treffen soll, nicht wahr?«

Es war geschickt, wie Sophie die Argumente der Dunklen gegen sie einsetzte.

»Und was willst du jetzt? Dass ich dir verrate, wie ich Lorelai gefunden habe?«, fragte Vincent und machte einen Schritt auf Sophie zu.

»Das wäre ein Anfang.«

Seit der Verlobung mit Phillip hatte ich Sophie nicht mehr so energisch und schlagfertig wie jetzt erlebt. Es war, als würde Vincent irgendwie die alte Sophie herauskitzeln, die für ihre eigenen Interessen einstand und sich nicht in die Ecke drängen ließ.

Vincent zögerte einen Moment und ich wusste nicht, ob es Sophies charmanter Hartnäckigkeit oder ihrer indirekten Drohung zu verdanken war, aber er rang sich zu einer Antwort durch. »Mittels Sender«, erklärte er knapp.

»Du hast mir einen Sender verpasst?«, fragte ich und klopfte meine Jacke ab. »Sag mal, geht es dir noch gut?«

»Wenn du nicht ständig gegen die Regeln verstoßen würdest, wäre diese Maßnahme nicht notwendig.«

»Das gibt dir noch lange nicht das Recht, mich zu überwachen!«, herrschte ich Vincent an und ignorierte die Blicke der vorbeigehenden Leute.

Vincent lachte bitter auf. »Du hast es noch immer nicht kapiert, nicht wahr? Es geht hier um mehr, als dich einfach mit deiner Schwester zu treffen. Du verstößt gegen die Regeln des Hohen Herrscherhauses – und du hast keine Ahnung, wozu sie imstande sind, wenn man sich nicht an ihre Regeln hält.«

Ich merkte, wie sich Sophie neben mir verkrampfte. Auch wenn sie Vincent niemals beigepflichtet hätte, hatte sie offenbar auch Angst davor, wie das Hohe Herrscherhaus auf Regelverstöße reagieren würde.

In dem Moment betrat Vitus den Aquariumraum. Obwohl wir uns noch immer in der unscheinbaren Nische befanden, dauerte es nur einen kurzen Augenblick, bis er mich sah und sich unsere Blicke trafen. Schnell wandte ich den Kopf ab und konzentrierte mich auf Vincent.

»Und wieso erzählst du das nicht deinem Bruder?«, fragte ich ihn herausfordernd, während Vitus auf uns zusteuerte.

»Das ist etwas anderes.«

»Was ist etwas anderes? Und was soll das hier?«, wollte Vitus wissen und senkte die Stimme. Dabei verengte er die Augen. »Was zum Teufel macht ihr alle hier?«

Sophie schob sich eine blonde Haarsträhne aus dem Gesicht. »Wo ist Romy?«

Vitus schnaubte. »Keine Sorge, dem kleinen Biest geht es gut. Sie und ihre Freundin stopfen gerade Pommes und Eis in sich hinein und ich wollte nur wissen, wann du gedenkst, mich endlich von meiner grauenhaften Pflicht zu erlösen.« Er blickte seinen Bruder an. »Vincent, was ist hier los?«

Vincents Züge wurden automatisch weicher. »Ich bin hier, um Lorelai nach Hause zu bringen. Sie ist wieder einmal ausgerissen, um die Regeln zu brechen.«

Noch bevor ich etwas erwidern konnte, wanderte Vitus' Blick zu mir. Automatisch flogen meine Gedanken zu dem Moment zurück, als er mich in der Schule hochgehoben und in den dunklen Raum gebracht hatte. In seinen Armen hatte ich eine Geborgenheit gefühlt, die ich seit dem Moment in der Klinik, als uns der Leiter verkündet hatte, dass meine Eltern nicht meine Eltern waren, nicht mehr gespürt hatte.

Vitus' dunkle Augen fixierten mich. »Was ist passiert?«

»Wie meinst du das?«

»Du brichst doch nicht einfach nur die Regeln, weil du dich mit Sophie treffen willst, oder?«

Ich überlegte kurz, was ich antworten sollte, doch da kam mir Sophie schon zuvor.

»Marcus von Kaltenburg ist passiert«, sagte sie leise.

Vitus' Muskeln spannten sich augenblicklich an und er machte einen forschen Schritt auf mich zu, sodass ihm seine dunkelblonden Haare in die Stirn fielen. »Hat er dir wehgetan?«

Ich war überrascht von seiner Frage und schüttelte rasch den Kopf. »Nein, hat er nicht.«

Vincent räusperte sich leise. »Sie ist die Drittgeborene, es ist ihr Schicksal.«

»Das ist mir klar«, erwiderte Vitus kühl, bevor sein Bruder mich auffordernd betrachtete.

»Wir müssen jetzt gehen, wir sind schon viel zu lange hier.«

Vitus nickte. »Du hast recht. Es ist zu gefährlich.«

»Es ist besser, wenn du jetzt gehst«, pflichtete auch Sophie ihnen bei und schloss mich in eine herzliche Umarmung, bevor sie sich von mir und Vincent sich von Vitus verabschiedete. Auch wenn ich mich nicht von meiner Schwester trennen wollte, wusste ich, dass ich nicht ewig mit ihr in dem Aquariumraum bleiben konnte. Auf dem Weg nach draußen hörte ich noch, wie Sophie zu Vitus sagte: »Wir sollten uns jetzt um Romy kümmern, der ist sicher schon ganz schlecht von dem vielen Essen. Nicht, dass sie heute noch spucken muss.«

Ich drehte mich noch einmal zu ihnen um. Vitus stand Sophie nun gegenüber und seine Mundwinkel zuckten. »Du hast Angst, dass sie heute Abend kotzt? Aber genau das war doch mein Plan.«

Wer glaubt, dass die Familie der Medici nur erfolgreiche Händler und geschickte Bankleute hervorbrachte, der irrt. Denn das Wesen dieser Kaufleute wurde geprägt von der enormen Leidenschaft, etwas Neues zu erschaffen. Sie interessierten sich für fremde Güter und andersartige Gebräuche – und so mag es nicht verwundern, dass Umberto de' Medici bei einem seiner Importe mit einem magischen Baum in Berührung kam, dessen Blütenkelche nur zu dritt erblühten. Es ist bekannt, dass dies der Anfang des Blutadels war und der Grund ist, warum uns das Wappen der Lilie noch heute begleitet.

Der Extrakt der weißen Lilie verlieh die Fähigkeit, Leben zu schenken, und jener der schwarzen Lilie, es auch wieder zu nehmen. Doch Silvio de' Medici, ein Nachfahre von Umberto de' Medici, wurde von der Frage gequält, was die drei Extrakte zusammen vermochten. Er glaubte, dass sich die wahre Kraft des Baumes nur in der Summe des Ganzen – in der Mischung der drei Extrakte – zeigen würde. Es ist leider unbekannt, welchen Erfolg seine Versuche erzielten.

Auszug aus den geheimen Schriften
»Der historische Ursprung des Blutadels«
Übersetzt von Frederike von Sutter im März 2003

KAPITEL 10

»Herr von Hetz ist soeben gegangen«, informierte mich Annegret, als ich eine halbe Stunde später mit Vincent das Haus der von Rabenaus betrat.

»Wie bedauerlich«, erwiderte ich und zog meine Jacke aus.

Ich wusste, dass meine Reaktion nicht besonders reif war, aber genauso gut wusste ich, dass Annegret in die Verhandlungen mit dem Dunklen Fürstenpaar involviert war.

Für einen Moment verengte sie die Augen und wechselte dann einen kurzen Blick mit Vincent.

»Ich kümmere mich darum, dass es nicht noch einmal passiert«, sagte er, bevor Annegret sich mit steifem Rücken abwandte und in ihrem Arbeitszimmer verschwand.

Ich hängte meinen Schal auf. »Und wie machst du das? Willst du mich im Haus anketten und zum Unterricht mit dem Privatlehrer zwingen?«

»Du und Vater, ihr hattet einen Deal«, knurrte Vincent. »Du hast

versprochen, dich von Herrn von Hetz unterrichten zu lassen – im Gegenzug darfst du weiter in deine Schule gehen. Willst du, dass ich diese Übereinkunft auflöse?«

Ich starrte ihn an und presste die Lippen aufeinander. Wenn ich das Stückchen Alltag mit Lucy nicht verlieren wollte, musste ich die Privatstunden von Herrn Hetz über mich ergehen lassen.

Einen Moment lang lieferten Vincent und ich uns ein Blickduell, bis er schließlich kurz auf die Uhr sah. »Wegen dir komme ich noch zu spät zur Uni.«

Ich hob eine Augenbraue. »Lass dich nicht aufhalten.«

Er schnaubte leise. »Entweder hältst du dich an die Regeln oder deine Vereinbarung ist geplatzt. Und ich warne dich – bring meine Familie mit deinen impulsiven Handlungen noch einmal in Gefahr und ich werde dich wirklich im Haus anketten, das verspreche ich dir, Lorelai. Das Hohe Herrscherhaus sieht es ganz und gar nicht gern, wenn man seinen Erlass missachtet – und du hast keine Ahnung, wozu sie in der Lage sind.«

Den restlichen Abend verbrachte ich in meinem Zimmer und durchsuchte meine Sachen nach der Wanze, die ich tatsächlich an meiner Jacke fand und sofort zerstörte. Zum Essen kam ich nicht hinunter, obwohl Annegret nach mir schicken ließ. Ich hatte keinen Hunger und keine Lust auf die Gesellschaft der von Rabenaus.

Am nächsten Schultag war ich unkonzentriert und gereizt, was sogar Lucy dazu bewog, mir mit einer gewissen Vorsicht zu begegnen. Vitus war heute aus irgendeinem Grund nicht erschienen und ich merkte, wie es mich selbst nervte, dass ich darüber nachdachte, was der Grund dafür sein könnte.

Als der Schultag endlich vorbei war, packte ich meine Sachen und strebte zum Haus der von Rabenaus. Trotz des anhaltenden Gefühls, einen Stein verschluckt zu haben, war mir bewusst, dass ich in den nächsten Wochen bis zu einem gewissen Grad funktionieren musste, wenn ich nicht wollte, dass Vincent seine Drohung wahr machte und mich vollständig isolierte. Deswegen holte ich die versäumten Stunden mit Herrn von Hetz nach und schrieb brav Dankeskarten für die Geschenke, die sich auf meinem Bett stapelten. Unter den Päckchen befand sich neben der Einladungskarte für die nächste Rote Audienz auch ein Präsent von Marcus von Kaltenburg. Obwohl ich lieber eine Handvoll lebende Spinnen verspeist hätte, zog ich lieblos an der schwarzen Schleife, bis sie sich löste. Dann hob ich den Deckel der dunkelroten Verpackung an, unter dem ein blutrotes Mieder mit schwarzem Spitzenbesatz und schwarzen Strapsen zum Vorschein kam. Ungläubig starrte ich auf die aufreizende Wäsche, der eine Nachricht beigefügt war.

Ich hoffe, du trägst das bei unserem nächsten Treffen, stand auf der Karte, die mit einem schwungvollen *M. K.* unterzeichnet war.

Angewidert ließ ich den Karton mit der Unterwäsche zurück aufs Bett fallen und zuckte im nächsten Moment zusammen, als eine WhatsApp-Nachricht eintrudelte. Rasch zog ich mein Handy aus dem Rucksack und hoffte für einen Moment, es wäre Josephine, die sich entschieden hatte, wieder mit mir zu sprechen, doch die Nachricht war von Dominik.

Ich hab das von Marcus von Kaltenburg gehört, schrieb er. *Alles okay bei dir?*

Nicht so wirklich, textete ich und schleuderte den Geschenkkarton mit der Hand zur Seite, sodass er auf dem Boden landete.

Vielleicht sollten wir abhauen.

Dominiks Worte lösten eine wilde Hoffnung in mir aus, dem allen hier irgendwie entfliehen zu können, aber es dauerte nur einen Moment, bis mir die Konsequenzen unseres Tuns bewusst wurden.

Das geht nicht. Sie würden unsere Familien dafür bestrafen, schrieb ich zurück und wusste, dass das nicht der einzige Grund war. Es ging auch deshalb nicht, weil Dominik ein Heller war und ich eine Dunkle. Und weil ich nicht sicher war, ob ich das Gleiche für ihn empfand wie er für mich.

Ich weiß, schrieb Dominik. Er machte eine längere Pause. *Romy ist heute von zu Hause ausgebüxt*, schrieb er dann.

Die Nachricht fühlte sich an, als hätte mir jemand einen Kübel Eiswasser über den Kopf gekippt, und ich schnappte nach Luft.

Wann war das?, tippte ich mit fliegenden Fingern und ärgerte mich gleichzeitig über Dominik, dass er das nicht gleich gesagt hatte.

Vor ein paar Stunden, erwiderte er. *Deine Eltern wollten nicht, dass ich es dir sage.*

Das heißt, ihr habt sie noch nicht wiedergefunden?, schrieb ich und sah Romy vor meinem geistigen Auge ganz allein durch die Stadt irren.

Dominik ließ sich Zeit mit seiner Antwort und ich hätte vor Frustration am liebsten geschrien.

Noch nicht, textete er dann zurück.

Ich komme nach Hause, schrieb ich und schickte die Nachricht ab. Dann fuhr ich mir mit beiden Händen durch die Haare und atmete tief durch. Die Vorstellung, dass meine kleine Schwester ganz allein da draußen war, tat mir beinahe körperlich weh und ich wusste, dass ich heute Nacht kein Auge zumachen würde, solange sie nicht sicher wieder zurückgekehrt war.

In dem Moment bemerkte ich, dass die Zimmertür offen stand und Patric im Vorbeischlendern einen Blick auf Marcus' Präsent warf. Dabei huschte ein abfälliger Ausdruck über sein Gesicht, aber das war mir in dem Augenblick total egal.

Es war kurz nach 10 Uhr abends, als ich mein Zimmer verließ. Mir war bewusst, dass ich ein enormes Risiko einging, aber für Romy hätte ich noch viel mehr getan. Und ich durfte mich dieses Mal einfach nicht erwischen lassen.

Das Haus der von Rabenaus lag kühl und verlassen vor mir, als ich die Treppe hinunterschlich. Dabei war ich zum ersten Mal froh, dass es sich um ein stilles Gebäude handelte, bei dem keine Treppenstufen quietschten und die Dielen keinen Ton von sich gaben. Und zum Glück sprang keine Alarmanlage an, als ich die Tür leise öffnete und in die Nacht hinausschlüpfte.

Kaum dass ich draußen war, sprang in einem der oberen Geschosse ein Licht an und ich spürte, wie mein Herz einen Satz machte. Ohne zurückzublicken, sprintete ich in den nächsten Schatten und lief von dort weiter geduckt zur Straße. Dabei konnte alles in mir nur an Romy denken und dann rannte ich etwa einen Kilometer bis zum nächsten Taxistand, um mich zum Haus meiner richtigen Eltern bringen zu lassen.

Die ganze Fahrt über starrte ich aus dem Fenster und hoffte, meine kleine Schwester irgendwo auf der Straße zu entdecken und in die Arme nehmen zu können.

»Wir sind da«, sagte der Taxifahrer in meine Gedanken hinein und ich zahlte rasch, bevor ich ausstieg. Dann stand ich vor dem schmiede-

eisernen Zaun in unserer Straße und fühlte mein Herz gegen meine Rippen knallen. Das Licht des Mondes beleuchtete die wuchernden Kletterpflanzen, die sich an den metallenen Spitzen nach oben rankten und dem Eingang zu unserem Garten einen verwunschenen Touch verliehen. Der süße Geruch der Hortensien stieg mir in die Nase und ich atmete tief ein, bevor ich die Klinke der Gartentür hinunterdrückte.

Zum Glück hatten meine Eltern nicht abgeschlossen, denn ich hörte das vertraute leise Quietschen, als ich durch die Tür schlüpfte. Dann lief ich über den gewundenen Pfad zu unserem knorrigen Apfelbaum, der sich links vom Gewächshaus befand, und starrte auf unser Haus. Im Untergeschoss brannte noch Licht und ich stellte mir vor, wie sie da drinnen im Wohnzimmer saßen und die gleichen Ängste um Romy ausstanden wie ich auch.

In diesem Moment vibrierte mein Handy in meiner Jeans und ich zog es schnell heraus. Bevor ich gegangen war, hatte ich es auf lautlos gestellt und sah nun eine Textmitteilung von Dominik.

Romy ist wieder da, schrieb er. *Ich habe es eben erst erfahren, aber sie ist schon seit einer Stunde wieder zu Hause.*

Eine Welle an Gefühlen flutete über mich hinweg und ich spürte, wie mir vor Erleichterung die Tränen in die Augen traten.

Danke, tippte ich und steckte das Handy ein. Dann starrte ich noch einmal zum Haus hinüber, dessen warmer Schein so einladend auf mich wirkte. Die Sehnsucht, mit meiner Familie zusammen zu sein, tat beinahe körperlich weh, aber ich wusste, dass ich sie nicht in Gefahr bringen durfte.

Nicht, wenn es Romy gut ging.

Leise trat ich den Rückzug an und erstarrte, als ich links von mir ein Knacken hörte. Irgendjemand bewegte sich durch den Garten und ich

duckte mich hinter den Stamm des Apfelbaumes, als Vitus ins Mondlicht trat. Bei seinem Anblick hielt ich unwillkürlich den Atem an. Er trug ein graues T-Shirt zu einer schwarzen Jeans, seine dunkelblonden Haare fielen ihm lässig in die Stirn und verdeckten die kleine Narbe über seiner Augenbraue.

Plötzlich blieb er stehen. Seine dunklen Augen begannen zu flackern und im nächsten Moment stöhnte Vitus auf und krümmte sich zusammen, als sich ein Gittergeflecht aus hell leuchtenden Adern unter seiner Haut ausbreitete. Es fing in seinen Händen an und wanderte die muskulösen Arme nach oben, bis er sich keuchend das T-Shirt vom Kopf zog und auf seine Brust starrte.

Ich starrte ebenfalls auf seine Brust, die von innen zu glühen schien und deren leuchtende Adern sich über seinen perfekten Waschbrettbauch nach unten erstreckten. Dabei schwankte ich zwischen der Angst, entdeckt zu werden, und totaler Faszination, als Vitus mit einem dumpfen Stöhnen die Hand ausstreckte und einen Rhododendron neben sich berührte. Eine knisternde Welle von Magie jagte durch die Luft und der Strauch explodierte förmlich in einer Blütenpracht, als Vitus seine helle Blutgabe einsetzte.

Voller Neid starrte ich auf die pinkfarbenen Blüten, die von demselben hellen Leuchten erfüllt waren, bevor sie ihre Blätter weit öffneten und ihr Duft die Nacht erfüllte.

Vitus taumelte keuchend einen Schritt zurück und die hellen Adern unter seiner Haut verblassten langsam. Sein Körper sah aus, als hätte ihn ein Bildhauer modelliert, und ich konnte meinen Blick nicht von den straffen Muskeln seines Sixpacks abwenden, als Vitus plötzlich die Augen zusammenkniff und einen Schritt in meine Richtung machte.

Ertappt wich ich noch weiter hinter den Stamm des Apfelbaumes zurück und keuchte auf, als er mit zwei langen Schritten bei mir war und mich am Arm packte.

»Beobachtest du mich etwa?«, fragte er harsch und zog mich aus dem Schatten hinaus ins Mondlicht. Sein verführerischer Duft nach kühlem Tannenwald umgab ihn und ich atmete automatisch tiefer ein, bevor ich mich mit Gewalt aus seinem Griff befreite.

»Nein, ich beobachte dich nicht«, gab ich trotzig zurück, obwohl es genau das gewesen war, was ich getan hatte. Das Prickeln seiner Berührung spürte ich dabei noch immer auf meiner Haut.

Vitus fixierte mich. »Was machst du dann hier?« Seine Stimme klang wütend und es nervte mich, dass er mich erwischt hatte.

»Ich habe gehört, dass Romy verschwunden ist.«

Vitus' Gesichtszüge wurden einen Tick sanfter. »Sie ist schon wieder da. *Leider.*«

»Das habe ich auch gerade von Dominik erfahren.«

Schlagartig versteinerte sich seine Miene. »Und was machst du dann noch hier? Du weißt, dass du uns alle in Gefahr bringst, wenn du hier aufkreuzt.« Er funkelte mich zornig an. »Vincent hatte wohl doch recht damit, dass du einfach gern die Regeln brichst.«

»Und was ist mit dir?«, zischte ich und fühlte, wie mich diese Ungerechtigkeit in Rage brachte. »Du warst doch schließlich der Erste, der die Regeln gebrochen hat, indem du in meinem Zimmer aufgetaucht bist und irgendein verstaubtes Buch unter dem Bett hervorgeholt hast.«

»Dein Zimmer? Ich dachte, es wäre noch immer mein Zimmer«, entgegnete er trocken.

»Dann ist es aber auch noch immer mein Garten«, schnappte ich

und versuchte, nicht auf seinen nackten Oberkörper zu starren, der mir viel zu nah war.

Vitus' linker Mundwinkel zuckte nach oben und er verschränkte die Arme vor der Brust. »Möglich, dass du es noch immer als deinen Garten ansiehst, aber so wie ich das sehe, bin ich der Einzige, der hier noch etwas zum Wachsen bringen kann.«

Mit diesen Worten griff er nach einem kränklich aussehenden Ast des Apfelbaumes und konzentrierte sich für einen Moment. Ich sah, wie ein Funke Licht aus seinen Fingerspitzen auf den Baum übersprang und einen Augenblick später die Adern des Holzes hell aufleuchteten. Innerhalb von Sekunden bildeten sich ein paar neue Blätter an dem dünnen Ast, die sich, angetrieben von der hellen Magie, aus dem Holz kämpften. Abfällig zog er die Hand wieder zurück und die Zurschaustellung seiner Gabe schickte eine kalte Welle durch meinen ganzen Körper.

»Es hat überhaupt keinen Sinn, diesen Teil des Baumes mit deiner Kraft zum Wachstum zu zwingen«, sagte ich schroff und deutete auf den dünnen Ast zwischen uns. »Er ist krank und nimmt dem Baum nur Energie weg.«

Vitus lachte leise auf. Wie bei früheren Gelegenheiten, fuhr mir das Geräusch direkt in den Magen. »Soll das heißen, du plädierst dafür, etwas absterben zu lassen, Lorelai?«

Ich schluckte, als er noch einen Schritt näher kam und mich sein anziehender Duft abermals einhüllte.

»Es gibt so einiges, was ich nur allzu gern absterben lassen würde«, flüsterte ich wütend und war selbst nicht sicher, ob ich von ihm selbst oder meinen Gefühlen für ihn sprach.

Vitus hob eine Augenbraue. »Etwa deine Faszination für meinen Oberkörper?«

»Dein Oberkörper ist mir so was von egal. Glaubst du, dass ich noch nie eine nackte Männerbrust gesehen habe?«

»Aber wieso starrst du dann so darauf?«, fragte er mit dunkler Stimme und ich spürte, wie eine kalte Welle nach der anderen durch meinen Körper tobte.

»Du bist genauso schrecklich wie die anderen«, presste ich hervor und funkelte ihn an.

»Welche anderen?«

»Wer schon? Die von Rabenaus. Das muss anscheinend in der Familie liegen.«

Er schnaubte abfällig. »Dann muss das Regelbrechende, Nervtötende wohl bei euch in der Familie liegen.«

»Meine Familie ist nicht nervtötend.«

»Das kleine Biest, das sich deine Schwester nennt, auf alle Fälle.«

»Romy ist kein Biest«, fuhr ich ihn an. Dabei schoss ein prickelnder Strahl eiskalter Magie in meine Fingerspitzen und fuhr bei meiner unabsichtlichen Berührung in den kränklichen Ast des Apfelbaumes. Ich spürte die Kälte von meiner Haut auf das Holz überspringen und keuchte erschrocken auf. »Nein!«

Im Reflex umschloss ich den Ast und stellte mir vor, dass meine dunkle Blutgabe sich nur auf die kranke Stelle des Baumes konzentrierte und nicht das wuchernde und satte Grün der restlichen Zweige angriff. Das funkelnde schwarze Gittergeflecht, das sich in rasender Geschwindigkeit auf dem Holz ausbreitete, zog sich wieder zusammen und folgte meinem intensiven Wunsch, nicht den ganzen Baum zu erfassen.

Vitus sog scharf die Luft ein, aber ich hatte keine Zeit, auf ihn zu achten. Stattdessen wandte ich meine ganze Aufmerksamkeit auf den

Baum und konzentrierte mich darauf, dass sich das glitzernde dunkle Netz ausschließlich über den kranken Ast ausbreitete. Unter meiner Berührung wurde das Holz ganz morsch und trocken, bis es schließlich mit einem lauten Krachen abbrach und der kaputte Ast auf dem Boden in mehrere Teile zersprang.

Schwer atmend wich ich einen Schritt zurück und schaute vorsichtig zu dem großen Baum hoch, in dessen Zweigen ich schon als Kind herumgeklettert war. Er sah noch genauso gesund und kräftig aus, wie ich es gehofft hatte.

»Wie … hast du das gemacht?«, fragte Vitus und starrte ungläubig auf den abgebrochenen Ast zu seinen Füßen.

»Keine Ahnung«, antwortete ich erschöpft.

Vitus wandte sich mir zu. »Du hast nur einen Teil des Baumes absterben lassen. Das habe ich noch nie gesehen. Wieso kannst du das?«

»Ich weiß es nicht.«

Vitus durchbohrte mich mit seinem dunklen Blick. »Irgendetwas stimmt nicht mit dir.«

»Mit mir stimmt was nicht? Und was ist mit dir? Ich habe noch nie gesehen, dass jemand ohne tödlichen Anfall von innen leuchtet.«

Vitus grinste selbstgefällig. »Also hast du mich doch beobachtet.«

Ich beschloss, nicht auf diese Bemerkung einzugehen, während die Gedanken sich in meinem Kopf überschlugen. »Kann es an unserer Verwechslung liegen, dass wir diese Dinge können? Könnten es kurzfristige Nebenwirkungen sein?«

Vitus zuckte mit den Schultern und seine dunklen Augen funkelten im Mondschein. »Du schlägst jetzt aber nicht gleich vor, dass wir uns wieder küssen, oder? Nur um diesen Nebenwirkungen zu entgehen?«

Seine Stimme nahm einen sanfteren Tonfall an und er machte ein paar Schritte auf mich zu, bis nicht mehr viel zwischen uns passte.

»Wieso? Hoffst du das denn?«, fragte ich bissig, da ich seine Selbstsicherheit langsam echt satthatte.

Ein sexy Ausdruck huschte über sein Gesicht und sein Blick saugte sich an meinem fest. Für einen Augenblick schien die Zeit einzufrieren und mein Herz trommelte wie verrückt gegen meine Brust, als Vitus' Blick zu meinen Lippen rutschte. Doch schon im nächsten Moment zuckte ich zusammen, als seitlich von uns plötzlich ein Schatten auftauchte.

»Lorelai«, stieß mein Vater hervor, der aus dem Dunkel trat. Es tat unglaublich gut, ihn zu sehen, und für einen Moment blickten wir uns einfach nur an. »Ihr könnt nicht hier draußen bleiben, ihr seid viel zu laut«, sagte er dann.

Vitus nickte. »Du hast recht.« Er wandte sich ab, um kurz darauf im Haus zu verschwinden.

Mein Vater legte mir die Hand auf die Schulter. »Komm doch auch noch einen kurzen Moment herein.«

Ich nickte und folgte ihm nach drinnen. Dabei tobte ein absolutes Gefühlschaos in meinem Inneren, denn obwohl ich nichts lieber getan hätte, als für immer hier bei meiner Familie zu bleiben, wusste ich doch, dass es für uns alle ein Risiko darstellte.

Mama saß mit Sophie und Phillip im Wohnzimmer und unterhielt sich leise mit den beiden, als ich in den Raum trat. Bei meinem Anblick schlug meine Mutter die Hand vor den Mund und fuhr in die Höhe.

»Lorelai«, stöhnte sie und zog mich einen Augenblick später fest in ihre Arme, während mein Vater mir über den Rücken strich und ich den vertrauten Geruch nach meinem Zuhause tief einatmete.

»Was macht sie denn hier?«, hörte ich Phillip im Hintergrund leise fragen und sah aus dem Augenwinkel, wie Sophie aufstand.

»Mein Kind«, flüsterte Mama und hielt mich irgendwann auf Armeslänge von sich, bevor sie sich die Tränen von den Wangen wischte. »Wie geht es dir?«

Ich sah von ihr zu Papa, dessen Augen ebenfalls verdächtig schimmerten, und hatte so einen Knoten im Hals, dass ich nicht sofort antworten konnte.

»Es geht mir gut«, presste ich hervor und versuchte, es auf eine Art zu sagen, dass mir meine Eltern glauben würden.

Phillip stand ebenfalls auf. Dabei fuhr er sich durch seine glatten braunen Haare und wirkte so nervös, als ob die Rote Garde direkt vor unserer Tür stände. »Lorelai, es ist unverantwortlich und gefährlich, dass du hier bist.«

»Ich gehe gleich wieder«, sagte ich bemüht ruhig.

Er wollte etwas darauf erwidern, wurde aber von einem Schrei unterbrochen, der vom Treppenabsatz zu hören war.

»Lori!«

Einen Augenblick später flog mir Romy in die Arme und ich drückte ihren dünnen Körper an mich.

»Romy«, flüsterte ich und musste nun selbst mit den Tränen kämpfen. »Ich hatte so eine Angst um dich. Dominik hat erzählt, dass du ausgebüxt bist. Mach das nie, nie wieder, hörst du?«

»Dominik ist so eine Petze«, flüsterte sie schniefend und wischte sich dann mit dem Handrücken die Nase ab.

»Wo warst du denn nur?«

»Ich hatte Theateraufführung und da hat Finja, die blöde Kuh, sich über mein Kleid lustig gemacht. Danach wollte ich zu dir fahren und

mit dir reden, aber ich hab irgendwie den falschen Bus erwischt«, murmelte sie. »Ich hab dich so vermisst und wollte dich nur kurz sehen, ehrlich. Sind sie denn nett zu dir?«

»Sie sind ganz ordentlich zu mir. Zumindest habe ich dort ein eigenes Bad«, fügte ich hinzu und zwinkerte meiner kleinen Schwester zu, als ich sie wieder losließ.

»Pah. Ich muss meines mit dem dort teilen.« Romy wies mit dem Kinn auf Vitus, der eben mit einem frischen T-Shirt die Treppe herunterkam.

»Dafür habe ich ständig die Haare von deiner hässlichen Katze in meinem Bett«, knurrte er zurück.

»Ich unterbreche euch ja nur ungern«, mischte sich Phillip ein. »Aber sie kann hier nicht bleiben. Ihr wisst, dass die Rote Garde unangekündigte Hausdurchsuchungen vornimmt, um endlich den Serienmörder zu fassen, der Marvin von Kaltenburg und Herrn von Grottengras auf dem Gewissen hat. Was, wenn sie hier entdeckt wird? Habt ihr eine Vorstellung, was das Hohe Herrscherhaus tun würde, wenn sie dahinterkommen?«

»Ich gehe schon«, sagte ich, obwohl es mir das Herz zerriss, meiner Familie so schnell wieder den Rücken zu kehren.

Phillip trat unruhig ans Fenster. »Ist auch besser so. Wenn die Rote Garde hier auftaucht …«

Weiter kam er nicht, da in diesem Moment jemand so laut gegen die Tür hämmerte, dass wir alle zusammenzuckten. Vitus' Kopf fuhr herum und Mama griff nach Romys Hand, während Papa kreidebleich wurde.

»Ich wusste es doch«, stieß Phillip mit weit aufgerissenen Augen hervor, während ich einen Schritt zurückwich. »Lorelai hätte niemals herkommen dürfen.«

KAPITEL 11

»Versteck dich«, wisperte Sophie mir zu und ich rannte schnell in die Küche, von der aus ich notfalls in den Garten fliehen konnte.

Mein Vater blickte mir hinterher, während das Hämmern gegen die Tür noch vehementer wurde. Egal, wer auf der anderen Seite stand, er schien nicht vorzuhaben, zu gehen, bis er bekam, was er wollte.

Mein Puls war auf 180, als ich hinter dem Küchentisch in Deckung ging und von dort in die Diele spähte. Phillip hatte von Hausdurchsuchungen gesprochen – konnte es sein, dass die Rote Garde heute zufällig bei meinen Eltern aufkreuzte? Oder hatte Vincent bemerkt, dass ich wieder ausgerissen war, und war nun da, um mich zurückzuholen? Vielleicht hatte er mich aber auch an die Rote Garde verpfiffen – dann hätten sie wahrscheinlich auch den Hintereingang unseres Hauses gesichert und ich saß nun in der Falle.

Mit einem letzten Blick versicherte sich mein Vater, dass man mich nicht sehen konnte, und öffnete dann die Eingangstür.

»Das wird aber auch langsam Zeit«, hörte ich Harriet sagen, als sie

sich in den Vorraum drängte. Ihre Wangen waren erhitzt und sie sah sich suchend in der Diele um. »Wo ist sie?«, fragte sie.

Mein Vater wirkte überrumpelt. Er hätte vielleicht mit vielem gerechnet, aber nicht mit der alten Frau, die viel zu klein in ihrem schwarzen Mantel wirkte. »Wen meinen Sie?«

Harriet betrachtete meinen Vater seufzend. »Schätzchen, sparen Sie sich das Theater. Ich weiß, dass sie hier ist, und werde nicht ohne sie gehen. Es ist für uns alle, auch für Sie, das Beste – glauben Sie mir.«

Da ich meinen Vater nicht weiter in eine unangenehme Situation bringen wollte und das Gefühl hatte, dass Harriet mir nichts Schlechtes wollte, gab ich meine Deckung hinter dem Küchentisch auf und ging nach vorn.

»Was machst du hier?«, wollte ich wissen.

»Bei allen Todesgöttern, die Frage ist wohl eher, was du hier machst. Kind, du kannst dich in Teufels Küche bringen.« Sie spähte ins Wohnzimmer, dessen Tür weit offen stand. »Junge, jetzt steh nicht so rum und schau blöd durch die Gegend. Komm her und gib deiner alten Großmutter einen Kuss.«

Vitus kam grinsend auf sie zu. »Machst du schon wieder Ärger, Harriet?«

Die alte Frau schmunzelte. »Wo bleibt mein Kuss?«

Vitus beugte sich zu seiner Großmutter hinunter und drückte ihr einen Kuss auf die gerötete Wange.

»Schon besser«, erklärte sie und machte einen Schritt zurück, um ihren Enkelsohn von oben bis unten zu mustern. »Verhungern lassen sie dich anscheinend nicht.« Sie rümpfte die Nase. »Wahrscheinlich ist das Essen hier sowieso besser als bei Annegret.«

Ich wusste nicht, wie Harriet es schaffte, aber binnen kurzer Zeit

wechselte meine Gefühlslage von völlig unentspannt zu halbwegs entspannt.

Vitus schob die Hände in die Hosentaschen. »Das Essen ist okay.«

Für den Moment war ich ihm dankbar, dass er vor meinen Eltern nicht über sie herzog, auch wenn ihm innerlich wahrscheinlich ganz anders zumute war.

»Du schlägst dich gut, das hast du immer schon gemacht. Typen wie du gehen nicht unter.« Harriet wandte sich mir zu. »Und jetzt komm, wir müssen gehen.«

»Was ist los?«, fragte mein Vater und auch der Rest meiner Familie war nun in die Diele gekommen. Dabei beobachtete ich Sophie, die unsicher von Harriet zu mir blickte.

Die alte Dame verdrehte ihre geschminkten Augen, die genauso dunkel waren wie ihre kurzen Haare. »Annegret hat entdeckt, dass Lorelai nicht in ihrem Zimmer ist, und flippt gerade aus. Also auf ihre Art – mehr wollen Sie gar nicht wissen. Auf alle Fälle haben wir nicht viel Zeit, wenn wir nicht wollen, dass meine Schwiegertochter die Rote Garde auf uns aufmerksam macht.« Sie betrachtete mich ernst. »Verabschiede dich, Lorelai.«

Ich nickte ihr zu und schloss meine Familie nacheinander in eine rasche Umarmung, bevor ich Harriet nach draußen folgte. Dabei entging mir Vitus' forschender Blick nicht, aber ich versuchte, nicht an ihn zu denken, denn ich musste einen kühlen Kopf bewahren.

Harriets Wagen parkte direkt vor unserem Gartentor. Es war ein moderner schwarzer Jaguar, der niemals zu einer älteren Dame gepasst hätte – aber Harriet irgendwie ganz hervorragend stand.

Mit einem satten Knall fielen die Autotüren ins Schloss, als wir im

Inneren Platz nahmen und Harriet den Jaguar startete, dessen Motor mit einem knurrenden Geräusch reagierte.

»Los geht's«, erklärte sie grinsend und lenkte den Wagen einen Moment später sicher über die Straßen. »Dein Großvater hätte das Auto geliebt. Er hatte ein Faible für teure Wagen.« Harriet setzte den Blinker. »Und ein Faible für teure Frauen.«

Ihre Stimme klang irgendwie eigenartig und ich wusste nicht, was ich sagen sollte.

Harriet warf mir einen kurzen Seitenblick zu und bog dann in eine Seitenstraße. »Mach dir keine Sorgen, wir bekommen das schon hin.«

»Und wie?«

»Das lass mein Problem sein. Aber du solltest dir das mit dem Ausbüxen gut überlegen. Entweder lässt du es bleiben oder du stellst dich beim nächsten Mal geschickter an.«

»Es war eine Kurzschlussreaktion«, gab ich entschuldigend zu. »Woher wusstest du denn, wo ich bin?«

Sie lachte hell auf. »Ich bitte dich. Wohin hättest du denn sonst so schnell aus dem Haus rennen sollen? Ich bin doch nicht auf den Kopf gefallen.« Sie griff lächelnd nach meiner Hand. »Du kannst froh sein, dass Vincent heute Abend unterwegs ist und Patric Annegret in ein Gespräch verwickelt hat, sodass ich Zeit hatte, mich ebenfalls aus dem Haus zu schleichen. Wenn wir zurückkommen, müssen wir ihr eine gute Geschichte auftischen, mit der Wahrheit wird sie nicht zurechtkommen. Annegret war schon immer viel zu übertrieben pflichtbewusst. Als Anwältin gibt sie viel auf Gesetze, Regeln und den ganzen Schwachsinn. Vergiss das nicht.«

Ich nickte und lehnte mich gegen die Fensterscheibe. Dabei betrachtete ich die Lichter der Nacht, die an uns vorbeizogen. Die ganze

Stadt wirkte friedlich und verlassen, auch wenn sie es nicht war. Auf den Straßen waren kaum noch Menschen unterwegs und nur vereinzelt begegneten uns andere Autos.

Die ganze restliche Fahrt über sagte Harriet nichts und ich empfand die Stille zwischen uns als angenehm, da jeder von uns seinen eigenen Gedanken nachhing. Es war schön gewesen, meinen Eltern zu begegnen und zu sehen, dass es ihnen gut ging. Und ich war erleichtert, dass Romy nicht verschollen war, sondern sie heute sicher zu Hause ins Bett fallen würde.

Automatisch wanderten meine Gedanken auch zu Vitus und ich fragte mich, was passiert wäre, wenn mein Vater etwas später im Garten aufgetaucht wäre. Dabei hasste ich es, dass Vitus so widersprüchliche Gefühle in mir auslöste. Oftmals war er unausstehlich, aber dann blitzte auch wieder der alte Vitus bei ihm durch – der, der mir schon bei unserer ersten Begegnung im Blumenladen total gefallen hatte. Vitus konnte charmant, fürsorglich und unglaublich sexy sein – aber daran durfte ich gar nicht erst denken. Wir passten einfach nicht zusammen und mein Leben war ohnehin schon kompliziert genug. Außerdem interessierte sich Vitus nicht mehr für mich, sondern für Mädchen wie Kim.

Ein flaues Gefühl machte sich in meinem Magen breit, als ich daran dachte, dass ich bereits übermorgen wieder gemeinsam mit ihnen im Team arbeiten musste. Für das Marketing-Projekt mussten wir ein Krankenhaus besuchen und auf diesen Ausflug hatte ich genauso wenig Bock wie darauf, gleich Annegret zu begegnen.

»Augen zu und durch«, flüsterte Harriet, nachdem sie ihren Jaguar vor der Auffahrt der von Rabenaus geparkt hatte und wir über den leicht erhellten Weg auf das Haus zusteuerten. Das Licht des Mondes

erleuchtete das faltige Gesicht der alten Dame, die mir zuzwinkerte. »Wir machen es wie bei einem Pflaster. Schnell und schmerzhaft.«

»Wo bist du gewesen?«, herrschte mich Annegret an, als Harriet und ich das Haus betraten.

»Dir auch einen schönen Abend«, erwiderte Harriet gelassen und schlüpfte aus ihrem Mantel, um ihn in einem der Schränke zu verstauen.

»Abend? Es ist nach Mitternacht«, presste Annegret hervor und ich war mir für einen Moment nicht sicher, ob es Sorge oder Wut war, die sie so reagieren ließ. Aleksander stellte sich hinter sie, wobei er die Hände beruhigend auf die Schultern seiner Frau legte.

»Wo wart ihr?«, fragte er dann.

»Ich war noch bei Frederike. Seit sie krank ist, kann sie das Haus nicht mehr verlassen und ich wollte ihr unbedingt Lorelai vorstellen.« Harriet wandte sich an mich. »Du hast ihr wirklich gutgetan, Schätzchen. Frederike liebt es, neue Gesichter kennenzulernen, vor allem ein so hübsches wie deines.« Sie zwickte mich in die Wange.

Aleksander atmete tief ein. »Mutter, du kannst doch nicht einfach, ohne etwas zu sagen, mit Lorelai abendliche Besuche veranstalten. Nicht um diese Uhrzeit.«

Harriet straffte den Rücken. »Habe ich dir jemals gesagt, wann du nach Hause kommen sollst, Aleksander? Ich denke nicht.« Sie betrachtete ihren Sohn eindringlich und ihre dunklen Augen verengten sich.

»Lorelai steht unter besonderer Beobachtung, Harriet«, mischte sich Annegret ein. Ihre feinen Gesichtslinien verhärteten sich. »So ein nächtlicher Ausflug ist mehr als unangebracht. Wenn er denn überhaupt der Wahrheit entspricht.«

Die alte Dame hob angriffslustig die Augenbrauen. »Willst du etwa behaupten, dass ich lüge?«

Aleksander schüttelte sofort den Kopf. »Nein, das will keiner behaupten. Stimme dich nur bitte mit uns ab, bevor du das nächste Mal in der Nacht aufbrichst. Wir haben euch nämlich nicht weggehen gesehen und uns große Sorgen gemacht.«

Harriet machte einen Schritt auf ihren Sohn zu und tätschelte ihm die Wange. In ihrer Anwesenheit wirkte Aleksander einen Hauch weicher als sonst. »Du musst dir keine Sorgen um deine Mutter machen, ich bin ein großes Mädchen. Genau wie unsere Lorelai.« Sie grinste und warf Annegret einen kurzen Seitenblick zu. »Die frische Nachtluft hat mir gutgetan. Ich denke, dass ich gleich noch eine Katze ausstopfen werde.«

Mit diesen Worten verschwand sie nach oben und ich überlegte nicht lange, um ihr zu folgen. Doch Annegret stellte sich mir in den Weg.

»Ich habe mit Herrn von Hetz vereinbart, dass du morgen den ganzen Tag Privatunterricht erhältst.«

»Aber ich habe morgen Schule.«

»Du wirst einen Tag freinehmen«, erklärte Aleksander und hatte wieder jenen reservierten Ausdruck im Gesicht, den ich nur zu gut von ihm kannte. »Ich habe deinen Direktor bereits informiert, dass es dir nicht gut geht.«

»Wieso tust du das?«

»Weil wir eine Vereinbarung hatten, Lorelai. Und wenn du dich nicht an deinen Teil der Abmachung hältst, sehe ich mich gezwungen, mich auch nicht an meinen zu halten.«

Annegret nickte. »Außerdem hast du morgen Abend eine Verabre-

dung mit Marcus von Kaltenburg. Er hat Aleksander eine Nachricht zukommen lassen. Um Punkt sieben Uhr wird er dich abholen und ich möchte sicherstellen, dass du dann auch wirklich hier bist.«

In der Nacht schlief ich unruhig, denn die Gedanken wirbelten nur so durch meinen Kopf. Ich hatte wirklich überhaupt keine Lust, Marcus von Kaltenburg morgen wiederzusehen. Dennoch sah ich keine Chance, dem Treffen zu entgehen. Ich wusste, dass Aleksander und Annegret am längeren Hebel saßen, und ich hasste es, dass ich keinen Ausweg aus meiner Misere sah – ohne alle Menschen, die mir etwas bedeuteten, in Gefahr zu bringen. Wie konnte ich der Heirat mit Marcus bloß entgehen? Wenn ich nur an die Unterwäsche dachte, die er mir geschickt hatte, wurde mir ganz schlecht und ich wollte mir nicht vorstellen, wie es war, von ihm berührt zu werden.

Am nächsten Morgen überlegte ich kurz, das gemeinsame Frühstück mit den von Rabenaus zu verweigern, entschied dann aber doch, nach unten zu gehen. Immerhin wollte ich nicht auch noch den Kontakt zu Lucy verlieren, und selbst wenn es mich einiges an Überwindung kostete, wollte ich so tun, als ob ich mich mit meiner Situation arrangierte – zumindest so lange, bis ich irgendeine Lösung gefunden hatte.

Denn eins war klar: Ich würde mich definitiv nicht in die Zwangsehe mit Marcus treiben lassen.

Es musste eine andere Option geben.

»Reichst du mir bitte den Kaffee?«, fragte Annegret Patric, als wir zu dritt am gedeckten Frühstückstisch saßen. Aleksander war anscheinend bei einem Termin außer Haus und Vincent war bereits in der Uni – auch wenn ich keine Ahnung hatte, welche Vorlesung so früh beginnen sollte.

Patric hielt seiner Mutter die Kaffeekanne entgegen, die sie entgegennahm, um sich dann wieder ihrer Zeitung zu widmen. Irgendein Artikel schien ihre Aufmerksamkeit zu fesseln.

»Ich habe gestern gesehen, dass du ein hübsches Präsent von Marcus von Kaltenburg erhalten hast«, bemerkte Patric, der mir gegenübersaß. »Wirst du es uns denn einmal vorführen?«

»Wenn es dir so gut gefällt, kannst du es gern selbst anziehen«, bemerkte ich und bestrich meinen Toast mit Butter. »Vielleicht bei der nächsten Roten Audienz?«

Mit unbewegtem Gesicht nippte Patric an seinem Kaffee. »Ich denke nicht, dass dies der Kleiderordnung entspräche.« Er grinste mich an. »Zumindest nicht meiner. Bei dir wird der liebe Marcus schon eine Ausnahme machen.«

Er wusste genau, wie er mich treffen konnte.

Gelassen tupfte er sich mit der Serviette den Mund ab. »Heute Abend siehst du deinen Künftigen doch schon. Wie nett. Immerhin könnt ihr problemlos wilden Sex haben und müsst euch keinerlei Gedanken zum Thema Verhütung machen.«

»Patric!«, ging Annegret scharf dazwischen, die nun von ihrer Zeitung aufsah und ihren Sohn anfunkelte. »Hüte deine Zunge und sprich nicht so mit deiner Schwester.«

»Wieso denn? Es ist doch die Wahrheit.«

Annegrets lackierte Fingernägel bohrten sich in die Tischplatte. »Ich möchte es nicht noch einmal wiederholen. Ich akzeptiere diese unangebrachten Kommentare weder bei Tisch noch sonst irgendwo in unserem Haus.«

Patric wirkte kaum beeindruckt von den Worten seiner Mutter. »Du akzeptierst die Wahrheit nicht in unserem Haus?«

»Dein Benehmen lässt mehr als zu wünschen übrig.«

Patric zuckte mit den Schultern. Mit dem dunklen T-Shirt und seinen schwarzen Haaren wirkte er noch blasser als sonst. »Ich bereite Lorelai doch nur auf das vor, was sie erwartet.«

»Das ist nicht deine Aufgabe. Kümmere du dich lieber um deine Treffen mit Helena. Ich habe von ihrer Mutter erfahren, dass du dich in letzter Zeit etwas distanzierst.«

Patric schnaubte. »Ach, hast du das gehört? Hältst du mir jetzt die gleiche Standpauke, die du Vitus wegen Claire gehalten hast? Um dem zu entgehen, ist es wohl ratsam, mich in Zukunft distanzloser zu verhalten.«

Ich trank einen Schluck von meinem Kaffee und dachte kurz daran, dass ich damals recht gehabt hatte. Vitus' Telefonate in der Cafeteria und im Bus hatten offenbar damit zu tun gehabt, dass ihn seine Eltern für diese Claire verpflichten wollten.

Patric stand abrupt auf. »Wie distanzlos soll ich denn vorgehen? Ich könnte Helena heute noch einladen und gleich hier im Wohnzimmer mit ihr rummachen. Was hältst du davon?«

»Patric!«, stieß Annegret wütend hervor. »Zum letzten Mal: Es reicht. Noch ein Wort, und du wirst dir wünschen, still gewesen zu sein.«

Sie funkelte Patric zornig an, er reagierte mit einem Schnauben.

»In Südafrika warst du noch entspannter«, sagte er dann, bevor er sich seine Tasche schnappte und wortlos verschwand.

Einen Augenblick lang herrschte Stille am Tisch und ich bemerkte, dass Annegrets Hand leicht zitterte, als sie einen Schluck Kaffee trank. Zum ersten Mal wirkte sie ernsthaft getroffen und ich musste wieder an das Foto von Vitus' Schreibtisch denken, auf der die ganze Familie

so gelöst gewirkt hatte. Offenbar belasteten die Heiratsverhandlungen nicht nur meine Beziehung zu Annegret und Aleksander.

Den Tag verbrachte ich mit Herrn von Hetz, der mir die Geschichten und Gepflogenheiten der Dunklen näherbrachte. Dabei erfuhr ich auch einige Schauergeschichten über einen Dunklen namens Dante de' Medici, dessen gieriges Streben nach Macht angeblich elf Dunkle das Leben gekostet hatte, bis er es endlich selbst auf den Fürstenthron geschafft hatte. Doch selbst danach litt die dunkle Blutlinie unter dem grausamen Fürsten, der auch bei vergleichsweise geringen Vergehen nicht davor zurückschreckte, die Rote Garde drakonische Strafen verhängen zu lassen, die oft in Folter oder Tod endeten.

Nach diesem düsteren Kapitel unserer Geschichte ging Herr von Hetz zu den alten Ritualen und besonderen Zeremonien der Dunklen über, die zu Anlässen wie Geburtstagen, Weihnachten und Ostern stattfanden. Er sprach auch von dem gemeinsamen Ursprung der Hellen und Dunklen, der uns nach Italien führte. Umberto de' Medici kam 1533 in den Besitz eines Baumes, dessen Blütenkelche immer zu dritt erblühten und an Lilien erinnerten. Die schwarze Blüte stand laut Herrn von Hetz für die Dunklen, die weiße Blüte für die Hellen – und die rote Blüte für die Magie des Blutes, das uns verband. Mein Privatlehrer erklärte mir auch, dass die Zahl Drei für uns seither eine wichtige Bedeutung hatte und der Zauber dieser Zahl nicht von der Hand zu weisen war. Bei der Beschreibung der alten Gebräuche erlebte ich Herrn von Hetz ungewohnt emotional.

Als er sich schließlich für ein Telefonat entschuldigte, nutzte ich die Zeit, um mich in Aleksanders Arbeitszimmer umzusehen und die alten Bücher in seinem Regal zu studieren. Ich hoffte, darin irgendeine

Idee zu finden, wie ich dem dritten Paragraphen entgehen konnte, ohne meine Familie zu gefährden. Dabei dachte ich auch an Romy, denn wenn es mir gelang, einen Weg aus der Zwangsehe zu finden, würde das allen jetzigen und künftigen Drittgeborenen ebenfalls helfen können.

»Suchst du etwas?«, erklang plötzlich Aleksanders Stimme in meinem Rücken. Erschrocken fuhr ich herum. Er war offenbar gerade von seinem Auswärtstermin zurückgekehrt, denn er trug noch seinen Mantel und einen Schal um den Hals, den er eben ablegte.

»Nein – also ja. Ich wollte nur mal sehen, ob du ein Buch über die Anfänge des Blutadels hast«, stammelte ich und sagte dabei das Erste, was mir einfiel.

Aleksander hob eine Augenbraue und kam einen Schritt näher. »Du überraschst mich. Ich hatte nicht erwartet, dass du so viel Interesse für den Geschichtsunterricht aufbringst.«

Ich hob das Kinn und sah ihm direkt in die Augen. »Herr von Hetz versteht es eben, Geschichte lebendig werden zu lassen.«

Aleksander erwiderte nichts, aber ich glaubte, einen Hauch von Belustigung in seinen dunklen Augen aufblitzen zu sehen. »Nun, das freut mich, Lorelai. Ein anständiger Geschichtslehrer ist unbezahlbar.«

Ich nickte etwas misstrauisch. Aleksander schien zu ahnen, dass ich nicht zur Vertiefung meines historischen Wissens in sein Arbeitszimmer gekommen war, aber ich hatte nicht den Eindruck, dass er mir deswegen Ärger machen wollte. Einen Moment lang sahen wir einander an und es fühlte sich fast nach einem Waffenstillstand an, obwohl das heutige Treffen mit Marcus von Kaltenburg noch immer wie ein Damoklesschwert über mir schwebte.

»Ein sehr gutes Buch über die Anfänge des Blutadels ist dieses hier«, sagte Aleksander und deutete auf einen roten Band ganz links im Re-

gal. Er stand in einer Reihe von alten Büchern, von denen eines fehlte, und mir kam der Gedanke, dass es sich dabei um das Buch handeln könnte, das Vitus aus seinem Zimmer geholt hatte.

»Danke«, sagte ich und zog das rote Buch hervor. Dann nickte ich Aleksander zu und wollte an ihm vorbei nach draußen gehen.

»Eine Frage noch, Lorelai«, hielt er mich auf. »Wie geht es dir mit deiner Blutgabe?«

»Ich trainiere sie jeden Tag«, antwortete ich wahrheitsgemäß. Dabei verschwieg ich jedoch, dass ich mich vor allem deshalb so intensiv damit beschäftigte, weil ich herausgefunden hatte, dass ich einen Teil meiner Kälte wieder zurückholen konnte. Noch immer kam es mir seltsam vor, dass Vitus und ich irgendwie besonders waren.

Aleksander nickte mir zu. »Das höre ich gern. Und nun wünsche ich dir noch einen spannenden Unterricht.«

Ich drückte das Buch an meine Brust und ging an ihm vorbei nach draußen. Dort setzte ich meinen Unterricht mit Herrn von Hetz fort, der im Gegensatz zu sonst aber viel zu schnell verging.

Im Handumdrehen dämmerte der Abend und ich ging in mein Zimmer, auf das mir Annegret ein enges Kleid und hohe Schuhe hatte bringen lassen, um mich dem Thronfolger so ansprechend wie möglich zu präsentieren.

Widerwillig zog ich das figurbetonte kurze Kleid an und legte auch etwas Parfüm und Make-up auf, da mich Annegret extra darauf hingewiesen hatte.

Als ich schließlich mit einem verdammt miesen Gefühl die Treppe hinunterging, ließen es sich meine neuen Eltern nicht nehmen, noch einen Blick auf mich zu werfen, bevor ich nach draußen zur Limousine stöckelte, die bereits auf mich wartete.

Der Chauffeur öffnete die Tür, zu meiner Überraschung saß Marcus schon im Wagen. Ich wusste nicht, womit ich gerechnet hatte, aber irgendwie war ich nicht davon ausgegangen, dass er mich persönlich abholen würde.

»Lorelai«, sagte er, als ich in die Limousine einstieg.

»Marcus«, begrüßte ich ihn und versuchte, mich so galant wie möglich ins Auto zu setzen, ohne dass mir der Rock nach oben rutschte.

Marcus' Augen saugten sich für einen kurzen Augenblick an meinen Beinen fest, bevor er dem Chauffeur ein Zeichen gab, dass er losfahren konnte.

Ich zog mir meine Jacke enger um den Oberkörper. »Wo fahren wir hin?«

»Wir gehen essen«, erwiderte Marcus, der vollkommen schwarz gekleidet war. Seine aschblonden Haare hatte er nach hinten gegelt und ich musste zugeben, dass er für jede andere wahrscheinlich äußerst attraktiv gewirkt hätte. »Denn essen wirst du schließlich müssen.«

»Ich habe bereits gegessen«, log ich.

»Dann kannst du mir beim Essen zusehen.«

»Großartig«, erwiderte ich, da meine Bedürfnisse Marcus anscheinend vollkommen egal waren. »Ihr gebt mir schon einen Vorgeschmack auf das, was mich erwartet, nicht wahr?«

»Ach Lorelai. Du wirst doch nicht immer nur zusehen.« Marcus blickte durch die Scheibe nach draußen. Ein sanftes Lächeln umspielte seinen Mund. »Apropos: Hast du mein Geschenk bekommen?«

Ich biss die Zähne aufeinander. »Das habe ich.«

»Gut«, sagte er und sah wieder aus dem Fenster, wo die Stadt an uns vorbeizog. »Vielleicht finde ich heute auch schon heraus, ob du es trägst.«

»Vielleicht aber auch nicht.«

Marcus wandte sich mir zu. »Willst du dem Abend nicht eine Chance geben?«

Ich schnaubte abfällig. »Und die Chance besteht darin, dass wir miteinander ins Bett gehen?«

Marcus lächelte. »Ich mag deine Direktheit, Lorelai. Vielleicht sollten wir wirklich das Essen überspringen und *direkt* zur Nachspeise übergehen.«

Alles in mir verkrampfte sich. »Ich bin sicher nicht Ihr Dessert, Marcus.«

Er lehnte sich auf dem dunklen Ledersitz der Limousine zurück. »Du hast dich also dafür entschieden, das trotzige Mädchen zu spielen?«

Ich schüttelte den Kopf. »Ich habe mich dafür entschieden, meine Selbständigkeit nicht aufzugeben.«

Marcus rieb sich über die Augen. »Du wirst dich unseren Treffen nicht entziehen können, ohne dich dem dritten Paragraphen zu widersetzen. Das bedeutet, dass unsere Treffen stattfinden – egal, was du davon hältst.«

»Vielleicht machen Euch die Treffen mit mir bald keinen Spaß mehr.«

»Das mag sein. Aber dennoch werde ich meine Pflicht erfüllen und sie stattfinden lassen. Wir werden uns näher kennenlernen, ob du es möchtest oder nicht. Wir werden uns *ganz nahekommen.*« Er sprach die Worte mit einer Selbstverständlichkeit aus, dass mir übel wurde.

»Warum drängt Ihr so auf eine Heirat mit mir?«, entgegnete ich. »Jetzt, wo Euer Bruder nicht mehr ist, werdet Ihr ohnehin den Thron besteigen, auch wenn Ihr eine andere Dunkle heiratet – eine, die sich mehr darüber freut.«

»Lass meinen Bruder aus dem Spiel«, sagte Marcus eisig. »Es geht hier nicht um ihn.«

Ich setzte mich aufrechter hin und nahm meinen ganzen Mut zusammen. »Nun, ich dachte, Ihr seid den Wettkampf mit ihm noch so gewohnt, dass Ihr vielleicht vergessen habt, dass er nicht mehr nötig ist.«

Marcus betrachtete mich kalt. »Glaub mir, es gab keinen Wettkampf. Marvins Interessen lagen … woanders.«

In dem Moment klingelte sein Handy und er zog es aus der Jackentasche.

»Marcus von Kaltenburg«, meldete er sich und kurz darauf versteinerten sich seine feinen Züge. Ich hörte nicht, was der Anrufer ihm sagte, aber es wirkte, als wäre Marcus nicht besonders erfreut über den Inhalt des Gesprächs.

»Gut. Ich verstehe. Ich werde sofort kommen«, erklärte er abschließend und legte auf. Für einen Augenblick wirkte er abwesend, dann richtete er seine Aufmerksamkeit auf mich. »Es wird dir gefallen. Wir müssen unser Essen verschieben«, sagte er und gab dem Fahrer ein Zeichen, wieder umzudrehen.

»Ist etwas passiert?«

Marcus nickte. »Ja, ist es. Du kannst für heute also durchatmen, aber wir werden uns schon bald wiedersehen, Lorelai. Das verspreche ich dir.«

Ich kann ihr Flüstern hören.

Ich kann ihre Blicke fühlen, diese Blicke, die nur danach gieren, mich meiner Macht zu berauben. Ein jeder Schritt bringt mich dem Tod näher, denn um mich herum lauern die Geier! Sie wollen den Tod, sie wollen meinen Tod – aber ich trotze ihnen, ich trotze ihnen wie mein Vorbild Dante de' Medici! Ich werde mich nicht vom Thron stürzen lassen und ich rieche ihre bösen Absichten meilenweit. Ich werde ihnen keine Chance geben, mich zu töten, ich werde mich zuvor schon ihrer entledigen. Oh Gift, du treuer Freund! Du hast mich lange begleitet, doch jetzt habe ich etwas anderes gefunden, von dem schon der gute Dante Gebrauch machte. Es sind nur Gerüchte, aber wenn diese Gerüchte stimmen, werde ich meinen Nacken in Sicherheit wissen und meine Feinde ihrer Möglichkeiten berauben.

Aus dem Tagebuch von Karl von Grabenau

KAPITEL 12

Der Grund für das geplatzte Essen mit Marcus beschäftigte mich auch noch am nächsten Tag, und obwohl ich froh war, dem Dinner entkommen zu sein, fragte ich mich immer wieder, welche Nachricht er wohl bekommen hatte.

»Lorelai? Erde an Lorelai«, sagte Lucy, die mit mir durch den hellen Krankenhausflur wanderte. »Wo bist du denn ständig mit deinen Gedanken?«

»Hier bei dir«, erwiderte ich pflichtschuldig, obwohl es nicht stimmte. Ich war nur bei den Dunklen und der Roten Garde und der Frage, wie lange es noch dauern würde, bis ich mit Marcus von Kaltenburg vor den Traualtar treten musste.

Lucy schnaufte. Ihre glänzenden dunkelbraunen Haare hatte sie heute hochgesteckt, sodass ihre grünen Kreolen besonders gut zur Geltung kamen, die jetzt leicht hin und her schwangen. »Du kannst nicht bei mir sein, sonst hättest du stärker auf das reagiert, was ich dir gerade erzählt habe.«

»Sorry, ich habe letzte Nacht nicht besonders gut geschlafen«, murmelte ich. »Was hast du gesagt?«

»Dass es auch einen Grund gibt, der mir den Schlaf raubt«, flüsterte Lucy und sah kurz über die Schulter.

Hinter uns gingen Vitus und Kim, mit denen wir heute das Marketingprojekt durchziehen mussten und die anscheinend gerade ziemlich mit sich selbst beschäftigt waren. Beziehungsweise war Kim damit beschäftigt, Vitus in ein Gespräch zu verwickeln und dabei immer wieder durch ihre glatten langen Haare zu fahren.

»Und wer raubt dir den Schlaf?«, fragte ich und gähnte verhalten, da ich in letzter Zeit wirklich kaum zur Ruhe gekommen war.

»Ich kenne seinen Namen nicht«, erklärte Lucy und wich einer entgegenkommenden Krankenschwester aus, »aber ich kann dir sagen, er ist so was von heiß!«

Unwillkürlich glitt mein Blick zurück zu Vitus, der in seinem schwarzen Shirt und mit dem leichten Dreitagebart wirklich zum Anbeißen aussah. Vor allem, seitdem ich wusste, wie viele Muskeln sich unter dem dünnen Stoff verbargen.

Als er zu mir sah, grinste er überlegen, so als wüsste er, was ich dachte.

In dem Moment zog mich Lucy am Arm weiter. »Sag mal, ist das dein Ernst? Ich erzähle dir gerade von meinem absolut heißen Traumtypen und du drehst dich um und himmelst diesen Arsch Vitus an?«

»Ich himmele ihn nicht an«, sagte ich schroff und hasste es, dass ich mich irgendwie von ihm angezogen fühlte. »Ich bin nur genervt von ihm und seiner Selbstsicherheit. Er tut so, als müssten ihm alle Frauen zu Füßen liegen.«

Lucy atmete tief ein. Das weiße Top mit der Smiley-Applikation dehnte sich sichtlich über ihrem Brustkorb. »Lorelai, ich schleife dich gleich zu einem der Ärzte, damit er dich behandelt und dir irgendeine Spritze verpasst.«

»Und gegen was?«

»Gegen akute Vitus-Manie.«

»Schhhh«, stieß ich hervor, da ich nicht wollte, dass Vitus und Kim etwas von dem Gespräch mitbekamen, auch wenn sie ein ganzes Stück hinter uns gingen.

»Gut, ich halte meine Klappe. Aber nur, um dir von *meinem* heißen Typen zu erzählen.« Lucy grinste spitzbübisch und ihr orangefarbener Lippenstift bildete einen starken Kontrast zu ihren weißen Zähnen. »Und der ist so was von heiß. Ich schätze, er ist auch etwas älter, aber du weißt ja, ich mag erfahrene Männer.«

Wir hatten nun die Onkologie des Allgemeinen Krankenhauses erreicht und blieben vor der Schwesternstation stehen, die im Moment unbesetzt war.

Ich grinste. »Jetzt fängst du aber nicht schon wieder mit dem alten Biolehrer an.«

»So alt ist der gar nicht, außerdem ist er gerade out. Angeblich datet er unsere Marketingtante.« Lucy schüttelte sich, als würde sie einen epileptischen Anfall erleiden. »Die Vorstellung, dass die beiden Sex haben, ist wirklich eklig.«

Ich hob eine Augenbraue. »Dann stell es dir einfach nicht vor«, sagte ich. »Aber was ist jetzt mit dem neuen, total heißen Typen? Wo hast du ihn denn aufgegabelt?« Dabei versuchte ich, nicht nach hinten zu schielen und zu ignorieren, dass Kim ihre Finger langsam über Vitus' Arm tanzen ließ, während sie mit ihm sprach.

»Ich habe ihn zufällig an der Bushaltestelle getroffen. Du weißt doch, ich fahre dienstags und donnerstags zu meiner Mutter.«

»Habt ihr schon Telefonnummern ausgetauscht?«

»Nein. Aber Blicke«, sagte sie mit einem verzückten Lächeln, das ich gar nicht von ihr kannte. »Und was für welche. Hey, das war wie im Film, Lorelai! Wir mussten beide grinsen, als so ein alter Typ mit Glatze neben uns voll in Hundekacke getreten ist.«

Ich lächelte. »Wie romantisch.«

»Hallo. Ihr seid von der Schule und wegen des Marketingprojekts hier, richtig?«, empfing uns eine Krankenschwester, die in rosa Crocs lächelnd auf uns zukam. »Eine tolle Idee, Spenden für die Onkologie zu sammeln. Der Doktor ist noch im Labor, aber er wird gleich hier sein, um euch ein wenig herumzuführen und zu erklären, wie der Umbau vonstattengehen soll.«

»Super«, sagte Kim und drängte sich nach vorn, während Vitus sich nur beiläufig durch seine dunkelblonden Haare fuhr und den Blick abwandte.

»Ah, da kommt der Doktor schon«, sagte die Krankenschwester in dem Moment und wandte den Kopf in Richtung einer doppelflügeligen Glastür, hinter der ein großgewachsener Mann aufgetaucht war.

»Hallo«, begrüßte uns der grauhaarige Arzt, als er durch die Tür getreten war. Er trug einen weißen Kittel sowie ein Stethoskop um den Hals und sah genau so aus, wie man sich einen Arzt vorstellte. Er entließ die Krankenschwester mit einem Nicken und wandte sich dann uns zu. »Ich freue mich, dass ihr heute hier seid. Die Station kann jede Hilfe gebrauchen, die sie kriegen kann.«

»Wir freuen uns auch, hier zu sein«, erwiderte Kim strahlend, woraufhin Lucy kurz mit den Augen rollte.

Der Onkologe nickte und ließ seinen Blick über uns vier schweifen. »Dann kommt mal mit.«

Er wandte sich um und drückte die Glastür auf, hinter der die onkologische Abteilung lag. Die Wände waren in einem unauffälligen Gelb gestrichen und der Boden bestand aus grauem Linoleum, auf dem unsere Schuhe quietschten.

»Diese Abteilung wurde vor dreißig Jahren erbaut und kann daher einen Umbau wirklich vertragen«, begann der Arzt, zu erzählen, als plötzlich ein schmächtiger Mann um die Ecke des Flurs bog, der mir bekannt vorkam. Er war nicht besonders groß, hatte eine Halbglatze und tief liegende Augen, die sich bei meinem Anblick weiteten.

»Lorelai«, sagte er und blieb vor uns stehen. »Und Vitus«, fuhr er fort und lächelte knapp.

»Sie kennen die beiden?«, wollte der Arzt mit dem Stethoskop wissen.

Harald von Kerlichen nickte.

»Aber ja, unsere Familien sind miteinander bekannt.«

Sein Blick saugte sich an mir fest und ich konnte mich noch gut an seine Aufwartung bei der Totenfeier erinnern.

»Diese jungen Leute sind an dem Marketingprojekt zur Unterstützung des Umbaus beteiligt«, erklärte der grauhaarige Arzt. Interessiert hob Harald von Kerlichen die Augenbrauen.

»Ich habe ein wenig Zeit und würde mich freuen, mehr darüber zu erfahren.« Er blickte kurz zu Lucy und Kim. »Es stört Sie doch nicht, wenn ich Ihre Freunde für einen Moment entführe? Wir haben viel zu selten die Möglichkeit, uns ungestört zu unterhalten.«

Ohne eine Antwort abzuwarten, machte Harald von Kerlichen eine einladende Handbewegung in unsere Richtung. Lucy und Kim sahen

nicht allzu begeistert aus, sagten aber nichts, als der grauhaarige Arzt nickte und Harald von Kerlichen uns in einen anderen Gang führte, der von Neonlichtern beleuchtet wurde und an dessen Wänden viele Fotos glatzköpfiger Patienten hingen.

»Was für eine unerwartete Überraschung, Sie beide hier zu treffen«, sagte Doktor von Kerlichen, sobald Lucy und Kim außer Hörweite waren.

»Sie wirken erfreut.« Vitus steckte die Hände in die Taschen seiner Jeans, die Skepsis in seiner Stimme war unüberhörbar.

Der dunkle Arzt wirkte für einen Moment irritiert. »Wieso sollte ich denn nicht erfreut sein? Ich freue mich immer, wenn ich jemanden aus der Blutlinie treffe. Außerdem kann ich mich an Sie erinnern, Vitus. Ihre Großmutter war mit meiner Mutter gut befreundet und sie hat mir einmal eine interessante Geschichte über Sie erzählt.«

»Welche interessante Geschichte?«, fragte ich, während ich Harald von Kerlichen durch den Flur folgte.

»Das tut jetzt nichts zur Sache«, erwiderte Vitus sofort, während ein feines Lächeln über das Gesicht des Arztes glitt.

»Nein, das tut es natürlich nicht.«

»Herr von Kerlichen!«, hörte ich eine mollige Krankenschwester rufen, die auf den Arzt zu gestapft kam. »Herr Meinrad hat noch ein paar Fragen zu seiner Medikation und er besteht darauf, mit Ihnen persönlich zu sprechen.« Sie rollte mit den Augen. »Und zwar sofort.«

Herr von Kerlichen seufzte. »Gut, wenn es sein muss.« Er wandte sich uns zu. »Ich bin gleich wieder bei Ihnen, warten Sie hier?«

»Natürlich«, sagte ich und auch Vitus nickte.

Herr von Kerlichen verschwand mit der Krankenschwester um die Ecke und Vitus lehnte sich gegen die Wand des hellgelben Flurs.

»Und, wie ist es dir mit meiner schrecklichen Familie ergangen?«, fragte er nach einem kurzen Moment der Stille, in dem nur eine Krankenhausdurchsage zu hören gewesen war. Ich wusste nicht, ob seine Frage zynisch gemeint war oder ob er an einer ehrlichen Antwort interessiert war. »Haben sie Wind davon bekommen, dass du bei deinen Eltern warst?«

Ich schüttelte den Kopf und empfand den Anflug eines schlechten Gewissens. »Nein, haben sie nicht – dank Harriet. Sie ist wirklich wunderbar.«

Er schnaubte belustigt. »Also doch nicht so schrecklich?«

»Ganz und gar nicht. Harriet ist das Gegenteil davon.« Ich zögerte kurz. »Hast du Vincent etwas erzählt?«

Vitus strich sich eine dunkelblonde Haarsträhne aus der Stirn. »Hast du etwa Sorge, dass er dir etwas antut, wenn er davon erfährt?« Er sah mich intensiv an und ein warmer Schauer rann mir über den Rücken. »Nein, ich habe es ihm nicht erzählt. Er macht sich so schon genug Gedanken.«

»Danke.«

Vitus nickte mir nur kurz zu, sagte aber nichts.

»Und danke, dass du mich vor dem tödlichen Anfall gerettet hast«, setzte ich hinzu, weil ich das Gefühl hatte, dass das schon längst überfällig war. Darauf lächelte mich Vitus an und ich lächelte kurz zurück.

»Lorelai?«, hörte ich in dem Moment eine tiefe Stimme und drehte mich nach rechts, wo uns auf einmal Dominik entgegenkam. Er trug Jeans und ein weißes T-Shirt, das sich um seine Muskeln spannte. »Was machst du denn da?« Er grinste mich schief an, doch das Grinsen blieb ihm im Gesicht stecken, als er Vitus sah. »Und was macht *er* hier?«

Vitus richtete sich auf. »Hast du etwa ein Problem mit mir?«

Dominik nickte und machte einen Schritt auf Vitus zu, während seine blauen Augen ihn unversöhnlich anstarrten. »Und wie. Schon als ich dich das erste Mal gesehen habe, wusste ich, dass du nur Ärger bedeutest.«

Ich legte Dominik beruhigend eine Hand auf den Arm. »Wir sind wegen eines Schulprojekts hier. Mehr nicht. Und was ist mit dir?«

Dominik zögerte und schien für einen Moment zu überlegen, ob er Vitus eine reinhauen oder sich doch mit mir unterhalten sollte. »Ich bin wegen des Forschungsprojekts hier, von dem ich dir erzählt habe. Es ist eine Kooperation mit mehreren Krankenhäusern und ich darf das Labor hier mitnutzen.« Er atmete tief durch. »Lorelai, du solltest echt nicht so viel mit dem Typen rumhängen.«

Vitus schnaubte abfällig. »Du weißt schon, dass ich dich hören kann?«

»Das ist mir egal. Du lässt Lorelai in Ruhe.«

»Das sagst gerade du?«, fragte Vitus und betrachtete Dominik geringschätzig. »Wer trifft sich denn heimlich mit ihr und bringt sie so in Gefahr?«

»Es geht dich gar nichts an, wie oft ich sie treffe«, zischte Dominik. »Ich würde Lorelai niemals in Gefahr bringen.«

»Aber genau das tust du mit deinen heimlichen Dates.«

Erst jetzt wurde mir bewusst, dass Vitus davon ausging, dass ich mich mehrmals mit Dominik getroffen hatte.

Dominik grinste selbstgefällig. »Eifersüchtig?«

»Das war ich schon das erste Mal nicht«, erwiderte Vitus spöttisch. »Es ist erbärmlich, wie du ihr nachläufst.«

Dominik presste die Zähne aufeinander. »Pass lieber auf, was du sagst.«

Thalia Buecher
Saarpark-Center
Stummplatz 1
66538 Neunkirchen
Tel. +49 6821 29021-0
Fax. +49 6821 29021-10
thalia.neunkirchen@thalia.de

Quittung

3D Klappkarten		
4010070244392		3,95 2
3 Lilien, Das zweite Buc		
9783473585663		9,99 1
SUMME (2)	€	13,94
Bar	€	20,04
Rückgeld	€	-6,10

Betrag enthält 1,28 € MWSt:
1: 7% = 0,65 Netto: 9,34

2: 19% = 0,63 Netto: 3,32

Steuernummer: 321/5800/0031
Ust-Idnr.: DE812277765

Kassierer: 2447 Kasse: 00002
LadeNr: 0003 BonNr: 00851
Datum: 08.06.20 Uhrzeit: 16:04

Vielen Dank für Ihren Einkauf!
Besuchen Sie uns auch auf
www.thalia.de!

»Sonst was?«

»Sonst wirst du noch froh sein, dass wir schon in einem Krankenhaus sind.«

Vitus lachte. »Sag mal, hörst du dir eigentlich selbst zu?«

Dominik machte noch einen Schritt auf Vitus zu und ich befürchtete, dass die beiden gleich aufeinander losgingen.

»Lasst das«, sagte ich scharf und sah Dominik ins Gesicht. »Ich muss dieses Schulprojekt machen, es ist wichtig. Das ist mein Abschlussjahr. Zwischen Vitus und mir läuft nichts, versprochen.«

Vitus schnaubte. »Und jetzt hau ab – das hast du noch vergessen.«

Ich sandte Vitus einen finsteren Blick und wandte mich dann wieder Dominik zu. Dabei hoffte ich, dass er Verständnis für meine Situation hatte.

»Ich muss sowieso weitermachen«, erklärte Dominik. »Aber wenn mir der Typ das nächste Mal über den Weg läuft, wird er nicht so glimpflich davonkommen.« Mit diesen Worten setzte er sich in Bewegung und verschwand um die Ecke.

Vitus lehnte sich wieder an die Wand. »Du solltest ihn besser abtrainieren.«

»Er ist kein Hund.«

»Aber er scheint gern zu beißen«, spottete Vitus und ich war froh, als in dem Moment Herr von Kerlichen wieder auftauchte.

»Entschuldigen Sie die kleine Unterbrechung«, sagte er und öffnete dann die Tür zu einem gemütlichen Ärztezimmer mit Mahagonischreibtisch und zwei Besucherstühlen. »Aber jetzt werden wir hoffentlich nicht mehr gestört. Kommen Sie herein.«

Vitus ließ mir den Vortritt und ich hielt den Atem an, weil ich seinen verführerischen Duft erst gar nicht riechen wollte.

»Ich dachte nicht, dass Sie ein Arzt sind«, rutschte es mir heraus, als ich mich in dem lindgrün gestrichenen Raum umsah, der abgesehen von dem Schreibtisch, auf dem sich einige Unterlagen türmten, auch über zwei Bücherregale verfügte, die mit allerhand Fachliteratur vollgestopft waren. Ein schwacher Geruch nach Desinfektionsmittel und Kaffee lag in der Luft und erinnerte mich daran, dass wir uns noch immer in einem Krankenhaus befanden.

Harald von Kerlichen nahm lächelnd hinter dem Schreibtisch Platz. »Wieso nicht? Weil ich ein Dunkler bin?« Dabei deutete er einladend auf die beiden Besucherstühle und ich nickte nach kurzem Zögern.

»Ich dachte, die Dunklen arbeiten lieber in einem Hospiz oder als Bestatter.«

Harald von Kerlichen lehnte sich mit zusammengekniffenen Augen in seinem Stuhl zurück. »Man merkt, dass Sie bei den Hellen aufgewachsen sind.« Dann schlug er die Beine übereinander und ließ seinen Blick zu Vitus schweifen. »Und wie geht es Ihnen mit der neuen Situation, mein Junge?«

»Ich passe mich an.« Vitus setzte sich ebenfalls hin.

»Nun, das tun Sie sicher und das haben Sie schon immer gut gekonnt, nicht wahr? Ihre Eltern sind ja viel herumgereist, als Sie noch ein von Rabenau waren.« Harald von Kerlichen lächelte und ignorierte Vitus' angespannte Miene. »Ich wollte Ihnen beiden sagen, dass ich es höchst bedauerlich finde, wie meine Kollegen im Kinderwunschzentrum bei Ihnen geschlampt haben. So etwas ist bislang noch nicht vorgekommen.«

Vitus beugte sich ein Stück vor. »Es ist kein weiterer Fall bekannt?«

Herr von Kerlichen schüttelte den Kopf. »Nein, Sie sind zum Glück – auch wenn nicht zu Ihrem eigenen – Einzelfälle.«

Vitus räusperte sich. »Glauben Sie denn, dass es Auswirkungen auf unsere Blutgabe haben könnte, dass wir von Frauen der anderen Blutlinie ausgetragen wurden?«

Ich wusste, worauf Vitus anspielte.

Herr von Kerlichen überlegte und schüttelte den Kopf. »Das glaube ich nicht. Es ist ja nicht so wie bei gemischten Kindern, bei denen die Blutgaben schon im Mutterleib miteinander zu ringen beginnen. Vollständig helle oder dunkle Kinder müssten in jedem Mutterleib problemlos ausgetragen werden können. Und Sie sind der lebende Beweis dafür.« Er lächelte und bestätigte damit das, was uns auch der Leiter des Kinderwunschzentrums gesagt hatte.

Vitus lehnte sich wieder zurück. Mir war klar, dass er nicht vorhatte, dieses Thema weiter zu vertiefen. Und auch ich glaubte, dass es keinen Sinn hatte.

Als Vitus und ich nicht zurücklächelten, wurde Herr von Kerlichen wieder ernst. »Das, was bei Ihnen passiert ist, tut mir wirklich leid. Als Arzt hat man einen heiligen Eid abgelegt, anderen Menschen nicht zu schaden und sie nicht zu verletzen – und dieser Eid wurde hier ohne Zweifel gebrochen.«

Ich runzelte die Stirn. »Widerspricht dieser Eid nicht der Wirkungsweise Ihrer Blutgabe?«

»Schwachsinn«, sagte Vitus. »Ich wollte als Dunkler ebenfalls Arzt werden und habe meine Meinung nicht geändert, nur weil ich plötzlich die andere Blutlinie in mir trage.«

So wie Vitus *andere Blutlinie* sagte, klang es nach *falsche Blutlinie* und ich konnte es ihm nicht einmal verübeln.

Doktor von Kerlichen fuhr sich über seine Halbglatze. »Ich wusste nicht, dass Sie diese Ambitionen haben, aber es freut mich, das zu hö-

ren. Ein Heller, der bei den Dunklen aufgewachsen ist, wird helfen, mit den Vorurteilen aufzuräumen, die die hellen Ärzte uns gegenüber zuweilen immer noch haben.« Dann wandte er sich an mich. »Vorurteile, die ich auch bei Ihnen wahrnehme, Lorelai. Wenn man Sie so reden hört, möchte man meinen, wir befänden uns noch immer im finsteren Mittelalter.« Er entschärfte seine Worte mit einem Lächeln, aber ich fühlte mich dennoch ein wenig gemaßregelt.

Ich setzte mich auf meinem Stuhl etwas aufrechter hin. »Was genau meinen Sie damit?«

Herr von Kerlichen verschränkte entspannt die Hände vor der Brust. »Nun, die Pestmörder oder Teufelshebammen zum Beispiel. Einige dunkle Ärzte haben in den Zeiten großer Not ihre Gabe eingesetzt, um das Leiden der unheilbar Erkrankten zu beenden – zweifellos auch in der Hoffnung, auf diese Weise die Ausbreitung der Seuchen zu stoppen. Allerdings waren die Hellen mit dieser Auslegung des Hippokratischen Eids nicht einverstanden.«

»Und was haben die Teufelshebammen getan?«, fragte ich, da mir mein Privatlehrer noch nichts über diese Geschichte der Dunklen erzählt hatte.

Der dunkle Arzt presste die Lippen zusammen. »Sie kamen zum Einsatz, wenn eine Frau den Besuch bei einer sogenannten Engelmacherin verpasst hatte. Ein Neugeborenes zu töten, um der Mutter die Unbequemlichkeit der Elternschaft zu ersparen, ist absolut widerwärtig und wird auch in unseren Kreisen als höchster Frevel angesehen, Lorelai. Es wundert mich nicht, dass einige dieser Frauen früher als Hexen verbrannt wurden.«

Er legte die Fingerspitzen aneinander und ich atmete tief durch. Vielleicht hatte Herr von Hetz diesen Teil unserer Geschichte bisher

bewusst ausgespart, um es mir leichter zu machen, meine neue Blutlinie zu akzeptieren.

»Heute ist das zum Glück anders«, unterbrach Harald von Kerlichen die kurze Stille. »Unsere Gesetze sehen vor, dass jeder dunkle Arzt mit einem hellen Arzt zusammenarbeiten muss, um versehentliche Tötungen umgehend aufzuheben. Und um nicht genehmigte Wiedererweckungen umzukehren.«

»Nicht genehmigte Wiedererweckungen«, murmelte ich und dachte an Papa, der mir schon früh erklärt hatte, dass man auch als Heller jemanden gehen lassen musste, wenn seine Zeit gekommen war. Damals hatte es sich nur um meinen kranken Kanarienvogel gehandelt, aber das Prinzip war bei einem Menschen dasselbe: Es brachte nichts, einen unheilbar Kranken wieder zurückzuholen, wenn sein Leiden dadurch nur verlängert wurde.

Harald von Kerlichen wandte sich Vitus zu. »Sie dachten bisher sicherlich auch, dass Sie sich als angehender Arzt nur mit den versehentlichen Tötungen rumschlagen müssen.«

»Wie oft geschieht so etwas denn überhaupt?«, fragte ich.

Der dunkle Arzt zuckte mit den Schultern. »Die versehentlichen Tötungen? Es nimmt im Laufe der Jahre ab. Man lernt recht schnell, den Nackenbereich eines Patienten nur dann anzufassen, wenn man sich hundertprozentig sicher ist, seine Blutgabe im Griff zu haben. Schwieriger wird es in Stresssituationen, wenn ein Unfallopfer eingeliefert wird und man den Patienten beispielsweise drehen muss. Da ist schon der eine oder andere Tod verzeichnet worden, der nur durch das rasche Eingreifen eines Hellen rückgängig gemacht werden konnte. Aus diesem Grund haben Ärzte auch mindestens drei Notfallkontakte, im Gegensatz zu anderen Mitgliedern der Blutlinien.« Der

Arzt blickte kurz auf die Uhr und stand auf. »Ich habe jetzt übrigens gleich Visite. Sie können mich gern begleiten, wenn Sie möchten.«

Er ging aus dem lindgrün gestrichenen Zimmer und Vitus und ich folgten ihm.

»Stört das Ihre Patienten gar nicht, wenn wir bei der Visite dabei sind?«, fragte ich, als Doktor von Kerlichen durch die Tür trat. Er schlug den Weg in einen etwas lädierten Krankenhausflur ein, von dessen Wänden der Putz bröckelte.

»Nun, das werden wir gleich sehen, nicht wahr? Machen Sie sich keine Sorge, wir besuchen eine Dame, die froh über Abwechslung ist«, antwortete der schmächtige Mann über die Schulter und führte uns in ein Einzelzimmer mit sparsamer Möblierung und beigefarbenen Vorhängen vor den Fenstern. Das Licht im Raum wirkte durch den Stoff etwas gedämpft und auf einem Nachttisch entdeckte ich einen Strauß roter Rosen. Daneben lag ein Stapel Grußkarten, der mich schmerzlich an meine Zeit mit Romy im Blumenladen erinnerte.

»Guten Morgen, Frau von Sutter«, sagte Harald von Kerlichen und ging zu der Patientin, einer etwas älteren schlanken Frau, die keine Haare mehr hatte. Dennoch war sie geschminkt und machte trotz des geblümten Krankenhaushemdes einen sehr würdevollen Eindruck auf mich.

»Hallo, Harald«, sagte die ältere Dame und faltete ihre zerbrechlich aussehenden Hände auf der weißen Bettdecke. »Wen haben Sie mir denn da mitgebracht?«

»Zwei besondere Besucher«, erwiderte der Arzt. »Ich hoffe, das ist in Ordnung.«

»Aber natürlich. Sie wissen doch, dass ich etwas Abwechslung genieße. Und um wen handelt es sich bei den beiden?«

»Zum einen Lorelai von Rabenau und dann Vitus von …« Er zögerte einen Moment.

»Wittgenstein«, presste Vitus hervor. So wie er es sagte, klang es nach einer Krankheit.

»Oh nein. Sie sind die vertauschten Kinder«, entfuhr es der Dame und sie blickte uns voller Mitleid an. »Was für ein schreckliches Schicksal.«

Ich wusste nicht, was ich darauf erwidern sollte, und auch Vitus wandte nur den Blick ab und sah zu Boden.

»Frau von Sutter ist eine unserer angesehensten Historikerinnen«, erklärte der Arzt in unsere Richtung. »Mit schrecklichen Schicksalen hat sie also so ihre Erfahrungen.«

»Vor allem mit dem von Kindern. Leider sind deren Schicksale nicht immer schön, vor allem wenn es um unsere Blutlinien und die Vermischung des Blutes geht.«

Der Arzt nickte und überprüfte ihren Infusionstropf. »Stimmt. Zum Glück gibt es schon seit Jahren ein Gesetz, das dies verhindert. Ich möchte nicht an die vielen Totgeburten denken, die es vor der Trennung der Blutlinien gab.«

»Offenbar ist es von der Natur nicht vorgesehen, dass Helle und Dunkle sich lieben.« Frau von Sutter blickte auf die Grußkarten, die auf ihrem Nachtkästchen lagen, bevor sie sich wieder uns zuwandte. »Auch die Sterblichkeitsrate der Mütter war damals extrem hoch. Ich fürchte, sogar noch höher als bei meinem Krebs.«

Harald von Kerlichen atmete tief ein. »Wir werden Ihren Krebs schon in die Knie zwingen.«

Die dunkle Patientin schüttelte den Kopf. »Machen Sie mir doch nichts vor. Gibt es Neuigkeiten aus dem Palast?«

Der Arzt zögerte kurz und ich musste wieder an Marcus' überstürzten Abbruch unseres Abendessens denken. Herr von Kerlichen senkte die Stimme. »Angeblich wurde gestern wieder jemand tot aufgefunden.«

Ich spürte, wie Vitus sich neben mir versteifte und den Arzt fixierte. »Wer?«

»Das weiß ich nicht. Die Rote Garde bewahrt Stillschweigen darüber.«

Die ältere Dame fuhr sich über die Augen und schnaubte leise. »Die Rote Garde tappt doch selbst im Dunkeln. Es hat auch gedauert, bis sie die Verbindung zwischen der Weinflasche und den früheren Morden hergestellt hat.«

Ich hielt inne. »Welche Verbindung denn?«, fragte ich und machte einen Schritt näher zum Bett hin. Daneben stand ein hellgrauer Plastikstuhl für Besucher und ich legte meine Finger auf die Lehne. Dabei dachte ich an die Zeit zurück, als Josephines Vater von der Roten Garde befragt worden war, da er sich kurz vor dem Tod des vergifteten Gardisten mit dem Küchenchef des Hohen Herrscherhauses den Palast-Weinkeller angesehen hatte.

Die dunkle Historikerin zögerte, bevor sie sich einen Ruck gab und zu sprechen anfing. »Damals, als das erste Dunkle Fürstenpaar den Palast bezog, hatte es Feinde, wie auch das Helle Fürstenpaar Feinde hatte und wie fast jeder Dunkle und jeder Helle einen Feind hatte. In jener Zeit starb der Geliebte der Zofe der Dunklen Fürstin ganz plötzlich und ohne ersichtlichen Grund, nachdem er sich im Weinkeller bedient hatte. Das weiß ich aus einem alten Brief, der von der verzweifelten Zofe an ihre Mutter abgeschickt wurde.« Sie hustete und rang dann nach Luft. »Allerdings wurde der Tod des jungen Mannes

vertuscht, da die Zofe ihn niemals mit in den Palast hätte bringen dürfen. Meine bescheidene Theorie lautet, dass die vergiftete Weinflasche nicht zufällig in dem Keller gelagert wurde.«

Sie machte eine kurze Pause und sah uns nacheinander an.

»Ich habe mir die alten Inventurlisten über einen Zeitraum von mehr als fünfzig Jahren angesehen und dabei bemerkt, dass es speziell beim Weinbestand immer wieder zu kleinen Abweichungen gekommen ist. Wenn ihr mich fragt, hat der Dunkle Fürst Karl von Grabenau einige Flaschen mit vergiftetem Wein absichtlich in seinem Keller aufbewahrt, um eventuelle Feinde damit zu bewirten. Was dafür spricht, sind die ungeklärten Tode dreier Palastbesucher in dieser Zeitspanne, alles ehemalige Verbündete des Fürsten. Doch ihr Tod wurde nie näher untersucht.«

Die Historikerin hustete erneut und Harald von Kerlichen legte ihr kurz die Hand auf den Arm. »Sie sollten sich jetzt wieder ausruhen, Frau von Sutter.«

»Nur eine Frage noch«, sagte ich schnell. »Das bedeutet, der Tod des Gardisten war nicht mehr als ein dummer Zufall, weil er eine alte Flasche mit vergiftetem Wein erwischt hat?«

Die Patientin holte röchelnd Atem und nickte dazu. »Karl von Grabenau war ein paranoider Mann, auch wenn er tatsächlich öfter um sein Leben fürchten musste«, erklärte sie. »Nach seinem Tod ließ die Fürstin die vergifteten Flaschen allesamt entsorgen, zumindest deutet das ein Eintrag in ihrem Tagebuch an. Aber eine schien vergessen worden zu sein.«

»Und was ist mit den anderen Toten?«, wandte Vitus ein. »Der Gardist war ja nicht der Einzige, der gestorben ist.«

In diesem Moment wurde die Tür zu dem Zimmer geöffnet und der

grauhaarige Arzt sah mit Kim und Lucy herein. »Hier seid ihr«, sagte er lächelnd. »Tut mir leid, aber ich fürchte, die Zeit ist um. Auf alle Fälle habt ihr tolle Ideen zusammengetragen.«

»Was für Ideen denn?«, fragte Frau von Sutter mit schwacher Stimme.

»Um den Umbau zu finanzieren«, sagte Kim sofort und trat in den Raum. »Mein Vater arbeitet bei der lokalen Zeitung und wir werden dort eine Anzeige schalten und Flyer verteilen, um das Krankenhaus mit Spenden zu unterstützen. Außerdem ist der Verkauf von Taschen geplant, die wir über eine Textilmanufaktur spottbillig beziehen. Und natürlich wird es eine Veranstaltung in unserer Schule geben, um die Schüler und Eltern zu mobilisieren. Wir hoffen, so noch mehr Aufmerksamkeit zu gewinnen.«

Während Kim unsere Pläne mit einem strahlenden Lächeln vortrug, verdrehte Lucy hinter ihr ungeduldig die Augen und bedeutete mir, endlich zu kommen.

»Nun, da habt ihr ja einiges vor«, sagte Harald von Kerlichen mit einem Lächeln. »Dann wünsche ich Ihnen allen viel Glück bei Ihrem Projekt.«

Empfohlene Vorgehensweise bei einer versehentlichen Tötung

1. Sofortige Kontaktaufnahme mit dem Notfallkontakt

2. Innerhalb von 3 Stunden müssen die Reanimationsmaßnahmen eingeleitet werden.

3. Werden die Reanimationsmaßnahmen zu spät eingeleitet, kann der Effekt der Blutgabe nicht mehr rückgängig gemacht werden. Der Wiederbelebte erlangt zwar sein Bewusstsein, kann dieses jedoch nur für 3 Minuten erhalten, dann tritt erneut der Tod ein.

Aus den Notizen von Harald von Kerlichen,
Wissenswertes für junge Blutadelige

KAPITEL 13

»Großartig. Du hängst mit Vitus rum und ich bekomme diese schreckliche Kim ab«, murrte Lucy, als wir gemeinsam an der Schlange im Café anstanden. »Du kannst dir nicht vorstellen, wie blöd die ist. Also ich wusste ja, dass sie doof ist – aber so? Die hat jeden Arzt angemacht, der unter dreißig war. Widerlich.«

Ich grinste. »Und du hast jeden angemacht, der über dreißig war?«

Lucy strich sich eine dunkle Haarsträhne hinters Ohr. »Nein, ich fokussiere mich jetzt auf den Typen von der Bushaltestelle. Und ich habe schon einen Plan: Ich werde ihm an der Haltestelle ganz unauffällig auflauern, herausfinden, wie er heißt, und ihn dann mit meinem Charme umwerfen. Wir werden uns verlieben, Kinder bekommen und unsere romantische Lovestory an Hollywood verkaufen, wo ich von Megan Fox und er von Ian Sommerhalder verkörpert wird.«

Wir rückten ein Stück auf.

»Und in den Interviews erzählt ihr dann immer, dass alles mit einem Kackhaufen begann.«

Lucy nickte. »Das ist der Plan.«

Ich runzelte die Stirn. »Was war denn so besonders an dem Typen? Ich meine, du triffst doch ständig irgendwelche Jungs – oder eben Männer.«

»Aber er war anders. Er hatte so einen gefährlichen Touch. Ach, ich weiß nicht. Irgendetwas hat mir einfach an ihm gefallen – und das, obwohl er ein Muttermal neben der Lippe hat.« Sie kicherte. »Und das will bei mir schon was heißen.«

»Was wollt ihr trinken?«, fragte das Mädchen an der Theke, da wir an der Reihe waren.

»Wir nehmen zwei Café Latte. Zum Mitnehmen«, sagte Lucy und grinste breit. »Denn ich habe später noch ein Date mit der Bushaltestelle.«

Am Nachmittag verschanzte ich mich in meinem Zimmer und arbeitete an meinen Hausaufgaben und der Projektarbeit, auch wenn meine Gedanken immer wieder zu anderen Themen wanderten.

Links neben dem Bett stapelten sich die Geschenke der Dunklen. Heute war erst wieder ein neuer Schwung dazugekommen. Unter den Päckchen befanden sich tatsächlich hübsche Sachen wie Schmuck oder edle Kleider, aber ich weigerte mich, sie anzunehmen – denn ich wollte mich weder mit einem dieser Dunklen noch mit Marcus von Kaltenburg verheiraten.

Irgendwann bekam ich Hunger und ging nach unten, um im Wohnzimmer unglücklicherweise auf Tyren und Patric zu stoßen. Die beiden saßen am Esszimmertisch und schienen gemeinsam für die Uni zu büffeln, denn überall lagen Bücher und Skripte.

Als Tyren mich sah, lächelte er breit. »Hey, Lorelai.«

Patric, der heute wieder einmal komplett in Schwarz gekleidet war, verdrehte die Augen. »Willst du sie gleich abschlecken oder erst später?«

Tyren schlug Patric auf die Schulter. »Mann, lass das.«

»Ich versuche nur, dich vor großem Schmerz zu bewahren«, erklärte Patric, klappte das Buch vor sich zu und lehnte sich auf seinem Stuhl nach hinten. »Marcus von Kaltenburg hat Anspruch auf Lorelai erhoben, ganz offiziell bei meinen Eltern. Du hast also nicht den Ansatz einer Chance bei ihr.«

Tyren, der ein rotes Bandshirt trug, das ihn kampfeslustig aussehen ließ, verschränkte die Arme vor der Brust. »Na und? Sind die Verhandlungen denn schon abgeschlossen?«

»Soweit ich weiß, noch nicht – oder, Lorelai?«

Ich schnaubte. »Da musst du deinen Vater fragen.«

»Du meinst wohl eher *unseren Vater*.«

Ich versuchte, so cool wie möglich zu bleiben, und lehnte mich an die Wand, gleich neben eins der grässlichen Gemälde. »Hast du dich denn schon mit Helena getroffen?«

Es war eine Genugtuung, den verhassten Ausdruck in Patrics Gesicht aufblitzen zu sehen.

»Wie war das noch mal?«, machte ich weiter und trat ruhig an den Esstisch heran. »Hast du schon mit ihr im Wohnzimmer rumgemacht oder steht das heute noch auf dem Programm? Vielleicht gleich hier? Dafür solltest du aber noch die Bücher wegräumen.«

Tyren schmunzelte und ich genoss Patrics Sprachlosigkeit, die leider nur einen Augenblick anhielt.

»Was hältst du von einem Doppeldate, Lorelai? Du mit Marcus und ich mit Helena. Wir könnten uns auch alle ein Bett teilen.«

»Klar. Wieso nicht«, erwiderte ich entspannt, weil ich Patric nicht die Freude machen wollte, dass mich seine provokanten Ideen irgendwie schockierten. »Ich nehme Marcus' Reizwäsche mit, dann kannst du sie gleich anprobieren. Vielleicht passt sie dir ja – und vielleicht gefällst du ihm darin auch besser als ich.« Ich zuckte gleichgültig mit den Schultern.

Tyren blickte von Patric zu mir und wieder zurück. »Woah, was geht denn hier ab? Laufen eure Gespräche immer in so eine Richtung? Das ist ja besser als jede Serie.«

»Patric spricht auch so vor seiner Mutter.«

Tyren rieb sich den Nacken und betrachtete seinen Freund interessiert. »Wirklich, Mann? Und die lässt dir das durchgehen?«

Ich presste gespielt bedauernd die Lippen aufeinander. »Sie war letztens beim Frühstück nicht besonders begeistert, deswegen hat Patric auch ganz schnell den Schwanz eingezogen und ist abgehauen.«

Ich wusste, dass es nicht die feine Art war, dies vor Tyren auszuplaudern, aber Patric verdiente es auch nicht anders.

»Ich habe heute übrigens deinen Vater im Krankenhaus getroffen«, machte ich weiter, weil es Patric sichtlich nicht gefiel, wenn ich mich zu lange mit seinem Freund unterhielt. Dafür gefiel es mir umso mehr, ihm nach allem, was er mir schon an den Kopf geworfen hatte, etwas aus dem Konzept zu bringen.

Tyren betrachtete mich. »Cool, was hast du dort gemacht? Du bist doch nicht etwa krank?«

»Nein, ich war nur für ein Marketingprojekt dort.«

Tyren nippte an seiner Cola. »Und worum geht's?«

»Wir sammeln Spenden für den Umbau der Onkologie und haben uns einige Ideen überlegt, um die Finanzierung zu unterstützen und

Aufmerksamkeit auf die Krankenhausarbeit zu lenken. Es ist wirklich toll, was die dort leisten.«

»Super Sache«, bemerkte Tyren. »Falls du Hilfe bei dem Projekt brauchst, lass es mich wissen. Als BWL-Student habe ich vielleicht noch einige Tipps für dich auf Lager.« Er zwinkerte mir zu.

»Danke, das ist freundlich von dir.«

Patric stand abrupt auf. »Was soll denn das jetzt werden?!«

»Wir unterhalten uns doch bloß, Mann«, gab Tyren ruhig von sich.

»Aber doch nicht mit ihr«, schnaubte Patric. »Sie ist doch schon im Besitz von dem von Kaltenburg. Wann raffst du es endlich?«

Tyren fuhr sich über seine dunklen Haare. »Die Verhandlungen sind noch nicht durch, und wer weiß, ob er regierungstechnisch überhaupt zum Zug kommt.«

Patric schnippte einen Fussel von seinem dunklen T-Shirt. »Träum weiter. Er ist der Erste in der Thronfolge.«

»Seinen Bruder hat es doch auch erwischt.«

Patric sah Tyren ungläubig an. »Ist das dein Argument? Setzt du jetzt auf die Taten eines Serienkillers, um an Lorelai heranzukommen? Das kann doch nicht dein Ernst sein.«

Tyren grinste. »Man wird wohl noch hoffen können. Immerhin hat er vor Kurzem wieder zugeschlagen.«

Patric musste daraufhin laut loslachen und wandte sich mir zu. »Du holst anscheinend echt das Beste aus den Typen raus, Lorelai.«

Ich schob ein paar Bücher zur Seite und stützte mich auf den Esstisch. Dabei kniff ich die Augen zusammen. »Weißt du, wer das neue Mordopfer ist?«

»Irgendein Hausmädchen bei den Hellen«, sagte er.

»Kennst du ihren Namen?«

Tyren überlegte. »Ich glaube, es war irgendeine Viola. Bei den von Sonnenbergs. Mein Vater hat das heute Mittag von einem Kollegen erfahren, der aber zu spät kam und nichts mehr für sie machen konnte.«

»Violetta«, hauchte ich und zog mir den Stuhl heran, um mich hinzusetzen.

»Du kennst sie?«, fragte Tyren. Nickend sog ich die Luft ein. Ich konnte nicht fassen, dass es nun auch sie erwischt hatte.

»Ja, ich bin – ich meine, ich *war* mit Josephine von Sonnenberg befreundet. Violetta hat schon seit ein paar Jahren für sie gearbeitet.«

Noch immer konnte ich es nicht glauben. Warum Violetta? Was verband sie mit Marvin und Herrn von Grottengras? Oder gab es gar keine Verbindung und der Serienkiller tötete völlig wahllos?

Patrics Blick haftete einen Moment lang auf mir und ich hatte den Eindruck, er überlegte, ob sich eine bissige Bemerkung lohnte. Einen Augenblick später wandte er sich seinem Freund zu. »Wissen sie schon, wer dahintersteckt?«

Tyren schüttelte den Kopf. »Keine Ahnung. Da der Serienkiller sowohl Helle als auch Dunkle abmurkst, scheint es nicht so leicht zu sein, ihn zu finden. Von wegen Motiv und so. Wahrscheinlich irgendein Psycho, vielleicht auch ein einfacher Gewöhnlicher.«

»Oder eine Gewöhnliche«, hielt Patric dagegen und betrachtete mich. »Frauen töten doch gern mit Gift.«

»Der erste Mord soll nicht auf das Konto des Serienmörders ge hen«, sagte ich und sah Interesse in Tyrens und Patrics Gesicht aufflackern. »In dem Weinkeller des Dunklen Fürstenpaares soll sich eine vergiftete Weinflasche befunden haben, ein Relikt des Fürsten Karl von Grabenau.«

Tyren legte seine Stirn in Falten. »Und wozu hatte der die im Kel-

ler? War Karl von Grabenau nicht der mit der Schreckensherrschaft, der den Thron nur besteigen konnte, weil er alle, die in der Rangfolge vor ihm waren, getötet hat?«

Patric schüttelte den Kopf. »Nein, das war Dante de' Medici. Karl von Grabenau war doch der paranoide Typ.«

»Genau. Er hat den vergifteten Wein benutzt, um sich seiner Verbündeten, die ihm nicht mehr treu genug erschienen, zu entledigen. Angeblich wurden die Flaschen nach seinem Tod entsorgt – aber anscheinend wurde eine vergessen.«

Tyren grinste. »Mann, dann hat der Gardist wirklich blödes Pech gehabt. Aber was ist mit den anderen Morden?«

Ich zuckte mit den Schultern. Noch immer fiel es mir schwer, zu glauben, dass Violetta tot war. Auch wenn ich sie nicht besonders gut gekannt hatte, war es doch seltsam, zu wissen, dass sie nun nicht mehr lebte. Und auch wenn Josephine mich anscheinend mied, tat es mir leid, was sie jetzt durchmachen musste.

»Vielleicht ein Trittbrettfahrer«, beantwortete ich Tyrens Frage.

Patric kratzte sich kurz am Hals. »Vielleicht. Vielleicht sind es auch mehrere Mörder? Unwahrscheinlich ist nur, dass ein Dunkler dahintersteckt.«

»Warum?«

»Wir würden doch anders töten, Lorelai. Warum Gift verwenden, wenn es doch viel einfacher geht?« Er deutete lächelnd auf seine Finger und mir wurde wieder einmal schmerzlich bewusst, dass auch ich mit bloßen Händen töten konnte.

»Vielleicht macht der Mörder das, um genau diesen Eindruck zu vermitteln. Oder um zu verhindern, dass das Opfer von einem Hellen wiederbelebt wird?«

»Das Gift zerstört die inneren Organe, hat mein Vater gesagt«, meinte Tyren. »Wahrscheinlich ist es auch immer das gleiche, das verwendet wird.«

»Das Gift der Herbstzeitlosen«, murmelte ich, als Harriet die Treppe runterkam.

»Ach, euch habe ich gesucht, ihr Schätzchen«, sagte sie. Ihre dunklen Augen funkelten, als sie Patric und mich betrachtete. Sofort war die angespannte Stimmung verschwunden. Harriet hatte trotz ihrer dunklen Gabe echt ein Talent, einen Raum auf ihre Art aufzuhellen. »Also dich habe ich nicht gesucht, Tyren. Aber keine Sorge, du störst nicht.«

Tyren schmunzelte. »Es ist immer wieder ein Vergnügen, Ihnen zu begegnen, Frau von Rabenau.«

Harriet seufzte. »So charmant wie sein Vater. Bei solchen Typen musst du aufpassen, Lorelai, die charmanten sind immer die schlimmsten.«

»Sagen Sie so etwas nicht«, erklärte Tyren und hob auffordernd beide Augenbrauen.

Patric begann, die Bücher in seine Tasche zu packen. »Mann, jetzt schmeißt du dich noch an meine Großmutter ran? Das ist echt traurig.«

»Ach, so ein junger Mann … Es wäre nicht das erste Mal«, lachte Harriet und Tyrens leicht irritierter Gesichtsausdruck war herrlich anzusehen. »Aber deswegen bin ich nicht runtergekommen, sondern wegen etwas anderem. Ich brauche eure Hilfe, Patric und Lorelai.« Hinter ihrem Rücken zog Harriet eine weiße Liste hervor. »Was für ein verrückter Tag. Heute trudeln nur so die Bestellungen ein und ich werke gerade noch an einer dänischen Bulldogge herum, wäh-

rend ich doch schon längst bei einem besonders geliebten Wellensittich zugange sein sollte. Deswegen habe ich es auch nicht geschafft, einkaufen zu gehen. Die Glasaugen sind mir ausgegangen, außerdem muss jemand mein schwarzes Kleid von der Reinigung abholen, denn für die Rote Audienz am Sonntag brauche ich es.« Sie hielt kurz inne. »Manchmal denke ich, dass ich für diese Audienzen schon zu alt bin, aber das ist Blödsinn. Jedes Mal ist es zumindest etwas anderes. Wobei wir hoffentlich dieses Mal auf eine Leiche verzichten, auch wenn sie den Kampf auf dem schwarzen Hügel mit ihrer Oper darstellen werden.« Sie legte ihre Liste auf den Tisch. »Seid so gut und holt die Sachen für mich, okay?« Ohne auf eine Antwort zu warten, brauste die alte Dame auch schon davon.

Tyren schielte auf die Einkaufsliste. »Da stehen wirklich vierzig Stück Glasaugen drauf. Und Gebissreiniger.«

Ich stand auf. »Ich kann das gern besorgen gehen«, sagte ich, weil ich das Gefühl hatte, Harriet nach meiner Rettung vor ein paar Tagen etwas schuldig zu sein.

Patric rieb sich über das Kinn. »Und du weißt, wo du Glasaugen bekommst? Was sagt das bloß über dich aus, Lorelai?«

»Zum Glück gibt es solche Erfindungen wie das Internet. Da werde ich die Information wohl bekommen.«

In dem Moment piepte mein Handy und ich zog es aus der Hosentasche. Aleksander hatte eine WhatsApp-Nachricht geschrieben.

Marcus von Kaltenburg hat mich kurzfristig um ein neues Treffen mit dir gebeten. Heute, 18 Uhr. Er schickt einen Wagen. Sei pünktlich. Laura legt ein Kleid für dich raus. Aleksander

Ich schluckte.

Tyren richtete sich auf. »Was ist los? Du bist ja auf einmal ganz blass.«

»Ich glaube, du wirst dich um die Glasaugen kümmern müssen«, sagte ich zu Patric, der mein offensichtliches Unwohlsein mit einem schmalen Lächeln quittierte.

»Oh. Ist heute Zeit für Marcus' Geschenk?«, fragte er. »Hast du wieder ein Date?«

Ich nickte matt. »So sieht es aus. Hast du Lust, mich mit Helena zu begleiten?«

Pünktlich um 18 Uhr holte mich der Wagen ab. Wie letztes Mal trug ich ein schwarzes Kleid, das genauso kurz ausfiel wie das letzte, aber zumindest war es diesmal hochgeschlossen und betonte meine Brüste nicht noch extra. Meine dunklen Haare fielen mir über die Schultern, die sich automatisch verspannten, als der Chauffeur die Tür der schwarzen Limousine öffnete. Zum Glück saß Marcus diesmal jedoch nicht darin.

Der Wagen fuhr mich zum Palast des Hohen Herrscherhauses, wo ich von einem Mitglied der Garde erwartet wurde. Über die herrschaftliche Treppe führte mich der Offizier ins Innere des prunkvollen Gebäudes. Ich folgte ihm durch einige opulente Korridore, bis er vor einer goldenen Tür stehen blieb, die mich an mein Treffen mit dem Hellen und Dunklen Fürstenpaar denken ließ, bei dem sie ihre folgenschwere Entscheidung verkündet hatten. Die Entscheidung, die mich zwang, bei den von Rabenaus zu leben und mich mit Marcus zu treffen. Es schien, dass sich der Kreis hier schloss.

Ich zögerte einen Moment, bevor ich den von Kerzenlicht erleuchteten Raum betrat. Eine seltsame Stille herrschte in dem hohen, mit

Fresken verzierten Raum. Ich wusste nicht, wie viele Kerzen es waren, aber es waren unzählige, die in den goldenen Kandelabern brannten und mir das Gefühl gaben, als wäre ich in ein anderes Zeitalter zurückgereist.

In der Mitte des kleinen Saales befand sich ein reich gedeckter Tisch, an dem Marcus saß.

»Lorelai.«

»Marcus.«

Ich machte ein paar Schritte auf ihn zu und hörte, wie die Tür hinter mir zufiel. Dabei kam ich mir vor, als würde gerade die Falle hinter mir zuschnappen.

Marcus stand kurz auf und bedeutete mir, gegenüber von ihm Platz zu nehmen. »Ich hätte unser Treffen gern in einem Restaurant stattfinden lassen«, erklärte er. »Aber meine Zeit lässt es momentan nicht zu, weshalb mir dies als die praktikabelste Lösung erschien.«

Ich setzte mich auf den gepolsterten goldenen Stuhl. »Und Ihr bevorzugt praktikable Lösungen«, kommentierte ich seine Aussage und blickte ihm direkt ins Gesicht. Unter seinen Augen zeichneten sich tiefe Schatten ab, die darauf schließen ließen, dass er in den letzten Nächten kaum geschlafen hatte.

Marcus reagierte nicht auf meine Spitze und blieb gelassen. »Da unserer Vermählung bald nichts mehr im Weg stehen wird, ist es wohl an der Zeit, dass wir uns duzen.«

»Ihr duzt mich bereits die ganze Zeit.«

Sein Mundwinkel zuckte. »Dann ist es an der Zeit, dass du mich duzt.«

»Wenn du es möchtest.«

»Deine Einstellung gefällt mir.«

Ich lachte spöttisch. »Weil ich das tue, was du verlangst?«

»Das ist nicht das Schlechteste«, erklärte er und klatschte in die Hände.

Sofort öffnete sich die Tür hinter ihm und zwei dunkel gekleidete Kellner kamen herein und servierten die Vorspeisen. Es waren Tabletts mit unterschiedlichen Antipasti, die sie auf den Tisch stellten. Einer der Kellner öffnete eine Flasche Wein und füllte die hohen Kristallgläser, bevor er mit dem anderen wieder verschwand.

Marcus erhob sein Glas. »Auf den heutigen Abend.«

Ich nickte ihm zu und er fixierte mich, während er einige kräftige Schlucke von seinem Wein nahm.

»Du trinkst nicht?«

»Ich halte mich lieber zurück.«

Marcus spießte mit der Gabel ein paar getrocknete Tomaten und Prosciutto auf, um sich die Sachen auf den Teller zu packen. »Weil du Sorge hast, dass der Wein deine Fassade fallen lässt?«

»Es ist keine Fassade.«

Marcus' dunkle Augen bohrten sich in meine und sein schmales Gesicht bekam einen gefährlichen Ausdruck. »Du wirst nicht ewig die Distanzierte spielen können. Schon bald wirst du dich mir hingeben.«

»Vielleicht ist der Wein auch vergiftet. Es wäre doch nicht das erste Mal«, sagte ich, um unser Gespräch auf ein anderes Thema zu lenken.

»Falls du diese Hoffnung hegen solltest, muss ich dich leider enttäuschen. Nach dem letzten Vorfall wurden Vorsichtsmaßnahmen getroffen. Aber du scheinst gut informiert zu sein.«

»Also ist es wahr, dass die Weinflasche nichts anderes als ein Relikt aus der Vergangenheit war?«

Marcus nahm sich ein Stück Brot und nickte. »Wir gehen davon aus.«

»Und was ist mit den anderen Morden?«

Marcus tunkte sein Brot in eine Schale mit Olivenöl. »Du bist sehr wissbegierig, Lorelai.«

Ich sah meine Chance, mehr zu erfahren. »Es heißt, es wäre jemand aus dem Haus von Sonnenberg gestorben. Ein Dienstmädchen. Galt ihr der Anschlag oder war es eine Verwechslung?«

Marcus betrachtete mich interessiert. »Du bist mit den von Sonnenbergs bekannt?«

Ich nickte und nahm mir etwas von den Antipasti, weil ich heute noch zu wenig gegessen hatte.

Er biss von dem Brot ab. »Rührt daher dein Interesse?«

»Unser Haus wurde von der Roten Garde durchsucht und mein Vater zum Verhör geschleppt. Natürlich möchte ich erfahren, wer dafür verantwortlich ist.«

Ein leichtes Lächeln legte sich auf seine Lippen. »Die Rote Garde kennt noch ganz andere Methoden als simple Hausdurchsuchungen oder einfache Verhöre, wie es Herrn von Wittgenstein widerfahren ist. Wenn es der Sache dienlich ist, wird zu anderen Maßnahmen gegriffen.«

»Du sprichst von Folter?«

Marcus nickte und schenkte sich etwas Wein ein. »Natürlich spreche ich von Folter. Was glaubst du denn, Lorelai? Dass wir die Möglichkeiten unserer Gabe nicht nutzen oder Verbrechen ungesühnt lassen? Wir regieren über Menschen, die die Fähigkeit besitzen, mittels eines einfachen Griffes zu töten. Natürlich müssen wir ihnen härter begegnen, als es die gewöhnliche Justiz vermag. Die Brutalität des Systems sollte für dich nicht abschreckend wirken. Sie ist eine Notwendigkeit, genauso, wie unsere Vereinigung eine Notwendigkeit ist. Es

liegt in deiner Hand, ob es dir gefallen wird oder nicht.« Er nippte an seinem Glas. »Auf alle Fälle ist es unausweichlich.«

Ich versuchte, das hässliche Gefühl, das seine Worte in mir erzeugten, zu ignorieren. »Weißt du, ob der Anschlag jemand anderem aus dem Haus der von Sonnenbergs galt?«, fragte ich noch einmal.

Marcus betrachtete mich eindringlich. »Wir haben jemanden festnehmen lassen, der soeben die *erweiterten Befragungstechniken* der Roten Garde genießt.« Seine dunklen Augen funkelten und sein Blick rutschte von meinem Gesicht weiter nach unten. »Wenn du willst, dass ich mein Wissen mit dir teile, wenn du willst, dass ich dich in die dunklen Geheimnisse des Palastes einweihe, dann solltest du auch mehr mit mir teilen, Lorelai. Du hast die Möglichkeit, ein Teil der Geschichte zu werden und von der Süße der Macht zu kosten – oder du kommst lediglich deiner Pflicht nach, unsere Kinder zu gebären.«

Ich schluckte und zuckte zusammen, als ein lautes Klopfen an der Tür erklang.

»Herein«, sagte Marcus und ein Roter Gardist erschien. Es war jener Offizier mit den grau melierten Haaren, der mich nach der Roten Audienz verhört hatte.

»Entschuldigen Sie die Störung, aber …«

»Was ist?«, fragte Marcus kühl.

»Es gab einen Zwischenfall in den Verhörzellen.«

»Was für einen Zwischenfall?«

»Eine Selbsttötung«, erklärte der Offizier und Marcus seufzte tief.

»Immer diese Zwischenfälle«, bemerkte er an mich gewandt.

Irritiert blickte ich von dem Gardisten zu Marcus. »Soll das heißen …?«

»Ja, das soll heißen, dass unser dunkler Gefangener sich die Hand

auf den eigenen Nacken gepresst und seine Blutgabe hervorgerufen hat.« Marcus stand kopfschüttelnd von seinem Stuhl auf. »Es gehört schon jede Menge Überwindung dazu, so etwas zu tun.«

Noch während ich versuchte, das Gehörte zu verarbeiten, sprach er an mich gewandt weiter.

»Wie es aussieht, stehen unsere Treffen unter keinem guten Stern. Ich werde dich nach Hause bringen lassen, Lorelai.« Marcus' Züge verhärteten sich. »Aber halte dich für unser nächstes Treffen bereit und überlege dir gut, ob du von nun an nicht freiwillig mehr mit mir teilen möchtest.«

Tod, dunkler Tod,
dein letzter süßer Kuss

Es war einmal

… ein dunkles Mädchen, dessen Herz sich nicht beugen ließ. Vergebens versuchte der Verstand, Besitz von ihren Gefühlen zu nehmen, versuchte ihr einzubläuen, dass das, was sie empfand, nicht sein durfte – doch er versagte. In ihrer Verzweiflung suchte das dunkle Mädchen eine alte Hexenfrau auf, die ihr helfen sollte, den Schleier des Vergessens über den Geliebten zu legen. Doch auch die Tränke der Alten halfen wenig und die Sehnsucht drängte das Mädchen, den hellen Geliebten wiederzusehen und von seinen Lippen zu kosten. Auch er war dem dunklen Mädchen verfallen, es war wie ein Zauber, der sie verband. Die Grausamkeit der Liebe wirkte über sie, und während sich Dunkel und Hell in ihren Herzen vermischten, gaben die beiden der Versuchung nach. Die Kräfte begannen zu toben und schon bald trug das Mädchen die Frucht seiner Lenden in sich – und hatte damit ihr trauriges Schicksal beschlossen.

Denn die Dunkelheit kam über sie und ihr ungeborenes Kind.

KAPITEL 14

Die Selbsttötung im Palast ließ mir während der nächsten Tage keine Ruhe und ich war froh, keine neuerliche Einladung von Marcus erhalten zu haben, als am Wochenende auch schon die Rote Audienz anstand, bei der eine Opernaufführung geplant war.

»Alle Augen werden auf dich gerichtet sein, Lorelai«, sagte Annegret leise, als wir durch die weit geöffneten Türen des Palastes über einen dunkelroten Teppich gingen, der die Geräusche unserer Schritte verschluckte. »Vergiss das nicht.«

»Sie müsste das Gedächtnis eines Goldfisches haben, um das zu vergessen – so oft, wie du ihr das in den letzten Tagen gesagt hast«, bemerkte Harriet trocken und winkte kurz darauf lächelnd einer anderen dunklen Familie zu, die wie wir komplett in Schwarz gekleidet war und deren Mitglieder unverhohlen zu uns herüberstarrten.

»Mutter, bitte«, sagte Aleksander leise und legte die Hand auf die schmale Taille seiner Frau.

»Jetzt guck doch nicht so ernst«, erwiderte sie. »Schließlich sind alle Augen auf uns gerichtet. Nicht wahr, Annegret?«

Annegret sagte nichts und strich sich kontrolliert über ihr schwarzes Kleid. »Wer von euch hat die Einladungskarte?«, fragte sie dann ihre Söhne.

»Ich, Mutter«, erwiderte Vincent, der in seinem schwarzen Anzug eine ziemlich gute Figur machte. Auch Patric stand das schwarze Hemd mit dem schwarzen Sakko recht gut und ich sah schnell zur Seite, als wir an einem riesigen goldenen Spiegel vorbeikamen, der in dem dezent beleuchteten Korridor hing und die ganze Familie auf dem Weg zum Opernsaal zeigte.

Meine neue dunkle Familie.

Der Gedanke fühlte sich noch immer so falsch an, dass es mir die Kehle zuschnürte. Vor nicht ganz einem Monat hatte ich den Palast noch als Helle betreten und würde das nun nie wieder tun.

»Familie von Rabenau, willkommen«, sagte ein Platzanweiser vor dem Eingang zum Opernsaal, als Vincent ihm unsere Karte reichte. Es war ein schlaksiger junger Mann, dessen Blick von der Einladung des Hohen Herrscherhauses direkt zu mir flog.

Ich presste meine dunkelrot geschminkten Lippen aufeinander und versuchte, nicht an meinem schulterfreien schwarzen Satinkleid herumzuzupfen. Annegret hatte es für mich ausgesucht und mit einer zarten Kette kombiniert, deren funkelnder Diamantanhänger den Blick auf mein Dekolleté lenkte, das für meinen Geschmack etwas zu freizügig ausgefallen war.

Allerdings war das nicht der einzige Blickfang des Kleides – auch der hohe Beinschlitz trug dazu bei, die Aufmerksamkeit der Männer auf mich zu lenken. Dabei war ich nicht sicher, ob Annegret mich ein-

fach so ansprechend wie möglich präsentieren wollte oder ob es ein Schachzug war, um die Heiratsverhandlungen mit Marcus von Kaltenburg voranzutreiben.

»Ihre Plätze sind diesmal in der zweiten statt in der vierten Reihe«, sagte der schlaksige Dunkle mit seidenweicher Stimme. »Das Dunkle Fürstenpaar hofft, Sie genießen die bessere Aussicht.« Dabei sah er mich auf eine Weise an, als würde er die Aussicht ebenfalls genießen.

»Das ist sehr großzügig. Wir sprechen hiermit unseren Dank aus«, antwortete Aleksander förmlich und neigte leicht den Kopf.

Der Dunkle erwiderte die Geste und machte eine einladende Handbewegung ins Innere des Opernsaales. Ich schritt hinter Aleksander, Annegret und ihren Söhnen über die Schwelle und merkte, wie sich Harriet bei mir einhängte.

»Vergiss nicht, alle Augen werden auf dich gerichtet sein, Lorelai«, sagte sie schmunzelnd. »Da muss ich doch meine Chance ergreifen, ebenfalls ein kleines bisschen Ruhm abzubekommen.« Sie zwinkerte mir zu und ich lächelte, als wir auf unsere Plätze zusteuerten.

Der Opernsaal war rund und verfügte über zwei gegenüberliegende Eingänge, einen für die Dunklen und einen für die Hellen. Rechts und links des breiten Ganges erhoben sich schwarze und weiße Sitzreihen, die wie bei einem Amphitheater stufenweise anstiegen. Die Wände dahinter waren jedoch rot und über der mittig angelegten Bühne hing ein riesiger glitzernder Kristalllüster, in dem sich das Licht der Öllampen brach.

Ich legte den Kopf in den Nacken, als wir zu unseren schwarzen Plätzen hochstiegen. Die oberste beziehungsweise erste Reihe war für die Familie des Dunklen Fürstenpaares reserviert. Theodor und Thalea von Kaltenburg saßen mit unbeweglichen Mienen neben

Marcus, dessen fein geschnittenes Gesicht absolut keine Regung erkennen ließ. Als sich unsere Blicke trafen, begannen seine Augen zu funkeln, aber dann sagte seine Mutter etwas zu ihm und er neigte sich in ihre Richtung.

Leises Gemurmel erfüllte den Saal, als wir an der vierten Sitzreihe vorbei und weiter nach oben zur zweiten Reihe schritten. Dort saß bereits Arthur von Kaltenburg mit seinem Vater Titus, dem leicht übergewichtigen Mann, der mir schon in der Schwarzen Kirche aufgefallen war. Während Arthur mir mit einem kühlen Lächeln entgegenblickte, glitt der Blick seines Vaters immer wieder zur Dunklen Fürstin und mir wurde klar, dass die mollige Dame auf der Totenfeier recht gehabt haben musste. Titus von Kaltenburg empfand offensichtlich etwas für seine Schwägerin.

»Armer Kerl«, murmelte Harriet leise neben mir. »Wenn er nur ein wenig attraktiver wäre, säße er jetzt da oben neben der Dunklen Fürstin, die damals dem hübscheren Bruder den Vorzug gegeben hat. Das Schicksal hat offenbar Theodor von Kaltenburg in allen Belangen begünstigt – auch in denen des Haarwuchses. Und das, obwohl Titus zwei Minuten früher zur Welt gekommen ist.«

»Arthurs Vater und Theodor von Kaltenburg sind Zwillinge?«, wisperte ich zurück und passte auf, dass ich auf der Treppe nicht über einen Zipfel meines langen Kleides stolperte. Schon jetzt wurde ich von den Dunklen ringsum angestarrt und ich wollte ihnen nicht auch noch einen Grund für ihr Starren liefern.

»Zweieiige Zwillinge, wie man sieht«, flüsterte Harriet zurück und schnaubte leise. »Aber ganz offensichtlich haben sie denselben Frauengeschmack.«

In diesem Moment schaute mich Arthurs Vater direkt an und meine

Finger verkrampften sich um den schwarzen glatten Stoff meines Kleides, das ich leicht angehoben hatte, um unbeschadet zu unserem Platz zu gelangen.

»Jetzt hast du es gleich geschafft, Schätzchen«, sagte Harriet leise neben mir und seufzte dann. »Was für ein Ausblick«, fuhr sie fort, als wir endlich auf den breiten schwarzen Polstersesseln saßen und ich das Gefühl hatte, Marcus' Blick wie eine körperliche Berührung in meinem Rücken zu spüren.

Ich nickte und betrachtete den in Schwarz und Weiß gehaltenen Opernsaal, dessen scharfe Trennung zwischen Hellen und Dunklen durch die Kleiderordnung noch unterstrichen wurde: Während die Hellen heute alle Weiß trugen, waren die Dunklen komplett in Schwarz erschienen. Selbst die mittig liegende Bühne war in einen schwarzen und einen weißen Bereich aufgeteilt, der durch eine gezackte Linie voneinander getrennt wurde.

»Hast du schon ein Programmheft, Schätzchen?«, fragte Harriet und reichte mir ein schwarz gebundenes Heft, auf dem in weißer Schrift »Die Schlacht von Fiesole« stand.

»Vielen Dank«, sagte ich und schlug es abgelenkt auf, während mein Blick immer wieder über die weißen Sitzreihen auf der gegenüberliegenden Seite des Raumes glitt. Direkt unterhalb des Hellen Fürstenpaares hatte Josephine mit ihren Eltern Platz genommen und eine Reihe darunter befanden sich meine Eltern mit Sophie, Phillip, Romy und … Vitus.

Er trug ein weißes Hemd, dessen Ärmel er bis zu den Ellbogen hochgekrempelt hatte und das einen starken Kontrast zu seiner gebräunten Haut bildete. Seine dunkelblonden Haare hingen ihm rebellisch in die Stirn und ich bemerkte, wie mein Herz kurz stehen blieb,

als sich unsere Augen für einen Moment trafen, bevor ich rasch die Lider senkte.

»Ich dachte nicht, dass ihm Weiß so gut steht«, bemerkte Harriet neben mir und fächelte sich mit einem weiteren Programmheft Luft zu. »Und er scheint auch überrascht zu sein, wie gut dir Schwarz steht.«

Irritiert blickte ich wieder zu Vitus hinüber, der schnell zur Seite sah. Neben ihm saß Romy, die in ihrem weißen Kleid entzückend aussah und mir verstohlen zuwinkte, was Mama jedoch sofort unterband. Sie und Papa starrten fast ausschließlich auf die Bühne hinunter und ich konnte ihnen ansehen, welche Anstrengung es sie kostete, nicht in meine Richtung zu schauen.

In diesem Moment ertönte ein dunkler Gong, der von einem helleren Ton begleitet wurde. Die Lichter an den Wänden wurden gedimmt und das Geflüster im Saal erstarb.

»Jetzt ist es wohl zu spät, das Programmheft zu lesen«, sagte Harriet und nahm es mir wieder aus der Hand. »Aber es steht ohnehin jedes Jahr so ziemlich dasselbe drin: mit welchem Mut die dunklen Truppen gegen die Hellen vorgegangen sind, bis ihr Blut schließlich die schwarze Erde des Hügels von Fiesole getränkt hat.«

»Ich kenne die Geschichte so, dass die Hellen den Hügel heroisch verteidigt haben, bis ihr Blut die schneebedeckte Erde hellrot gefärbt hat«, gab ich flüsternd zurück und Harriet grinste.

»Nun, ich bin sicher, so steht es auch in den weißen Programmheften da drüben.«

Dann wurde es ganz dunkel im Saal und fingerdicke schwarze Platten glitten aus dem Boden vertikal nach oben, bis das Bühnenbild den Scherenschnitt einer schwarzen Hügellandschaft zeigte. Ein einzel-

ner lang gezogener, bittersüßer Ton erklang. Währenddessen betrat die Opernsängerin der Dunklen die Bühne. Sie trug ein opulentes schwarzes Kleid mit einer weißen Perücke und begann, auf Italienisch von dem Schmerz des Verlustes zu singen. Zarte weiße Nebelschwaden stiegen zwischen den Hügeln empor, als das verborgene Orchester ihren gefühlvollen Gesang begleitete.

Kurz darauf betrat der helle Opernsänger den Schauplatz. Auch er trug eine Perücke, die jedoch schwarz war, und dazu einen weißen Frack. Als er seine Stimme erhob, die sich geradezu perfekt mit dem Sopran der Frau verband, spürte ich eine Gänsehaut über meinen Körper laufen. Auch Harriet schwieg ergriffen und drückte kurz meine Hand.

Der Kampf am Hügel von Fiesole stellte eines der schrecklichsten Kapitel in der Geschichte unserer Blutlinien dar. In der Renaissance hatten viele Familien des Blutadels den Hügel hinter Florenz ausgewählt, um dort ihre Landresidenzen zu erbauen. Durch die anhaltende Feindschaft zwischen den Hellen und Dunklen war es jedoch immer wieder zu gewalttätigen Übergriffen gekommen, die schließlich in einer blutigen Schlacht endeten, in der angeblich auch um die Extrakte aus den drei Lilien des magischen Baumes gekämpft wurde. In dieser Nacht verloren so viele Mitglieder des Blutadels ihr Leben, dass wir noch immer jedes Jahr dessen gedachten – obwohl es gelungen war, den Kampf aus den Geschichtsbüchern der Gewöhnlichen herauszuhalten. Stattdessen war der gegenüberliegende Hügel Arcetri zu Berühmtheit gelangt, weil dies der Ort war, an den Galileo Galilei verbannt worden war und an dem er im Januar 1642 auch starb.

Während der nächsten zwei Stunden lauschten wir der Oper bis

zu ihrem imposanten Ende, an dem das Bühnenbild durch unzählige weiße und schwarze Kreuze ergänzt wurde und rote Blütenblätter von der Decke regneten, bis es tatsächlich so aussah, als ob der ganze Boden mit Blut bedeckt wäre.

»Was für eine erquickende Abendunterhaltung«, sagte Harriet ironisch, als wir uns im Strom der Dunklen auf den Festsaal zubewegten, in dem es einige Erfrischungen gab, bevor der Rote Gerichtshof beginnen würde. »In all meinen Jahren auf dieser Welt war das mit großer Wahrscheinlichkeit die deprimierendste Aufführung zur Schlacht von Fiesole, die ich je gesehen habe.«

»Immerhin hat das Dunkle Fürstenpaar erst ihren Sohn verloren«, bemerkte Aleksander gedämpft und warf seiner Mutter einen warnenden Blick zu.

»Richtig. Und wenn du sterben würdest, wäre ich sicher auch sehr traurig. Aber deswegen muss ich doch nicht alle anderen Mitglieder des Blutadels damit quälen«, schnaubte sie.

»Patric? Wie wäre es, wenn du zu Helena gehst und sie fragst, wie ihr die Oper gefallen hat«, mischte sich Annegret rasch ein und nickte mit dem Kinn zu einer sehr schlanken blonden Dunklen hinüber, die immer wieder scheue Blicke in Patrics Richtung warf.

»Nein danke, Mutter«, erwiderte Patric und steckte die Hände in die Taschen seines Anzugs. »Ich hole mir lieber etwas zu trinken.«

Mit diesen Worten marschierte er durch den Festsaal zum Buffet, das sich auf festlich geschmückten Tischen an den Wänden befand.

Annegret atmete frustriert aus und fing den warnenden Blick von Aleksander auf, der nur kurz den Kopf schüttelte.

»Wenn ihr mich entschuldigen würdet«, sagte Vincent in dem Mo-

ment. »Ich muss mich mit meinem Notfallkontakt treffen, da er anscheinend umziehen …«

Als er mitten im Satz zu sprechen aufhörte, folgte ich Vincents Blick. Er starrte zu einer Gruppe von Hellen hinüber und ich sog die Luft ein, als ich erkannte, wen er mit seinen Augen verschlang.

Es war Sophie. Sie trug ein wunderschönes weißes Kleid, das sie wie eine Prinzessin aussehen ließ, und starrte mindestens ebenso gebannt zu Vincent zurück. Selbst auf die Entfernung konnte ich das Knistern zwischen ihnen spüren.

In diesem Moment schien es auch Vincent aufzufallen, denn er riss mit Gewalt seinen Blick los und räusperte sich.

»Wie gesagt, ich treffe mich noch mit meinem Notfallkontakt. Möglich, dass es länger dauert, bis wir alles besprochen haben.«

Die von Rabenaus nickten und ich sah, wie Vincent die Schultern straffte und mit forschen Schritten in der Menge verschwand. Dabei vermied er es, erneut zu Sophie zu sehen, aber ich konnte ihm anmerken, wie schwer es ihm fiel.

»Was für ein pflichtbewusster Junge«, murmelte Harriet und spielte an einem ihrer blutroten Rubinringe, während sie Vincent nachsah. »Keine Ahnung, von wem er das hat.«

»Wahrscheinlich von mir«, bemerkte Annegret.

Harriet lachte hell auf und fuhr sich dann durch die kurzen schwarzen Haare. »Bringst du mir ein Gläschen Rotwein vom Buffet, Schätzchen?«, wandte sie sich dann an mich. »Die traurige Oper hat mich durstig gemacht.«

»Natürlich«, sagte ich und löste mich vom Rest der Familie.

So wie der Opernsaal hatte auch der Festsaal zwei Zugänge, von denen einer den Dunklen und einer den Hellen vorbehalten war. Im

Moment blieben die schwarz und weiß gekleideten Mitglieder des Blutadels noch ziemlich unter sich, aber an den Schlangen vor dem Buffet vermischten sich die Farben bereits. Während ich mich auch in diese Richtung bewegte, suchte ich mit den Augen unauffällig den verspiegelten Festsaal nach meiner Familie ab. Bisher hatte ich in der Menge nur Sophie entdeckt, die gerade von Phillip in ein Gespräch verwickelt wurde. Aber wo waren meine Eltern, Romy und Vitus?

Kaum hatte ich das gedacht, sah ich Vitus mit Josephine den Saal betreten. Sie trug ein umwerfendes weißes Kleid im Meerjungfrauenschnitt, das sich wie eine zweite Haut um ihre verführerischen Kurven legte, und flüsterte Vitus etwas ins Ohr, woraufhin er knapp lächelte.

Die beiden so zu sehen, versetzte mir einen Stich – vor allem, da Josephines Züge spürbar kälter wurden, als sie mich entdeckte. Rasch sah ich zur Seite und ging in Richtung Buffet, um mich anzustellen.

»Die Rote Garde soll ja jetzt auch diesen Phillip von Lauffen im Visier haben«, hörte ich auf dem Weg dahin eine ältere Dunkle hinter mir tuscheln. »Angeblich führt er illegale Geschäfte.«

Irritiert wandte ich den Kopf und versuchte, meinen schnellen Herzschlag zu kontrollieren. Sophies Verlobter sollte jetzt auch noch in den Fokus der Roten Garde gerückt sein?

»Dass die Rote Garde überhaupt Zeit für so etwas hat«, raunte eine andere ältere Dame, bei der es sich um ihre Freundin handeln musste. Sie trug so schwere Diamantohrringe, dass ihre Ohrläppchen davon ganz lang gezogen wurden, und stand mit der zweiten Dunklen in der Schlange hinter mir. »Wenn du mich fragst, sollten sie sich eher darum kümmern, endlich diesen grausamen Mörder zu fassen. Wenn das so weitergeht, fällt es noch auf unser Dunkles Fürstenpaar zurück.«

»Es wird ohnehin schon gemunkelt, dass sie zurücktreten wollen«, flüsterte die Erste wieder. »Der Tod ihres Sohnes scheint ihnen ziemlich zuzusetzen. Meine Haushälterin meinte, sie sollten endlich den Platz für ihren anderen Sohn frei machen.«

»Deine Haushälterin hat immer schon gern getratscht«, erwiderte die Dunkle mit den schweren Diamantohrringen leise. »Aber das heißt nicht, dass ein überstürzter Rückzug aus den Regierungsgeschäften nun das Beste wäre. Angeblich gibt es eine einflussreiche Familie in Triest, die über alle drei Extrakte der Lilien verfügt. Wenn das stimmt ...«

Automatisch dachte ich daran, was mir mein Vater erzählt hatte. Dass es Vermutungen gab, dass die Einnahme einer Mischung aller drei Extrakte einen hohen Kinderreichtum zur Folge hätte.

»Das sind doch nur Geschichten«, fiel ihr die erste Dunkle wieder ins Wort. »Wenn die Lilienextrakte tatsächlich noch existieren würden – denkst du nicht, dass wir dann schon davon wüssten? Ich sage dir, der Triester Blutadel versucht nur, uns Angst zu machen. Sie wollen, dass wir *glauben*, sie hätten alle drei Extrakte – wobei doch ohnehin keiner weiß, was die zusammen bewerkstelligen.«

»Aber jeder einzelne für sich ist schon mächtig«, wisperte die Dunkle mit den schweren Diamantohrringen. »Und selbst wenn sie nur über den roten Extrakt verfügen sollten, mit dem man jemandem angeblich die Blutgabe wieder entziehen kann, wäre es schon eine Sensation.«

»Es wird gemunkelt, dass der Bruder des Dunklen Fürsten im Besitz des roten Extrakts ist«, hauchte die erste wieder.

»Titus von Kaltenburg? Das ist doch ein Taugenichts, der gern mal einen über den Durst trinkt. Der hat doch schon seit Jahren Schulden.

Selbst wenn er den Extrakt hätte, würde er ihn wahrscheinlich ganz schnell verkaufen.«

Ungläubig spitzte ich die Ohren, während sich die Schlange einen winzigen Schritt weiter auf das Buffet zubewegte. Arthurs Vater sollte Geldprobleme haben?

»Ich habe gehört, dass er den Nachlass von Karl von Grabenau geerbt hat«, fuhr die andere Dame fort. »Und den verscherbelt er tatsächlich seit Jahren Stück für Stück. Der rote Extrakt soll ein Teil dieses Nachlasses sein – angeblich.«

»Dann wäre nur zu hoffen, dass er ihn selbst nimmt und sich von seiner Blutgabe befreit, um den Dunklen nicht länger Schande zu machen«, flüsterte die mit den schweren Diamantohrringen und ihre Freundin kicherte boshaft.

Noch immer durcheinander, erreichte ich das Buffet. Von dem ganzen Getuschel schwirrte mir der Kopf und ich fragte mich, wie viel Wahrheitsgehalt darin steckte.

»Ein Glas Rotwein, bitte«, bestellte ich bei einem der livrierten Kellner, die einen schwarzen Frack zu einem weißen Hemd trugen und damit weder eindeutig als Helle noch als Dunkle zu erkennen waren.

»Sehr wohl«, sagte der Mann und griff nach einem Kristallglas.

»Für mich das Gleiche«, ertönte eine bekannte Stimme neben mir und ich spürte, wie mich ein warmes Gefühl der Freude durchströmte, als ich Dominik erkannte.

»Du siehst fantastisch aus, Lorelai. Schwarz steht dir.«

Seine blauen Augen glitten bewundernd über mein Kleid und ich merkte, wie mir eine leichte Röte in die Wangen stieg.

»Danke«, flüsterte ich und schlug lächelnd die Augen nieder.

»Ich bin sicher, die Dunklen machen alle Jagd auf dich«, fuhr er fort und warf einen schnellen Blick über die Schulter. Dabei scannte er den großen Festsaal, bis seine Augen sich schließlich an Vitus festsaugten. Josephine hing noch immer wie eine Klette an ihm und Dominik atmete tief durch, bevor er sich wieder mir zuwandte. »Der Arsch ist natürlich auch hier und starrt zu dir rüber.«

»Er starrt nicht zu mir rüber«, widersprach ich, obwohl Dominiks Worte einer Schar an Schmetterlingen den Startschuss gaben, um in meinem Magen hochzuflattern.

»Natürlich starrt er. Was ja auch kein Wunder ist.«

Dominik lächelte schief und ich riskierte einen kurzen Blick hinüber zu Vitus, der tatsächlich in meine Richtung blickte. Josephine stand neben ihm und presste die Lippen aufeinander, als sie das sah.

»Spricht sie immer noch nicht mit dir?«, fragte Dominik und nickte zu Josephine.

»Nein. Kein Wort, seit ich eine Dunkle bin.«

»Ihr Wein, Madame«, sagte der Kellner in diesem Moment und überreichte mir das Glas.

»Ich hätte gern noch einen«, sagte ich, um noch einen Moment länger bei Dominik stehen bleiben zu können. Am liebsten hätte ich die ganze Rote Audienz sausen gelassen und wäre mit ihm Pizza essen gegangen.

»Sehr wohl«, meinte der Kellner.

»Ich würde dir ja gern sagen, dass sie sich schon wieder einkriegt, aber momentan sieht es nicht danach aus«, sagte Dominik mit gedämpfter Stimme. »Ich habe sie in letzter Zeit ein paar Mal getroffen und ihre Ansichten, was die Hellen und Dunklen anbelangt, scheinen immer radikaler zu werden. Sie hat jetzt auch vermehrt Kontakt zu

diesem seltsamen Ole von Zunden und er scheint sie mit seinen Ideen irgendwie anzustecken.«

»Josephine war immer schon gegen die Dunklen«, erwiderte ich. »Es war naiv, zu glauben, dass sich etwas ändern würde, nur weil ich es bin.«

»Hey. Es liegt an ihr, nicht an dir – das weißt du doch, oder?«

Ich nickte unglücklich, während ich zusah, wie der Kellner Dominiks Glas füllte und dabei die Flasche Rotwein leer machte.

»Einen Moment bitte«, sagte er zu mir und wandte sich ab, um Nachschub zu besorgen.

Dominik tat so, als würden wir hier nur zufällig nebeneinanderstehen, und sah mich bei seinem nächsten Satz nicht an. »Es heißt, die Verhandlungen mit dem Dunklen Fürstenpaar sind schon in vollem Gange.«

»Das ist richtig. Und ich durfte mich auch schon mit Marcus treffen.«

Irgendetwas in meiner Stimme führte dazu, dass Dominiks ganzer Körper sich anspannte. »Was hat er getan?«, presste er hervor.

»Nichts. Es ist einfach ...« Ich atmete tief durch und schüttelte den Kopf. »Ich kann hier nicht darüber sprechen.«

»Ich bring den Scheißkerl um, wenn er dich anrührt. Auch wenn ich dafür vor den Roten Gerichtshof komme«, knurrte Dominik. Seine Augen blitzten böse und ich sah mich rasch um, da ich keine Aufmerksamkeit erregen wollte. Zum Glück schienen die meisten Gäste jedoch mit sich selbst beschäftigt zu sein.

»Sei still. Du weißt nicht, was du da redest.«

»Hör zu«, erwiderte er drängend. »Ich habe nachgeforscht. Diese Heiratsverhandlungen sind etwas, das sich manchmal über Jahre

zieht – besonders, wenn es um so eine begehrte Position wie bei dir geht.«

»Und wie lange kann sich das ziehen?«, flüsterte ich.

»Bei einem Fall über zweieinhalb Jahre«, gab er zurück. »Selbst wenn alles glattläuft, sind es zumeist mehrere Monate, bis sich die Parteien einig sind. Du darfst die Hoffnung also nicht aufgeben, Lorelai.« Er machte eine kurze Pause. »Außerdem gibt es das Gerücht, dass eine Helle vor Urzeiten auch mal jemand anderen geheiratet hat als den, der eigentlich ein Anrecht auf sie hatte.«

In dem Moment kam der livrierte Kellner zurück und schenkte mir ein zweites Glas Rotwein aus einer neuen Flasche ein.

»Bitte schön, Madame.«

»Danke«, antwortete ich und nahm die Gläser. Als ich mich langsam umdrehte, betrachtete ich für einen Moment Dominik. Er hatte seine kurzen dunklen Haare nachschneiden lassen, weshalb seine blauen Augen noch mehr aus seinem Gesicht herausstachen als sonst. »Danke. Für alles«, sagte ich leise.

»Es wird alles gut«, erwiderte er voller Überzeugung. »Ich gehe jetzt lieber, bevor wir noch irgendjemandem auffallen. Leider bin ich ja nicht dein heller Notfallkontakt. Wenn es nachher noch einen Tanz zwischen Hellen und Dunklen gibt, fordere ich dich auf – davon kannst du ausgehen.« Er grinste. »Wenn es nicht so unpassend wäre, hätte ich lieber *darauf kannst du Gift nehmen* gesagt.« Mit diesen Worten mischte er sich wieder unter die Gäste.

Ich sah ihm schmunzelnd hinterher und drehte mich dann um. Dabei stieß ich beinahe mit Arthur von Kaltenburg zusammen.

»Gleich zwei Gläser Wein? Du scheinst heute ganz schön durstig zu sein«, bemerkte er spöttisch und warf einen Blick auf Dominik. »Ist er

der Grund, dass du dich betrinken möchtest? Oder liegt es an meinem Cousin Marcus, der seine kalten Hände bereits nach dir ausgestreckt hat? Wobei er mit Sicherheit nicht der Einzige ist.«

Wie aufs Stichwort erklang das hohe Lachen einer jungen Frau und ich sah Marcus auf der anderen Seite des verspiegelten Festsaales in der Nähe seiner Eltern stehen und zu mir herüberschauen. Rund um ihn hatten sich drei hübsche Dunkle eingefunden, von denen eine so hörbar gelacht hatte.

»Oh ja, die anderen reißen sich geradezu um ihn«, bemerkte Arthur amüsiert. »Nur die Eine, die er haben will, ertränkt ihren Kummer lieber im Alkohol.«

»Der Wein war ursprünglich nicht allein für mich«, gab ich zurück. »Aber wenn du so weitermachst, überlege ich doch, beide Gläser zu trinken.«

Arthur lachte leise und blickte wieder zu seinem Cousin hinüber. »Du hast eine ganz schön scharfe Zunge, dafür, dass du im Herzen angeblich noch hell bist.«

»Wer behauptet das denn?«, fragte ich und zog eine Augenbraue hoch.

Arthur zuckte mit den Schultern. »Die Leute reden viel, wenn der Tag lang ist.«

»Ach ja? Und was?«

Er rieb sich kurz über sein schmales Gesicht. »Es wird gemunkelt, dass das Hohe Herrscherhaus mit dem schleppenden Verlauf der Heiratsverhandlungen nicht besonders glücklich ist.«

Seine Worte ließen mir den Atem stocken, aber ich versuchte, mir nichts anmerken zu lassen.

»Ich dachte, das Hohe Herrscherhaus hat im Moment Besseres zu

tun, als sich darum zu sorgen«, erwiderte ich so gelassen wie möglich. »Schließlich ist schon wieder jemand gestorben.« Dass ich noch weitaus mehr Gerüchte aufgeschnappt hatte, behielt ich lieber für mich.

»Richtig. Die Morde«, sagte Arthur und nippte an seinem Wein. »Die können einem ganz schön die Stimmung versauen.«

Langsam ließ ich meine Blicke durch den Saal schweifen. Im Gegensatz zu den anderen Roten Audienzen, die ich bisher besucht hatte, war die Atmosphäre deutlich angespannter und die Hellen sowie die Dunklen blieben viel mehr unter sich. Außerdem waren noch mehr Offiziere der Roten Garde anwesend als beim letzten Mal, als Marvin tot in den Teich gekippt war.

»Bisher wirkte es ja so, als ob die Opfer eher zufällig ausgewählt worden wären«, sagte Arthur gedehnt. »Aber es gibt auch die Vermutung, dass Helle dahinterstecken. Würde mich nicht wundern.«

»Helle?«, wiederholte ich empört. »Erst letzte Woche ist eine Helle gestorben.«

»Ja, aber wer war sie schon?«, gab Arthur zurück. »Eine Dienstmagd. Und der andere Helle davor, dieser alte von Grottengras? Den kannte doch auch kaum jemand. Der einzige von Bedeutung, der gestorben ist, war ein Dunkler.«

»Und deshalb glaubst du, die Hellen haben ein Komplott ausgeheckt?«, fragte ich ungläubig.

Arthur lächelte. »Gratuliere, Lorelai. Du konntest meinen Gedankengängen folgen.«

»Das ist absurd.«

»Wenn du meinst.«

In diesem Moment ertönte ein Gong und die leise gemurmelten Unterhaltungen erstarben.

»Ah, der Rote Gerichtshof«, sagte Arthur lächelnd. »Mal sehen, ob sie heute jemanden zum Tode verurteilen.«

Aufgewühlt folgte ich den anderen von Rabenaus zum Gerichtssaal. Arthur hatte sich nach dem Gong schnell verabschiedet und ich hatte Harriet ihren Wein gebracht, bevor ich tatsächlich selbst einen großen Schluck aus meinem Glas genommen hatte.

Das, was Arthur gesagt hatte, beschäftigte mich. Nicht weil ich ernsthaft glaubte, dass die Hellen zu solch einer Vorgehensweise fähig waren, sondern weil es erklärte, warum die Stimmung bei dieser Roten Audienz so gespannt war. Die Hellen und Dunklen beäugten sich misstrauisch und bis auf die kurzen notwendigen Gespräche mit den Notfallkontakten kam es kaum zu Unterhaltungen zwischen Hell und Dunkel – mal abgesehen von der zwischen Dominik und mir.

»Bitte nehmen Sie Ihre Plätze ein«, sagte der alte Sprecher des Roten Gerichtshofes.

Diesmal musste ich mich im Gegensatz zum letzten Mal auf der anderen Seite des Raumes in eine der Reihen setzen und fühlte die Blicke der Dunklen in meiner Nähe wie Nadelstiche auf meiner Haut.

»Bevor wir zu den Heiratsverkündungen kommen, möchte ich um Ihre Aufmerksamkeit bitten«, erklärte der alte Mann mit der Hakennase.

Ich rutschte auf meinem harten Stuhl herum und atmete tief ein. Da das Gemurmel noch immer nicht vollständig erstorben war, klopfte der Alte erneut mit seinem Stock auf den Boden. Dabei krallten sich seine dünnen Finger in den rubinverzierten Knauf.

»Das Hohe Herrscherhaus möchte Sie davon in Kenntnis setzen, dass ihnen Ihre Sorgen vollkommen bewusst sind«, hob er mit nasaler Stimme zu sprechen an. »Dennoch bittet es um Verständnis, dass zum

jetzigen Zeitpunkt keine Informationen über die schändlichen Morde herausgegeben werden können. Die Rote Garde arbeitet mit Hochdruck an der Fassung des oder der Täter. Um Ihre Sicherheit zu gewährleisten, wurden die Sicherheitsvorkehrungen erhöht und es werden auch neuerliche Hausdurchsuchungen vorgenommen. Allerdings appellieren wir auch an Sie, vorsichtig zu sein und keine Pakete oder andere Geschenke anzunehmen.«

Er machte eine kurze Pause und ich wechselte einen Blick mit Annegret, die ein wenig bestürzt aussah, da bei uns praktisch täglich Geschenke vorbeigebracht wurden.

»Auch wenn es Ihnen schwerfällt, müssen Sie nun Vertrauen beweisen. Wie Sie wissen, hat das Dunkle Fürstenpaar selbst den größten Verlust erlitten, und es wird nicht eher ruhen, bis der Verantwortliche gefasst ist.«

Nach dieser Ansprache klopfte er wieder mit dem Stock auf den Boden. Wenig später erschien das Hohe Herrscherhaus geschlossen an der Stirnseite des Raumes, um das Rote Gericht zu halten.

Wieder verging eine Stunde, in der ich praktisch nur meinen eigenen Gedanken nachhing. Das, was Arthur gesagt hatte, konnte und wollte ich nicht glauben. Vielmehr vermutete ich, dass es irgendeine Verbindung zwischen den Opfern des Serientäters gab, die wir bisher einfach übersehen hatten.

Als der Rote Gerichtshof beendet war, stand ich rasch auf. Marcus hatte mich während der Verhandlungen ignoriert und nur das Dunkle Fürstenpaar hatte immer wieder in meine Richtung gesehen.

Nun wollte ich nichts wie raus hier und drängte mich hinter einer Gruppe von Hellen durch die Tür, als ich plötzlich von hinten einen Stoß bekam und mit Josephine zusammenstieß.

Sie drehte sich empört um und presste bei meinem Anblick wütend die Lippen aufeinander. Ohne ein Wort zu sagen, wollte sie schon weitergehen, als ich im Reflex nach ihrem Handgelenk griff und sie zur Seite in eine geschützte Nische zog.

»Hey«, sagte ich. »Josephine, ich weiß, du willst nicht mit mir reden, aber ich wollte dir sagen, dass mir das mit Violetta leidtut.«

Josephine verzog die rot geschminkten Lippen. »Aber natürlich«, meinte sie abfällig.

Ungläubig starrte ich sie an. »Wieso bist du so? Denkst du wirklich, dass mir Violetta plötzlich egal geworden ist? Oder dass *du* mir plötzlich egal geworden bist? Wir waren jahrelang befreundet.«

Josephine fuhr sich genervt durch ihre kurzen blonden Haare. »Stimmt«, entgegnete sie. »Und ich bereue es täglich, dich so nah an mich rangelassen zu haben.«

Ihre Worte verschlugen mir für einen Moment die Sprache.

»Wieso behandelst du mich, als wäre ich dein Feind?«

Sie schnaubte verächtlich. »Weil du es bist, Lorelai. Ich habe dir alles anvertraut. Alles. Und dann stellt sich heraus, dass du zu … zu *denen* gehörst.«

Ihre Worte klangen so anklagend, als ob ich tatsächlich etwas falsch gemacht hätte, und ich spürte, wie ich immer wütender wurde.

»Und deshalb denkst du, dass ich dein Vertrauen nicht mehr verdient habe?«, schoss ich zurück. »Vitus hat selbst all die Jahre bei den Dunklen gelebt, aber das scheint dich nicht gestört zu haben, als du dich heute an ihn rangeschmissen hast. Offenbar hast du mit ihm also kein Problem, mit mir aber schon?«

»Vitus ist ein Heller und braucht nicht nur jemanden anzufassen, um ihn zu töten«, zischte Josephine.

»Wow. So denkst du also.«

»Ja, genau so denke ich«, fauchte sie. Dann atmete sie tief durch und sah sich kurz in dem Saal um. »Hör zu, ich habe wirklich keine Zeit, mit dir herumzustreiten. Es gibt Wichtigeres.«

»Und was?«, fragte ich bitter. »Herauszufinden, wie schnell du Vitus für dich gewinnen kannst?«

Sie hielt einen Moment inne und verengte die Augen. »Du bist eifersüchtig.«

»Bin ich nicht.«

»Und ob du das bist.« Sie schnaubte. »Es geht nicht um Vitus. Es geht darum, dass die Rote Garde mit ihren Untersuchungen wieder ganz von vorn anfängt. Und wie ich gehört habe, sollen sie diesmal bei ihren Befragungen weniger zimperlich umgehen.«

Ich starrte sie erschrocken an. »Du meinst Folter?«

Josephine hob das Kinn und funkelte mich an. »Ja, ich meine Folter. Die Dunklen wollen um jeden Preis wissen, wer ihren Sohn auf dem Gewissen hat. Und wie du dich vielleicht erinnern kannst, war mein Vater der Erste, den sie abgeführt haben. Aber das kann dir als Dunkle doch sowieso egal sein.« Sie machte eine kurze Pause. »Und jetzt geh mir aus dem Weg, denn ich habe keine Lust, länger als nötig mit einer Dunklen gesehen zu werden.«

Mit diesen Worten drängte sie sich an mir vorbei und steuerte zielsicher einen jungen rothaarigen Typen an, den ich schon mal gesehen hatte. Es handelte sich um Ole von Zunden, den radikalen Hellen, dem Josephine anscheinend sofort von unserer Begegnung berichtete, denn er legte eine Hand auf ihre Schulter und sah immer wieder unfreundlich in meine Richtung. Kurz darauf kam noch ein dunkelhaariger Typ mit einer Hasenscharte hinzu, der einer von Oles Freunden zu sein schien.

Ich spürte ihre hasserfüllten Blicke auf mir und wollte nur noch raus. Die Enttäuschung steckte in jeder Zelle meines Körpers und auch wenn ich vermutet hatte, dass mich Josephine absichtlich mied, hätte ich doch nicht mit dieser Feindseligkeit gerechnet.

So schnell mich meine Füße trugen, verließ ich den verspiegelten Festsaal und lief hinaus in den Garten. Die kalte Luft schnitt mir ins Gesicht, aber ich spürte es kaum, obwohl ich in dem schulterfreien Kleid wirklich unpassend gekleidet war. Wenn es tatsächlich wahr war, dass die Rote Garde jetzt wieder ganz von vorn anfing, dann würden sie nicht nur Konstantin von Sonnenberg erneut befragen – sondern auch Papa.

Der Gedanke zog mir vor Angst den Magen zusammen. Obwohl ich diese Möglichkeit bisher nicht in Betracht gezogen hatte, konnte ich mir durchaus vorstellen, dass die Rote Garde auch wegen eines im Raum stehenden Rücktritts des Dunklen Fürstenpaares unter solchem Druck stand, dass sie nun standardmäßig die erweiterten Befragungsmethoden einsetzten, von denen Marcus gesprochen hatte. Und selbst wenn ich mir nicht vorstellen konnte, wie sie Papa folterten, musste ich an den Gefangenen denken, der aus Angst vor der Garde Selbstmord begangen hatte. Doch wieso hatte er das getan? War er des Mordes an Violetta verdächtigt geworden?

Verzweifelt biss ich mir auf die Lippen. Ich wusste, dass ich kein Risiko eingehen durfte, indem ich mich mit meiner ehemaligen Familie sehen ließ, aber ich konnte auch nicht untätig zusehen. Ich musste sie warnen.

KAPITEL 15

»Lorelai, was machst du denn da?«, flüsterte Sophie, als ich sie in den kleinen Raum abseits des Festsaales zog, der wie ein Nähzimmer aussah. Eine blassgelbe Tapete bedeckte die Wände und auf dem Boden lag ein dicker blauer Teppich. Die Luft roch etwas abgestanden, als ob schon lange niemand mehr hier drin gewesen wäre, und ich entdeckte eine halb beendete Stickerei auf einem der breiten Ohrensessel aus dunkelrotem Samt.

»Ich muss mit dir reden«, presste ich hervor.

»Das merke ich. Und dazu passt du mich auf der Roten Audienz ab? Gerade hier?«, flüsterte sie zurück. »Du weißt doch, dass der Kontakt zur Familie strengstens untersagt ist.« Dabei warf sie einen hektischen Blick über die Schulter.

»Ich habe aufgepasst, dass uns keiner sieht«, gab ich zurück und verstand ihre Sorge – aber die Sache duldete keinen Aufschub. »Du musst Papa warnen. Ich habe erfahren, dass die Rote Garde plant, mit den Untersuchungen wieder von vorn zu beginnen. Das Dunkle Fürsten-

paar pocht anscheinend auf Ergebnisse, und wie es aussieht, schrecken sie auch vor Folter nicht mehr zurück, um endlich den Schuldigen zu finden.«

Einen Moment lang starrte mich Sophie einfach nur an. In ihrem weißen Kleid und den blonden Haaren sah sie aus wie ein Engel – doch ich erkannte, wie es in ihrem Gesicht zu arbeiten begann, als sie nach einer Lösung suchte.

»Nein. Sie können nicht einfach anfangen, irgendwelche Leute zu foltern, die sie von den Verdächtigungen bereits ausgeschlossen haben«, erwiderte sie beherrscht.

»Bist du dir da sicher?«, gab ich zurück und wusste selbst nicht, was ich glauben sollte. Nach dem ganzen Getuschel in der Schlange vor dem Buffet schien mir die Rote Garde jedoch zu allem fähig zu sein. Schließlich war da auch von einer Triester Familie die Rede gewesen, die womöglich noch über die magischen Extrakte des Lilienbaumes verfügte. Und ich hatte absolut keine Ahnung, was das für unser Hohes Herrscherhaus bedeuten könnte. Krieg? Zusätzliche Verhandlungen? Zusammenhalt?

»Du musst Papa auf alle Fälle warnen. Er soll mit Mama reden, was jetzt am klügsten ist. Und ihr müsst sicherstellen, dass man keine einzige Herbstzeitlose auf unserem Grundstück finden kann.«

Sophie nickte und ich fühlte mich schon etwas besser, weil ich zumindest die Gelegenheit bekommen hatte, es ihr zu sagen.

»Und wie geht es dir sonst so?«, fragte sie und griff nach meiner Hand.

Ich zuckte mit den Schultern. »Die Heiratsverhandlungen sind im Gange. Ich weiß nicht, wie es hier weitergeht.« Dabei fiel mir das andere Gerücht ein, das ich vorhin im Festsaal aufgeschnappt hatte.

»Wenn du schon dabei bist, jemanden zu warnen, solltest du vielleicht auch mit Phillip sprechen.«

Sie zog die hübsch geschwungenen Augenbrauen zusammen. »Phillip? Wieso denn?«

Ich senkte unbewusst meine Stimme. »Angeblich hat die Rote Garde ihn im Visier, weil er irgendwelchen illegalen Geschäften nachgehen soll.«

Sophie lachte auf und schüttelte den Kopf. »Phillip? Der würde sich doch eher einen Arm ausreißen, als irgendetwas Illegales zu machen.«

Ich atmete tief durch. »Sag es ihm einfach. Ich hoffe auch, dass nichts dahintersteckt.«

Sie nickte und senkte den Kopf.

»Wie geht es dir mit ihm?«, fragte ich dann. »Habt ihr schon einen Termin für die Hochzeit?«

Sophie schnaubte. »Ja. Seine Mutter ist schon ganz aufgeregt deswegen. Die Hochzeit soll im nächsten Frühling stattfinden.« Ihre Stimme bekam einen tonlosen Klang und ich wollte spontan irgendetwas tun, wusste aber nicht, was. »Im Moment läuft es gerade nicht so gut zwischen uns, er steht irgendwie unter Stress. Zumindest wird er ein guter Vater.« Sie holte tief Luft. »Hoffe ich zumindest.«

Ich drückte ihre Hand. »Es tut mir so leid, Sophie.«

»Aber nein, was denn?«

Ich zuckte mit den Schultern. »Einfach alles. Ich würde dich so gern glücklich sehen.«

Sophie strich mir eine Haarsträhne aus dem Gesicht und sah mich mit einem traurigen Lächeln an. »Ich würde dich auch so gern glücklich sehen, Lorelai«, erwiderte sie und umarmte mich. »Ich muss jetzt wieder los.«

Ich nickte. »Sag allen, dass ich sie lieb habe.«

Sie lächelte mich kurz an und wandte sich dann zum Gehen. Im nächsten Moment fuhren wir beide zusammen, als die Tür zu dem Nähzimmer aufgestoßen wurde und ein Mitglied der Roten Garde in den Raum fegte.

Einen Augenblick lang befanden wir uns beide in einer Art Schockstarre, bis der Gardist die Tür hinter sich schloss.

»Was soll das hier?«, herrschte er uns an und blickte zwischen Sophie und mir hin und her. Als wir nicht antworteten, kam er einen Schritt näher und das Licht im Zimmer funkelte auf seiner glatten roten Maske. »Lorelai von Rabenau«, setzte er dann mit tiefer Stimme zu sprechen an. »Es ist Ihnen strengstens untersagt, Kontakt mit der Familie von Wittgenstein zu haben, der Erlass des Hohen Herrscherhauses war hier unmissverständlich.«

Seine Stimme kam mir irgendwie bekannt vor, aber ich hatte keine Zeit, darüber nachzudenken, denn in diesem Moment stellte sich Sophie vor mich.

»Sie kann nichts dafür, ich habe das Treffen initiiert«, behauptete sie. Der Gardist mit den pechschwarzen Haaren presste die Lippen aufeinander.

»Ihr Treffen wird *für Sie beide* Konsequenzen haben.«

»Es ist nicht ihre Schuld«, sagte ich schnell und schob Sophie zur Seite. »Ich wollte das Treffen. Nicht sie.«

»Darauf kommt es nicht an«, hielt der schlanke Offizier dagegen. Seine dunklen Augen funkelten mich unter der blutroten Maske der Garde an. »Sie beide werden für Ihr Fehlverhalten zur Verantwortung gezogen, der Rote Gerichtshof wird über Ihre Bestrafung bestimmen. Sie können von Glück sagen, dass Sie eine Drittgeborene

sind, Fräulein von Rabenau – aber nicht jeder hat so viel Glück wie Sie.«

Er fixierte Sophie und mir wurde klar, was er damit meinte. Ich hatte für das Dunkle Fürstenpaar einen Wert, Sophie jedoch nicht – es war ein Leichtes, an ihr ein Exempel zu statuieren.

»Kommen Sie mit.« Der Gardist packte mich am Arm.

»Nein!«, rief Sophie und wollte den Offizier daran hindern, doch er drehte sich nur in einer eleganten Bewegung zur Seite, sodass sie ins Leere griff und mit dem Fuß ausglitt.

»Sophie«, hauchte ich, als meine Schwester auf dem Boden landete. Sie rappelte sich keuchend auf und ich spürte, wie mir die Tränen in die Augen stiegen. Das alles war meine Schuld.

»Ich bin bereit, die Konsequenzen zu tragen, aber halten Sie meine Schwester da raus«, flehte ich den muskulösen Gardisten an.

Er kniff die Augen zusammen und half Sophie beim Aufstehen. Seine Bewegungen waren dabei erstaunlich sanft, doch ich machte mir keine Hoffnungen, dass er uns gehen lassen würde.

»Das ist nicht mehr Ihre Entscheidung, Sie hätten sich einfach dem Erlass entsprechend verhalten sollen«, erwiderte er kalt. Mein Herz trommelte heftig gegen meine Brust und meine Ohren begannen zu dröhnen. »Der Hohe Gerichtshof wird sich der Sache annehmen. Und ich werde Sie jetzt beide dorthin führen. Folgen Sie mir und machen Sie keine Probleme – oder ich muss Gewalt anwenden.« Sein Tonfall machte klar, dass er nicht davor zurückschrecken würde, seine Worte in die Tat umzusetzen, und Sophie und ich tauschten einen verzweifelten Blick, bevor wir ihm anstandslos durch die verschachtelten Korridore des Palastes folgten.

Auf dem Weg begegneten wir keiner Menschenseele und ich über-

legte fieberhaft, ob wir irgendwie aus der Situation rauskamen. Den Gardisten zu bestechen, machte kaum Sinn, denn er wirkte nicht wie jemand, der sich bestechen ließ. Wegzulaufen war auch keine Option, denn wohin sollten Sophie und ich fliehen? Unwillkürlich dachte ich an die Geschichten von Herrn von Hetz, die mir gezeigt hatten, dass Leute wegen kleinerer Vergehen jahrelang eingesperrt oder sogar getötet worden waren.

Der Gardist führte uns mit raschen Schritten durch den Palast und drängte uns schließlich in einen kleinen Raum, der sich in einem hinteren Trakt befand, den ich noch nie zuvor betreten hatte. Es handelte sich um ein einfaches Zimmer, das sich abseits der anderen Räumlichkeiten befand. Kurz war ich irritiert und wusste nicht, was er vorhatte, aber als der Gardist die Tür hinter sich abschloss und die Maske vom Kopf zog, verstand ich, warum mir seine Stimme bekannt vorgekommen war.

Es war Vincent.

»Was machst du hier?«, hauchte ich völlig verwirrt.

»Ich erteile dir eine Lektion«, knurrte er wütend. »Euch beiden. Ihr könnt euch doch nicht einfach auf einer Roten Audienz zu einem kleinen Plausch treffen!«, fuhr er uns dann an und ich spürte, wie mir vor Erleichterung die Knie weich wurden. Gleichzeitig wallte Trotz in mir auf, weil er uns minutenlang an der Nase herumgeführt hatte.

»Und deswegen machst du uns weis, dass du von der Roten Garde bist? Ich hätte fast einen Herzinfarkt bekommen!«

Vincents Gesicht verdüsterte sich noch mehr. »Ich mache dir nicht weis, dass ich von der Roten Garde bin, ich bin von der Roten Garde! Und ihr könnt froh sein, dass ich euch erwischt habe – und kein anderer!« Kopfschüttelnd wies er mit dem Daumen über die Schulter.

»Ihr habt euch nicht mal ein Zimmer genommen, das man absperren kann!«

Mein Atem ging heftig. »Du hast uns eine Heidenangst eingejagt. Und wegen dir ist Sophie hingefallen.«

Vincent starrte zu meiner Schwester, die sich eine blonde Haarsträhne aus dem Gesicht strich und den Blick mit ihren wunderschönen graugrünen Augen intensiv erwiderte. Für einen Moment hatte ich das Gefühl, Funken zwischen den beiden hin und her fliegen zu spüren, bevor sie die Lider senkte. »Es war nicht seine Schuld, dass ich hingefallen bin.«

Ungläubig starrte ich sie an. »Das ist alles, was du dazu zu sagen hast?«

Sie atmete tief ein. »Zum Glück war er es, Lorelai.«

Vincent hatte wohl mit einer anderen Antwort gerechnet, denn er öffnete schon den Mund, bevor er ihn wieder schloss.

»Ja, zum Glück«, bestätigte er dann und seine Stimme klang einen Tick sanfter. »Hast du dir wehgetan?«

Sie schüttelte den Kopf.

»Lass mal sehen.« Er griff nach ihrem Handgelenk und zog sie einen Schritt auf sich zu. Fassungslos beobachtete ich, wie Sophie errötete, bevor sie ihr Kleid ein Stück anhob und Vincent in die Hocke ging, um ihr Knie zu untersuchen. »Du hast es nur leicht aufgeschürft«, stellte er dann fest und es sah aus, als wollte er ihre Haut berühren.

Rasch ließ sie den Rock wieder sinken. »Ich sagte doch, es ist nicht schlimm.«

Vincent richtete sich wieder auf und fuhr sich mit einer Hand durch seine pechschwarzen Haare. »Aber dass ich euch erwischt habe, ist schlimm.« Er wandte sich mir zu. »Lorelai, du hast wirklich nicht den

Hauch einer Ahnung, wozu die Rote Garde in der Lage ist! Die aktuelle Stimmung ist mehr als angespannt und es sterben Leute, nur weil sie sich nicht an die Regeln halten. Vielleicht ist dir meine Familie vollkommen egal, aber deine Schwester sollte es nicht sein.«

Seine Worte hallten in mir nach und lösten ein schlechtes Gewissen bei mir aus, aber ich war nicht bereit, alles auf mich zu nehmen.

»Es liegt doch nicht nur an mir, sondern an diesen beschissenen Regeln! Man kann doch nicht verlangen, dass ich mich von meiner Familie fernhalte, wenn es Wichtiges zu besprechen gibt.«

»Was gibt es denn Wichtiges zu besprechen, das nicht noch ein paar Wochen warten kann?«, fragte Vincent grimmig.

Ich lachte humorlos auf. »Du glaubst, dass ich in ein paar Wochen wieder Kontakt zu meiner Familie haben darf? Nach dem, was ich heute alles gehört habe, kann ich mir das nicht vorstellen. Solange dieser Serienmörder unterwegs ist, werden die Regeln verschärft und sicher nicht gelockert. Du hast doch selbst gesagt, dass die Stimmung angespannt ist.«

Vincent schnaubte. »Ja, das ist sie. Deswegen musst du in Zukunft endlich vorsichtiger sein! Denn es steht unser aller Leben auf dem Spiel, Lorelai.« Er machte eine kurze Pause. »Unterschätze deinen zukünftigen Mann nicht. Marcus kann sehr gefährlich werden. Und hör auf, Vitus hinterherzustarren.«

»Ich habe ihm nicht hinterhergestarrt.«

»Doch, das hast du. Aber du musst lernen, deine Gefühle zu kontrollieren, man darf dir nicht alles aus dem Gesicht ablesen. Du besitzt plötzlich Wert für das Hohe Herrscherhaus – für das Dunkle Fürstenpaar, aber auch für das Helle.«

»Wieso für das Helle?«, fragte Sophie und trat auf Vincent zu.

»Weil Lorelai der dunklen Blutlinie zu mehr Macht verhelfen wird. Als Vermählte von Marcus wird sie für Kinderreichtum sorgen – und das wird nicht von jedermann gern gesehen.« Er setzte sich seine rote Maske auf. »Vor allem nicht von den Hellen.«

Der Rest der Roten Audienz lief wie im Film an mir vorbei und ich vermied jeden Blickkontakt mit einem Hellen. Stattdessen bemühte ich mich, die Vorzeigedunkle zu mimen, und war froh, als ich am Abend endlich in mein Bett fiel.

Vincent hatte mich auf der ganzen Heimfahrt ignoriert, doch obwohl ich es nicht gern zugab, rechnete ich es ihm hoch an, dass er Sophie und mich nicht verpfiffen hatte. Nicht nur das, er hatte auch seine Identität als Gardemitglied preisgegeben – was er nicht hätte tun müssen.

Wahrscheinlich wussten die von Rabenaus nicht einmal, dass Vincent für die Garde arbeitete, und glaubten, dass er sich nur auf sein Jurastudium fixierte.

Vincents Worte gingen mir nicht aus dem Kopf. *Als Vermählte von Marcus wird sie für Kinderreichtum sorgen … wird nicht von jedermann gern gesehen … vor allem nicht von den Hellen.* Ich hatte niemals so weit gedacht, aber es machte Sinn, was er gesagt hatte. Wenn es tatsächlich Unruhen zwischen Hell und Dunkel gab und es um Machtbehauptungen ging, war ich den Hellen sicher ein Dorn im Auge.

Als Vincent am nächsten Tag am Frühstückstisch neben mir saß, würdigte er mich noch immer keines Blickes. Mit kantigen Bewegungen bestrich er sich seinen Toast und ich schob das schlechte Gewissen, das

ich ihm gegenüber empfand, weil er mich widerwillig doch beschützt hatte, schnell zur Seite.

»Schätzchen, kannst du mir mal den Zucker geben?«, fragte Harriet.

Ich reichte ihr die Zuckerdose und sie lächelte mich an.

»Das war gestern doch wieder einmal eine interessante Veranstaltung. Gut, dass die nächste erst in ein paar Monaten stattfindet. Von diesem ganzen Schwarz und Weiß wird man ja beinahe blind.«

Aleksander goss sich etwas Kaffee in seine Tasse. »Mutter, du sprichst über die Rote Audienz. Das Herrscherhaus wäre nicht erfreut, wenn es dich so reden hören könnte.«

Harriet zuckte mit den Schultern. »Zum Glück kann es mich aber nicht hören. Oder haben Sie etwa schon Wanzen angebracht? Eine notwendige Folge der Hausdurchsuchungen?«

Patric gähnte. »Das würde mich nicht wundern. Vielleicht hat Lorelai auch eine Bettwanze eingeschleppt? Diese Tierchen verstecken sich überall und es würde mich nicht wundern, wenn Marcus ein paar von denen hätte.«

»Patric«, mahnte ihn sein Vater.

Harriet schmunzelte. »Das ist nicht nett von dir, Patric, auch wenn du wahrscheinlich nicht unrecht hast – der dunkle Thronfolger soll doch sehr umtriebig sein. Apropos umtriebig: Wo steckt denn Annegret?«

Aleksander nahm einen Schluck von seinem Kaffee. »Sie musste schon sehr früh raus, weil sie einen wichtigen Termin bei Gericht hat.«

Harriet rieb sich über die Wangen. »Immer diese wichtigen Termine. Deine Frau ist sehr beschäftigt, Aleksander.«

Er nickte. »Sie hat wichtige Verhandlungen zu führen.«

»Womit sie nicht die Einzige wäre«, mischte sich Patric erneut ein. »Wie steht es denn momentan bei Lorelai? Hast du sie schon an Marcus verkauft?«

»Patric, das reicht«, knurrte Vincent und ich war ganz überrascht, Hilfe von seiner Seite zu bekommen.

Harriet quittierte Vincents Reaktion mit einem leichten Lächeln. »Lorelai, du musst Patric entschuldigen, er hat die lose Zunge von seinem Großvater. Es hat mich schon immer gewundert, dass sie ihm die bei der Geburt nicht abgeschnitten haben.«

»Die von Patric oder Großvater?«

Harriet lachte. »Wahrscheinlich hätten wir ihnen allen beiden die Zungen abschneiden müssen.«

Ich schmunzelte ebenfalls und war froh, dass die alte Dame mit uns am Frühstückstisch saß und damit die Stimmung etwas auflockerte. An Patrics Kommentare hatte ich mich im Laufe der letzten Wochen gewöhnt und war mir mittlerweile sicher, dass sie mehr mit ihm selbst als mit mir zu tun hatten. Anscheinend war er ebenso wenig begeistert, sich mit dieser Helena einzulassen, wie es mir mit Marcus ging – und wurde von seinen Eltern aber genauso dazu genötigt.

»Was das Zungenabschneiden anbelangt …« Ich nahm mein Buttermesser in die Hand, mit dem ich vorhin mein Croissant bestrichen hatte, und ließ es lächelnd durch meine Finger gleiten. »Wir können das gern jetzt nachholen.«

Aleksander betrachtete mich kopfschüttelnd. »Lorelai«, sagte er, aber es klang mehr nach einem Seufzen.

Harriet legte ihrem Sohn die Hand auf den Arm. »Ach, lass sie doch. Lorelai wird immer mehr zu einer Dunklen, da sind solche Scherze doch erlaubt.« Aleksander öffnete den Mund zu einer Erwiderung,

doch Harriet sprach schon weiter. »Erinnere dich an die Wortgefechte zwischen Vitus und Patric. So läuft das bei Geschwistern eben ab, mein Sohn. Gut, du als Einzelkind hast das nie erlebt, aber es gehört definitiv zur Entwicklung dazu.«

Patrics Blick traf mich unvermittelt und er schien ebenso wenig erfreut darüber zu sein wie ich, dass unsere Bissigkeit als geschwisterliches Geplänkel verstanden wurde.

»Ich gehe dann mal lieber«, sagte er und stand abrupt auf. »Bevor ich gleich noch auf den Teppich kotze.«

Aleksander warf ihm einen kühlen Blick zu und stand ebenfalls auf. »Patric, so geht das nicht. Dein Verhalten lässt in letzter Zeit mehr als zu wünschen übrig. Ich muss ein ernstes Wort mit dir reden.«

»Ich muss aber zur Uni.«

»Die Uni kann warten«, erklärte Aleksander und verschwand mit Patric in seinem Arbeitszimmer, der ihm nur widerwillig folgte.

Harriet zuckte mit den Schultern und schnappte sich ein Croissant. »Das klingt nach Ärger, meine Lieben«, seufzte sie und grinste. »Aber zumindest wird es bei den von Rabenaus niemals langweilig.«

Während der nächsten Tage versuchte ich, mich so unauffällig wie möglich zu verhalten und keinen Kontakt mit meiner Familie herzustellen, auch wenn es mir schwerfiel. Ich ging in die Schule, absolvierte meinen Privatunterricht und war froh, dass mir Marcus bislang noch keine weitere Nachricht hatte zukommen lassen. Wahrscheinlich war er mit den Ermittlungen der Roten Garde beschäftigt oder überlegte sich gerade, wer sein nächstes Mordopfer sein könnte. Auch Patric oder Vincent sah ich kaum, was mir nur recht war. Es reichte schon, wenn ich Vitus in der Schule über den Weg lief.

»Wollen wir heute Abend noch ins Kino? Oder zum Bowlen?«, fragte Lucy, als wir am Donnerstag gemeinsam das Schulgebäude verließen. »Wie du weißt, müssen wir für das Marketingprojekt mit Kim morgen Kraft tanken. Und am Nachmittag habe ich leider schon eine Verabredung.«

»Mit deiner Bushaltestelle?«, fragte ich.

Lucy verdrehte die Augen und schnaubte dann. »Es ist wie verhext, Lorelai. Der Typ läuft mir nicht mehr über den Weg. Ich habe schon überlegt, ob ich Videokameras an der Haltestelle montiere, damit er mir nicht mehr entwischt.«

»Du weißt schon, dass das illegal ist?«, fragte ich und Lucy grinste nur breit.

»Illegal hin oder her, es geht um die Liebe. Da muss man Grenzen überschreiten!« Sie griff sich theatralisch an ihre blau karierte Bluse, die sie zu ihren geflochtenen Zöpfen und der roten Herbstjacke trug.

In dem Moment klingelte ihr Handy.

Sie blickte aufs Display. »Meine neue Stiefmutter. Wahrscheinlich will sie schon wieder shoppen gehen. Sie will mich verwöhnen und mit Geschenken überhäufen – gut so. Endlich mal eine, die es so richtig verstanden hat.« Lucy beugte sich zu mir und drückte mir einen Kuss auf die Wange. »Bis später.«

»Bis später«, erwiderte ich und schlug dann den Weg zur Bushaltestelle ein, den ich früher immer genommen hatte. Dabei blickte ich kurz zurück und sah, wie Lucy noch immer mit dem Telefon am Ohr vor dem Schulgebäude stand und mir aus einigen Metern Entfernung zuwinkte. Ich winkte kurz zurück und schnaubte innerlich, weil ich jetzt die Straße so weit entlanggehen musste, bis mich Lucy nicht mehr sah.

Als ich mich wieder nach vorn drehte, knallte ich in einen hochgewachsenen Typen, der auf der Straße stehen geblieben war und auf seinem Handy herumscrollte.

Mein Herz klopfte mir bis zum Hals, als ich ihn erkannte. Verdammt. Musste es ausgerechnet Vitus sein?

Er schüttelte den Kopf. »Machst du das etwa wirklich mit Absicht?«

»Machst *du* das etwa mit Absicht?«, gab ich bockig zurück. »Du bist ja mitten auf der Straße stehen geblieben.« Dabei versuchte ich, nicht an die Rote Audienz zu denken, als Josephine sich so an ihn rangeschmissen hatte und er mit einem Lächeln reagiert hatte.

»Ich kann stehen bleiben, wo ich will«, sagte Vitus trocken. »Und läufst du nicht in die falsche Richtung?«

»Ich wüsste nicht, was dich das angeht.«

In dem Moment ertönte das Eingangssignal einer WhatsApp-Nachricht und mein Puls beschleunigte sich, als ich erkannte, dass die Nachricht von Sophie war.

Wir müssen uns treffen. Sofort. In Meikes Jeansladen.

Ich schluckte, denn ich wusste, wenn Sophie sich direkt bei mir meldete und keine Details verriet, musste irgendetwas Furchtbares im Gange sein. Sie selbst hatte Vincents Warnung gehört und wäre nicht so unvernünftig, sie für eine Kleinigkeit zu missachten.

Ich komme, schrieb ich zurück und bemerkte erst jetzt, dass Vitus mir über die Schulter sah und mitgelesen hatte.

»Das wirst du nicht tun«, stellte er klar und erinnerte mich mit seinem Befehlston nur zu gut an Vincent.

Ich hielt Ausschau nach einem Taxi und ging die Straße weiter entlang. »Das geht dich nichts an.«

Vitus folgte mir und hielt mich am Arm fest. »Natürlich geht es

mich was an. Nach der Sache im Palast glaubst du noch ernsthaft, dass du dich einfach so mit Sophie treffen kannst?«

Er funkelte mich an und ich funkelte nicht weniger wütend zurück. »Hat Vincent dir davon erzählt? Sophie war es sicher nicht, was bedeutet, dass du mit zweierlei Maß misst! *Du* darfst dich mit deinem Bruder treffen, aber ich soll mich schön ruhig verhalten?«

»Ja, weil du verdammt ungeschickt vorgehst. Direkt im Palast? Sag mal, Lorelai, hast du auch nur einen Moment lang nachgedacht?«

Seine Worte verletzten mich, denn er hatte in gewisser Weise recht. Es war tatsächlich nicht klug gewesen, mit Sophie direkt im Palast zu sprechen. Aber ob es nun klug war oder nicht – wenn Sophie sich mit mir treffen wollte, würde ich sie nicht ignorieren. Sie war meine Schwester und ich vertraute ihr.

Ungeduldig versuchte ich, mich aus Vitus' Griff zu befreien. »Lass mich los.«

»Sicher nicht.«

Ich fühlte, wie die Wut in mir hochstieg, und erspähte zwischen den Autos auf der Straße ein Taxi, das in unsere Richtung fuhr.

»Lass mich los«, wiederholte ich noch einmal und hatte das Gefühl, dass mir die Zeit davonrannte.

Vitus verstärkte seinen Griff, auch wenn er mir nicht wehtat. »Du wirst Sophie nicht treffen, es ist zu riskant.«

»Das ist nicht deine Entscheidung«, erwiderte ich und rammte ihm mein Knie in die Weichteile. Dabei legte ich all meine Kraft in diese Bewegung – mit Erfolg, denn Vitus zuckte zusammen und lockerte seinen Griff. Es war nur ein Augenblick, aber der reichte, um mich von ihm loszureißen, und, so schnell ich konnte, zum Taxi zu rennen.

Fünfzehn Minuten später betrat ich den schmalen Jeansladen, der nur aus ein paar Regalen, einer Kasse und einem Verkaufstisch bestand, auf dem sich die Jeansmodelle stapelten. Sophie schloss die Tür hinter mir und hängte das Mittagspause-Schild ins Fenster.

»Meike war so nett, mir den Laden zu überlassen, ohne Fragen zu stellen«, erklärte sie auf meinen fragenden Blick hin und ich konnte die Unruhe in ihrem blassen Gesicht ablesen. »Wir haben eine Stunde. Ich hoffe, es ist sicher hier und ich bringe uns damit nicht in Gefahr.«

Sophie wirkte total aufgewühlt. Nervös knetete sie ihre Hände, die leicht zitterten.

»Was ist los?«

Sie sah mich mit glänzenden Augen an. Es kostete sie Überwindung, die nächsten Worte auszusprechen – fast als würden sie erst dann real werden, wenn sie aus ihrem Mund kamen. »Sie haben Mama mitgenommen.«

Ich fühlte mich, als hätte ich soeben einen Frontalunfall mit dem Auto gehabt. Schlagartig wurde mir schlecht. »Sie haben was?«

»Die Rote Garde hat Mama abgeführt«, flüsterte sie und presste die Lippen aufeinander. »Ich weiß es von Papa, er hat mich angerufen. Gerade bespricht er sich mit den von Sonnenbergs und ist total fertig, denn er hat es selbst nur von Romy erfahren.«

Ich schluckte. Die Vorstellung, dass meine kleine Schwester die Verhaftung mit angesehen haben musste, brach mir das Herz. »Romy war dabei?«

Sophie nickte. »Sie war die Einzige, die zu Hause war. Es ging ihr heute nicht gut und sie hat geschlafen, als die Männer gekommen sind. Nach der Verhaftung hat sie total verängstigt Papa angerufen. Er ist gleich zu ihr nach Hause gefahren und war dann im Palast, um in Er-

fahrung zu bringen, warum sie sie mitgenommen haben – aber sie lassen ihn nicht zu ihr und wollen auch nicht mit ihm sprechen. Sie sagen ihm nicht mal den Grund für die Festnahme.«

Ich klammerte mich an den dunklen Tisch vor mir. Nach allem was ich von der Roten Garde nun wusste, fand ich den Gedanken schrecklich, dass meine Mutter ihnen ausgeliefert war.

»Lorelai, glaubst du, dass Vincent doch etwas gesagt hat? Dass die Rote Garde mit der Verhaftung auf unser Treffen im Palast reagiert?«

Ich schüttelte den Kopf. »Das kann ich mir nicht vorstellen, so verschlagen ist er nicht.«

Gleichzeitig dachte ich nach, ob uns sonst noch jemand gesehen haben könnte. Vielleicht hatte auch jemand das Gespräch zwischen Vitus und Vincent belauscht?

»Vincent würde seine Familie niemals in Gefahr bringen«, bekräftigte ich.

Sophie fuhr sich mit beiden Händen über das Gesicht. »Aber wenn sie ihn unter Druck setzen?«

Ich schüttelte den Kopf. »Was sollten sie denn von ihm wollen?«

Sophie atmete geräuschvoll aus und strich mit den Händen über eine Jeans, die vor ihr lag. »Ich weiß auch nicht. Du hast ja recht, aber ich kann momentan keinen klaren Gedanken mehr fassen. Ich fühle mich total schuldig. Wir hätten einfach vorsichtiger sein müssen.«

Ich tigerte in dem Laden auf und ab. »Ich glaube nicht, dass die Festnahme mit unserem Treffen in Verbindung steht. Könnte es vielleicht doch noch um den Mord an dem von Grottengras gehen? Verdächtigen sie jetzt vielleicht nicht mehr Papa, sondern Mama? Oder vielleicht geht es um Violetta? Der Serienkiller ist noch immer nicht

gefasst und die Rote Garde steht unter Druck, Ergebnisse zu liefern. Vielleicht hatte Mama Kontakt mit Violetta.«

Die Gedanken überschlugen sich in meinem Kopf und ich wusste nicht, was ich denken sollte. Konnte die Festnahme meiner Mutter vielleicht auch nur mit mir in Verbindung stehen?

Meine Schwester umschloss meine Hände. »Lorelai, ich wollte dich nicht nur treffen, um dir die Nachricht persönlich zu überbringen. Ich muss dich um etwas bitten.«

»Um was?«

»Du musst mit Marcus von Kaltenburg sprechen. Er hat Interesse an dir und du kannst deinen Einfluss bei ihm geltend machen. Du musst mehr über die Hintergründe erfahren.«

Ich nickte. »Natürlich mache ich das«, sagte ich. »Ich würde alles tun. Ich will nicht, dass Mama etwas passiert.«

Sophie schloss mich in eine Umarmung. »Nein, das lassen wir nicht zu.« Im nächsten Moment zuckte sie zusammen, als zwei dunkle Gestalten vor dem Jeansladen erschienen.

KAPITEL 16

»Ich dachte, ich hätte mich beim letzten Mal klar und deutlich ausgedrückt«, herrschte uns Vincent an, nachdem wir ihm und Vitus die Tür geöffnet hatten.

»Kommt schnell rein, sonst sorgt ihr für zu viel Aufsehen«, sagte Sophie und ich bewunderte sie dafür, dass sie so ruhig bleiben konnte.

Vincent und Vitus betraten den Jeansladen und Sophie schloss schnell die Tür hinter ihnen. Dabei sah sie sich noch einmal rasch auf der Straße um.

»Uns ist niemand gefolgt«, knurrte Vincent. »Darauf habe ich schon achtgegeben. Aber ihr? Wie könnt ihr nach dem Treffen im Palast auch nur daran denken, euch gemeinsam in der Öffentlichkeit zu zeigen?«

Sophie atmete tief aus und stellte sich neben mich. »Wir waren vorsichtig.«

Mein Blick wanderte zu Vitus. »Hast du mich etwa verfolgt? Das hier geht dich überhaupt nichts an!«

Vitus schüttelte leicht den Kopf. »Hörst du dir noch selbst zu, Lorelai? Natürlich geht es mich etwas an, und nicht nur, weil du mir in die Eier getreten hast.«

Sophie blickte überrascht zu mir. »Du hast WAS?«

»Es war notwendig.«

Vitus lachte laut auf. »Und du tust immer, was notwendig ist, nicht wahr?«

»Ja, das tue ich«, erwiderte ich erregt. »Glaubst du, ich weiß nicht, welches Risiko ich hiermit eingehe? Natürlich weiß ich es – aber manchmal muss man Risiken eben eingehen.«

»Du hältst jetzt sofort die Klappe«, sagte Vincent schroff und baute sich vor mir auf.

Sophie rückte noch ein Stück zu mir heran. »Sprich nicht so mit meiner Schwester.«

Vincent drehte sich zu ihr um. Obwohl er und Vitus nicht genetisch miteinander verwandt waren, hatten sie beide den gleichen grimmigen Gesichtsausdruck, der perfekt zu ihrer schwarzen Kleidung passte. »Wenn sie es verdient hat, werde ich mit ihr sprechen, wie ich es will. Und zumindest dir hätte ich mehr Verstand zugetraut, Sophie! Ich dachte, das letzte Mal im Palast war euch Lehre genug!«

Sophie erwiderte Vincents feurigen Blick. »Sie haben unsere Mutter. Die Garde hat unsere Mutter abgeführt! Ich weiß, dass es nicht intelligent ist, mich mit Lorelai zu treffen, aber ich habe einen Laden ausgesucht, der in keiner direkten Verbindung zu uns steht. Er gehört einer ehemaligen Kindergartenfreundin von mir. Lorelai und ich waren beide vorsichtig, als wir hierhergekommen sind, und ich weigere mich, nichts zu tun, wenn meine Mutter in Gefahr ist!«

Einige Sekunden lang starrten Vincent und Sophie einander an und

eine knisternde Spannung lag in der Luft, die ich mir bei der ganzen Aufgeregtheit vielleicht auch nur einbildete.

Vincent unterbrach das Schweigen als Erster. »Wann haben sie sie abgeführt?«

»Heute Vormittag.«

»Und wo haben sie sie hingebracht?«

»Wir gehen davon aus, dass sie sie in den Palast gebracht haben. Aber wir wissen es nicht genau. Romy war die Einzige, die zu Hause war, als es passiert ist.«

Vitus sog scharf die Luft ein. »Romy hat alles mitbekommen?«

Sophie nickte und der Gedanke, dass meine kleine Schwester die Festnahme beobachtete hatte, versetzte mir erneut einen Stich. »Sie ist jetzt bei Freunden, während Papa sich mit den von Sonnenbergs berät.«

Einer der Jeansstapel auf den Tischen war ein bisschen schief und Sophie zupfte ihn fahrig zurecht. Dabei fiel mir auf, dass ihre Hände zitterten. Auch Vincent bemerkte es und machte einen Schritt auf sie zu.

»Es muss nichts zu bedeuten haben. Die Rote Garde ist vom Hohen Herrscherhaus beauftragt worden, rasch Ergebnisse zu liefern. Und weil das bislang noch nicht gelungen ist, rollen sie jeden der Mordfälle neu auf.«

»Aber sie gehen drastischer vor als beim letzten Mal«, hielt ich dagegen und dachte an das, was ich bei dem Treffen mit Marcus mitbekommen hatte: dass sich ein Dunkler selbst getötet hatte, um der Folter zu entgehen. Ich wollte mir nicht ausmalen, wie brutal die Rote Garde vorgegangen sein musste, um diese Reaktion hervorzurufen.

Vincent verschränkte die Arme hinter dem Rücken. »Hat sich eure Mutter etwas zuschulden kommen lassen?«

»Natürlich nicht«, entfuhr es mir, aber Vincent wollte anscheinend nicht von mir eine Antwort, denn sein Blick lag auf Vitus.

»Ich denke nicht«, sagte dieser. »Sie wirkt recht ... anständig.«

»Gut, dann müsst ihr euch keine Sorgen machen«, erklärte Vincent. »Auch wenn die Rote Garde wieder von vorn anfangen muss, können die Offiziere nicht jede beliebige Helle foltern, wie es ihnen gerade einfällt.«

Ich wollte ihm gern glauben, aber mein Gefühl sagte mir, dass die Rote Garde zu allem fähig war.

»Bist du dir da so sicher? Hast du nicht selbst schon Ausnahmen erlebt und andere Befehle erhalten?«, fragte ich und sah aus den Augenwinkeln, wie Vitus die Stirn krauszog.

Vincent atmete tief ein und schloss für einen Moment die Lider. Erst jetzt verstand ich, was ich soeben getan hatte.

Vitus betrachtete seinen Bruder und schluckte. »Du bist bei der Roten Garde? Du bist einer ... von ihnen?«

Vincent nickte langsam. »Du weißt, dass wir eine Geheimhaltungsklausel unterzeichnen müssen.«

Vitus lachte bitter. »Und diese Geheimhaltungsklausel ist so wichtig, dass du sie für Sophie und Lorelai brichst?«

Erst jetzt wurde mir so richtig klar, welches persönliche Risiko Vincent eingegangen war, indem er uns seine Identität verraten hatte.

»Mann, die beiden wären sonst von jemand anderem erwischt worden. Jemandem, der sie nicht so glimpflich hätte davonkommen lassen. Wenn ihr Treffen bekannt geworden wäre, hätte das bei der aktuellen Situation Wellen geschlagen.« Vincent machte eine Pause und

schnaubte. »Die Zukünftige des Thronfolgers bei einem konspirativen Treffen mit einer Hellen?«

»Aber es war kein konspiratives Treffen.«

Vincent blickte mich wütend an und seine Augen waren beinahe so dunkel wie seine Haare. »Und wie willst du das beweisen, Lorelai? Wie oft soll ich es dir noch sagen? Du hast echt keine Ahnung, was gerade vor sich geht. Aktuell herrscht eine unruhige Spannung zwischen Hellen und Dunklen sowie eine latente Skepsis gegenüber dem Hohen Herrscherhaus. Viele trauen ihnen nicht mehr zu, die Sache in den Griff zu bekommen, und warten auf eine Rücktrittserklärung. Dieses Misstrauen wollen sich wiederum Personen zunutze machen, die nur auf eine Gelegenheit der Instabilität gewartet haben. Überleg doch mal, wie viele Leute den Thron für sich wollen – glaubst du nicht, dass sie in Zeiten wie diesen ihre Chance wittern?«

Sophie biss sich auf die Unterlippe. »Du glaubst, dass jemand das Hohe Herrscherhaus stürzen möchte?«

Vincent fuhr sich durch seine dunklen Haare. »Die Vergangenheit hat doch nichts anderes bewiesen, oder? Denkt doch nur an Dante de' Medici und die Art, wie er an die Macht gekommen ist – das Gemetzel, das er hinterlassen hat. Es gibt viele Vermutungen, welche Kräfte aktuell am Werk sind, aber Momente der Schwäche wurden in unserer Geschichte schon öfter missbraucht, um die Karten neu zu mischen.«

Vitus lehnte sich an eines der dunklen Regale und zog nachdenklich die Augenbrauen zusammen. Eine dunkelblonde Strähne fiel ihm in die Stirn. »Glaubst du, dass das der wahre Hintergrund für die Morde ist? Dass in Wirklichkeit kein verrückter Killer die Leute beseitigt, sondern das tatsächlich eine Intrige dahintersteckt?« Vitus' Worte klangen vernünftig.

Vincent rieb sich über die Augen. »Die Rote Garde hat einige Vermutungen, aber noch keine stichhaltigen Anhaltspunkte. Ich weiß nur, dass wir zurzeit sehr vorsichtig sein müssen mit dem, was wir tun.« Sein Blick schwenkte zu mir.

»Mach mir jetzt nicht wieder einen Vorwurf, weil ich mir Sorgen um meine Mutter mache.«

»Ich mache dir einen Vorwurf, weil du unverantwortlich reagierst. Du bringst alle in deinem Umfeld in Gefahr.«

»Ich habe Lorelai um das Treffen gebeten«, mischte sich Sophie ein. »Wenn du dich mit jemandem streiten willst, dann tu es mit mir.«

Sie betrachtete Vincent und schien bereit für eine Konfrontation zu sein, die jedoch ausblieb. Es wirkte fast, als hätte Vincent Respekt vor Sophie und dem Mut, den sie ihm immer wieder entgegenbrachte.

Ich räusperte mich. »Wie hast du mich eigentlich gefunden? Ist Vitus mir wirklich nachgelaufen?«

Vitus lächelte überheblich und ich hasste es, dass er dabei verdammt sexy aussah. »Das hättest du wohl gern.«

Ich verdrehte die Augen. »Du hast doch nicht schon wieder einen Sender bei mir deponiert?«, fragte ich Vincent.

»Ist das jetzt nicht egal?«, erwiderte er schroff. »Ich dachte, es geht dir um deine Mutter.« Er hielt kurz inne und es schien, als würde er innerlich mit sich ringen, ob er das Nächste überhaupt sagen sollte. »Ich habe gleich Dienst bei der Roten Garde und werde sehen, was ich über eure Mutter herausfinden kann.«

Sophie nickte dankbar und holte von der Verkaufstheke ein Stück Papier und einen Kugelschreiber. »Ich weiß, es ist viel verlangt, aber könntest du mir auch Bescheid geben? Jede Sekunde, die verstreicht, ohne zu wissen, wie es ihr geht, fühlt sich einfach nur schrecklich an.«

Sie kritzelte ihre Telefonnummer auf den Zettel und überreichte ihn Vincent.

»Okay. Ich melde mich bei euch, sobald ich etwas weiß. Aber es kann seine Zeit dauern«, bemerkte er und seine Miene wurde etwas finsterer. »Denn ich muss mehr als vorsichtig sein.«

Als ich im Haus der von Rabenaus ankam, versuchte ich, mir von den Erlebnissen nichts anmerken zu lassen. Leise betrat ich das Haus und hörte, wie Annegret und Aleksander im Wohnzimmer miteinander diskutierten.

»Vielleicht solltest du doch auf sein Angebot eingehen«, meinte Annegret besorgt. »Du weißt nicht, mit welchen Konsequenzen wir sonst zu rechnen haben.«

Aleksander seufzte. »Das Hohe Herrscherhaus hat sich denselben Regeln zu unterwerfen wie wir«, gab er dann ungewohnt sanft zurück. »Es ist ganz normal, dass die Verhandlungen stocken. Du solltest dich davon nicht beunruhigen lassen. Auch in unserer aktuellen Situation nicht.«

»Sollten wir die Reise nicht lieber absagen?« Annegret klang noch immer zutiefst beunruhigt. Kurz darauf wurden beide ruhig, weshalb ich davon ausging, dass sie mich bemerkt hatten. Schnell streifte ich meine Schuhe ab und zog meine Jacke und den Schal aus, um sie in einem der modernen Schränke zu verstauen.

»Hallo«, begrüßte ich Annegret und Aleksander, die im Wohnzimmer auf der Couch saßen. Es war ungewöhnlich, dass die beiden zusammen am Nachmittag zu Hause waren.

»Hallo, Lorelai«, erwiderte Annegret mit einem flüchtigen Lächeln und auch Aleksander nickte mir zu. »Wo warst du?«

»Ich war mit Lucy noch kurz in einem Café«, log ich.

Annegret, die ein graues Kostüm mit einer roten Bluse trug, deren Farbton perfekt zu ihren geschminkten Lippen passte, warf einen Blick auf ihre goldene Uhr. »Hast du heute nicht noch Privatunterricht?«

»Doch. In genau 15 Minuten«, sagte ich. »Ich werde mich oben noch auf die Stunde vorbereiten.«

Aleksander nickte. »Gut, dass du den Unterricht nun endlich ernst nimmst.«

»Natürlich«, erwiderte ich und verschwand nach oben.

Die nächsten 15 Minuten starrte ich nur auf mein Handy und hoffte, endlich eine Nachricht von Vincent zu erhalten. Ich fühlte mich, als würde ich auf glühenden Kohlen sitzen, und auch wenn ich wusste, dass er etwas Zeit benötigte, quälte mich jede einzelne Sekunde.

Natürlich war ich Vincent unglaublich dankbar dafür, dass er sich für mich und Sophie so weit aus dem Fenster lehnte – dennoch suchte ich meine Sachen erneut nach einem Sender ab. Doch ich fand nichts. Konnte es sein, dass Vincent mein Handy ortete? Ein kalter Schauer rann mir über den Rücken, denn wenn er es konnte, dann konnte es die Rote Garde natürlich auch.

Ein leises Klopfen an der Tür riss mich aus meinen Gedanken. »Entschuldigen Sie die Störung. Herr von Hetz ist da«, informierte mich Laura mit ihrer melodiösen Stimme.

»Danke«, rief ich zurück und ging hinunter ins Erdgeschoss.

Die folgenden zwei Stunden mit meinem Privatlehrer zogen sich wie ein Strudelteig. Auch wenn ich versuchte, ihm zuzuhören, wanderte mein Blick immer wieder zu dem Display meines Handys. Doch Vincent meldete sich nicht und langsam breitete sich Panik in mir aus.

Was, wenn sie Mama tatsächlich folterten? Natürlich wusste mein Verstand, dass das recht unwahrscheinlich war, aber dennoch musste ich es in Erwägung ziehen.

Nach dem Unterricht tigerte ich wieder in meinem Zimmer auf und ab. Mein Puls war auf 180 und ich konnte keinen klaren Gedanken mehr fassen, bis ich mich dazu entschloss, etwas zu unternehmen.

»Herein«, hörte ich Annegrets Stimme, als ich an die Tür ihres Arbeitszimmers klopfte. Meine genetische Mutter saß hinter ihrem modernen Glastisch vor der dunkelrot gestrichenen Wand und nahm ihre schwarze Brille ab, als sie mich sah. Ihre schönen grünen Augen richteten sich auf mein Gesicht und mir wurde bewusst, dass sie müde aussah.

»Wie kann ich dir helfen, Lorelai?«

Ich öffnete den Mund und stockte kurz. Es kostete mich ein wenig Überwindung, es zu sagen, aber ich wusste, dass es meine beste Chance war, um mehr über den Verbleib meiner Mutter zu erfahren.

»Ich brauche eine Telefonnummer. Und zwar die von Marcus von Kaltenburg.«

Überraschung zeichnete sich auf Annegrets Gesicht ab und sie lehnte sich auf ihrem imposanten Lederschreibtischstuhl zurück. »Interessant. Gehe ich dann richtig in der Annahme, dass du dich mit den Gegebenheiten arrangiert hast?«

»Ich nutze meine Möglichkeiten«, erklärte ich vage, woraufhin sie mir mit einem zufriedenen Nicken Marcus' Nummer aushändigte.

Danach dauerte es nicht einmal eine Stunde, bis die schwarze Limousine vor dem Anwesen der von Rabenaus über die Straße rollte.

Lucy hatte ich den geplanten Kinobesuch abgesagt und von Vincent hatte ich noch immer nichts gehört, weshalb ich von Minute zu Minute unruhiger wurde, als mir der Chauffeur die Wagentür öffnete und mich zum Palast des Hohen Herrscherhauses kutschierte.

Ich hatte mich in ein blutrotes Kleid gepresst, das mir Annegret schon vor einigen Tagen in den Schrank hatte hängen lassen. Dazu trug ich den passenden Lippenstift und meine schwarzen Haare offen. Lucy hätte mein Outfit als verrucht beschrieben und ich hoffte, dass es seine Wirkung bei Marcus nicht verfehlen würde.

Ein Mitglied der Roten Garde empfing mich und führte mich in einen großen Raum, an dessen Ende sich ein dunkler Schreibtisch im Barockstil befand. Marcus saß dahinter und studierte einige Unterlagen. An den rot-goldenen Tapeten hingen prunkvolle Goldrahmen mit düsteren Porträts und ich hatte das Gefühl, dass mich Marcus' gesamte Ahnenreihe anstarrte.

»Lorelai«, begrüßte er mich, nachdem der Gardist sich aus dem Raum entfernt hatte und die Tür ins Schloss fiel. »Ich habe gleich einen wichtigen Termin und nicht viel Zeit für dich. Aber wie ich sehe, hat meine Maßnahme umgehend gegriffen.«

Sein Gesicht zeigte keine Gefühlsregung und ich brauchte einen Moment, bis seine Aussage sich durch meine Gehirnwendungen presste und Sinn ergab.

»Du warst das?«, fragte ich fassungslos.

Er machte ein paar Schritte auf mich zu und verschränkte die Hände hinter dem Rücken. »Die Verhandlungen stocken gerade. Es erschien mir sinnvoll, den Druck etwas zu erhöhen.«

Ungläubig starrte ich ihn an. Marcus' Gesicht wies nicht den Hauch eines schlechten Gewissens auf – im Gegenteil, ich konnte Befrie-

digung darin erkennen. Trotz seiner feinen Züge und der dunklen Schatten unter seinen Augen strahlte er mir gegenüber eine hässliche Überlegenheit aus und ich fragte mich für einen Moment, ob ich in das Gesicht eines Mörders blickte. Obwohl ich unsagbar wütend war, warnte mich eine innere Stimme davor, zu viel davon zu zeigen. Marcus konnte unter Umständen richtig gefährlich sein.

Ich zog eine Augenbraue hoch. »Und dafür lässt du meine Mutter festnehmen? Um den Druck zu erhöhen?«

»Wie du siehst, bin ich dazu in der Lage.«

»Stimmt, das hast du bewiesen«, erwiderte ich kalt.

Marcus sah mich spöttisch an. »Warum regst du dich denn so auf, Lorelai? Deiner leiblichen Mutter geht es doch gut.«

Ich machte einen Schritt auf ihn zu. »Was hast du mit ihr gemacht?«

Er stand nur eine Armeslänge von mir entfernt und schien die Situation zu genießen, denn er betrachtete mich unverhohlen, bis sein Blick nach unten zu meinem Dekolleté glitt. Annegrets Kleid war so eng, dass es meine Brüste nach oben schnürte und man mehr von mir sah, als mir lieb war.

Marcus machte einen letzten Schritt auf mich zu, sodass wir uns viel zu nahe waren und mich sein holziger Duft nach Moschus umfing. Er beugte sich ein Stück nach unten, bis ich seinen Atem an meinem Hals spüren konnte.

»Nachdem du bereit bist, zumindest optisch mehr mit mir zu teilen, werde ich auch etwas mit dir teilen. Frau von Wittgenstein geht es gut.« Seine Stimme klang weich und verführerisch.

Ich presste die Lippen aufeinander. »Wieso sollte ich dir glauben?«

»Hast du denn eine andere Wahl?«, flüsterte er gefährlich.

»Ich will einen Beweis.«

Marcus lachte leise und richtete sich wieder auf. »Du verlangst vom Thronfolger einen Beweis? Ich glaube nicht, dass du in der Position bist, etwas zu verlangen, Lorelai.«

Ich schluckte trocken. »Ich muss wissen, dass es ihr gut geht.«

Marcus rieb sich über sein Kinn. »Dir ist bewusst, dass ich eine Gegenleistung in Anspruch nehmen werde?«

Mein Herz hämmerte in meiner Brust. »Und welche?«

»Das wirst du noch sehen«, erklärte er entspannt, drehte sich um und ging zu seinem Schreibtisch, um mit seinem Handy zurückzukommen. »Ruf sie an.«

»Es herrscht Kontaktverbot zwischen mir und meiner hellen Familie«, sagte ich, weil ich in seiner Aufforderung eine Falle witterte.

Marcus blickte mich kühl an. »Ich habe die Macht, dir einen Anruf zu erlauben. Mach es – oder lass es bleiben.«

Er drückte mir das Telefon in die Hand und ich wählte die Nummer meiner Mutter. Als ich ihre Stimme hörte, atmete ich erleichtert aus.

»Dagmar von Wittgenstein.«

»Mama, hier ist Lorelai. Geht es dir gut?«

»Lorelai«, hörte ich meine Mutter hauchen und die Herzlichkeit in ihrer Stimme versetzte mir einen tiefen Stich. »Du darfst mich doch nicht anrufen.«

»Ich bin bei Marcus von Kaltenburg. Er hat mir den Anruf erlaubt. Bist du wieder zu Hause?«

»Ja, das bin ich. Sie haben mich soeben wieder freigelassen. Mach dir keine Sorgen, Schatz – es war eine rein bürokratische Sache. Die Rote Garde hat mich gut behandelt, es ist alles in Ordnung.«

»Das ist genug«, hörte ich Marcus sagen und spürte, wie er mir das Telefon wieder aus der Hand nahm. Er legte es auf ein kleines Tisch-

chen neben uns und fixierte mich dabei wie eine Raubkatze, die ihr Opfer gefunden hatte.

Automatisch wich ich einen Schritt an die rot-goldene Wand zurück und atmete tief ein, als Marcus auf mich zukam. Er stellte sich direkt vor mich, sodass ich mich mit dem Rücken gegen die Tapete drückte, um etwas Abstand zwischen uns zu bringen. Der durchdringende Blick seiner dunklen Augen bohrte sich in mich, während er mit einer Hand sanft meinen Hals hinunterstrich, bis er meinen Brustansatz berührte.

»Das ist meine Gegenleistung?«, fragte ich verächtlich, weil ich nicht vorhatte, vor Marcus schwach zu erscheinen, wenn er mich schon räumlich in die Enge trieb.

Er schüttelte leicht den Kopf. »Nein, Lorelai. Natürlich nicht.« Sein Blick rutschte zu meinen Lippen und mein Herz pochte so laut, dass ich mir sicher war, dass er es hören musste.

Ohne Vorwarnung presste er seinen Mund auf meinen. Erschrocken keuchte ich auf. Seine glatten Lippen fühlten sich weich an und seine Zunge drang forsch in meinen Mund, als er seinen Körper an meinen drückte. Eine Gänsehaut überzog meine Haut und Abscheu raste durch mich hindurch. Der ganze Kuss schmeckte genauso gefährlich, wie Marcus selbst es war. Auch wenn alles in mir den Mistkerl einfach nur treten wollte, wusste ich, dass ich ruhig bleiben musste, wenn ich meine Familie nicht in Gefahr bringen wollte.

Als er mit der Hand schließlich meinen Arm hinabfuhr, riss ich den Kopf zur Seite. »Das reicht«, sagte ich beherrscht und funkelte ihn an. Seine dunklen Augen glitzerten.

»Bist du dir sicher, dass es schon reicht?«, fragte er heiser.

»Du hast schließlich noch einen Termin«, sagte ich und machte

mich von ihm los. Dabei versuchte ich, mir die Erleichterung nicht anmerken zu lassen, weil er es einfach geschehen ließ. Kurz glaubte ich, so etwas wie Anerkennung in seinem Gesicht aufblitzen zu sehen.

»Du lernst«, sagte er kalt und ging zu seinem Schreibtisch, um sich dahinter niederzulassen. Dabei fixierte er mich mit seinen dunklen Augen. »Sehr gut.«

KAPITEL 17

Ich war bereits wach, als der Wecker am nächsten Morgen klingelte. Trotz meiner Müdigkeit hatte ich nicht gut geschlafen und die Momente im Palast immer wieder durchlebt. Dabei ging es mir weniger um den Kuss mit Marcus an sich, sondern um das Gefühl, in der Falle zu sitzen.

Er hatte mich in der Hand, und wenn mir nicht bald etwas einfiel, würde ich gezwungen sein, einen Mann zu heiraten, der in mir nicht mehr sah als ein Spielzeug.

Widerwillig schwang ich die Beine aus dem Bett. Heute stand der Ausflug zu der Textilmanufaktur für das Marketingprojekt auf dem Plan und ich wäre zehnmal lieber zum normalen Unterricht gegangen, als die nächsten Stunden mit Vitus und Kim auf engstem Raum zu verbringen. Der einzige Lichtblick war Lucy und ich hoffte, dass zumindest sie mich mit ihrer verrückten Art ein wenig aus meiner negativen Stimmung holen würde.

Eine knappe Stunde später fand ich mich bei dem vereinbarten

Treffpunkt vor der Schule ein und sah mich dort nach den anderen um. Vitus hatte angeboten, uns alle im Auto mitzunehmen, und es gab mir einen Stich, als ich den silbernen Toyota meines Vaters ein paar Meter die Straße runter parken sah. Vitus hatte einen schwarzen Schal um den Hals geschlungen und lehnte mit den Händen in den Hosentaschen an der Fahrerseite.

»Hey«, sagte ich, als ich auf ihn zutrat. Der kalte Wind zerrte an meiner Jacke, fröstelnd schlang ich die Arme um meinen Körper. Ein paar Mädchen aus der Unterstufe gingen gerade vorbei und warfen Vitus schmachtende Blicke zu, die er jedoch völlig ignorierte.

»Hey«, sagte er und fuhr sich kurz durch die Haare. »Wo ist Lucy?«

»Keine Ahnung. Wo ist Kim?«

»Krank.«

Überrascht blickte ich ihn an und hoffte, dass man mir mein spontanes Hochgefühl nicht ansah. Ein Ausflug nur mit Lucy und Vitus würde weit weniger anstrengend werden – vor allem, da Vitus sich ohnehin im wortkargen Modus befand.

»Flipp nicht gleich aus vor Freude«, meinte er.

»Ich freu mich doch nicht.«

Daraufhin hob Vitus nur eine Augenbraue und ich war ganz froh, dass in dem Moment mein Handy klingelte.

»Hey, Lucy, wo steckst du?«, nahm ich den Anruf an.

»Im Bett«, stöhnte sie. »Ich wollte ja schon früher anrufen, aber da hing ich noch mit dem Kopf über der Kloschüssel und habe meinen kompletten Mageninhalt an die Abwasserrohre übergeben.«

»Oh nein.«

»Du sagst es. Es war furchtbar! So müssen sich die Menschen mit Cholera fühlen. Oder Pest.« Sie stöhnte erneut.

»Hast du was Schlechtes gegessen?«

»Nein, ich glaube, es ist eine Magen-Darm-Grippe. Kim hat mich gestern angeniest und gemeint, dass ihr Magen verrücktspielt. Was für ein Biest«, flüsterte sie. »Ich muss aufhören, Lorelai. Ich glaube, es geht schon wieder los.«

Dann brach die Verbindung ab.

»Verdammt«, fluchte ich leise, als ich das Handy wieder einsteckte.

»Lass mich raten. Sie kotzt sich die Seele aus dem Leib.«

»Bist du Hellseher?«

Er öffnete die Autotür. »Bei Kim ist es das Gleiche.«

»Anscheinend hat sie Lucy angesteckt«, sagte ich und ging zur Beifahrerseite. »Okay, dann lass es uns so schnell wie möglich hinter uns bringen.«

Er warf mir einen spöttischen Blick zu. »Du kannst es anscheinend gar nicht erwarten, allein mit mir zu sein.«

»Verdammt. Jetzt hast du meinen Plan durchschaut«, erwiderte ich sarkastisch und stieg ein.

Das Innere des Wagens empfing mich mit dem vertrauten Geruch nach Papas Aftershave und ich holte tief Luft, als ich mich umsah. Hier zu sitzen, fühlte sich ein bisschen so an, wie nach Hause zu kommen, und es war total seltsam, diesen Moment mit Vitus zu teilen.

»Hast du die Adresse?«, fragte er und startete den Wagen.

Ich schnallte mich an und rief dann auf meinem Handy meine E-Mails ab. »Ja, Kim hat sie mir irgendwann geschickt«, murmelte ich und gab den Straßennamen in unser altersschwaches Navigationsgerät ein. Das tat so, als ob es die Straße in dem Ort nicht gäbe, und Vitus seufzte.

»Fängt ja super an.«

»Fahren wir einfach mal in die Richtung«, erwiderte ich. »Sobald wir in der Nähe sind, können wir ja jemanden aus der Ortschaft fragen, schließlich wird es dort nicht so viele Textilmanufakturen geben.«

Die nächste halbe Stunde fuhren wir schweigend dahin und es dauerte wegen des Frühverkehrs ewig, bis wir die Stadt hinter uns gelassen hatten.

»Wie geht es Romy?«, fragte ich schließlich, als die ersten kargen Felder an uns vorbeizogen.

Vitus sog die Luft ein. »Es geht ihr den Umständen entsprechend gut«, meinte er nach einer merklichen Pause. »Der Vorfall hat sie jedenfalls nicht so mitgenommen, dass ich eine Änderung an ihrem Verhalten bemerkt habe.«

»Was heißt das? Bindet sie dir noch immer die Schuhbänder zusammen?«

Er schüttelte den Kopf. »Über diese Phase ist sie hinaus. Im Moment blockiert sie einfach jeden Morgen so lange das Bad, dass ich gezwungen bin, um fünf aufzustehen, um vor ihr drin zu sein.«

Ich musste kichern und Vitus' Mundwinkel zuckte nach oben.

»War ja klar, dass dir das gefällt.«

»Ich bitte dich, dein Bruder ist auch kein Engel«, gab ich zurück. »Patrics Lieblingsbeschäftigung besteht zurzeit darin, mich immer wieder an den bevorstehenden Sex mit Marcus von Kaltenburg zu erinnern.«

Kaum hatte ich die Worte ausgesprochen, biss ich mir auf die Lippen und sah rasch aus dem Fenster. Dabei spürte ich, wie mir das Blut in die Wangen stieg. Es war eigentlich nicht meine Absicht gewesen,

mit Vitus gerade *darüber* zu sprechen, aber irgendwie war es trotzdem passiert.

Vitus schaltete mit einer heftigen Bewegung in den nächsten Gang und stieg aufs Gas. »So weit ist es also schon?«

»Nicht, wenn es nach mir geht«, murmelte ich und sah ihn vorsichtig von der Seite an. Seine Kinnpartie war angespannt und sein Blick ausschließlich auf die Straße gerichtet. Offenbar hatte er nicht vor, noch etwas dazu zu sagen, denn in dem Moment schaltete er das Radio ein und drehte den Lautstärkeregler hoch.

Die nächsten zwei Stunden verbrachten wir schweigend, während aus den Lautsprechern die Stimmen gut gelaunter Menschen schallten. Da ich sein finsteres Gesicht nicht ansehen wollte, blickte ich nach draußen. Die Gegend wurde immer einsamer und mir graute schon jetzt vor der Rückfahrt, die ja mindestens genauso lange dauern würde.

Als Vitus sich gerade anschickte, einen Kleinwagen auf der Landstraße zu überholen, wurde der Bildschirm des Navigationsgerätes plötzlich schwarz und es erschien eine Mitteilung, dass die Verbindung zum Satelliten unterbrochen sei.

»Na großartig«, meinte Vitus. »Das hat gerade noch gefehlt.«

»Wahrscheinlich reagiert es auf deine Stimmung«, gab ich im gleichen Tonfall zurück und drückte auf den Aus-Schalter, um das Gerät neu zu starten.

»Klar. Wahrscheinlich sind es meine *Schwingungen*«, bemerkte er spöttisch.

»Konzentrier dich lieber auf die Straße.«

Ich drückte so fest auf den Knopf des Navis, dass sich die Saugnäpfe an der Scheibe lösten und es mir entgegenfiel. Fluchend nahm ich es

auf den Schoß und versuchte, es wieder einzuschalten, doch der Bildschirm blieb schwarz.

Vitus warf einen kurzen Blick auf das Navi. »Na großartig. Jetzt hast du es kaputt gemacht.«

»Ich habe nur versucht, es zu resetten.«

»Du hättest einfach ein paar Minuten warten sollen, bis sich die Verbindung von allein wiederherstellt.«

»Na vielen Dank auch«, schnappte ich. »Wenn du das so genau weißt, wieso hast du es dann nicht gleich gesagt?«

»Konnte doch keiner wissen, dass du es mit deinen Schwingungen ruinieren würdest.«

Seine Stimme triefte vor Sarkasmus und ich atmete tief durch, um mich zu beruhigen. Es hatte keinen Sinn, mit Vitus zu streiten.

Ein Blick aus dem Fenster zeigte mir, dass wir uns inzwischen irgendwo in der tiefsten Pampa befanden, in der es kein einziges Hinweisschild zur Textilmanufaktur gab. Stattdessen erstreckten sich bewaldete Hügel zu unserer Rechten und weitläufige Wiesen zu unserer Linken, deren Grashalme sich unter einem stürmischen Wind bogen.

»Ich versuche, die Adresse übers Handy zu finden«, murmelte ich und tippte sie in Google Maps ein.

»Und?«, fragte Vitus, nachdem ein paar Sekunden verstrichen waren.

Ich starrte noch immer ungläubig auf den kleinen Pfeil der Landkarte. »Es scheint, als ob wir uns ziemlich verfahren hätten. Die Anweisung hier lautet, dass wir umdrehen sollen.«

Er schüttelte den Kopf. »Das kann nicht sein.«

»Denkst du, ich bin zu blöd, die Karte zu lesen?«

Er warf mir einen kurzen Blick von der Seite zu und nickte dann mit dem Kinn auf das Handy. »Zeig mal her.«

Ich hielt ihm das Telefon unter die Nase und schrak im nächsten Moment zusammen, als ein ausgewachsener Hase über die Straße hoppelte. »Pass auf!«

Vitus riss den Blick vom Handy los und verriss fluchend das Lenkrad. Ich wurde im Gurt nach vorn geschleudert und spürte, wie mir das Handy aus der Hand glitt. Einen schrecklichen Moment lang stammte das einzige Geräusch vom Quietschen der Bremsen auf dem Asphalt, während der Wagen ins Schleudern geriet und auf den Straßengraben zuschoss. Schützend riss ich die Arme vor mein Gesicht und spürte einen festen Ruck, als Papas Auto von der Straße abkam und mit dem rechten Vorderreifen im Graben landete.

Zwei Sekunden lang hörte man gar nichts außer unserem Keuchen, dann spürte ich Vitus' Berührung auf meinem Arm.

»Bist du okay?«

Ich nickte und strich mir zitternd die Haare zurück. »Und du?«

Er nickte ebenfalls.

»Was ist mit dem Hasen?«

Vitus atmete tief ein und warf einen Blick über die Straße. »Ist auf die Wiese abgehauen.«

»Gut«, murmelte ich und löste den Gurt, um auszusteigen.

Die ganze rechte Seite des Autos hing schief über der Straßenkante und ich bekam die Tür kaum auf, weil sie sofort gegen den Erdwall des Grabens stieß. Mit zusammengebissenen Zähnen zwängte ich mich durch den schmalen Spalt und besah mir dann den Schaden.

»Ich weiß nicht, ob wir den Wagen wieder allein hier rausbekommen.«

Vitus war ebenfalls ausgestiegen und warf die Fahrertür mit einem Knall zu. »Scheiße«, knurrte er.

»Fluchen hilft jetzt auch nicht weiter.«

»Aber Besserwissen schon?«

Ich schloss für einen Moment die Augen. »Wir müssen einen Abschleppwagen rufen.«

Vitus schüttelte den Kopf. »Lass es uns zuerst so probieren.«

Kaum hatte er die Worte ausgesprochen, fing es zu schneien an. Er blickte mit zusammengekniffenen Augen in den Himmel.

»Das hat uns gerade noch gefehlt.«

»Das hat doch keinen Sinn«, widersprach ich verärgert. »Wir sind niemals kräftig genug, den Wagen zurück auf die Straße zu schieben.«

»Wie wäre es, wenn wir es erst mal probieren, bevor du sagst, dass es nicht geht?« Seine Stimme klang so abfällig, dass ich wütend wurde.

»Wie wäre es, wenn du einfach mal zugibst, dass es eine beschissene Idee war, während der Fahrt auf mein Handy zu sehen?«

Er schnaubte. »Soweit ich mich erinnern kann, hast du es mir unter die Nase gehalten.«

»Weil du mir nicht zugetraut hast, die verdammte Karte allein zu lesen!« Ein Kälteschauer rieselte durch mich hindurch und ich rieb fröstelnd die Hände aneinander.

Vitus atmete tief ein. »Dir ist kalt. Also hör jetzt auf, zu zicken, und hilf mir.«

»Ich zicke?!«, zischte ich und hätte ihm am liebsten etwas gegen seinen sturen Schädel gedonnert. »Du bist völlig außerstande, einen Fehler zuzugeben!«

Er steckte die Hände in die Hosentaschen. »Willst du dieses Thema wirklich jetzt vertiefen?« Seine dunklen Augen funkelten mich an und

ich hasste es, dass er noch immer eine Anziehung auf mich ausübte, die ich nicht verleugnen konnte. Eine Anziehung, die ich hasste und die ich am liebsten einfach mit dem Auto überfahren hätte.

»Schön«, fauchte ich und machte einen Schritt auf ihn zu, bis wir uns so nah gegenüberstanden, dass wir uns beinahe berührten. »Versuchen wir's. Du wirst sehen, dass es nicht klappt.« Mit diesen Worten fuhr ich zum Auto herum und streifte dabei mit den Fingern Vitus' Handrücken. Meine aufgestaute Wut tobte noch immer in mir und füllte meine Adern mit flüssigem Eis.

Und in diesem Moment passierte es.

Eine knisternde Welle Magie löste sich aus meinen Fingerspitzen und gab die kalte Dunkelheit in mir wie bei einem Schlag an Vitus ab. Für einen Moment schien sich die Zeit zu verlangsamen, als ich die Kälte meiner Gabe auf ihn überspringen fühlte, und im nächsten Moment sah ich, wie sich ein Gittergeflecht aus glitzernden schwarzen Adern unter seiner Haut ausbreitete.

Geschockt starrte ich auf seinen Handrücken und schrie im nächsten Moment auf, als Vitus ohne ein weiteres Wort vor meinen Augen zusammenbrach. Sein Körper schlug mit einem dumpfen Geräusch neben dem Auto im Graben auf und die schwarz funkelnden Linien breiteten sich überall auf ihm aus.

»Nein«, keuchte ich und fühlte, wie meine Knie unter mir nachgaben. Hektisch presste ich meine Finger auf seine Haut und versuchte, meine Gabe allein durch meine Willenskraft wieder aus ihm herauszuzerren. Doch obwohl es bei dem Apfelbaum und dem Kaktus relativ einfach geklappt hatte, funktionierte es hier einfach nicht. »NEIN!«, brüllte ich erneut und rüttelte an Vitus, der innerhalb weniger Herzschläge völlig kalt geworden war. »Vitus! VITUS!«

Wieder presste ich meine Finger auf seinen Körper und versuchte, die Blutgabe aus ihm herauszuziehen. Doch sosehr ich mich auch bemühte, es ging einfach nicht. Seine offenen Augen starrten blicklos in den Himmel und ich sah, wie sich die ersten zarten Schneeflocken auf seinem Gesicht niederließen. Keuchend schlug ich mir die Hand vor den Mund und wusste nicht, was ich tun sollte.

Was war gerade passiert? Wieso hatte meine Gabe bei ihm gewirkt, obwohl ich ihn nur am Handrücken berührt hatte? Und wie konnte es sein, dass er jetzt starr und kalt vor mir lag?!

Er konnte nicht tot sein.

Mein Verstand weigerte sich, das anzuerkennen, obwohl ich den Beweis direkt vor Augen hatte. Für mehrere Sekunden, die mir wie eine Ewigkeit vorkamen, starrte ich auf seinen Körper, bevor ich mich in die Höhe zwang und zur Beifahrertür des Autos stürzte. Mein Handy lag im Fußraum des Wagens und ich betete, dass es trotz des Unfalls noch funktionierte. Mein heller Notfallkontakt, bei dem es sich um Nicolas von Heyden handelte, war unter den Favoriten eingespeichert, aber ich überlegte nicht, sondern rief instinktiv Sophie an.

»Lorelai?«, meldete sich ihre besorgte Stimme nur wenige Sekunden später und ich war so dankbar, dass sie abgehoben hatte, dass mir für einen Moment die Stimme versagte.

»Sophie«, flüsterte ich dann. »Du musst kommen. Ich habe …« Meine Stimme brach weg und ein Schluchzen drängte sich in meine Kehle. »Ich habe aus Versehen Vitus getötet.«

KAPITEL 18

Die nächsten Minuten fühlten sich wie Stunden an. Nachdem ich mit Sophie gesprochen und ihr mit zitternden Fingern unseren Standort auf der Karte geschickt hatte, starrte ich geschockt auf Vitus, der noch immer so dalag, wie er auf dem Boden gelandet war. Tränen verschleierten meinen Blick und die Erinnerungen an unser ungewöhnliches Date, an sein schiefes Lächeln und all die prickelnden Gefühle unseres ersten Kusses drängten mit Macht zurück in meinen Kopf.

Seitdem herausgekommen war, dass er kein Dunkler und ich keine Helle war, war alles anders geworden, doch in diesem Moment, als ich auf dem eiskalten gefrorenen Boden kauerte und der Schnee in immer dichter wirbelnden Flocken auf uns niederfiel, dachte ich nur an die schönen Momente.

Und daran, was meine Gabe angerichtet hatte.

Ich hatte ihm sein Leben genommen. Dabei hatte ich ihn nur am Handrücken berührt. Diese Tatsache war so unvorstellbar, dass ich es kaum glauben konnte, obwohl der Beweis völlig starr direkt vor mir lag.

Irgendwann fiel mir ein, dass ich die Zeit messen sollte, und schaltete die Stoppuhr auf dem Handy ein. Von diesem Moment an beobachtete ich das Vergehen der Minuten mit klopfendem Herzen und versuchte, nicht daran zu denken, dass Vitus und ich selbst ungefähr drei Stunden gefahren waren, um aus der Stadt hierherzukommen. Wie sollte Sophie es also in derselben Zeit bis zu uns schaffen, wenn sie nur einen Punkt auf einer Karte hatte?

Als die Stoppuhr auf 2 Stunden und 51 Minuten sprang, überkam mich ein Gefühl der Hoffnungslosigkeit, das so tief und dunkel war, wie ich es noch nie zuvor gespürt hatte.

Wir waren allein. Vollkommen allein. In den letzten drei Stunden war kein einziges Auto vorbeigekommen, was bedeutete, dass wir uns ins tiefste Hinterland verirrt haben mussten. Es war unmöglich. Sophie würde es nicht mehr rechtzeitig schaffen.

Schluchzend schlang ich die Arme um meinen Körper, als der Wind laut aufheulte. Die Kälte brannte in meinem Gesicht und meine Glieder waren fast genauso steif wie die von Vitus, als ich das laute Heulen erneut hörte. Diesmal war mir jedoch klar, dass es nicht vom Wind stammen konnte, und ich drehte hektisch den Kopf in die Richtung, aus der es gekommen war. Durch den immer dichter fallenden Schnee konnte ich einen schwarzen Punkt auf der Straße erkennen, der in einem irrsinnigen Tempo auf uns zu jagte. Das Geräusch stammte von einem Motorrad und ich blickte abwechselnd auf den schwarzen Punkt und mein Handy, das inzwischen 2 Stunden und 53 Minuten verstrichene Zeit anzeigte. Da ich keine Ahnung hatte, wie lange ich vorher gezögert hatte, bis ich die Stoppuhr eingeschaltet hatte, konnte es sein, dass es jetzt schon zu spät war.

In diesem Moment kam das Motorrad schlitternd neben uns zum

Stehen und Sophie sprang vom Sozius direkt hinunter in den Graben. Sie sagte kein Wort zu mir, sondern stürzte sich mit zusammengepressten Lippen auf Vitus und drückte ihre Hand auf seinen Nacken. Dann schloss sie die Augen und ein leuchtender Funke sprang von ihren Fingerspitzen auf Vitus über. Eine knisternde Welle von Magie jagte über mich hinweg und ich spürte eine Träne über meine Wange rollen, als Vincent ebenfalls in den Graben sprang und dabei Vitus' Namen brüllte. Er wirkte völlig außer sich und umschloss mit beiden Händen die Finger seines Bruders, während sich ein Netz aus hell leuchtenden Adern unter Vitus' Haut ausbreitete und ihn von innen zu erleuchten schienen.

»Bitte«, flüsterte Sophie und ich wartete mit angehaltenem Atem darauf, was als Nächstes passieren würde. Wenn sie zu spät gekommen war, würde Vitus nur kurz aufwachen und dann wieder sterben. Wenn sie zu spät gekommen war, hatte sich der Tod bereits zu lange in ihm ausgebreitet, um ihn wieder gehen zu lassen.

In diesem Moment erreichte das helle Leuchten unter Vitus' Haut auch seine Augen und er blinzelte kurz, bevor er tief die Luft einsog.

»Vincent?«, flüsterte er im nächsten Moment und starrte ungläubig seinen Bruder an.

»Ja, ich bin es«, gab Vincent mühsam beherrscht zurück und legte ihm die Hand auf die Wange. »Wie fühlst du dich?«

»Kalt«, murmelte Vitus und rappelte sich in eine sitzende Position auf. Dann blickte er von Sophie zu Vincent und danach weiter zu mir. »Scheiße, verdammt. Hast du mich etwa umgebracht?«, entfuhr es ihm im nächsten Moment.

Ich versuchte, meine Tränen wegzublinzeln, und schluckte mühsam. »Es war keine Absicht.«

»Fühlst du dich wirklich okay?«, hakte Vincent angespannt nach und Vitus runzelte die Stirn.

»Das hast du mich doch gerade eben erst gefragt. – Warte.« Sein Blick flog zu Sophie. »Ihr wisst nicht, ob ihr es noch in der Zeit geschafft habt, mich aufzuwecken?«

»Doch«, stieß Sophie hervor und nickte entschlossen. »Wenn es zu spät gewesen wäre, müsstest du jetzt verwirrt sein. Und das bist du nicht. Das bist du nicht«, fügte sie noch einmal hinzu, wie um sich selbst zu beruhigen.

»Fuck, Lorelai«, fauchte Vitus und stand auf. »Wie konnte das passieren?«

»Ich habe keine Ahnung«, rief ich. »Ich habe dich nur am Handrücken berührt und dann … dann ist es einfach übergesprungen.«

Vincent atmete tief ein und sah mich dann an. »Du hast ihn nicht am Nacken berührt?«

Ich schüttelte den Kopf. »Ich bin doch nicht blöd.«

Sophie fuhr sich kurz über die Augen und schien nicht zu wissen, was sie sagen sollte. »Ich habe mal von alten Legenden gehört«, murmelte sie. »Darin wurde von verschiedenen Spielarten der Dunklen Gabe berichtet, aber ich dachte nicht, dass so etwas wirklich möglich ist.«

»Was für Spielarten denn?«, knurrte Vincent und betrachtete mich, als ob ich drauf und dran wäre, seinen Bruder gleich noch einmal um die Ecke zu bringen. Was Vitus' endgültigen Tod bedeutet hätte, da die Blutgaben der Hellen und Dunklen insgesamt nur dreimal an ein und derselben Person angewendet werden konnten.

»Ich kann mich nicht mehr so genau erinnern«, sagte sie und legte konzentriert die Stirn in Falten. »Ich glaube, es ging um Dunkle,

die angeblich subtiler töteten. Dunkle, deren Kraft sich anders entlädt.«

»Nun, subtil war mein Tod jedenfalls nicht«, bemerkte Vitus trocken.

Sophie schüttelte verwirrt den Kopf. »Ich habe es auch immer für ein Gerücht gehalten, dass man nur mit einem Blick töten kann …« Sie verstummte. »Vielleicht ist es bei Lorelai eine Nebenwirkung oder besondere Reaktion auf irgendetwas gewesen.«

Bei ihren Worten musste ich wieder an den Moment unter dem Apfelbaum denken, als ich auch überlegt hatte, ob unsere Besonderheiten eine Nebenwirkung unserer Verwechslung sein könnten. Und an unseren Besuch bei Herrn von Kerlichen, der es ausgeschlossen hatte, dass die Verwechslung Auswirkungen auf unsere Blutgabe haben könnte.

Ich wechselte einen kurzen Blick mit Vitus, der die kalten Hände aneinander rieb.

»Wenn das stimmt, war es aber eine verdammt gefährliche Nebenwirkung«, knurrte Vincent. Seine Worte wurden von einer Windbö begleitet, die uns einen Schwall nadelspitzer Eiskristalle ins Gesicht wehte.

»Ich werde zu Hause in meinen Büchern nachschlagen«, sagte Sophie entschlossen und legte mir sanft die Hand auf die Schulter. »Mach dir keine Sorgen, Lorelai. Ich werde schon rauskriegen, was dahintersteckt. Achte nur darauf, dich in nächster Zeit keinem großen emotionalen Stress auszusetzen.«

»Wir müssen ins Warme, sonst erfrieren wir hier noch«, mischte sich Vitus ein. »Und das wird uns alle sicher großem emotionalen Stress aussetzen.«

Sophie blickte auf die offene Wagentür von Papas Toyota. »Das Auto fällt schon mal flach.«

Vincent blickte sich um und ich sah, wie sich sein muskulöser Körper anspannte. »Bleibt kurz hier stehen. Ich sehe mich einmal um.«

Mit diesen Worten lief er in den Wald und kam erst nach ein paar Minuten wieder.

»In etwa fünfhundert Meter Entfernung gibt es eine Blockhütte. Sie scheint unbewohnt zu sein.« Er deutete durch das dichte Schneetreiben in Richtung Osten.

»Zumindest besser als das Auto«, sagte Sophie und straffte die Schultern. »Hoffen wir mal, dass sich dort kein irrer Axtmörder versteckt.«

Vincent sagte nichts und Vitus warf mir einen bezeichnenden Blick zu.

»Selbst wenn, haben wir ja Lorelai, die ihn mit einer beiläufigen Berührung um die Ecke bringen kann.«

Obwohl der Weg zur Hütte nicht besonders weit war, hatte ich das Gefühl, dass meine Glieder völlig steif gefroren waren, als wir endlich dort ankamen. Der Wind war immer stärker geworden und jagte heulend über die Landschaft und der Schnee blieb bereits zentimeterdick liegen.

»Wir wärmen uns nur kurz auf und versuchen dann, das Auto wieder zurück auf die Straße zu bekommen«, sagte Vincent, als wir die Tür des Blockhauses erreicht hatten. Es war aus dicken dunklen Holzstämmen gefertigt und besaß eine große Veranda, die einmal im Kreis um das Gebäude herumlief. Zwei Stufen führten zu einer massiven

Tür hinauf und ein Windspiel bimmelte hysterisch im Sturm, als wir uns durchgefroren davor zusammendrängten.

»Hallo?«, rief Vincent und klopfte gegen die Tür, was im Heulen des Windes beinahe unterging.

»Ich gehe mal außenrum«, sagte Vitus und machte sich auf den Weg links um das Gebäude herum. Ich blickte ihm nach und war dem Schicksal unendlich dankbar, dass Sophie mit Vincent rechtzeitig gekommen war.

»Scheint wirklich niemand zu Hause zu sein«, sagte Vincent gepresst.

»Hier ist was«, hörten wir Vitus von der anderen Seite des Hauses brüllen und ich setzte mich rasch in Bewegung. Die Zweige der Bäume rings um die Hütte neigten sich gefährlich im Wind und es hätte mich nicht gewundert, wenn im nächsten Moment einer auf den Boden gekracht wäre.

»Hier ist eine Hintertür«, erklärte Vitus, als wir die Rückseite des Hauses erreicht hatten. »Sieht nicht so stabil aus wie die Vordertür.«

»Und da willst du einbrechen?«, fragte Sophie skeptisch.

»Ich möchte zumindest kein zweites Mal innerhalb von einer Stunde sterben«, konterte Vitus. »Außerdem würde das Lorelai mit Sicherheit emotional stressen.« Seine Stimme triefte vor Spott und ich hätte ihm am liebsten eine verpasst, aber da ich nicht wusste, ob ihn das wieder töten würde, beließ ich es dabei, die Augen zu verdrehen.

Vincent nickte und kurz darauf bearbeiteten die Brüder nacheinander die Hintertür, bis sie durch einen gezielten Fußtritt aufschwang. Vitus machte eine einladende Handbewegung und ich trat zitternd in einen großen und gemütlich eingerichteten Raum.

Die Hütte schien noch nicht besonders alt zu sein, denn sie ver-

fügte über ein hübsches braunes Sofa, auf dem eine Patchworkdecke lag, und moderne Lampen, die in dem rustikalen Ambiente irgendwie cool wirkten. Vor dem großen Kamin an der rückseitigen Wand lag ein flauschiger Teppich, der offenbar das echte Bärenfell ersetzte, und ich entdeckte abzweigend von dem Raum noch drei weitere Türen. Eine führte in die Küche, eine in ein Schlafzimmer und die letzte in ein kleines Bad.

»Das ist wie eines dieser Ferienhäuser, in dem man Urlaub machen kann«, sagte Sophie fröstelnd und rieb sich über die kalten Arme. Sie hatte nur eine dünne Winterjacke an, was wahrscheinlich daran lag, dass sie sofort nach meinem Anruf losgedüst war.

»Wieso bist du mit ihm gekommen?«, fragte ich leise, als die Männer einen Korb mit Holz zum Kamin schleppten und sich um das Feuer kümmerten.

»Mein Wagen ist nicht angesprungen«, antwortete sie und blickte für einen Moment dankbar zu Vincent, der sich bereits die Jacke ausgezogen hatte, obwohl es hier drinnen noch immer kalt war. »Und da habe ich ihn angerufen, weil ich nicht wusste, wen ich sonst ...«

»Zum Glück hast du das getan«, flüsterte ich und schloss für einen Moment die Augen.

Sophie nickte. »Er ist wie der Teufel gefahren. Ich hatte so eine Angst, dass wir zu spät kommen.«

»Aber das sind wir nicht«, sagte Vincent in dem Moment, der neben Sophie aufgetaucht war. Sie nickte und für einen Augenblick sahen sich die beiden wortlos an. Als die Spannung immer stärker wurde, wandte Vincent rasch das Gesicht ab und ging zum Fenster. »Sieht nicht so aus, als ob wir hier so schnell wieder wegkommen«, meinte er dann mit einem Blick hinaus.

Tatsächlich fiel der Schnee in dicken Flocken und wurde vom Wind wirbelnd in alle Richtungen getragen. Auch ich konnte mir nicht vorstellen, bei diesem Wetter den Wagen wieder zurück auf die Straße zu bringen – beziehungsweise dort auf den Abschleppdienst zu warten.

»Ich denke, wir werden die nächsten Stunden hierbleiben müssen«, sagte Vitus und stellte sich neben mich. Trotz seines Beinahe-Todes roch er noch immer so unverschämt gut, dass ich tief die Luft einsog.

»Ich gebe Mama und Papa Bescheid, dass ich mit dir unterwegs bin«, sagte Sophie zu Vitus und ich hörte sie kurz darauf leise telefonieren.

»Und ich rufe Patric an, damit er sich keine Sorgen macht«, sagte Vincent.

Ich konnte mir zwar nicht vorstellen, dass Patric sich ernsthaft Sorgen machte, hielt aber meine Klappe.

Vincent sah mich an. »Unsere Eltern würde ich lieber nicht auf ihrer Geschäftsreise stören. Was meinst du?«

Rasch schüttelte ich den Kopf. Dass Annegret und Aleksander verreist waren, hatte ich schon wieder vergessen gehabt – aber jetzt erinnerte ich mich, dass sie kurz darüber gesprochen hatten.

»Und?«, fragte Vitus, der noch immer neben mir stand und einen erstaunlich gelassenen Eindruck auf mich machte. »Wen bringst du als Nächstes um?« Dabei zuckte sein Mundwinkel nach oben und ich atmete tief ein.

»Es tut mir leid, okay?«

»Schon klar.«

Ich betrachtete ihn eindringlich. »Wirklich.«

Er nickte. »Von mir aus, aber fass mich bitte in Zukunft nicht mehr an, wenn du sehr wütend bist, okay?«

»Versprochen«, erwiderte ich und steckte meine eiskalten Hände

unter meine Achseln. Dabei hatte ich das Gefühl, dass sie nie wieder warm werden würden.

»Immerhin steigerst du dich. Zuerst Hendrik im Museum, dann mich – das ist eine Entwicklung.« Vitus sagte es ganz trocken, aber ich hatte das Gefühl, er genoss die Situation in vollen Zügen.

»Wolltest du nicht Feuer machen?«, erwiderte ich, weil die kleine Flamme im Kamin gerade wieder ausgegangen war.

Vitus drehte sich um und fluchte unterdrückt. »Die Scheite sind zu groß, um ordentlich zu brennen.«

»Vielleicht finde ich ja noch Anzündmaterial«, bot ich an und begann, mich in der Hütte etwas genauer umzusehen. In einem Schrank entdeckte ich dabei eine Hausbar und hob eine der Flaschen in die Höhe.

Vitus kam zu mir und pfiff leise durch die Zähne. »Alle Achtung, Lorelai. Das funktioniert mit Sicherheit.«

Triest, 1659

Es ist ein Wunderwerk, das von der Hand Gottes gezeichnet worden sein muss.

Das dunkle Holz des Baumes besticht durch seine Geschmeidigkeit, gepaart mit einer Robustheit, die durch die Zartheit seiner Blütenkelche gebrochen wird. Rot, Schwarz und Weiß – die lilienähnlichen Blüten verzaubern nicht nur mit ihrem Duft, sondern auch mit ihrem Extrakt. Der gesamte Baum ist magisch und eine Schöpfung Gottes. Und er ist unsere Chance, die Mysterien des Lebens und des Todes zu klären.

Ich denke nicht, dass es Zufall ist, dass die Blüten immer nur zu dritt erblühen. Nein, es ist ein Hinweis. Denn die Drei war von Anbeginn eine geheimnisvolle Zahl. Sie ist von besonderer Bedeutung und wird unserer Familie noch mehr Macht verleihen. Durch umfangreiche Versuche wissen wir von der Wirkung der einzelnen Extrakte. Aber was vermögen alle drei Extrakte zusammen? Ich habe mich intensiv mit dieser Frage beschäftigt und Tage und Nächte geforscht. Schwarz, Weiß, Rot … Ist es vielleicht die Liebe, die aus der roten Blüte spricht? Wird sie letztendlich Schwarz und Weiß vereinen?

Und wahrhaftig – das Resultat hat auch mich verblüfft. Doch manchmal muss einfach der Blickwinkel verändert werden. Es war nicht leicht, herauszufinden, aber jetzt weiß ich, dass es die Aufgabe des Baumes sein könnte, Hell und Dunkel zu einen. Aber nur wer die Wirkung genau versteht, wer versteht, dass …

Auszug aus den persönlichen Aufzeichnungen von Silvio de' Medici, unvollständig

KAPITEL 19

Wenig später saßen wir alle um das knisternde Kaminfeuer herum, das tanzende Schatten an die Wände warf. Obwohl das Feuer nun endlich brannte, war die Temperatur in der Hütte noch immer weit unter zwanzig Grad, weshalb Vincent vorgeschlagen hatte, uns mit dem Alkohol von innen zu wärmen. Sophie hatte entgegnet, dass eine Unterkühlung durch Alkohol sogar noch schneller voranschreiten würde, doch da wir ganz nah am Kaminfeuer saßen, hatte sie schließlich eingelenkt.

»Sieht so aus, als ob wir die Nacht hier verbringen müssen«, sagte Vincent irgendwann mit einem Blick aus dem Fenster und ließ die Flasche Scotch an Sophie weiterwandern, die einen großen Schluck von der goldgelben Flüssigkeit nahm. Sie zitterte danach noch immer, aber es war schon besser geworden.

»Immerhin machen sich unsere Familien keine Sorgen um uns«, erwiderte sie und reichte die Flasche an Vitus weiter. »Und erfrieren werden wir mit dem Feuer und dem Scotch auch nicht.«

Sie gluckste ein wenig, was wahrscheinlich auf den Alkohol zurückzuführen war, und ich lehnte mich mit halb geschlossenen Augen zurück. Nach dem ganzen Chaos des heutigen Tages wollte ich einfach mal kurz durchatmen und alle Gedanken zur Seite schieben. Wahrscheinlich wunderten sich die Leute aus der Textilmanufaktur, wo wir blieben – aber darum konnten wir uns später auch noch kümmern.

Vitus reichte die Flasche an seinen Bruder weiter und stand dann auf, um in die Küche zu marschieren. »Habt ihr Hunger?«

»Ich verhungere jeden Moment«, sagte Sophie mit deutlich knurrendem Magen.

»Wow. Ganz schön laut für so eine zierliche Frau«, grinste Vincent. Es war das erste Mal, dass ich ihn grinsen sah, und für einen Moment starrte ich ihn einfach nur an.

Sophie schien davon auch beeindruckt zu sein, denn mir fiel auf, dass sie sein Lächeln erwiderte und es nicht schaffte, den Blick abzuwenden, bis Vitus aus der Küche rief.

»Die haben ein paar Konserven in der Vorratskammer«, drang seine tiefe Stimme zu uns ins Wohnzimmer. »Gulaschsuppe und Bohnen und so ein Zeug. Wollt ihr das?«

»Unbedingt«, sagte Sophie und stand rasch auf.

Ich folgte ihr in die Küche, die genauso gemütlich eingerichtet war wie das Wohnzimmer. Es gab einen modernen Herd und genügend Kochgeschirr, um vier Konserven zu wärmen.

»Wenn das Hohe Herrscherhaus wüsste, dass wir zusammen hier sind, würden sie wahrscheinlich die Garde auf uns hetzen«, bemerkte Vitus, als wir wenig später mit unseren dampfenden Schalen wieder im Wohnzimmer vor dem Kamin saßen.

Draußen tobte noch immer der Sturm, aber im Inneren der Hütte herrschte inzwischen eine angenehme, heimelige Atmosphäre.

»Wenn Phillip wüsste, dass ich hier bin, würde er wahrscheinlich auch die Garde auf mich hetzen«, murmelte Sophie und schob sich einen Löffel Linseneintopf in den Mund, den sie mit einem Schluck Scotch nachspülte.

»Phillip würde dich doch nicht an die Garde verpfeifen«, entgegnete ich. Ich war mit ihm zwar nie richtig warm geworden, aber so niederträchtig schätzte ich ihn auch wieder nicht ein.

»Nein. Vermutlich nicht«, gab Sophie zu. Sie strich sich eine blonde Haarsträhne hinters Ohr. »Ach, keine Ahnung, wir hatten heute einen ziemlich heftigen Streit.«

Vincent hörte sofort auf, zu essen, und ich sah, wie sich seine Muskeln anspannten. »Was meinst du mit *ziemlich heftig*?«, hakte er nach.

Sophie zuckte mit den Schultern. »Wir haben uns angeschrien. Denn das Gerücht, das Lorelai gehört hat, stimmt. Die Rote Garde hat Ermittlungen wegen seiner Firmengeschäfte aufgenommen. Deswegen ist er irre gestresst und fährt wegen jeder Kleinigkeit aus der Haut.«

Vincent zog die dunklen Augenbrauen zusammen. »Er hat dich also angeschrien?«

»Ja, aber ich habe ihn auch angeschrien«, stellte Sophie klar. Dann blickte sie wieder auf ihren Linseneintopf. »So leidenschaftlich wie beim Thema Firmenfusionen war er in unserer ganzen Beziehung noch nicht«, erklärte sie dann humorlos.

Vitus räusperte sich und ich warf Sophie einen kurzen Blick zu. Der Streit mit Phillip musste echt schlimm gewesen sein, wenn sie so

offen darüber sprach. Oder vielleicht war es auch der Alkohol, der ihre Zunge löste.

»Das heißt, eure Beziehung ist sonst eher … platonischer Natur?«, fragte Vincent, ohne sie anzusehen.

Vitus' Kopf ruckte nach oben, aber Vincent tat so, als ob er es nicht bemerkte.

Sophie nickte. »Platonisch. Oh ja, das trifft es. Platonischer geht es gar nicht.«

Sie kniff die Augen zusammen und ich hatte das Gefühl, sie hatte im Moment absolut keine Lust, dass aus Phillip und ihr je mehr werden sollte.

»Aber selbst wenn die Rote Garde Wind davon bekommen würde, dass wir heute das Kontaktverbot gebrochen haben, könnten sie doch nicht ignorieren, dass wir im Gegenzug dafür ein Mitglied des Blutadels gerettet haben.« Sie blickte sich kampflustig um und ich kicherte, als ich ihre roten Wangen sah. »Das muss doch schließlich auch was wert sein.«

»Ein Mitglied, das ich beinahe um die Ecke gebracht habe«, sagte ich grinsend, obwohl es eigentlich gar nicht lustig war. Offenbar hinterließ der Alkohol bei uns beiden schon seine Spuren.

»Ich denke dennoch nicht, dass wir in Gefahr sind«, sagte Vincent nach einer kleinen Pause. »Die Rote Garde hat im Moment andere Dinge, die sie beschäftigen.«

»Du meinst die Morde«, sagte Vitus.

Vincent starrte auf sein Essen und nickte knapp. »Trotz der anhaltenden Ermittlungsarbeit tappen wir immer noch im Dunkeln. Es gibt einige Querverbindungen zwischen den Opfern, die aber bisher alle ins Nichts geführt haben. Deshalb wurde nun ein Täterprofil

erstellt, von dem aber noch unklar ist, wie sehr es uns weiterhelfen wird.«

Vitus schüttelte den Kopf und schnaubte leise. »Dass du das vor mir verschwiegen hast, Mann.«

Vincent runzelte die Stirn. »Dass die Rote Garde Täterprofile erstellt?«

»Nein, dass du ein verfluchtes Mitglied der Roten Garde bist.« Vitus stellte seinen Teller mit Schwung auf den Boden und ich wechselte mit Sophie einen kurzen Blick.

Vincent seufzte. »Das haben wir doch schon besprochen. Du weißt, dass ich nichts sagen durfte.«

Vitus lehnte sich auf seinen Ellbogen zurück und ich sah, wie sein dunkles T-Shirt über seinem trainierten Bauch spannte. »Ja, das weiß ich. Aber wir hatten noch nie Geheimnisse voreinander. Nicht mal, als ...« Er unterbrach sich abrupt.

»Als was?«, fragte Sophie und stand auf, um ihre und Vitus' Schüssel in die Küche zu bringen. Bei ihrer Bewegung wandte Vincent den Kopf und starrte sie an. Sie ging mit leicht schwingenden Hüften quer durch das Zimmer und ihre enge Jeans unterstrich ihre Wahnsinns-Figur.

»Deine Schwester hat mich heute versehentlich umgebracht. Da sollte sie diejenige sein, die zur Strafe peinliche Geschichten erzählt«, rief Vitus ihr nach und zog spöttisch eine Augenbraue hoch.

»Kommt gar nicht infrage«, schnaubte ich. »Ich habe ohnehin schon tausend Tode ausgestanden, als ich neben dir in dem eiskalten Graben gehockt habe.«

»Feigling«, kommentierte Vitus trocken.

Ich schüttelte den Kopf. »Ehrlich jetzt?«

Er fuhr sich durch seine dunkelblonden Haare und grinste. »Was ist, erzählst du uns jetzt eine peinliche Story oder brauchst du noch ein wenig Scotch?«

Kopfschüttelnd griff ich nach der Flasche und nahm tatsächlich einen Schluck, da meine Zehen noch immer ein wenig kalt waren. »Ich habe mal einen Hellen geküsst, den ich für einen Dunklen gehalten habe, weil ich dachte, so unsere Blutgaben tauschen zu können«, sagte ich dann.

Vincent sah mich so verdutzt an, dass Sophie, die sich gerade wieder zu uns setzte, zu lachen begann und Vitus nur einen Mundwinkel hob.

»Die Geschichte kenne ich schon.«

»Du hast nicht gesagt, dass es eine neue Geschichte sein muss, du sagtest nur, sie soll peinlich sein. Außerdem hat dein Bruder sie anscheinend noch nicht gekannt.«

»Ihr habt euch geküsst?«, stieß Vincent hervor und Sophie lachte noch lauter. Anscheinend hatte sie wirklich schon etwas zu viel Scotch erwischt.

»Beim ersten Mal dachte ich noch, dass er ein Gewöhnlicher wäre«, antwortete ich in Vincents Richtung.

»Als ob irgendetwas an mir gewöhnlich wäre«, gab Vitus mit tiefer Stimme zurück und lächelte so sexy, dass es in meinem Bauch wild zu kribbeln anfing.

Ich starrte ihn an und merkte, wie Sophie ebenfalls in meine Richtung schaute.

»Okay, nachdem Lorelai etwas wirklich Peinliches von sich verraten hat, bist nun du dran«, sagte sie schnell und ich riss meinen Blick von Vitus los.

Er räusperte sich. »Ich war heute schon tot, ich denke, das reicht.«

Sophie schüttelte den Kopf. »Wer ist jetzt der Feigling?« Sie sah von Vitus zu Vincent, der ihr einen Moment lang in die Augen sah, bevor er einknickte.

»Okay, das kann ich nicht stehen lassen. Denn Vitus ist echt kein Feigling, er hat mal einer Hellen geholfen«, erklärte sein Bruder dann und erntete dafür von Vitus einen leichten Schlag gegen die Schulter.

Sophie und ich sahen uns an und mussten beide lachen.

»Du hast mal einer Hellen geholfen – und das ist deine peinliche Geschichte?«

»Er hat sich dabei windelweich prügeln lassen«, fuhr Vincent fort. »DAS ist die peinliche Geschichte.«

»Ich habe mich nicht …«, setzte Vitus an und Vincent warf ihm einen so durchdringenden Blick zu, dass er verstummte. »Okay, aber ich war allein gegen drei.«

»Und er war erst zehn«, fügte Vincent hinzu und schmunzelte leicht. Dabei hatte ich das Gefühl, einen Funken von Stolz in seinen Augen aufblitzen zu sehen.

»Und was genau ist passiert?«, fragte Sophie und setzte sich wieder vor das Feuer. Dabei fiel mir auf, dass sie etwas näher an Vincent herangerückt war.

»Es war auf einer Roten Audienz«, sagte Vitus und rieb sich kurz über die Narbe oberhalb seiner Augenbraue. »Ich habe mitbekommen, wie drei Idioten auf ein Mädchen losgegangen sind, und einfach reagiert.«

»Und wer waren die drei Idioten?«, hakte ich nach. »Dunkle?«

»Marcus, Marvin und Arthur von Kaltenburg«, antwortete Vitus düster.

»Prügeln scheint dein Ding zu sein«, sagte ich. »Ich erinnere mich

noch an die Schramme in deinem Gesicht, als du das erste Mal im Blumenladen aufgekreuzt bist.« Ich grinste. »Hast du da etwa auch ein Mädchen vor Marvin beschützt?«

Vitus schüttelte den Kopf. »Nein, da habe ich ihm nur so eine reingehauen, weil er einfach ein Idiot ist.«

»Und wer war das Mädchen, das du damals beschützt hast?«, wollte Sophie wissen.

»Keine Ahnung.« Vitus zuckte mit den Schultern. »Irgendeine Helle.«

»Es war Josephine von Sonnenberg«, antwortete Vincent an Vitus' Stelle.

Überrascht starrte ich Vitus an. »*Du* warst das? Du warst ihr Retter?«

Er wirkte für einen Moment irritiert.

»Josephine hat mir von dem Abend erzählt«, erklärte ich und spürte einen leichten Anflug von Eifersucht, als ich wieder an ihr provokantes Verhalten auf der Roten Audienz dachte. »Sie wusste nicht, wer du warst, aber sie hat mir erzählt, dass ein Dunkler sie gegen drei andere Dunkle verteidigt hat.«

»Nur dass er gar kein Dunkler war«, sagte Sophie.

Ich stockte kurz. »Moment. War das etwa auch die *interessante* Geschichte, von der Harald von Kerlichen im Krankenhaus gesprochen hat?«

»Schon möglich«, murmelte Vitus ausweichend und einen Moment lang herrschte Stille.

»Ich brauche mehr Scotch«, sagte Vincent dann und fuhr sich über sein Gesicht.

Vitus grinste schief. »Alkohol war noch nie eine Lösung.«

»Aus ärztlicher Sicht ist Alkohol sehr wohl eine Lösung«, bemerkte Sophie und ich merkte, wie die Stimmung wieder deutlich lockerer wurde.

»Reiner Alkohol ist im chemischen Sinn keine Lösung, sondern ein Reinstoff«, konterte Vitus und Sophie kniff die Augen zusammen.

»Allerdings gibt es andere Wege zur Alkoholsynthese«, schoss sie zurück. »Daher kann Alkohol chemisch sowohl eine Lösung als auch ein Destillat sein.«

»Woah«, brummte Vincent und nahm noch einen Schluck. »Da haben sich ja zwei gefunden.«

»Ich dachte, du stehst nur auf depressive Kunst«, sagte ich zu Vitus. »Aber offenbar bist du auch ein Ass in Chemie.«

»Wusstest du das nicht?«, warf Sophie ein. »Er will Arzt werden. So wie Papa. Deshalb unterhalten sie sich auch die ganze Zeit über die spannendsten Fälle seiner Patienten. Mama beschwert sich auch ständig, dass sie zu spät zum Essen kommen.«

»Also ist es doch nicht so schlimm bei uns?«, fragte ich und versuchte, das traurige Gefühl zur Seite zu schieben, das ihre Worte auslösten. Vitus verstand sich wohl ganz gut mit meiner Familie.

»Es ist okay«, gab Vitus zu und ein Moment der Stille schlich sich in die Hütte.

»Du hattest im Krankenhaus erwähnt, dass du Arzt werden willst«, sagte ich schnell, um wieder zu der Unbeschwertheit von vorhin zurückzufinden.

Vitus rieb sich kurz über seinen Dreitagebart und ich hatte das Gefühl, dass ihm das Gespräch noch immer ein wenig unangenehm war. »Ich wollte schon Arzt werden, bevor ich wusste, wer meine biologischen Eltern sind.«

»Genetik ist faszinierend, nicht wahr?«, erwiderte Sophie mit funkelnden Augen. »Du hast mehr mit mir gemein, als du denkst.«

»Zumindest vertrage ich mehr Alkohol als du«, gab Vitus zurück und grinste, als sie sich für einen Moment verlegen an ihre leicht geröteten Wangen griff.

»Das liegt nur daran, dass du schwerer bist«, erwiderte sie und stand auf. »Ich geh mal die Teller abspülen.«

»Ich helfe dir«, sagte Vincent überraschend und ich bemerkte ein leichtes Lächeln auf den Zügen meiner Schwester, als sie einen scheuen Blick mit ihm tauschte.

»Mein Bruder steht auf deine Schwester«, sagte Vitus, als Vincent und Sophie in der Küche verschwunden waren.

Das Feuer knisterte leise im Kamin und eine behagliche Wärme hatte sich in der Blockhütte ausgebreitet. Ich streckte mich auf dem flauschigen Teppich aus und spürte die Hitze der Flammen auf meiner Haut.

»Ich denke, sie mögen sich nur.«

Vitus nickte abwesend und starrte ins Feuer. Die Flammen warfen zuckende Schatten auf sein scharf geschnittenes Gesicht, das mir so nah war, dass ich nur die Hand hätte ausstrecken müssen, um ihn zu berühren. Dabei dachte ich wieder an den Moment im Palastgarten, als ich ihn geküsst hatte, um unsere Blutgaben zurückzutauschen. Er hatte mich mit einem Ruck an sich gezogen und die Erinnerung an diesen Moment ließ meinen Magen einen Purzelbaum schlagen. Vitus zu küssen, hatte sich so richtig angefühlt, obwohl es so falsch gewesen war.

»Es ist gefährlich«, sagte er plötzlich und richtete seinen Blick auf mich.

Ertappt senkte ich die Lider. Dabei klopfte mir das Herz bis zum

Hals, denn ich hatte ihn schamlos angestarrt und war sicher, dass er es gemerkt hatte.

»Was genau meinst du?«, fragte ich und verflocht meine Finger ineinander. Wahrscheinlich spielte er darauf an, dass ich ihn vor ein paar Stunden umgebracht hatte und wir noch immer nicht wussten, wie das passieren konnte.

Vitus folgte meinem Blick auf meine Hände und schüttelte sanft den Kopf. »Nicht das«, raunte er und ich spürte seinen warmen Atem auf meiner Wange. »Das war ein Unfall, Lorelai. Es wird nicht wieder passieren.«

»Woher weißt du das?«

Er schwieg einen Moment. »Ich weiß es nicht. Aber ich hoffe es, denn wenn du mich das nächste Mal killst, bleibe ich tot.«

»Das wäre auch ein schöner Songtitel«, sagte ich, ohne nachzudenken, und Vitus lachte laut auf.

»Findest du?«

»Keine Ahnung. Vielleicht ist es nur der Alkohol, der aus mir spricht.«

Er blickte auf die halb leere Scotchflasche und schüttelte den Kopf. »Uns war anscheinend allen ziemlich kalt.«

Ich biss mir auf die Lippen und nickte.

»Und jetzt?«, wollte er dann wissen. »Ist dir noch immer kalt?« Seine tiefe Stimme jagte einen Schauer nach dem anderen über meine Haut, aber es waren keine Kälteschauer.

»Nein. Ich finde es sogar ziemlich heiß hier«, murmelte ich und versank beinahe in dem hypnotischen Blick seiner dunklen Augen.

Er schmunzelte leicht und ich fühlte, wie mir die Hitze in die Wangen schoss, als ich verstand, wie er meine Worte aufgefasst hatte.

»Das war rein auf den Kamin bezogen.«

Vitus' Schmunzeln vertiefte sich und mir war klar, dass er mir kein Wort glaubte.

»Entspann dich, Lorelai. Ich weiß doch, dass du vom ersten Moment an von mir gefesselt warst.«

»Vom ersten Moment an?«

Er zuckte beiläufig mit den Schultern. »Seit dem Moment, als dieser Dominik im Blumenladen einen auf Platzhirsch gemacht hat.«

»Das ist nicht wahr.«

»Und warum war er dann eifersüchtig?«

»Ich ... ich ... Keine Ahnung«, murmelte ich.

Vitus beugte sich ein Stück zu mir und sein Duft vernebelte jeden klaren Gedanken in meinem Hirn zu rosa Zuckerwatte. »Du hast mich heute getötet, Lorelai. Du solltest mich nicht auch noch anlügen.«

»Ich lüge dich nicht an«, hauchte ich kraftlos und wünschte, ich könnte selbst glauben, was ich da sagte.

Einen Moment lang starrte Vitus mich einfach nur an, bevor er die Hand ausstreckte und mit dem Daumen sanft über mein Gesicht strich. Die Geste war so zärtlich, dass ich unbewusst die Augen schloss und mich an den Moment zurückerinnerte, als wir uns zum ersten Mal geküsst hatten. Damals hatte er genauso zärtlich über meinen Arm nach oben gestrichen und mich dann zu sich gezogen, bis unsere Lippen einander berührten und ich das Gefühl hatte, von glühenden Blitzen durchzuckt zu werden.

»Ich habe dich schon vom ersten Moment an wunderschön gefunden, *Blumenmädchen*«, sagte er in diesem Moment und ich war sicher, dass ich mich verhört haben musste. Doch als ich die Augen aufschlug, brannte ein Feuer in seinen Augen, das auch ich in mir fühlte.

Unbewusst bewegte ich mein Gesicht näher zu seinem und spürte, wie jede Zelle in mir zu ihm drängte und sich wünschte, er würde kein Heller und ich keine Dunkle sein.

»Was du da tust, ist gefährlich, Lorelai«, raunte er. »Beziehungen zwischen Hell und Dunkel sind gefährlich.«

Ich sah ihn an und hatte das Gefühl, in seinen dunklen Augen zu versinken. »Wer sagt denn, dass ich eine Beziehung will?«

Der Alkohol war mir anscheinend zu Kopf gestiegen, denn die Worte purzelten schneller aus meinem Mund, als ich darüber nachdenken konnte.

Vitus atmete tief ein und fuhr damit fort, mit dem Daumen dem Schwung meines Kinns zu folgen. Ein heißes Prickeln breitete sich von seiner Berührung abwärts in meinem ganzen Körper aus und ich holte zitternd Luft, als Vitus' Augen sich noch mehr verdunkelten und ich die Leidenschaft darin sah.

»Wir sollten das wirklich nicht tun«, setzte er an und in diesem Moment beugte ich mich nach vorn und legte meine Lippen sanft auf seine. Es war keine Absicht gewesen und es steckte auch kein Plan dahinter, es passierte einfach, wahrscheinlich wegen dem Scotch und dem Kaminfeuer und diesem unglaublichen Knistern zwischen uns, das ich nicht länger verleugnen wollte. In dem Moment, als sich unsere Lippen berührten, stöhnte Vitus hungrig auf und zog mich noch näher an sich. Kurz blitzte das Bild von Marcus vor mir auf und wie er mir seine Zunge in den Mund geschoben hatte, doch das hier war so viel besser. Vitus' Kuss löste eine Welle an Feuerwerken in meinem Körper aus und jede seiner Berührungen brachte mich dazu, noch mehr zu wollen, bis ich meine Arme um seinen Nacken schlang und seine Hand von meinem Hals langsam abwärts gleiten fühlte. Ich streckte

mich ihm entgegen und keuchte leise, als Vitus sich seinen Weg von meinen Lippen abwärts über meinen Hals küsste und ich nur noch das Verlangen spürte, mein T-Shirt endlich loszuwerden. Am liebsten hätte ich ihm auch seines über den Kopf gezogen. Jede einzelne Berührung jagte einen Schauer über meine Haut und ich bekam erst dann wieder einen klaren Kopf, als ich Sophie in der Küche leise lachen hörte.

Auch Vitus zuckte bei dem Geräusch zurück und dann starrten wir uns keuchend an, während sich mein ganzer Körper noch immer nach seiner Nähe sehnte.

»Wo wollt ihr eigentlich schlafen?«, fragte Sophie, die in diesem Moment aus der Küche kam. Vincent folgte ihr auf dem Fuß und ich holte tief Luft, während ich ein Stück von Vitus wegrutschte.

»Keine Ahnung. Hier vor dem Feuer?«, antwortete ich, als ich meine Stimme wieder halbwegs unter Kontrolle hatte.

»Also ich glaube, mir ist der Boden zu hart«, meinte Sophie und ließ sich im Schneidersitz auf dem Teppich nieder. »Drinnen gibt es auch noch ein Schlafzimmer.«

»Allerdings ist der Raum unbeheizt«, warf Vincent ein.

Sie zuckte mit den Schultern. »Mit etwas Scotch und Körperwärme krieg ich das Bett schon warm.«

»Da brauchst du aber noch 'ne Menge Scotch«, sagte Vincent, während Vitus und ich schwiegen. Allerdings klopfte mein Herz wie verrückt und ich hatte das Gefühl, seine Berührungen noch immer auf meiner Haut zu spüren.

»Oder eine Menge Körperwärme«, sagte meine Schwester. Dann blickte sie mich an. »Alles okay? Du siehst ein wenig durcheinander aus. Ist es wegen deiner Gabe?«

Ich antwortete nicht sofort und sie beugte sich ein Stück zu mir und legte mir eine Hand auf den Arm.

»Mach dir keine Sorgen, Lorelai. Ich sehe zu Hause nach, was der Grund für diese Anomalie gewesen sein kann, und ich verspreche dir, wir kriegen das in den Griff. Wahrscheinlich verschwindet es von selbst, sobald deine Blutgabe sich vollständig entwickelt hat. Das kann mitunter ein paar Monate dauern, bis die Magie sich auch in jeder Zelle deines Körpers ausgebreitet hat. Aber dann brauchst du nur an deine Gabe zu denken und sie wird dir in Sekundenschnelle gehorchen.« Ich nickte stumm und Sophie hielt mir die geöffnete Flasche hin. »Willst du noch was zur Beruhigung?«

»Klar«, murmelte ich und nahm noch einen großen Schluck, in der Hoffnung, meine Gefühle zu betäuben, die mir weismachten, dass ich viel zu viel für Vitus empfand.

KAPITEL 20

Am nächsten Morgen wurde ich von der Kälte geweckt. Das Feuer war in der Nacht heruntergebrannt und ich richtete mich mit einem stechenden Schmerz in der Schläfe auf dem Sofa auf. Vitus hatte die Nacht in einem der breiten Ohrensessel verbracht, während von Vincent und Sophie jede Spur fehlte.

Mit hämmernden Kopfschmerzen sah ich mich um und zog die Patchworkdecke enger um meine Schultern. Dabei blickte ich aus dem Fenster. Der Schneesturm hatte aufgehört und eine glitzernde verschneite Landschaft breitete sich vor uns aus.

»Wie spät ist es?«, hörte ich Vitus in dem Moment fragen. Seine Stimme war noch rau vom Schlaf und ich musste sofort wieder an unseren Kuss denken. Offenbar war mein Plan, mich mit Alkohol so weit zu betäuben, dass ich alles vergaß, in die Hose gegangen.

»Kurz nach sieben«, sagte ich nach einem Blick auf mein Handy. »Wir sollten den Abschleppdienst rufen, damit er das Auto aus dem Graben zieht.«

Vitus nickte und in dem Moment ging die Tür zum Schlafzimmer auf und Vincent und Sophie traten heraus. Beide hatten tiefe Ringe unter den Augen und wahrscheinlich ebenso starke Kopfschmerzen wie ich, denn von der gelösten Stimmung war nichts mehr übrig.

Betretenes Schweigen erfüllte den Raum und ich schämte mich, als ich einen Blick auf die leere Scotchflasche warf. Schon allein der Gedanke an Alkohol führte dazu, dass sich mein Magen vor Übelkeit zusammenzog. Hoffentlich konnte ich das Essen von gestern Abend drin behalten.

»Wir sollten Geld hierlassen«, sagte Sophie, die jeden Blick zu Vincent vermied und sich mit den Fingern ein paar Mal durch ihre offenen Haare fuhr, um die schlimmsten Verknotungen zu lösen. »Für die aufgebrochene Tür, das Essen und den ... Scotch.« Auch sie schluckte schwer, als sie zu der leeren Flasche blickte, und legte sich kurz die Hand auf den Magen.

»Ich kümmere mich darum«, sagte Vincent und ging in die Küche. Als er zurückkam, war das Schweigen noch lauter geworden und ich wünschte mir nichts mehr, als die ganze letzte Nacht so schnell wie möglich hinter mir lassen zu können.

»Scheiße, hab ich Kopfweh«, murmelte Vitus und verzog leicht das Gesicht, als er aufstand.

In dem Moment kam Vincent zurück. »Kannst du trotzdem fahren?«, fragte er seinen Bruder.

Vitus nickte knapp. »Ich brauche nur einen Kaffee.«

Sophie ging an ihm vorbei und kam auf mich zu. »Alles okay?«, fragte sie und strich mir kurz über die Wange.

Ich nickte und bemerkte, dass sie nach wie vor konsequent jeden

Blick zu Vincent vermied. »Danke, dass ihr gestern so schnell da wart«, sagte ich dann.

»Darüber müssen wir noch reden«, erklang Vincents tiefe Stimme, die sich wieder ganz nach dem Gardemitglied anhörte, das er war. »Wir haben nun alle mehrfach gegen das Kontaktverbot des Hohen Herrscherhauses verstoßen, aus mehr oder weniger triftigen Gründen. Doch das muss jetzt aufhören.«

Er blickte von Vitus zu Sophie und mir und wir nickten alle der Reihe nach. Vincent straffte die Schultern und es war, als würde sein altes Ich zurückkehren und das entspannte Lächeln von gestern Abend nur Einbildung gewesen sein.

»Okay, dann lasst uns nun eine Abmachung treffen. Ab sofort muss das Kontaktverbot eingehalten werden. Keine weiteren Ausnahmen, es ist einfach zu gefährlich. Wir tun so, als ob diese Nacht nie stattgefunden hätte, und hoffen, dass uns bisher niemand auf die Schliche gekommen ist. – Alle einverstanden?«

Wieder nickten wir alle und Vincent wirkte einen Tick zufriedener.

»Ich warte noch, bis euer Wagen wieder fahrbereit ist, und dann bringe ich Lorelai mit dem Motorrad nach Hause.« Er machte eine kurze Pause und sog tief die Luft ein. »Und dann«, fuhr er fort, »verlieren wir nie wieder ein Wort über diese Nacht.«

Stumm betraten Vincent und ich vier Stunden später das Haus der von Rabenaus. Die ganze Fahrt über hatten wir kein Wort miteinander gewechselt und auch als Vincent das Motorrad vor dem grauen Anwesen zum Stillstand gebracht hatte, hatten wir jeglichen Blickkontakt gemieden.

Ich spürte den Alkohol noch immer in mir. Mein Kopf dröhnte und die Erinnerungen der letzten Nacht ließen sich nicht vertreiben, doch ich schob sie immer wieder zur Seite, da ich nicht wusste, was ich denken oder fühlen sollte.

»Sieht ja nach einer *intensiven* Nacht aus«, begrüßte uns Patric, der aus dem Wohnzimmer gemächlich auf uns zu geschlendert kam. In seinem schmalen Gesicht lauerte ein provokantes Lächeln und wenn mir nicht ohnehin schon schlecht gewesen wäre, hätte sich mir spätestens jetzt der Magen umgedreht. »Was ist passiert? Hat Lorelai noch jemanden beseitigt?«

Ich biss die Zähne zusammen und zog meine Jacke und den Schal aus. »Noch nicht, aber wenn ich dich so ansehe, könnte ich mich dazu hinreißen lassen.«

Patric rümpfte die Nase. »Reicht es dir denn nicht, dass du es schon bei meinem Bruder probiert hast? Willst du jetzt die ganze Familie von Rabenau auslöschen?«

Ich schnaubte und machte einen Schritt auf Patric zu. »Es war ein Unfall. Und darf ich dich erinnern, dass ich nun auch eine von Rabenau bin?«

Er verengte die Augen. »Stimmt, da war ja noch was. Warum verdränge ich diesen Umstand bloß?«

»Hört damit auf«, fuhr uns Vincent hart an. »Wir können von Glück reden, dass nicht mehr passiert ist«, sagte er und sah schnell zur Seite, als ich ihn betrachtete. Dann richtete er seine Aufmerksamkeit auf Patric. »Haben unsere Eltern mitbekommen, dass wir weg waren?«

Patric schüttelte den Kopf und schob sich die Hände in die Hosentasche. »Nein. Sie haben auch nur einmal kurz angerufen und mir mitgeteilt, dass sie gut auf Sizilien angekommen sind.«

»Aber sie sind nicht schon wieder auf dem Weg nach Hause, oder?«, fragte Harriet, die gerade die Treppe runtergerauscht kam. Sie trug ein schwarzes Kleid und einen gespielt erschrockenen Ausdruck in ihrem Gesicht. Der passte heute gut zu ihren dunklen Haaren, die wirkten, als hätte sie in eine Steckdose gegriffen.

Patric schüttelte den Kopf. »Sie kommen erst am Montag zurück, alles okay.«

»Zum Glück«, erwiderte Harriet und klimperte mit ihren roten Armreifen. »Immerhin sollen sie eine schöne Zeit haben. *Und wir auch.*« Sie lächelte breit und blickte dann von Vincent zu mir. »Irgendetwas ist anders zwischen euch«, sagte sie und kniff die Augen zusammen.

»Was soll denn anders sein?«, fragte Vincent kühl und ich wich unweigerlich ein Stück zurück.

»Ich weiß nicht«, murmelte die alte Frau. »Aber irgendetwas hat sich verändert.« Sie legte den Kopf leicht schief und ihr Tonfall wurde schärfer, während sich ihre Gesichtszüge verhärteten. »Wo wart ihr eigentlich letzte Nacht?«

Automatisch beschleunigte sich mein Puls und ich überlegte kurz, was ich antworten konnte. Mit Vincent hatte ich mich nicht abgesprochen, was ich anstelle der Wahrheit erzählen sollte, weil ich davon ausgegangen war, dass Aleksander und Annegret nicht hier waren – und dass Harriet nicht solche Frage stellen würde.

Für einen Augenblick schienen wir alle wie erstarrt zu sein – Vincent, Patric und ich.

»Wir waren«, setzte Vincent als Erster an, doch seine Großmutter unterbrach ihn schnell und kicherte.

»Das ist eure Sache. Ich wollte nur einmal Annegret spielen.« Sie

zuckte mit den Schultern und beugte sich ein wenig über das Treppengeländer. »Habt ihr es mir abgekauft?«

»Und wie«, grinste Patric, dem Harriets Verhalten sichtlich gefiel. »Der Ausdruck war schon echt nah dran. Nur ein Hauch mehr Verbissenheit hat gefehlt.«

»Sehr gut.« Harriet zwinkerte Vincent und mir zu. »Und ihr, ihr könnt euer Geheimnis für euch behalten. Dafür sind sie doch schließlich da, nicht wahr?«

Den Rest des Wochenendes verbrachte ich vorwiegend auf meinem Zimmer. Da Aleksander und Annegret nicht da waren, gab es keine verpflichtenden Essenstermine und ich holte mir einfach ein paar Sandwiches aus der Küche, wenn ich Hunger bekam. Ohne die Anwesenheit von Annegret und Aleksander herrschte eine gefühlte Anarchie auf dem Anwesen der von Rabenaus und ich genoss es, dass ich nicht ihren prüfenden Blicken ausgesetzt war.

Langsam erholte ich mich auch von meinem Kater und beschloss, nie wieder ein Glas Alkohol anzurühren. Oder eine Flasche. Die Erinnerungen an den Abend in der Hütte tauchten immer wieder vor meinem geistigen Auge auf und ich kam nicht umhin, ständig an Vitus' Kuss zu denken – an seine Lippen und die Wärme in seinen Augen, die ich in den letzten Wochen nicht mehr gesehen hatte.

Doch eine hässliche Erkenntnis zerstörte die romantischen Bilder, die sich in meinem Kopf bildeten: Vitus war schlichtweg betrunken gewesen, deswegen hatte er zugelassen, dass ich ihn küsste. Der ganze Tag war aufreibend gewesen und er wäre beinahe durch meine Hand gestorben. Eine Sache, um die ich mich auch noch kümmern musste.

Während der nächsten drei Wochen gingen Vitus und ich uns in der Schule aus dem Weg und es war tatsächlich so, als hätte diese Nacht in der Hütte niemals stattgefunden. Als hätte ich nur davon geträumt, auch wenn ich wusste, dass sie real gewesen war. Bei einem gemeinsamen Familienausflug mit den von Rabenaus, bei dem wir eine Theateraufführung besuchten, machte Patric zwar immer wieder spitze Bemerkungen über das Wochenende, aber ich versuchte ihn so gut wie möglich zu ignorieren – genauso wie ich es mit meinen Gefühlen tat.

Lucy war noch immer krank, da ihre Magen-Darm-Grippe nach ein paar Tagen schleichend in eine echte Grippe übergegangen war. Deshalb schrieb sie mir so gut wie täglich per WhatsApp und dokumentierte penibel ihren Krankheitsverlauf, da sie sich nach drei Wochen im Bett offenbar schon zu Tode langweilte.

Vitus wäre natürlich ein großartiges Gesprächsthema gewesen, aber leider konnte ich mit Lucy nicht über ihn reden. Und auch sonst fehlte mir die Möglichkeit, mich mit jemandem auszutauschen, da Josephine mich zu ihrer Feindin erklärt hatte und ich auch mit Sophie kein Wort wechselte, um das Kontaktverbot nicht zu brechen. Dennoch wanderten meine Gedanken immer wieder zu ihr. Wie es ihr wohl ging? Ob sie viel an Vincent dachte? Und hatte sie vielleicht schon etwas über meine seltsame Anomalie herausgefunden, ohne mir davon erzählen zu können?

»Lorelai, bitte konzentrieren Sie sich«, verlangte Herr von Hetz. »Sie sind in letzter Zeit sehr abwesend.«

»Das tut mir leid«, sagte ich und strich mit den Fingern über die Seiten des alten Geschichtsbuches, das aufgeschlagen vor mir lag.

Mein Privatlehrer zog sich sein schwarzes Jackett aus und hängte es

über die Stuhllehne. Dabei betrachtete er mich eindringlich. Anscheinend hatte er mit Widerworten und nicht mit einer Entschuldigung gerechnet.

»Wollen Sie mir sagen, was mit Ihnen los ist?«

Ich öffnete den Mund und zögerte. Bisher wussten nur Vitus, Vincent und Sophie von meiner Besonderheit, auch mit einer bloßen Berührung an einer anderen Stelle als am Nacken töten zu können. Seit das passiert war, hatte ich in Aleksanders Arbeitszimmer nachgeforscht und dabei herausgefunden, dass es sich womöglich um eine Art Begleiterscheinung handelte, die temporär auftreten konnte, wenn jemand bei der Entfaltung seiner Blutgabe enorm großem emotionalen Stress ausgesetzt war. Dass man bei diesem Stress aber auch von innen zu leuchten beginnen konnte, so wie es bei Vitus an dem Tag von Romys Verschwinden der Fall gewesen war, dazu hatte ich nichts gefunden.

Für mich hatte ich zumindest beschlossen, meine Gefühle, so gut ich konnte, zu beherrschen und niemandem zu nahe zu kommen, wenn ich die Kälte in meinen Adern fühlte. Denn es durfte nicht wieder passieren.

Niemals wieder.

»Mich beschäftigen zurzeit nur einige Dinge«, murmelte ich ausweichend und überlegte kurz, Herrn von Hetz einfach zu fragen, ob er vielleicht etwas über seltene Abweichungen bei der Blutgabe wusste, als es an der Tür klingelte.

Laura machte sich sofort auf den Weg ins Vorzimmer und nahm den Brief von einem Boten in Empfang, den sie mir gleich darauf überreichte. »Er trägt das Wappen des Hohen Herrscherhauses und ist an Fräulein Lorelai gerichtet«, erklärte sie mit gesenkten Lidern.

»Natürlich«, bemerkte Herr von Hetz und kniff seine kleinen Augen zusammen. »Nachrichten aus dem Palast besitzen derzeit oberste Priorität.«

Laura verschwand in der Küche und ich öffnete das schwarze Kuvert, in dem sich eine Karte befand. Dabei pochte mein Herz hart gegen meinen Brustkorb, da ich Marcus in den letzten drei Wochen total verdrängt hatte.

LORELAI, ICH HABE NICHTS MEHR VON DIR GEHÖRT. WILLST DU MICH DAMIT ZU EINER WEITEREN MAẞNAHME BEWEGEN ODER LIEBER DAS ÜBERNÄCHSTE WOCHENENDE MIT MIR VERBRINGEN? WIR FAHREN AUFS LAND, EIN WAGEN WIRD DICH AM FREITAG UM 20 UHR ABHOLEN.

Die Karte war mit einem schwungvollen *M. K.* unterschrieben und nur bei der Vorstellung, ein ganzes Wochenende mit Marcus zusammen zu sein, stieg mir die Galle auf.

»Alles in Ordnung?«, fragte mein Privatlehrer. Es war das erste Mal, dass er beinahe so etwas wie Mitgefühl zeigte.

»Ja, natürlich«, sagte ich und zwang mich zu einem Lächeln. »Immerhin habe ich eine Einladung vom Thronfolger erhalten.«

Herr von Hetz rieb sich über die Nase. »Es ist ein großes Privileg, vom Hohen Herrscherhaus eingeladen zu werden. Außerdem haben Sie sicher Paragraph 3 im Kopf. *Wird eine Familie des Blutadels mit einem weiblichen dritten Kind beschenkt, so verpflichtet sich die Familie, dieses Mädchen bei Vollendung seines 18. Lebensjahres dem Fürstenpaar ihrer Blutlinie zwecks Vermählung zur Verfügung zu stellen.«*

»Wie könnte ich diesen Paragraphen vergessen?«, erwiderte ich und hatte, was Marcus betraf, überhaupt keinen Plan. Ich wollte ihn

weder heiraten noch mit ihm Kinder in die Welt setzen – oder mit ihm ein Wochenende auf dem Land verbringen. Denn es war klar, dass er davon ausging, dass wir an dem Wochenende Sex haben würden.

Ein kalter Schauer lief mir über den Rücken und ich verfluchte mich dafür, dass ich noch keine Lösung für dieses Problem gefunden hatte. In dem Moment fiel mir Dominiks Bemerkung auf der Roten Audienz wieder ein und ich fixierte Herrn von Hetz. »Darf ich Sie etwas fragen?«

»Hat es denn mit der Geschichte der Blutlinien zu tun?«

»Ich denke schon. Es gibt das Gerücht, dass eine Helle vor ewigen Zeiten mal jemand anderen geheiratet hat als den, der eigentlich ein Anrecht auf sie hatte.«

Herr von Hetz hob eine Augenbraue. »Das war noch keine Frage, Lorelai.«

»Ich wollte wissen, ob es wahr ist. Wissen Sie etwas darüber?«

Er atmete tief ein. »Ich kann mich an einen Fall erinnern, in dem von Paragraph 3 Absatz 11 Gebrauch gemacht wurde.«

Ich zog die Stirn kraus. »Von dem Absatz habe ich noch nie gehört.«

Herr von Hetz stützte seine schmalen Hände auf der Stuhllehne ab. »Das ist nicht verwunderlich. Die wenigsten interessieren sich für die Details, nur der erste Absatz des Paragraphen ist bekannt.«

»Und was besagt der Abschnitt 11?«

»Sollten die Heiratsverhandlungen länger als zwölf Monate dauern, so steht es der Familie des Blutadels frei, sich von Paragraph 3 zu lösen.«

Mein Herz machte einen Satz. »Das heißt, sie müssen der Vermählungspflicht nicht nachkommen?«

»So ist es. Doch halten Sie Ihre Hoffnungen im Zaum, Fräulein von

Rabenau. Auch wenn die Verhandlungen lange dauern, überschreiten sie nur in Ausnahmefällen die zwölf Monate. Gewöhnlich besitzt das Fürstenpaar gewisse Druckmittel, um vor Ablauf der Frist eine Einigung zu erzielen.«

Ich nickte, und auch wenn es unwahrscheinlich war, dass mir Marcus so viel Zeit ließ, war es doch zumindest eine Möglichkeit.

Den Rest des Unterrichts versuchte ich, konzentrierter zu arbeiten, da ich es Herrn von Hetz anrechnete, dass er mir von Absatz 11 erzählt hatte.

Als ich nach dem Unterricht nachdenklich nach oben in mein Zimmer ging, bekam ich eine WhatsApp-Nachricht von Lucy. Noch bevor ich sie öffnete, musste ich lächeln, denn ihr war anscheinend wirklich sterbenslangweilig. Ich hoffte nur, dass sie mir nicht schon wieder irgendein abartiges Katzenfoto schickte.

Ich habe es nicht mehr ausgehalten, ich musste raus, Lorelai! Freiheit! Und es war gut, denn ich habe ihn *gesehen. Natürlich habe ich mich ihm nicht gezeigt, ich sehe aktuell echt scheiße aus, aber er tut es nicht! Und damit du endlich einen Beweis hast, dass ich ihn nicht erfunden habe – hier das Foto, das ich heute total versteckt und James-Bond-mäßig von ihm gemacht habe.* ☺
P.S.: Das Muttermal auf seiner Wange habe ich mir nur eingebildet, scheint ein Krümel gewesen zu sein. Ich sage nur: UMSO BESSER!

Beim Anblick des Bildes erstarrte mein Lächeln jedoch sofort. Der Typ mit dem schmalen Gesicht und den pechschwarzen Haaren war niemand anderer als Patric! Bei dem Gedanken, dass Lucy sich ausgerechnet in ihn verschossen hatte, drehte sich mir der Magen um.

Rasch öffnete ich die Tür zu meinem Zimmer und starrte dabei noch immer auf das Foto, als ich aus dem Augenwinkel eine dunkel gekleidete Gestalt wahrnahm und erschrocken zusammenzuckte.

»Schließ die Tür«, sagte Vitus, der vor einem der bodentiefen Fenstern stand. In der Hand hielt er ein Buch und sein Gesicht wirkte beinahe grau vor Anspannung. Ich schluckte und mein Herz pochte plötzlich wie verrückt, als ich ihn ansah. Schnell schloss ich die Tür hinter mir.

»Was willst du?«, fragte ich irritiert und saugte seinen Anblick in mich auf. Vitus trug eine schwarze Jeans und einen grauen Pullover, unter dem sich seine Muskeln abzeichneten. Eine dunkelblonde Haarsträhne fiel ihm ins Gesicht und ein Teil von mir wäre am liebsten hingegangen, um sie ihm aus der Stirn zu streichen.

»Ich muss mit dir reden«, sagte er und seine Stimme klang verhalten, so als wüsste er selbst nicht, ob er wirklich mit mir reden wollte. »Ich habe Vincent nicht erreicht und ich weiß nicht, mit wem ich sprechen soll.«

»Es ist schon okay« sagte ich und machte einen Schritt auf ihn zu. »Was ist los?«

Vitus senkte den Kopf. »Ich ...« Er atmete tief durch und langsam bekam ich es wirklich mit der Angst zu tun. »Ich war heute bei Sophie zu Hause, weil ich Romy nach der Theaterprobe bei ihr vorbeibringen sollte«, begann er. »Als ich oben war, habe ich ihr Bad benutzt und dabei ... dabei habe ich etwas gesehen.«

Stirnrunzelnd trat ich näher und merkte, wie mein Blick immer wieder von dem Buch in seiner Hand angezogen wurde. Ich erkannte es. Es war dasselbe, das er kurz nach unserer Umsiedelung unter dem Bett hervorgeholt hatte und für das er das Kontaktverbot gebrochen

hatte. Es war das Buch, das in Aleksanders Arbeitszimmer fehlen musste.

»Und was hast du im Bad gesehen?«, fragte ich und versuchte, mich dafür zu wappnen, dass es etwas ziemlich Schlimmes sein musste, wenn Vitus deswegen hier aufkreuzte.

»Einen Schwangerschaftstest«, erwiderte er emotionslos.

Mit dieser Antwort hatte ich überhaupt nicht gerechnet und schüttelte überrascht den Kopf. »Was? Bist du sicher, dass es ein Schwangerschaftstest war?«

»Ich bin sicher.«

»Moment. Willst du damit sagen, er ist von Sophie?«, stieß ich entsetzt hervor und hatte das Gefühl, als würden meine Beine jeden Moment unter mir nachgeben. »Aber das ist unmöglich. Sie würde doch nie …«

Vitus zog eine Augenbraue hoch. »Bist du dir da sicher?«

Ich schluckte und dachte wieder an die Blicke zwischen Sophie und Vincent – sowie an den Moment, als er alles über Sophies Streit mit Phillip hatte wissen wollen. Und ich erinnerte mich auch an meine Küsse mit Vitus und wie leicht es war, von dem Strudel seiner Gefühle mitgerissen zu werden.

Mit klopfendem Herzen richtete ich meinen Blick auf das Buch in Vitus' Hand. »Wieso hast du es mitgebracht? Was steht da drin?«

Vitus hob es langsam hoch und reichte es mir dann. »Es beschäftigt sich mit der Frage, ob Dunkle und Helle zusammen sein dürfen. Ob sie überhaupt zusammen sein *können*.« Er machte eine kurze Pause, in der er auf den schwarzen Ledereinband starrte. »Ich habe mich in den letzten Monaten damit beschäftigt, um herauszufinden …« Vitus brach ab.

»Um was herauszufinden?«, flüsterte ich atemlos.

»Ich wollte nur wissen, ob es grundsätzlich möglich ist.«

Mein Herz hämmerte wie wild und ich hatte Angst vor der folgenden Frage. »Und ist es möglich?«

Er räusperte sich. »Es gibt einen Eintrag von einem Silvio de' Medici, der ist aber unvollständig. Er scheint geglaubt zu haben, dass die Einnahme aller drei Extrakte aus dem Baum, von dem unsere Blutgaben stammen, Hell und Dunkel irgendwie zusammen sein lassen kann.«

»Es klingt aber nicht so, als würdest du das auch glauben.«

Vitus schüttelte den Kopf. »Das tue ich auch nicht. Ich habe mir die medizinischen Statistiken bei Schwangerschaften zwischen Hellen und Dunklen angesehen. Jede Schwangerschaft endet mit dem Tod des Kindes. Und zu 93 Prozent auch mit dem Tod der Mutter. Und wenn die Rote Garde davon Wind bekommt – dann definitiv auch mit dem Tod des Vaters.«

Stille breitete sich im Zimmer aus und ich wusste nicht, was ich sagen sollte – ich wusste nur, dass Phillip mit Sicherheit nicht der Vater von Sophies Kind war. Dass überhaupt kein Heller der Vater sein würde.

»Denkst du das Gleiche wie ich?«, hauchte ich und hoffte, dass es irgendeine andere Erklärung gab als die, die mir ins Gesicht schrie.

Vitus presste den Kiefer zusammen und sein Gesichtsausdruck sagte eigentlich schon alles. »Ich denke, dass Vincent der Vater ist«, sagte er dann. »Und dass die Rote Garde ihn und Sophie so lange jagen wird, bis sie beide tot sind.«

LESEPROBE

3 Lilien

Das dritte Buch des Blutadels

von Rose Snow

ISBN 978-3-473-58580-9

KAPITEL 1

»Und hier sind wir sicher?«, fragte ich, als ich das dunkle Wohnzimmer der Altbauwohnung betrat. Vincent und Vitus schoben die schweren Vorhänge aus schwarzem Samt zur Seite und ich schluckte, als das Licht den Raum erhellte und mich von allen Seiten Dutzende Tieraugen anstarrten. Ausgestopfte Katzen, Hunde und Füchse standen wie simple Einrichtungsgegenstände in dem antiquierten Wohnzimmer, in dem der Staub in der abgestandenen Luft tanzte.

Langsam ließ ich meinen Blick durch den Raum schweifen. Eine große Ledercouch befand sich rechts neben zwei Schäferhunden. Einer davon fletschte grimmig die Zähne, der andere wirkte so, als würde er mich gleich anspringen. Unweit davon entfernt lugte ein Fuchs zwischen zwei dunkelroten Ohrensesseln hervor, dessen Fell im

Tageslicht leicht glänzte, und links neben dem niedrigen Couchtisch aus Holz lag eine braun getigerte Katze, die aussah, als würde sie sich soeben strecken.

Sophie schien blass um die Nase, was jedoch nicht unbedingt etwas zu bedeuten hatte. Vielleicht war es auch nur eine Reaktion auf die toten Tiere.

»Wo zum Teufel sind wir hier?«, fragte sie und ich konnte mir verdammt gut vorstellen, wo wir waren.

»Wir sind in der Wohnung meiner Großmutter«, erklärte Vincent abwesend und blickte aus dem Fenster. Seine schwarzen Haare wirkten unordentlicher als sonst und er strahlte mit jeder Pore seines Körpers aus, dass er von dem Treffen hier nichts hielt. »Keiner wird uns in dieser Wohnung vermuten. Und es ist uns auch niemand gefolgt.« Er wandte sich Vitus zu. »Also? Was war so wichtig, dass du trotz des Kontaktverbots ständig angerufen hast? Ich hatte eine Zwischenprüfung an der Uni und deswegen das Handy ausgeschaltet. Aber deswegen kannst du mir doch nicht eine ganze Latte an Nachrichten hinterlassen.«

Vitus holte tief Luft. »Glaub mir, du wirst es gleich verstehen.«

Vincents dunkle Augen verengten sich misstrauisch und ich blickte zu meiner Schwester. Es wäre mir lieber gewesen, mit Sophie allein über den gefundenen Schwangerschaftstest zu sprechen, aber Vitus hatte darauf bestanden, seinen Bruder dazu zu holen und mit beiden gemeinsam zu sprechen. Zumindest fühlte auch ich mich irgendwie sicherer, wenn Vincent anwesend war – denn wenn sich Vitus' Verdacht bestätigte, durften wir die Aufmerksamkeit der Roten Garde auf keinen Fall auf uns lenken.

Ich betrachtete Sophie, die nervös am Ärmel ihres weißen Pul-

lovers zupfte. Vincent und sie vermieden jeglichen Blickkontakt und es schien ihnen echt unangenehm zu sein, was in der Hütte passiert war.

Vitus setzte sich auf die große Ledercouch und räusperte sich leise, bevor er zuerst Sophie und dann Vincent ansah. »Ich habe einen Schwangerschaftstest gefunden.«

Ich war Vitus dankbar, dass er die Bombe direkt platzen ließ, ohne um den heißen Brei herumzureden.

»Und was willst du mir damit sagen?«, fragte Vincent schroff. Dennoch hatte sich eine kaum hörbare Unsicherheit in seine Stimme geschlichen.

Vitus schnaubte und lehnte sich auf der Couch ein Stück nach vorn. »Mann, du weißt genau, was ich dir damit sagen will.«

»Ist der Test von dir?«, fragte ich Sophie, die sich an einem der dunkelroten Ohrensessel abstützte. Sie musste mir gar keine Antwort geben, denn es reichte, dass ich in ihr erschrockenes Gesicht sah.

»Hast du im Müll herumgestöbert?«, fuhr sie Vitus an. »Du hattest kein Recht dazu!«

Vitus' dunkle Augen verengten sich. »Ich habe nicht herumgestöbert, Sophie. Er lag im offenen Mülleimer deines Badezimmers. Ich wünschte wirklich, ich hätte den Test niemals gesehen.« Er hielt kurz inne und fuhr sich unruhig durch seine Haare. »Mann, ihr steckt jetzt beide ganz schön in der Scheiße.«

Sophie presste wütend die Lippen aufeinander. »Und deswegen wolltet ihr uns treffen? Um die Sache gemeinsam zu bereden? Das ist allein meine Sache.«

Vincent war weiß wie die Wand geworden und sah entgeistert zu Sophie. »Das heißt, es stimmt? Du bist schwanger?«

Für einen Augenblick starrten sich Sophie und Vincent an, bevor meine Schwester die Schultern sinken ließ und tief einatmete. »Ich weiß es selbst erst seit gestern Abend.«

Ihre Stimme war plötzlich viel leiser und sie sah so verletzlich aus, dass sich mein Brustkorb zusammenschnürte. Rasch machte ich einen Schritt auf sie zu und griff nach ihrer Hand, die sich ganz kühl anfühlte.

»Sophie ...«, flüsterte ich.

Sie schluckte schwer und senkte ihre Lider. »Ich weiß auch nicht, wie das passieren konnte.«

Vitus rieb sich die Stirn. »Als angehende Ärztin solltest du das aber wissen.«

Ich warf ihm einen kalten Blick zu. Jetzt war nicht die Zeit, um meiner Schwester Vorwürfe zu machen. Denn so wie ich Sophie kannte, machte sie sich die sicher schon von ganz allein.

Vincent fuhr sich mit beiden Händen durch seine schwarzen Haare, die nun im totalen Kontrast zu seinem bleichen Gesicht standen. »Weißt du denn, von wem es ist?«

Sophie blickte auf und funkelte ihn in einer Mischung aus Zorn und Verletztheit an. »Natürlich weiß ich, von wem es ist. Oder glaubst du, dass ich mit jedem Typen einfach so ins Bett gehe?«

Vincent sah sie betroffen an. »Das ... das wollte ich damit doch nicht sagen.« Schließlich machte er einen Schritt auf sie zu und schluckte. »Es ist also ... von mir?«

Sie nickte und eine Träne kullerte ihr über die Wange, die sie schnell mit dem Handrücken wegwischte. Dabei dachte ich daran, wie schwierig es für unsere Blutlinien war, Kinder zu bekommen – wenn es sich nicht um die Drittgeborenen handelte. Das Leben war unfair

und hatte Sophie sofort mit einem Kind beschenkt, nur weil sie mit Vincent *eine* Nacht verbracht hatte.

Eine Nacht, mehr nicht.

Vincent rieb sich verzweifelt über die Augen. »Ach du Scheiße. Das bedeutet …« Er brach ab und sein Blick irrte zu Sophie, die sich von mir löste und sich mit zitternden Händen auf einen der dunkelroten Ohrensessel setzte. »Das bedeutet, dass dein Leben in Gefahr ist.«

Die Worte aus seinem Mund zu hören, brachte wieder all die hässlichen Gefühle nach oben, die ich seit dem Moment, als ich von der Schwangerschaft erfahren hatte, mühevoll in mir zu vergraben versuchte. Unwillkürlich blickte ich zu Vitus, der nicht weniger besorgt wirkte. Als er nickte, rutschte ihm eine dunkelblonde Haarsträhne ins Gesicht.

»Das wissen wir. Deswegen war dieses Treffen auch so schnell wie möglich notwendig.«

Vincent presste die Lippen aufeinander und sein Blick war nur auf Sophie gerichtet, als gäbe es nur sie beide in dem Raum. »Es tut mir so leid«, presste er hervor.

Vitus schnaubte leise. »Das kann es auch, Mann! Warum habt ihr denn nicht verhütet?«

Darauf schienen sie beide keine Antwort zu haben, denn ihre Blicke wanderten zu Boden.

Schließlich atmete Sophie tief ein und sah Vincent an. »Ich hätte es dir gesagt, ich bin nur selbst noch total durch den Wind. Wahrscheinlich stehe ich unter Schock. Es ist auch das erste Mal, dass ich darüber spreche. Und ja, Vitus hat vollkommen recht: Ich bin angehende Ärztin und nicht imstande, zu verhüten – obwohl ich doch weiß, was für Konsequenzen es hat, wenn Helle und Dunkle ein Kind zeugen!«

»Jetzt mach dich nicht fertig, Sophie«, sagte ich schnell. »Was in der Hütte passiert ist, war doch ein Ausnahmezustand. Zuerst hatte ich Vitus getötet, dann kamen der Schneesturm und der Alkohol.« Vitus warf mir einen merkwürdigen Blick zu und ich spürte, wie mein Magen einen kleinen Hüpfer machte, als ich wieder an unseren Kuss zurückdachte. »Es war eine verrückte Nacht«, schloss ich leise.

»Aber es hätte trotzdem nicht passieren dürfen«, hielt Sophie dagegen. »Es war unvorsichtig und dumm. Und es wird das Baby das Leben kosten. Und mich mit hoher Wahrscheinlichkeit auch.«

Instinktiv schüttelte ich den Kopf. »Gibt es denn nichts, was wir tun können? Ich meine, haben noch nie beide überlebt?« Obwohl ich ein paar der alten Geschichten kannte, die immer tragisch geendet hatten, wollte ich einfach nicht so schnell aufgeben.

Sophie seufzte. »Die Blutkreisläufe der Dunklen und Hellen vertragen sich per se nicht. Bei der Geburt kommt es den Aufzeichnungen zufolge immer zu Komplikationen, die tödlich sind.«

»Und was ist, wenn du das Kind vorher abtreibst?«

Ich war froh, dass Vitus die Frage gestellt hatte und nicht Vincent.

»Abtreibungen bei gemischten Kindern sind angeblich genauso gefährlich, wie das Kind zu bekommen.« Sophies Stimme klang wieder gefasster und die Medizinerin sprach nun aus ihr. »Auch wenn unsere Fruchtbarkeitsrate extrem niedrig ist, wirken die lebensbejahenden Gene der Hellen bereits in der Gebärmutter und das Kind wehrt sich gegen jeglichen äußerlichen Einfluss, der sein Leben bedroht.«

»Und wie?«, fragte ich.

»Indem es zur einzigen Verteidigung greift, die ihm zur Verfügung

steht – seine dunkle Blutgabe einzusetzen. Gemischte Kinder verfügen bereits im Mutterleib über eine enorme Kraft, die aus der Verschmelzung von Hell und Dunkel entsteht.«

Vitus stand auf. »Ich habe von einem Fall gelesen, in dem die dunklen Gene dazu geführt haben, dass der Fötus die Mutter getötet hat, als ein Arzt es abtreiben wollte.«

»Aber dabei ist der Fötus dann ja auch selbst gestorben, oder nicht?« Ich wollte nicht zynisch klingen, aber die Worte rutschten mir über die Zunge.

Vitus fixierte mich. »Natürlich ist dabei auch das Kind gestorben, aber das war ihm ja nicht bewusst. Es ist nur seinen Instinkten gefolgt.«

»Und konnte das Kind nicht herausgeholt und die Mutter danach wiederbelebt werden?«

Vitus schüttelte den Kopf. »Der Einsatz der Blutgabe im Inneren des Körpers hat die Organe der Mutter völlig zerstört. Sie konnte nicht mehr gerettet werden.«

Ich atmete tief durch. »Okay, aber es muss doch eine Lösung geben.« Ich wusste nicht, ob ich das nur für Sophie sagte oder auch für mich. Die Vorstellung, dass meine Schwester entweder bei der Abtreibung oder bei der Geburt ihres Kindes starb, zerriss mir das Herz. So weit durften wir es nicht kommen lassen.

»Ja, das hoffen wir alle«, sagte Vincent und schien innerlich mit sich zu ringen. »Lorelai und Vitus, lasst Sophie und mich bitte einen Moment allein.«

»Klar«, erwiderte ich und strich meiner Schwester über den Oberarm. »Wir werden das gemeinsam durchstehen, okay?«

Sie lächelte sanft, aber es war ein trauriges Lächeln.

Vitus und ich verschwanden in die Küche von Harriets Wohnung. Sie war nicht besonders groß, passte aber perfekt zu der alten Dame. Die schwarz lackierten Fronten glänzten und waren mit goldenen Griffen bestückt, die sie edel und besonders aussehen ließen.

»Ich mache Sophie einen Tee.« Rasch füllte ich den Wasserkocher mit Wasser. Es tat gut, meine Hände zu beschäftigen.

Vitus nickte und setzte sich auf einen der beiden Barhocker, die an dem schwarzen Küchentresen standen. »Eine Abtreibung muss doch irgendwie möglich sein«, murmelte er und öffnete seine schwarze Tasche, um das Buch herauszuholen, das er sich damals aus seinem Zimmer geholt hatte.

Ich schaltete den Wasserkocher an. »Vielleicht gibt es auch noch eine andere Lösung.«

»Es gibt hoffentlich überhaupt eine Lösung.«

»Die wird es geben.« Auch wenn bisher alles, was ich erfahren hatte, dagegensprach, wollte ich optimistisch bleiben. Es konnte einfach nicht sein, dass die Uhr tickte und meine Schwester in neun Monaten tot sein würde.

Vitus schlug das Buch auf und begann, darin herumzublättern. Er schien nach etwas Bestimmtem zu suchen. »Sei dir da mal nicht so sicher.«

»Wow. Deine positive Einstellung macht mich ganz platt.«

Er drehte sich auf dem Barhocker zu mir um und die Anspannung stand ihm ins Gesicht geschrieben. »Und deine naive Alles-wird-gut-Ansicht bringt uns auch keinen Schritt weiter.«

»Aber dein Pessimismus schon?« Ich verschränkte die Arme vor der Brust und lehnte mich gegen die Arbeitsplatte.

Vitus schob mir das Buch hin. »Lies das.«

Rose Snow
12
Das erste Buch der Mitternacht
Mit XXL-LESEPROBE aus Band 2
Ravensburger

Wohin gehst du, wenn du träumst?

Harper Bennets Leben ist nicht mehr normal: Ihr Freund liegt im Koma und Nacht für Nacht träumt sie von einer geheimnisvollen dunklen Stadt, in der sie jedes Mal auf den millionenschweren Playboy Cajus Conterville trifft. Eines Tages steht Cajus auch im wahren Leben vor Harper und behauptet, dass sie gemeinsam in die Traumstadt Noctaris reisen müssen, um ihren Freund zu retten. Obwohl zwischen Cajus und Harper sofort die Fetzen fliegen, lässt sie sich darauf ein – bereut es aber schon bald. Denn in Noctaris kann niemand seine geheimsten Sehnsüchte verbergen. Und Cajus hat ihr nicht die ganze Wahrheit erzählt …

Obwohl ich seinen Befehlston nicht mochte, ließ ich meinen Blick über die verschnörkelten Zeilen wandern.

Ich war selbst bei der Geburt anwesend, als Margarethe ihr drittes Kind bekam. Was waren wir alle aufgeregt, dass sie ein drittes Kind gebären sollte! Das Schicksal hatte diese Frau geküsst und die Verleumdungen, die man ihr entgegengebracht hatte, verloren ihren Wert. Das Gemunkel, dass sie etwas mit einem Hellen angefangen hatte, erstarb und die brodelnde Gerüchteküche wurde eines Besseren belehrt. Ein drittes Kind! Die oberen Kräfte belohnten Margarethe dafür, dass ihr die bösartigen Anschuldigungen nicht das Herz gebrochen hatten und sie ihrem Mann treu geblieben war.
Das dachte ich.
Und dann holte ich heißes Wasser, denn Margarethes Schreie wurden immer lauter und das Kind ließ nicht mehr lange auf sich warten. Als Hebamme war ich schon bei mehreren Geburten dabei gewesen, aber es war immer wie ein Wunder für mich, wenn ein dunkles Kind das Licht der Welt erblickte! Es war ein Fluch, dass wir so selten mit dem Geschenk eines Kindes belohnt wurden und unsere Familie nach und nach ausstarben, es war wie eine Krankheit – und wenn die Hellen nicht genauso davon betroffen gewesen wären, hätte ich schwören können, dass sie von ihnen kam.
Margarethe schrie, als würde es sie innerlich zerreißen, und ich breitete das weiße Laken aus, um das Kind in Empfang zu nehmen. Dabei betete ich, dass es sich um ein Mädchen handeln würde, ein Mädchen, dessen Fruchtbarkeit unsere Blutlinie vor dem Untergang bewahren würde!